教育部人文社会科学研究青年基金项目:"流散语境中的后殖民批判与主体建构"
(项目编号:10YJC752024)

A Postcolonial Study of
Michael Ondaatje's
Major Novels

# 后殖民视野下的
## 迈克尔·翁达杰小说研究

刘丹 ◎ 著

中国社会科学出版社

## 图书在版编目(CIP)数据

后殖民视野下的迈克尔·翁达杰小说研究/刘丹著. —北京：中国社会科学出版社，2021.5
ISBN 978-7-5203-7159-9

Ⅰ.①后… Ⅱ.①刘… Ⅲ.①迈克尔·翁达杰—小说研究 Ⅳ.①K711.074

中国版本图书馆 CIP 数据核字(2020)第 169053 号

| 出 版 人 | 赵剑英 |
| --- | --- |
| 责任编辑 | 郭晓鸿 |
| 特约编辑 | 李　旭 |
| 责任校对 | 师敏革 |
| 责任印制 | 戴　宽 |

| 出　　版 | 中国社会科学出版社 |
| --- | --- |
| 社　　址 | 北京鼓楼西大街甲 158 号 |
| 邮　　编 | 100720 |
| 网　　址 | http://www.csspw.cn |
| 发 行 部 | 010-84083685 |
| 门 市 部 | 010-84029450 |
| 经　　销 | 新华书店及其他书店 |
| 印　　刷 | 北京明恒达印务有限公司 |
| 装　　订 | 廊坊市广阳区广增装订厂 |
| 版　　次 | 2021 年 5 月第 1 版 |
| 印　　次 | 2021 年 5 月第 1 次印刷 |
| 开　　本 | 710×1000　1/16 |
| 印　　张 | 21.75 |
| 插　　页 | 2 |
| 字　　数 | 263 千字 |
| 定　　价 | 118.00 元 |

凡购买中国社会科学出版社图书，如有质量问题请与本社营销中心联系调换
电话：010-84083683
版权所有　侵权必究

# 目 录

绪论 …………………………………………………………… 1
  一　流散文学与后殖民文化理论研究 ………………………… 2
  二　流散知识分子对后殖民文化理论的建构 ………………… 5
  三　研究缘起及研究现状 …………………………………… 16
  四　创新点与主要研究内容 ………………………………… 28
  五　研究方法与思路 ………………………………………… 38

## 第一部分　东西方文化冲突与后殖民批判

第一章　用碎片书写历史与自我——《世代相传》……………… 43
  第一节　《世代相传》引发的争议 ………………………… 44
  第二节　《世代相传》复杂的写作背景 …………………… 49
    一　与殖民、种族问题相关的斯里兰卡历史 …………… 50
    二　翁达杰家族背景及本人经历的特殊性 ……………… 54
  第三节　《世代相传》之所谓"非东方主义" ……………… 58
    一　以虚构动机见历史叙述本质 ………………………… 59
    二　从虚构痕迹判断作者权威意识 ……………………… 65

　　三　透过塑造的东方形象看作者立场 …………………… 72

第四节　历史碎片折射出的后殖民批判 …………………… 75
　　一　殖民与反殖民历史的微观再现 …………………… 75
　　二　人物形象与后殖民批判 …………………… 79
　　三　《世代相传》在文体上的"去中心化" …………………… 86

第五节　在两个自我之间"奔跑" …………………… 89
　　一　"奔跑"的原因 …………………… 89
　　二　在"奔跑"中保持平衡 …………………… 91

## 第二章　《阿尼尔的灵魂》：东西方文化的碰撞与翁达杰的"协调者"角色 …………………… 99

第一节　西方文化遭遇东方本土文化的尴尬 …………………… 101
　　一　西方"先进"文化在东方的挫败 …………………… 101
　　二　西方理念之于东方文化的片面性 …………………… 107

第二节　基于东方佛教伦理与西方科学理性的两种"真实"观的碰撞 …………………… 114
　　一　实证主义者眼中的"真实" …………………… 114
　　二　建构于佛教基本观念"空"之上的"真实" …………………… 118

第三节　东西方文化的"协调者" …………………… 124
　　一　忠实传递东方佛教伦理思想 …………………… 126
　　二　书写基于东方文化的"小写历史" …………………… 132
　　三　阿尼尔的"灵魂"：东西方文化对话的开始 …………………… 138

## 第三章　《英国病人》：全球化时代的民族身份与历史书写问题 …………………… 147

第一节　殖民主义的同质化手段 …………………… 148

  一 "国际杂种"与民族身份的同质化 ················ 149
  二 历史的同质化与作者权威的标榜 ················ 155
 第二节 反同质化对策 ································ 161
  一 质疑"后民族时代" ···························· 161
  二 "大写历史"中的"幽灵" ························ 170
  三 "英国"病人非英国病人——作者特权的放弃 ······ 178
 第三节 全球化语境中民族主义的新面孔 ················ 186
  一 在交流中疗伤：人物间的跨民族情谊 ············ 186
  二 边缘人的"第三种维度" ························ 194
  三 全球主义的民族化与民族主义的全球化 ·········· 198

# 第二部分 翁达杰对西方"内部殖民"的批判

## 第四章 种族他者的主体追寻之路：《经过斯洛特》········ 205
 第一节 后殖民时代种族他者的主体危机 ················ 206
  一 主流文化的压制 ······························ 208
  二 种族他者的"双重意识" ························ 217
 第二节 主体的选择 ·································· 222
  一 应对主体危机的消极策略：诉诸暴力或占有
    性主体关系 ································ 224
  二 应对主体危机的积极策略：建构流动的主体性 ···· 228
 第三节 翁达杰在人物身上的自我投射 ·················· 239

## 第五章 《身着狮皮》：互文对"属下"问题的观照 ········ 244
 第一节 古巴比伦史诗《吉尔伽美什》的启示 ············ 247
  一 内容的互文性 ································ 247

## 目录

　　二　主题的互文性:"狮皮"——话语与权力 …… 250
　　三　《吉尔伽美什》对"属下"历史叙述的启示 …… 258
第二节　立体主义空间观与"中心—边缘"秩序的解构 …… 264
　　一　立体主义绘画艺术与《身着狮皮》的创作 …… 265
　　二　静态空间观与"中心—边缘"秩序的"合法化" …… 271
　　三　立体主义艺术空间观与二元社会秩序的解构 …… 275
第三节　暗色调主义——为"属下"驱逐黑暗 …… 283
　　一　关注视线的"降级" …… 286
　　二　黑暗与光明——沉默、暴力与言说 …… 290

**结语** …… 294

**参考文献** …… 302

**后记** …… 338

# 绪　论

　　"流散"（diaspora）曾用来指代犹太人颠沛流离的历史，在当下的全球化语境中，流散逐渐成为一种世界性的普遍现象。20 世纪 80 年代后期兴起的后殖民研究就与流散现象息息相关，关注西方文化殖民造成的流散现象，揭示东西方文化深层次上的权力关系，为边缘文化抵抗西方中心主义出谋划策。后殖民时代的许多流散作家具有与后殖民理论家们相同的批判意识，他们站在两种文化的"中间地带"，看清了西方在全球化时代的新型殖民手段，以文字发起对文化霸权的后殖民批判。在许多流散文学中可见到对文化帝国主义的揭露、对被殖民地"小写历史"的再现、对被遮蔽的民族文化身份的挖掘以及作为殖民反抗的反话语建构等后殖民批判。此外，无论是后殖民理论家还是流散作家，都关注后殖民境况中流散主体的文化身份问题。流散作家在作品中书写自身流散体验，探讨流散个体或群体在跨文化经历中如何努力改变、适应新身份或维系自己的旧身份，如何在多重文化间做出选择。因此流散文学研究丰富和深化了后殖民研究。

　　流散文学（diasporic literature）是当前比较文学研究的前沿话题之一。以移民潮为特征的流散成为全球化语境中越来越凸显的文化

 绪 论

现象,随之出现的流散文学也日益成为文学、文化和社会学研究的重要课题。流散文学涉及不同的文化背景和文学传统,从而实现民族、语言、文化、学科等多重跨越,与比较文学研究的跨越性特征正相契合,因此理应被纳入比较文学的研究视野。流散作家书写切身的流散体验,他们与众不同的生存空间与文化视角造就了别具一格的书写风格与话语模式,使流散文学成为全球化时代一道独特风景,从近年国内的各类学术讨论平台中"流散"主题的频频出现便可见一斑。流散文学拓展了比较文学的研究领域,对流散文学的研究既能开阔文化视野,也有助于我们了解多种文化间错综复杂的关系,促进文化交流,是当下颇具研究价值的比较文学课题。

## 一 流散文学与后殖民文化理论研究

流散文学研究在 20 世纪 90 年代初的兴起并非偶然,与历史语境的变迁紧密相连。"流散"的内涵经历了多次变化:该词最早出现在古希腊文中,本意是指植物繁衍过程中花粉或种子的"散播",引申为人口的流动状况。在圣经《旧约》中,该词变成大写"Diaspora",指上帝发出神谕让犹太人的祖先亚伯兰(Abran)在迦南、埃及等地不断迁徙。现实中犹太民族的历史的确也是一部流散史,经历了多次民族大流散,最初是沦为"巴比伦之囚",后被放逐、散居国外。后来波斯帝国打败新巴比伦帝国后允许犹太人重返迦南,但随着马其顿王国征服波斯帝国,犹太人再次流落他乡,史称"第二次大流散"。公元前 135 年,马其顿王国被罗马帝国消灭,犹太人趁此争取民族独立起义失败,耶路撒冷也被彻底毁灭,犹太人再度过上背井离乡、沦落天涯的流散生活。在全球化语境下,"流散"逐渐成为一种世界性的普遍现象,该词(也被译成"族裔散居""移民

社群""侨居""文化离散""飞散""大流散"等①)已演变为普通名词,不再约定俗成地指向犹太人颠沛流离的历史。主体由犹太民族扩展至全世界各民族,流散的缘由也从战争延展至文化、经济、政治等多方面。流散的方式、规模等不一,但它们所共有的"流散性"又使它们呈现出某些类似的表现形式,如脱离固定的文化根系、生存于异质文化的夹缝中、背负着多重身份等。犹太人的流散染上了浓厚的悲剧色彩,而在全球化时代,流散还包含了自愿客居他乡的行为,其感情色彩趋向中性,充分体现了文化的跨民族性和多元性。流散"成为一种新概念、新视角,含有文化跨民族性、文化翻译、文化旅行、文化混合等含义,也颇有德鲁兹所说的游牧式思想的现代哲学意味",而流散写作也是"后结构、后现代、后殖民时代复杂表意过程中一个灵活的能指(a dynamic signifier)"②。流散文学介于两种或两种以上的民族文化之间,因而读者在字里行间既可感受到在外漂流者对故土的眷念,也可欣赏到浓郁的异国风光。流散文学真切地呈现了流散者的跨文化体验与精神面貌,为流散现象所涉及的身份、族群、文化等主题研究提供了不可多得的资料。

20世纪80年代后期兴起的后殖民文化理论研究与流散现象的出现息息相关。后殖民文化理论带有强烈的解构主义色彩,研究殖民主义时期之后原宗主国与被殖民国家、西方与第三世界之间的关系。旧殖民时代虽已结束,殖民主义话语和价值观却以新的形式延续,帝国主义的霸权在全球化环境中以更加隐秘的方式渗透到世界各个角落。前殖民地国家在政治、经济上获得独立,但在文化上依旧无法摆脱原宗主国的影响和操控,其他没有被殖民历史的第三世界国

---

① 钱超英:《流散文学与身份研究——兼论海外华人华文文学阐释空间的拓展》,载《中国比较文学》2006年第2期。
② 李庶:《后殖民语境下的流散写作》,载《泰山学院学报》2007年第3期。

 绪 论

家也同样受到西方强权文化的压制。西方通过文化霸权建构起东西方二元对立话语,将东方第三世界国家贬低为缺乏理性思考和自主管理能力的劣等民族,使其成为失语的"他者"。西方后殖民主义通过话语这一隐形暴力造成第三世界人民民族文化身份的丧失,从而弱化了反殖民意识。民族文化身份是群体或个体安身立命的根本,丧失文化之"根"的第三世界人民即使没有背井离乡,也同样在精神上成了漂泊的流散者。全球化发展趋势也造成了大量的流散人群,对于从第三世界来到西方的流散者来说,他们的流散虽然不再是被迫的行为,但西方中心主义和文化霸权的继续存在使得他们的精神与身体都处于流散状态。西方主流文化极力同化、控制来自第三世界的流散者们的思想,同时又不允许他们进入主流文化,仅将他们视为"非我族裔"而进行压制和排挤。他们既失去了与母国文化的联系,又不能完全融入新的文化,处于一种尴尬的文化身份处境,产生分裂的"自我"意识。这种"亦此亦彼"或"非此非彼"的混杂模糊性是典型的流散身份特征。混杂的身份所造成的双重边缘化势必造成流散者"无根"的失落感和错位感,在他们的心理上形成了无法弥合的创伤和缝隙。后殖民理论研究的核心内容之一就是文化身份,关注个体或群体在多重文化的冲击下所必然面对的主体重建问题。而流散现象反映出文化全球化带来的文化多样性,为我们审视后殖民时代文化之间的多重关系提供了独特的视角。流散现象所引发的身份、话语权利、全球化与本土化等问题促进了后殖民研究的发展和深化。关注西方文化殖民造成的流散现象对后殖民研究具有重要的参考意义,流散因而成为后殖民研究不可或缺的元素。

　　民族文化认同问题也将流散与后殖民文化批评联结在一起。在后殖民时代,殖民主义企图以文化同质化策略把全球各地的民族文化纳入一个更大的话语权力结构中,使越来越多的民族尤其是前殖

民地民族的文化特性、民族意识受到压制，这种更为隐蔽的殖民化进程引发的不良后果之一便是文化认同危机。在反殖民时代，激进的民族主义是对抗异质民族文化侵略的有力武器；在后殖民时代的全球化潮流中，各民族文化只能在交流与对话中才能更好地生存与发展。弱势民族面临着如何在与强势文化交流的同时保持自身民族文化的问题。这种民族文化认同的焦虑在流散群体中也普遍存在。在与旧世界分离或与新世界融合的艰难过程中，他们被两种或多种民族文化撕扯，无法找到自我身份的准确定位和归属，如何为自我在多种民族文化间找到理想的平衡点是他们关注的问题。流散群体对主体身份的思索必然会引发他们对后殖民时代民族文化问题的关注，投身到后殖民文化批评的浪潮中来。他们的切身体验与双重视野必将为后殖民批判带来重要的参考价值。

流散所特有的跨越性与后殖民批评所要求的视角不谋而合。流散是一种游走的、不确定的状态，没有所谓的中心与边缘、内部与外部。流散者游弋于多种文化之间，又不完全属于其中任何一种，因此具有更宽广的视野，能以跨越、多元、互动的思维模式观察和思考问题。后殖民理论是西方后现代主义对西方传统"现代性"的反思与批判大潮中涌现出的理论话语之一，旨在批判和消解东方主义、文化帝国主义等传统西方中心主义思想。后殖民批评家们将东方与西方、第一世界与第三世界的关系纳入相对的而非绝对的、多元的而非单一的体系中重新定位，所秉承的正是一种开放、流散的批判视野。全球化时代的流散现象既引发了后殖民批判，也为其提供了崭新的视角与思考模式。

## 二　流散知识分子对后殖民文化理论的建构

后殖民批判离不开流散群体中的知识分子，虽然文化的去殖民

 绪 论

化还需要漫长的过程,他们仍在孜孜不倦地尽力。经济领域的全球化促进了文化间的渗透与融和,也同样引发了全球化与本土化、同一性与多样性等文化价值观念的冲突。引发这一系列冲突的主要根源是西方文化霸权主义,西方企图通过话语霸权占领世界文化的中心地位,而将非西方的传统文化边缘化。后殖民批评揭示的正是西方文化与东方文化在深层次上的此种权力关系。边缘文化抵抗文化霸权的方式之一便是在全球化的文化互动中渗入主流文化中,并力图通过文化的混杂性与多元性消解主流文化霸权,许多来自第三世界国家的流散知识分子便属于这样的"文化使者"。他们中间既有专门从事后殖民理论建构的文论家,也有将后殖民批判具体运用于文学作品的作家;既有从第三世界国家流散至西方的亚非拉裔群体,也有从西方流散至东方的欧美裔群体。

(一)流散文论家的贡献

弗兰兹·法侬(Frantz Fanon)是早期的后殖民理论家,其理论出现于 20 世纪六七十年代,正值殖民时代和后殖民时代交界时期,对后殖民批评理论的产生与建构产生了重要影响,被誉为后殖民主义文化批评的先驱。法侬出生在法属殖民地马提尼克岛,从小接触到的文化教育是法国式的,与生俱来的黑皮肤却使他受到法国种族主义的歧视,在民族身份定位上处于流散状态。在阿尔及利亚的经历也使他进一步看到殖民主义对被殖民者的伤害:宗主国除了从语言上同化被殖民者外,还向他们灌输一种与肤色差异相关联的血统尊卑观,宣扬白色人种天生尊贵、有色人种天生卑下的思想,让黑人远离自身的民族文化和民族意识,在思想上永远处于被殖民的地位,永远失去他们的精神家园。在《黑皮肤,白面具》(*Black Skin, White Masks*)一书中,法侬对语言与民族文化、民族身份的关系进行了深刻阐释,揭露了西方的文化殖民手段,也为被殖民地人民在

后殖民时代重建民族文化、重塑民族身份提供了理论参考。

被称为"后殖民三剑客"的爱德华·萨义德（Edward W. Said）、霍米·巴巴（Homi K. Bhabha）和佳亚特里·斯皮瓦克（Gayatri C. Spivak），都是从亚洲流散至欧美国家的后殖民理论家。他们清楚地意识到本民族的"失语症"，又在西方话语中发现了殖民的根源，从理论上对西方霸权式文化知识结构进行剖析和抨击。萨义德的《东方主义》（Orientalism）、《流亡的反思及其他论文》（Reflections on Exile and Other Esays）、《文化帝国主义》（Culture and Imperialism）等著作，从切身流散体验出发，以独特视角观察并揭露西方中心权力话语对东方的文化殖民。《东方主义》标志着后殖民研究的兴起，在大量历史资料和文学文本基础上，对葛兰西的文化霸权理论和福柯的话语权力说进行了创造性应用，揭露了西方与东方之间在文化、知识、语言方面表现出的权力关系。他说："大部分源于小时候在两个英国殖民地所获得的'东方人'意识。我在那两个殖民地（巴勒斯坦和埃及）和美国接受的所有教育都是西方式的，然而早期产生的这一意识却深深地留在了我的脑海里……在漫长的过程中，我一直力图运用我的教育幸运地给予我的那些历史、人文和文化的研究工具尽我所能地保持一种严肃而理性的批判意识。然而，这么做的时候，我从来都没有忘记我曾经亲身经历过的作为'东方人'的文化现实。"[①]

巴巴进一步发展了后殖民批判。他借用拉康的精神分析法，剖析外在的强权如何在心理上扭曲人性，由此引发其对后殖民时代的文化霸权、文化身份等问题的研究，他站在"少数话语"的立场上，从文化身份角度关注第三世界如何通过积极书写自我、与西方平等

---

[①] ［美］爱德华·W. 萨义德：《东方学》，王宇根译，生活·读书·新知三联书店1999年版，第34页。

## 绪 论

对话等方式抵抗西方的文化殖民。巴巴是出生于印度的波斯人后裔，后来移居美国，多重文化身份使他时常陷入对自我身份的思考。为了在西方社会发出声音，他不得不与西方主流文化认同，从而获得与西方人平等的话语权力，但根深蒂固的印度民族文化因子并没有被新的民族文化身份抹去，于是他时刻体验着一种混杂身份。正是这种夹杂着东西方异质文化的身份使巴巴建构了他的后殖民理论。他提倡以"杂糅"（Hybridity）、"模拟"（Mimicry）等方式"逆写帝国"抵抗、颠覆西方的文化殖民，建立文化的"第三空间"（Third Space），以此解决后殖民时期流散民族的文化定位问题。

斯皮瓦克出生于印度，后移居美国。她与其他流散学者同样面临着身份定位的尴尬：不得不最大限度融入西方社会，从边缘走向中心；"又不能心悦诚服地认同于具有强烈宗主国色彩、与西方文化传统极具亲和力的美国"。[①] 特殊的流散身份促使她在学术研究中具备了独特的多元批评视角，她说："我要做的工作就是要搞清楚我的学术困境。总而言之，我的位置是活的。"[②] "活"既意味着主体身份的多重性，也意味着观察视域的自由性。她看到了西方女性主义中存在的后殖民主义倾向，其"属下"研究为第三世界妇女的解放提供了理论指导。她将女权主义、西方马克思主义、解构主义等理论融入后殖民理论，取各家理论之所长，全方位地揭露并解构西方后殖民主义话语中暴露的种族中心主义、男性中心主义和西方中心主义。

（二）流散作家的贡献

许多从第三世界到西方的流散作家也具有与后殖民理论家相同的批判意识。对于认同的关切支撑着流散文学的存在，跨越民族、

---

[①] 曹莉：《史碧娃克》，台北：生智文化事业有限公司1999年版，第183页。
[②] G. C. Spivak, *The Post-colonial Critic*: *Interviews*, *Strategies*, *Dialogues*, Ed. Sarah Harasym, New York & London: Routledge, 1990, p. 69.

语言、文化等多个层面的流散文学必然触碰到身份问题。流散作家在写作中往往表现出对自我身份的追问，在流散作品中处处可感知到作家居无定所的漂泊感和茫然感，他们在现实生活中一时找不到合适出路，便将内心的苦闷和无奈诉诸文字，将文学创作当作解忧的权宜之计。但流散作家的身份被后殖民批评家当作一种积极的文化融合结果而肯定和推崇，利用双重文化身份从全新角度审视文化杂糅现象。他们站在两种文化中间，看清了西方对东方实施文化霸权的秘密机制，目睹东方如何在西方话语中被扭曲和变形而成为一种政治镜像式的虚构存在，意识到西方强权政治通过建构起东西方在政治、经济、文化等诸方面的二元对立以强化西方中心主义，让东方诸国成为永远陪衬西方的边缘国家。流散作家不断拓展认知视野，提升认识高度，培养出否定性的精神和敏锐的批判意识。面对西方在全球化时代的新型殖民手段，他们用文字发起了对文化霸权的后殖民批判。在流散文学中常可见到对文化帝国主义的揭露、对被殖民地"小写历史"的再现、对被遮蔽的民族文化身份的挖掘以及作为殖民反抗的反话语建构等后殖民批判。

在当今的世界文坛上活跃着一批身处流散境遇的作家，如萨尔曼·拉什迪（Salman Rushdie）、维·苏·奈保尔（V. S. Naipaul）、约翰·马克斯韦尔·库切（John Maxwell Coetzee）、石黑一雄（Kazuo Ishiguro）、芭拉蒂·穆克吉（Bharati Mukherjee）、维克拉姆·塞思（Vikram Seth）、扎迪·史密斯（Zadie Smith）等。奈保尔出生于特立尼达和多巴哥的一个印度移民家庭，后移居英国，多次到亚洲、非洲等地游历考察，是典型的流散作家。在他的作品中流露出对自我身份的思索与追寻，在文本深层次上不难看到折射出的后殖民批判。20世纪60年代的回乡之旅使奈保尔清楚而痛苦地认识到，虽然在殖民地看不见殖民统治者，但并不表明被殖民者真正地获得了独立与自由。前殖民地在政

## 绪 论

治上摆脱了西方帝国的统治,但在文化意识层面依旧受到其制约与压迫。他的作品记述并反映了后殖民主义时期宗主国对前殖民地的控制和破坏,在小说《河湾》(*A Bend in the River*)中,他向读者描绘了非洲殖民地国家独立后的境况,在政治管理模式和文化观念上刻意模仿西方,完全看不到本土文化的影子。在本土文化面临被外来文化吞噬时,后殖民国家的人们却表现出对文化认同的彷徨与无措,反映出精神上的漂泊"无根"感。与掌控政治、经济权力的殖民手段相比,后殖民时期的文化殖民是一种更隐蔽、更彻底、更有利于殖民统治的方式,使本土文化在潜移默化的影响中认同西方文化。小说主人公萨里姆就是一个例子,他对自己家和印度洋的历史都是"从欧洲人写的书上了解到的",在他看来,"如果没有了欧洲人,我们的过去就会被冲刷掉,就好像镇外那片沙滩上渔人的印迹一样"。文化殖民的恶果也体现在《中间道路》(*The Middle Passage*)中,"黑人……的价值是极端偏执的白人帝国主义价值。印度人歧视黑人,除了继承了白人对黑人的所有偏见外,还因为黑人不是印度人……印度人和黑人都通过白人来表现他们如何瞧不起对方"。《效颦者》(*The Mimic Men*)、《在一个自由的国度》(*In a Free State*)、《游击队员》(*Guerrillas*)等也都反映了殖民地独立后暴露的种种社会问题,涉及身份、模仿、前殖民地与宗主国的关系等多方面的后殖民主题。

出生于印度孟买、后移居英国的拉什迪在《想象的家园》(*Imaginary Homelands*)里谈到流散作家复杂的错位感时,认为他们对家园的记忆是碎裂性的,"只能通过破碎的镜子来处理一切了,而且破碎的镜子的某些碎片已经不可挽回地失去了"①。但也正是从破碎的镜子中发现了新的空间:"破碎的镜子实际上与一面完美无瑕的镜子一

---

① 石海军:《破碎的镜子:"流散"的拉什迪》,载《当代外国文学》2006 年第 4 期。

绪 论

样宝贵……从古代文物的碎片中我们有时能够重新建构过去的时代。"① 这一观念为拉什迪思考后殖民时代的历史书写问题提供了崭新的思维,在小说《午夜的孩子》(Midnight's Children)中,拉什迪打破故事与历史、虚构与真实的界限,从流散者特有的多元角度书写破碎的历史,反抗极具后殖民主义色彩的西方"大写历史"。祖籍斯里兰卡的加拿大作家迈克尔·翁达杰(Michael Ondaatje)也是后殖民文学群体的重要成员之一,流散经历造就的双重视角使他清楚地看到西方对东方、西方内部主流社会对边缘群体在文化、历史上的同化、改写、抹杀等文化霸权行为。他在小说中大胆揭露西方的后殖民主义,赋予"局外人"或"边缘人"——从历史上的小人物到当下斯里兰卡内战中的普通百姓,从西方外部或内部的边缘群体到两种文化之间的流散者——更多的表现空间,为他们书写历史并以此挑战西方"大写历史"的权威,促成"宏大叙述的崩溃"。② 因政治原因常年流落异国他乡的尼日利亚作家沃勒·索因卡(Wole Soyinka)在作品中大胆地"逆写帝国",运用具有非洲特色的英语进行创作,以此对抗宗主国的语言殖民。他还将非洲本土文化传统作为创作资源,意在解构西方中心主义,抨击帝国主义的文化殖民。同时还关注东方与西方、西方内部主流群体与边缘群体在全球化时代的关系走向。在后殖民文学大军中,如奈保尔、拉什迪、索卡因、翁达杰这样以文字反抗西方强势文化的流散作家比比皆是,他们的作品既是对自身流散经历的后现代思考,也是对后殖民批评的进一步深化。

边缘文化抵抗文化霸权的方式之一是在全球化的文化互动中渗

---

① 石海军:《后殖民:印英文学之间》,北京大学出版社2008年版,第100—101页。
② Jean-Francois Lyotard, *The Postmodern Condition: A Report on Knowledge*, Trans. Geoff Bennington and Brian Massumi, Minneapolis: University of Minnesota Press, 1984, p. 15.

绪 论

入主流文化,并力图通过文化的混杂性与多元性消解主流文化霸权,来自第三世界国家的流散知识分子便属于这样的"文化使者"。在流散至第三世界国家的欧美裔知识分子群体中,是否存在具有同等后殖民批判精神的人呢?答案是肯定的。流散作家赛珍珠(Pearl S. Buck)就是一个典型例子。赛珍珠出生于美国弗吉尼亚州西部,4个月时就随传教士父母来到中国,并在中国生活和工作了近40年。她广泛接触中国各阶层人士,长期的中国生活经历使她接受并认同中国文化,而来自家庭内部父母的西方文化熏陶以及在美国接受的大学教育,使她也受到西方文化的影响。在赛珍珠幼年时期,双重文化的影响没有给她带来太多的压力,但当她经历了义和团运动、北伐战争后,她"有生以来第一次真正认识到自己是谁,我是一个白人妇女,不管我对中国——我的第二祖国的人民有多么深的感情,也没有什么能改变我的血统。……我无法逃避我是白人这一事实"①。然而,回到美国后她找不到心灵的归属感,成了在两种文化之间彷徨的流散者。作为一位对现代中国的特殊见证人,她充分利用自己的双重视角,以文字作为沟通中西方文化的桥,向西方传达中国和中国人民的真实面貌,让西方人摆脱惯有的偏见。凭借着对中国的不同于西方作家们的切身体验,她创作了大量中国题材的小说,如《大地》(*The Good Earth*)、《儿子们》(*Sons*)、《分家》(*A House Divided*)、《母亲》(*The Mother*)、《东风·西风》(*East Wind: West Wind*)、《闺阁》(*Pavilion of Women*)、《爱国者》(*The Patriot*)、《龙种》(*Dragon Seed*)等,反映民国以来的中国历史和生活。这些作品在各方面都有别于西方诸多宣扬殖民主义意识的作品。赛珍珠没有将中国文化丑化为落后、野蛮、非理性等负面形象,她力求客观地将她的所

---

① [美]赛珍珠:《我的中国世界》,尚营林、张志强等译,湖南文艺出版社1991年版,第9页。

## 绪 论

见所闻展现于纸面。比如《大地》以现实主义手法描述了一个普通中国农民家庭祖辈三代的人生追求和生活状态，书写了中国动荡社会背景下农民的艰苦生活，也客观反映了中国农民思想与行为中封建落后的一面，真切地展现出一幅广阔的中国农村生活画面。她对中国人形象的如实描写，得到了马尔科姆·考利（Malcolm Cowley）的赞同："布克夫人确有一种展现中国人的才能，她没有把他们描写为稀奇古怪、不合理性、异国情调的黄皮肤的魔鬼玩偶。"① 她自己也曾说过："我不喜欢那些把中国人写得奇异而荒诞的著作，而我的最大愿望就是要使这个民族在我的书中，如同他们自己原来一样真实正确地出现，倘若我能够做到的话。"② 其创作初衷就是要把真实的中国展现给世界，让西方人认识真实的中国和中国人。其深层次的动机是为这些西方人眼中作为"他者"存在的东方国家树立起属于其自身的形象，赋予其应有的独立的主体性，并以此揭露作为文化殖民手段的西方宏大叙述的虚伪性。

在流散到第三世界国家的欧美裔知识分子群体中，有的是前殖民地的殖民者后裔。与赛珍珠不同，他们的先辈在殖民时期是宗主国在殖民地的代言人和统治者。一方面，先天的历史地位注定他们无法完全融入当地文化，另一方面，虽然他们在血统和种族上属于宗主国，但生长环境使他们不可避免地疏离了母国文化，于是成了生存于两种文化之间的"夹缝人"，在文化身份上处于漂泊不定的流散状态。欧美裔流散作家群体中，有的极力支持、维护西方殖民行为，其作品带有浓厚的东方主义色彩，成为西方文化殖民武器之一。但也有不少作家结合自身的流散体验，在理论或创伤中对帝国主义的殖民行径进行了深刻批判，力图以文字解构西方帝国神话，关注

---

① 郭英剑：《外国名家论赛珍珠》，载《河南师范大学学报》1993年第6期。
② 叶廷芳：《中国人的生活就是我的生活》，载《文汇报》2009年11月23日。

 绪 论

后殖民时代前殖民地人民的民族身份、历史书写、话语权利等问题。约翰·马克斯韦尔·库切（John Maxwell Coetzee）是生长于南非的荷兰裔作家，在血缘与种族上他与西方文化有着无法摆脱的传承关系，但南非的生存背景和经验赋予了库切另一个"南非的自我"，两个自我造就了他的混杂性身份。混杂性身份给库切带来痛苦的同时，也为他带来了自由开放的思考空间。他多部作品中的人物，如《耻辱》（Disgrace）、《福》（Foe）、《铁器时代》（Age of Iron）中的主人公都有流散经历，他们在身份困境中努力寻找出路，为南非抵抗西方的文化殖民、重塑民族文化提供了重要启示，体现了流散作家特有的忧患意识。混杂的主体体验对库切的文学创作有所启发，他主张摆脱传统西方文学的框架，建立南非本土的民族文学，在文体上体现出不同于西方传统文类的混杂性风格。他将非洲文学因素尤其是古老的非洲神话融入小说叙述中，具有与欧洲文化权威相抗争的意义。库切还运用戏仿、反讽、虚拟等手法，揭示了帝国白色神话的制造过程，消解了西方大写历史的权威性。《黄昏的大地》（Dusklands）中"雅各布·库切的叙述"就是戏仿制造帝国神话的欧洲旅行叙述模式，同时有意暴露其虚构性，以此表明帝国历史权威是可以被质疑和被推翻的。此类"反话语"实践还体现在库切对西方经典殖民文学的解构性重写上：《福》是对《鲁滨逊漂流记》的反讽性模仿与改写，后者本是借鲁滨逊对岛屿的开发以及他与星期五的主奴关系表现大英帝国征服世界的英雄神话，库切笔下的克鲁索却没有英雄气概和远大理想，最后在被迫离开岛屿的途中死去。《福》的叙述者也由原著中的男性殖民者鲁滨逊转为处于边缘位置的女性苏珊，以此凸显边缘对中心的挑战。有了赛珍珠、库切这类欧美裔流散知识分子参与，后殖民理论才不会成为第三世界流散知识分子的个体经验或少数言论，后殖民批判才会在学术界愈演愈烈。

## 绪 论

　　无论是流散的后殖民理论家还是流散作家，都关注后殖民境况中流散主体的文化身份问题。全球化时代的移民潮使得流散成为比任何时代都更为普遍的现象，文化身份认同问题也比任何时代都更为凸显。后殖民理论研究的核心内容之一就是主体的文化身份问题，关注在不同文化间漂流的主体所必然面对的主体重建经验。从巴巴的"杂糅"到斯皮瓦克的"属下能说话吗"，再到萨义德的"阈限空间"（liminal space）等，涉及的均是文化身份问题。流散者在多重文化形成的张力间寻找自我身份，在与异质文化磨合的过程中必然伴随着与母体文化的疏离，然而根深蒂固的母体文化又使得他们无法完全融入新的移居地文化和社会习俗，其结果是自我文化身份的分裂，并在每种文化中都沦为边缘地位，萨义德说："在地理上，'永远背井离乡'，不管走到天涯海角，都'一直与环境冲突'，成为'格格不入''非我族类'的外来者；在心理上，'对于过去'难以释怀，对于现在和未来满怀悲苦。"[①]

　　但在另一方面，这些后殖民理论家也看到混杂身份为流散者们带来分裂痛苦的同时也让他们拥有了更为广阔的视野，看到了生活在单一文化模式内的人们所看不见的事实。巴巴认为"最真的眼睛现在也许属于移民的双重视界（doublevision）"[②]，萨义德辩证地分析了知识分子的流亡状态，他认为流亡这种状态也"带有某种报偿……甚至带有某种特权"——"大多数人主要知道一个文化、一个环境、一个家，流亡者至少知道两个……"[③] 这些具有流散经历的后理论家

---

[①] ［美］爱德华·W. 萨义德：《格格不入：萨义德回忆录》，彭淮栋译，生活·读书·新知三联书店 2004 年版，第 12 页。

[②] Homi Bhabha, "Life at the Border: Hybrid Identities of the Present", *New Perspective Quarterly*, Vol. 14, No. 1, (Winter) 1997a, p. 30.

[③] ［美］爱德华·W. 萨义德：《知识分子论》，单德兴译，生活·读书·新知三联书店 2002 年版，译者序第 1 页。

## 绪 论

清楚地意识到本民族的"失语症",又在西方话语中发现了殖民的根源,从理论上对西方霸权式文化知识结构进行了剖析和抨击。他们利用所处的"阈限空间"这一优势,认识到"身份认同并不一定意味着本体上的一种先天性质,或者意味着一种永恒稳定的唯一性和不可变更的特征,也不是什么完整的、完美东西的特殊领地"[①],转而从"流散""文化杂糅"等方面重新思考身份的问题,将其看作流动的、混合的和建构的。

流散文学作品中充满了由异质话语的冲突和妥协所形成的张力,能同时引起母国和他国读者的共鸣,并使他们在阅读过程中经历与异质文化的对话和交流。从这个意义上讲,流散作家不自觉地扮演起多种文化间的"协调者"角色,流散文学也成了增进各民族文化交流与互动、包容与理解的平台。流散作家游移于多种文化之间的"阈限空间",具有从"第三种维度"进行阐释与批判的主动性与自觉性,积极参与文化的传承、改造与颠覆。研究流散文学中包含的上述复杂主体经验,探讨流散个体或群体在跨文化体验中如何努力改变、适应新身份或维系旧身份,如何在多重文化间做出选择等,无疑是流散研究中富有意义的主题。

### 三 研究缘起及研究现状

在诸多流散作家中,祖籍斯里兰卡、现居加拿大的作家迈克尔·翁达杰(Michael Ondaatje)堪称该群体中的领军人物,他在文学上的成就有目共睹。翁达杰1943年出生于锡兰(今斯里兰卡),11岁时随母亲到英国,19岁到加拿大学习文学,1965年在多伦多大学(U-

---

[①] [美]爱德华·W.萨义德:《文化与帝国主义》,李琨译,生活·读书·新知三联书店2003年版,第449页。

niversity of Toronto）获得学士学位，1967 年获得皇后大学（Queen's University）文学硕士，此后定居于多伦多。先后执教于英国西安大略大学（University of Western Ontario），多伦多约克大学格兰登学院（Glendon College, York University），担任多所大学的客座教授，并主编文学评论杂志《砖》（Brick：A Journal of Reviews）。

翁达杰早期作品以诗歌为主，包括被称为"超现实主义现代诗"代表作的《优雅怪物》（The Dainty Monster, 1967）、《七个脚趾的人》（The Man with Seven Toes, 1969）等。1970 年，其诗集《比利小子作品集》（The Collected Works of Billy the Kid）获"加拿大总督奖"（Governor General's Award）。翁达杰从 70 年代开始尝试小说创作，1976 年他的第一部小说《经过斯洛特》（Coming Through Slaughter）出版，并获"加拿大图书奖"（Books in Canada），1980 年由其改编而成的同名戏剧获"加拿大—澳大利亚文学奖"（Canada-Australia Literary Prize）。另一部作品《身着狮皮》（In the Skin of a Lion）1988 年获"多伦多市图书奖"（City of Toronto Book Award）和"三叶图书奖"（Trillium Book Award）。而使他成名于世界文坛的是以二战为背景的小说《英国病人》（The English Patient），1992 年获得英国小说最高奖项——"布克奖"（Booker Prize）和加拿大小说类文学最高奖——"吉勒奖"（Giller Prize），1996 年根据其改编的同名电影获 9 项奥斯卡大奖，2018 年获得"金布克奖"（The Golden Man Booker Prize）。2000 年出版的《阿尼尔的灵魂》（Anil's Ghost）又连续摘得四项桂冠："吉勒奖""桐山环太平洋文学奖"（Kiriyama Pacific Rim Book Prize）、"爱尔兰时报国际小说奖"（The Irish Times International Fiction Prize）、"加拿大总督文学奖"。除了写作，翁达杰还对拍电影有着浓厚的兴趣，曾经导演拍摄过几部纪录片。

同其他流散作家一样，翁达杰处在两种文化的挤压与冲突之中，

 绪 论

但他站在一个相对中立的立场上,较为客观地描述着两种文化、两种价值体系的对抗和融合,显示出冷静而智性的审视眼光。特殊的人生经历与文化背景使翁达杰的作品包含了母国或西方文学少有的多元文化因子,从他早期的作品里就可以看到斑斓的斯里兰卡、澳大利亚、美国西部等异域色彩。同时,他对传统进行反叛和颠覆,在内容、体裁、写作技法等方面均打破传统小说的套路,这类"非小说"作品极具后现代主义特色。翁达杰的作品富于想象,优美的词句和生动的描绘在带给读者感官享乐之余,也留下许多空白,等待他们从多个角度去思考和填补其中隐含的深刻寓意。

我们在西方媒体评论的只言片语中便可窥见翁达杰作品的魅力:《华尔街日报》(*Wall Street Journal*)将他称作"北美洲最优秀的小说家之一";《辉格—标准报》(*Whig-Standard*)称赞他为"这个国家最优秀、最令人钦佩的工匠和艺术家……其语言的震撼力和独创性是罕见的……";美国《村声杂志副刊》(*Village Voice Literary Supplement*)评论翁达杰的想象力丰富到"能在一个段落中就飞越数个大洲";《纽约时报书评》(*The New York Times Book Review*)认为"翁达杰最非凡的成就是运用魔法使自己国家流淌着真实的血液";《纽约客》(*The New Yorker*)不吝言辞地总结:"他的每一本书里都充满了具有如此精妙、如此生动的章节,以至它们成了我们自身的一部分……他最出色的段落就在书页上方盘旋,然后飞入读者的心灵。"

翁达杰的跨界文学是一种新形态的世界文学,反映出全球化时代的政治、历史、文化等方面的现象和问题,理应成为关注的对象。在欧美等西方国家和斯里兰卡本土都有为数较多的翁达杰小说研究,但在中国对这位蜚声世界文坛的作家及其作品的研究却是屈指可数,这不能不说是翁达杰作品传播和研究的缺憾。作为流散文学中一个

具体而丰富的个案，翁达杰及其小说的研究具有很强的针对性和现实意义，这也是笔者将其作为研究对象的题中之义。

从目前笔者所掌握的外文资料来看，国外对翁达杰及其作品的研究成果颇丰，共搜集到著作7部、论文136篇、访谈录6篇。单就小说研究而言，有对小说的本体研究，包括主题、人物、叙述技巧等，也有外部研究，如小说的社会反响、与其他艺术作品的比较研究等，不一而足。

国内对这位流散作家的研究尚处于起步阶段。国内的流散文学研究主要有两大方面：第一，流散文学发展历程及其特点；第二，流散作家作品研究。其中以流散群体为对象的研究主要集中在海外华文文学这一20世纪80年代初出现的新学术领域。在单个流散作家的研究中，学界关注较多的对象是萨尔曼·拉什迪、维·苏·奈保尔、约翰·马克斯韦尔·库切、卡里尔·菲利普斯（Caryl Phillips）、艾萨克·巴什维斯·辛格（Isaac Bashevis Singer）、伯纳德·马拉默德（Bernard Malamud）、哈金、梨华、白先勇、聂华苓等作家。相比之下，翁达杰及其作品受到的关注较少。其中有关《英国病人》的研究资料相对较多，但三分之二是对由小说改编的同名电影的评论，对小说文本的研究偏少。从学术期刊、硕博士学位论文、文学网站等资源库中获得的其他几部小说的相关研究资料一共仅有7篇论文和1篇硕士学位论文。这些研究总体来看比较零散，绝大多数仅选取单部小说展开分析，缺乏对翁达杰小说的系统性研究。

以下从"综合性研究"与"单部小说研究"两方面将搜集的翁达杰小说研究做概要性梳理。由于单篇论文数量较多，故在正文中只简要举例说明，详细信息附在正文后的参考文献中。

（一）综合性研究

在研究翁达杰及其作品的著作中，最早的一部是由莱斯利·曼

## 绪　论

德威勒（Leslie Mundwiler）写的《迈克尔·翁达杰：语言，意象，想象》[1]，以翁达杰的部分诗歌、小说、电影为例，论述他对语言、意象、想象的运用技巧。山姆·索莱茨基（Sam Solecki）编著的翁达杰研究论文集《蜘蛛布鲁斯》[2] 从多方面讨论了翁达杰的小说与诗歌。道格拉斯·巴伯尔（Douglas Barbour）的《迈克尔·翁达杰》[3] 主要研究翁达杰诗歌和小说，并简要介绍翁达杰个人经历。艾德·卓文斯基（Ed Jewinski）著的《迈克尔·翁达杰：出色地表达你自己》[4] 是一本传记加评论式的书，记录翁达杰从童年到五十几岁获得布克奖的人生经历。

米塔·班纳杰（Mita Banerjee）的《历史的杂味化——三位作家及后现代辩论》[5] 研究三位移民作家萨尔曼·拉什迪、迈克尔·翁达杰、芭拉蒂·穆克吉在作品中体现的与他们跨文化经历有关的特色及所引发的对后殖民主义、后现代主义理论的思考。让-米歇尔·拉克鲁瓦（Jean-Michel Lacroix）的《重建迈克尔·翁达杰作品的碎片》[6] 是翁达杰（小说）研究论文集。安尼克·希格尔（Annick Hillger）的《不需要所有的语言——翁达杰的"沉默"文学》[7] 以诗歌《白桦树皮》（*Birch Bark*）为出发点，讨论贯穿翁达杰所有作品中的"沉默"美学。

---

[1] Leslie Mundwiler, *Michael Ondaatje: Word, Image, Imagination*, Toronto: The Coach House Press, 1984.

[2] Sam Solecki, ed., *Spider Blues: Essays on Michael Ondaatje*, Montreal, Canada: Véhicule Press, 1985.

[3] Douglas Barbour, *Michael Ondaatje*, New York: Twayne Publisher, 1993.

[4] Ed Jewinski, *Michael Ondaatje Express Yourself Beautifully*, Ontario: ECW Press, 1994.

[5] Mita Banerjee, *The Chutneyfication of History—Salman Rushdie, Michael Ondaatje, Bharati Mukherjee and Postcolonial Debate*, Heidelberg: Universitätsverlag C., (Winter) 1995.

[6] Jean-Michel Lacroix, ed., *Re-Constructing the Fragments of Michael Ondaatje's Works*, Paris: Presses de la Sorbonne Nouvelle, 1999.

[7] Annick Hillger, *Not Needing All the Words—Michael Ondaatje's Literature of Silence*, McGill-Queen's University Press, 2006.

## 绪 论

以短篇论文为形式的综合性研究分为两类。第一类从作品本体入手，研究翁达杰偏好的写作技法、风格和主题。如彼特·伊森伍德（Peter Easingwood）论证翁达杰用传奇（romance）来反官方历史叙述的手法。[1] 乔治·埃利奥特·克拉克（George Elliott Clarke）探讨翁达杰对诗歌、小说作品中的神话元素的运用及相关观点。[2] 凯瑟琳·坎贝尔（Catherine Campbell）分析包括翁达杰在内的几位加拿大后现代作家作品中的"沉默"。[3] 洛伦·约克（Lorraine York）研究翁达杰诗歌、小说中的性政治。[4] 第二类是跳出作品研究翁达杰本人及其他相关的外部因素。碧佛莉·史洛鹏（Beverly Slopen）论述翁达杰生活过的每个国家对他的写作均有影响；威赫姆斯·M.维尔霍文（Wilhelmus M. Verhoeven）研究穆克吉对翁达杰的批判及对此的辩论。[5] 苏万达·苏甘纳西瑞（Suwanda Sugunasiri）讨论翁达杰等"逃离革命的资产阶级"的斯里兰卡裔加拿大诗人们。[6]

山姆·索莱茨基（1975，1984）[7]、杰瑞·图尔科特（Gerry Tur-

---

[1] Peter Easingwood, "Sensuality in the Writing of Michael Ondaatje", in Jean-Michel Lacroix ed., *Re-Constructing the Fragments of Michael Ondaatje's Works*, Paris: Presses de la Sorbonne Nouvelle, 1999, pp. 79 – 96.

[2] George Elliott Clarke, "Michael Ondaatje and the Production of Myth", in *Studies in Canadian Literature*, Vol. 16, No. 1, 1991, pp. 1 – 21.

[3] Catherine Campbell, "Hearing the Silence: A Legacy of Post-modernism", Ph. D. dissertation, Universite de Sherbrooke (Canada), 2003, 212 pages, AAT NQ85170.

[4] Lorraine M. York, "Whirling Blindfolded in the House of Woman: Gender Politics in the Poetry and Fiction of Michael Ondaatje", in *Essays on Canadian Writing*, Iss. 53, (Summer) 1994, pp. 71 – 85.

[5] Wilhelmus M. Verhoeven, "How Hyphenated can You Get?: A Critique of Pure Ethnicity, (Idols of Otherness: The Rhetoric and Reality of Multiculturalism)", in *Mosaic (Winnipeg)*, Vol. 29, No. 3, (Sept.) 1996, pp. 97 – 116.

[6] Suwanda H. J. Sugunasiri, "'Sri Lankan' Canadian Poets: The Bourgeoisie that Fled the Revolution", in *Canadian Literature*, No. 132, 1992, pp. 60 – 79.

[7] Sam Solecki, "An Interview with Michael Ondaatje (1975)", in Sam Solecki, ed., *Spider Blues: Essays on Michael Ondaatje*, Montreal, Canada: Véhicule Press, 1985, pp. 13 – 27; Sam Solecki, "An Interview with Michael Ondaatje (1984)", in Sam Solecki, ed., *Spider Blues: Essays on Michael Ondaatje*, Montreal, Canada: Véhicule Press, 1985, pp. 321 – 332.

cotte，1994）①、埃莉诺·沃奇特尔（Eleanor Wachtel，1994）②、凯瑟琳·布什（Catherine Bush，1994）③、雷恩·施尔（Len Scher，1993）④ 曾经采访过翁达杰，访谈涉及面广，将翁达杰的诗歌、小说、散文、电影创作感想和他的个人生活经历都囊括进来。这些访谈文章大多不具备严密的学术逻辑和研究观点，但却在更加"原生态"的层面上为我们了解和研究翁达杰小说编织起了形象的学理性背景。

（二）单部小说研究

第一，《世代相传》。

翁达杰很少公开自己的过去和私人生活，因而《世代相传》这部极具自传色彩的作品吸引了众多读者和评论家们的目光。目前已有的研究可粗略地分为以下四类。第一类分析小说中体现的作者身份，如罗西欧·戴维斯（Rocío Davi）指出翁达杰处于两种文化之间，在《世代相传》中以一种立体视角和双重身份在事实和必要的虚构之间徘徊。⑤ 第二类研究作品中体现的历史观。索尼亚·斯内林（Sonia Snelling）论述翁达杰采用多角度、多声部、自觉的省略与不协调、事实与虚构混合等策略凸显历史编纂中的不连续性和多重性，其"寻找缺失的过去"的主题构成了对西方宏大历史叙述的权威与普适性的解散和质疑。⑥ 第三

---

① Gerry Turcotte, "'The Germ of Document': An interview with Michael Ondaatje", in *Australian Canadian Studies*, Vol. 12, No. 2, 1994, pp. 49 – 58.

② Eleanor Wachtel, "An Interview with Michael Ondaatje", in *Essays on Canadian Writing*, Iss. 53, (Summer) 1994, pp. 250 – 261.

③ Catherine Bush, "Michael Ondaatje: An Interview", in *Essays on Canadian Writing*, Iss. 53, (Summer) 1994, pp. 238 – 246.

④ Len Scher, *An Interview with Michael Ondaatje* (disc), Vol: 1 cassette. American Audio Prose Lib. PO Box 842, Columbia, MO 65205, 1993.

⑤ Rocío G. Davis, "Imaginary Homelands Revisited in Michael Ondaatje's *Running in the Family*", in *English Studies*, Vol. 77, No. 3, 1996, pp. 266 – 274.

⑥ Sonia Snelling, "'A Human Pyramid': An (Un) Balancing Act of Ancestry and History in Joy Kogawa's *Obasan* and Michael Ondaatje's *Running in the Family*", in *The Journal of Commonwealth Literature*, Vol. 32, No. 1, 1997, pp. 21 – 33.

## 绪 论

类则与对翁达杰的批判有关，其中既有赞同的呼声，也有反对的声音。比如丹尼尔·戈尔曼（Daniel Coleman）认为翁达杰在《世代相传》中美化殖民者，与东方主义（话语）有同谋关系。[1] 阿杰·赫贝尔（Ajay Heble）则论证翁达杰作品中的去中心化写作策略体现了后殖民批判的写作风格，驳回了对小说"美化政治文化事件"的批判。[2] 最后一类是关于小说写作特色的研究，如约翰·拉塞尔（John Russell）将《世代相传》归类为旅游传记写实小说。[3] 欧内斯特·麦金泰尔（Ernest MacIntyre）分析了翁达杰的诗性想象及"在时间之外"写作的方式。[4]

第二，《阿尼尔的灵魂》。

《阿尼尔的灵魂》是继《世代相传》后又一部反映翁达杰家乡题材的作品，所不同的是范围从家庭扩大到整个国家，讲述发生在斯里兰卡内战时期的故事。评论家们关注小说内的多重声音，而对小说本身的评论声音也是多重的：马纳乌·拉提（Manav Ratti）论证翁达杰通过文学审美空间挑战国家的"抽象和单独的声音"，其现实主义叙述手法确保了对"真实的"和"特定的"现实的展现。[5] 安托瓦内特·伯顿（Antoinette Burton）认为资产阶级的政治情感和保守的信仰使得翁达杰用对历史的浪漫观点构建他的小说写作。[6] 赤

---

[1] Daniel Coleman, "Masculinity's Severed Self: Gender and Orientalism in *Out of Egypt* and *Running in the Family*", in *Studies in Canadian Literature*, Vol. 18, No. 2, 1993, pp. 62–80.

[2] Ajay Heble, "'Rumours of Topography': The Cultural Politics of Michael Ondaatje's *Running in the Family*", in *Essays on Canadian Writing*, Iss. 53, (Summer) 1994, pp. 186–198.

[3] John Russell, "Travel Memoir as Nonfiction Novel: Michael Ondaatje's *Running in the Family*", in *A Review of International English Literature*, Vol. 22, No. 2, (April) 1991, pp. 23–40.

[4] Ernest MacIntyre, "Outside of Time: *Running in the Family*", in Sam Solecki, ed., *Spider Blues: Essays on Michael Ondaatje*, Montreal, Canada: Véhicule Press, 1985, pp. 315–319.

[5] Manav Ratti, "Michael Ondaatje's *Anil's Ghost* and the Aestheticization of Human Rights (Law, Literature, Postcoloniality)", in *A Review of International English Literature*, Vol. 35, No. 1–2, (Jan-April) 2004, pp. 121–139.

[6] Antoinette Burton, "Archives of Bones: *Anil's Ghost* and the Ends of History", in *Journal of Commonwealth Literature*, Vol. 38, No. 1, 2003, pp. 39–56.

## 绪 论

尔瓦·卡纳戛纳亚卡姆（Chelva Kanaganayakam）从东西方对小说《阿尼尔的灵魂》褒贬不一的二分局面出发，探讨形成评论分歧的原因，分析东西方两种不同的评价模式和标准，并为后殖民评论家提出相应建议。① 还有的研究专门评述小说的叙述特色，如道格拉斯·巴伯尔将《阿尼尔的灵魂》定义为"拒绝玩弄政治的政治小说"，分析了小说的零碎性、模糊性、开放性等特色。② 玛格丽特·斯坎伦（Margaret Scanlan）论证翁达杰独特的成就是创造了复制恐怖经历的叙述结构，小说以"时间分裂"为特色，拒绝任何版本的"真实的某一个故事"。③

第三，《英国病人》。

纵观所有研究翁达杰小说的论文，以二战为背景的《英国病人》受到的关注最多，仅笔者收集到的论文就多达65篇。研究所涉及的面也最广，评论家们或将目光专注于小说本体，或向外扩展将之与其他作家、作品或电影版的《英国病人》进行比较研究。异彩纷呈的研究反映出翁达杰的作品承载着多重文学和现实意义，为读者和评论家留下了开放的空间。

内部研究主要包括主题、人物、叙述技法三个层面。主题研究大多集中在历史、后殖民两大方面，比如弗农·普罗旺斯尔（Vernon Provencal）分析小说里呈现的四种不同历史模式（本质主义历史、存在主义历史、后殖民主义历史、后帝国主义历史）及对希罗多德的《历史》的两种阅读模式，阐述翁达杰的后现代历史主义和解构思想。④ 苏珊·埃利

---

① Chelva Kanaganayakam, "In Defense of *Anil's Ghost*", in *A Review of International English Literature*, Vol. 37, No. 1, (Jan.) 2006, pp. 5 – 26.

② Douglas Barbour, "*Anil's Ghost* (Book Review)", in *Canadian Literature*, No. 172, (Spring) 2002, pp. 187 – 188.

③ Margaret Scanlan, "*Anil's Ghost* and Terrorism's Time", in *Studies in the Novel*, Vol. 36, No. 3, (Fall) 2004, pp. 302 – 317.

④ Vernon Provencal, "Sleeping with Herodotus in *The English Patient*", in *Studies in Canadian Literature-Etudes Litterature Canadienne*, Vol. 27, No. 2, 2002, pp. 140 – 159.

## 绪 论

斯（Susan Ellis）归纳出翁达杰在行文中表达出的对殖民主义、历史、文学、两性关系等社会政治维度的关注。[1] 艾丽丝·布里顿（Alice Brittan）则探讨了小说里反映的阅读、写作方式与战争、殖民的关系。[2] 对人物的研究大多与身份有关，比如郑迎春详细解读了四位人物的"属下"身份及在特定历史、社会、政治背景中认知自我身份的过程。[3] 史蒂芬·斯考比（Stephen Scobie）论证翁达杰让人物跟着作家"意愿"走的塑造方式与小说中人物彼此建构身份的过程相似。[4] 翁达杰匠心独特的叙述技巧从来都是评论家们感兴趣的话题。鲁福斯·柯克（Rufus Cook）分析了小说中的叙述压缩手法，将时间、空间向内"挤压"，填补叙述空白。[5] 杨改桃分析了文体混合、硬朗的语体风格、史诗性时空、对原始性元素的描绘等叙述特色。[6]

从外部的比较研究来看，评论家们从不同角度出发，挖掘出《英国病人》与其他作品的可比之处，例如约翰·伯格（John Berger）的小说《婚礼》（*To the Wedding*），哈吉·麦克伦南（Huge MacLennan）的小说《晴雨表上升》（*Barometer Rising*），亚瑟王和他的圆桌骑士们的系列传奇（*Arthurian Romances*）以及基督教神话故事等等。小说被改编成同名电影后获得九项奥斯卡大奖，因此许多

---

[1] Susan Ellis, "Trade and Power, Money and War: Rethinking Masculinity in Michael Ondaatje's *The English Patient*", in *Studies in Canadian Literature*, Vol. 22, Iss. 2, 1996, pp. 22 – 36.

[2] Alice Brittan, "War and the Book: The Diarist, the Cryptographer, and *The English Patient*", in *Journal of the Modern Language Association of America*, Vol. 121, No. 1, 2006, pp. 200 – 213.

[3] 郑迎春：《〈英国病人〉中历史与身份的改写》，硕士学位论文，新疆大学，2006年。

[4] Stephen Scobie, "The Reading Lesson: Michael Ondaatje and the Patients of Desire", in *Essays on Canadian Writing*, Iss. 53, (Summer) 1994, pp. 92 – 104.

[5] Rufus Cook, " 'Imploding Time and Geography': Narrative Compressions in Michael Ondaatje's *The English Patient*", in *The Journal of Commonwealth Literature*, Vol. 33, No. 2, 1998, pp. 109 – 125.

[6] 杨改桃：《〈英国病人〉的叙述方式》，载《太原师范专科学校学报》1999年第2期。

## 绪 论

评论也专门就小说与电影展开对比研究，比如吉利安·罗伯特（Gillian Robert）比较两者在情节、时序安排、立场等方面的差异，引发我们对"作者"和"所有权"概念的思考。[①] 格伦·洛瑞（Glen Lowry）认为电影对情节、人物的不同处理缓和了处于小说中心的社会、政治批判，主张对小说的改编应保持原有的文化和政治因素，也促使我们思考加拿大文学在全球文化中的重要性。[②] 此外还有从其他方面开展的研究，比如何宇靖从功能对等角度对《英国病人》中译本的风格进行了阐述，探究在何种程度上可以避免假象对等，以及在何种程度上能够实现功能对等。[③] 邓宏艺从性别视角透析小说中的权力运作机制，即父权制对女性无所不在的权力压迫及相对应的女性意识与叛逆精神。[④]

第四，《经过斯洛特》。

《经过斯洛特》是翁达杰的第一部小说，这是以历史上真实的个人史料为素材的传记式小说。翁达杰的写作技巧向来是评论家们关注得较多的方面，他们看到了此部小说不同于一般传记的独特之处，比如蒙尼娜·琼斯（Manina Jones）讨论了小说所兼有的自传与侦探体裁，姚媛则认为翁达杰通过反侦探小说和小说化传记的形式来表明他对历史的态度。[⑤] 还有评论家论述小说所借用的其他艺术手法，比如洛伦·约克（Lorraine York）专门谈论翁达杰在作品中所运用的

---

[①] Gillian Robert, "'Sins of Omission': *The English Patient*, THE ENGLISH PATIENT, and the Critics", in *Essays on Canadian Writing*, No. 76, 2002, pp. 195–215.

[②] Glen Lowry, "Between *The English Patients*: 'Race' and the Cultural Politics of Adapting CanLit", in *Essays on Canadian Writing*, No. 76, 2002, pp. 216–246.

[③] 何宇靖：《从功能对等角度对〈英国病人〉中译本的风格分析》，硕士学位论文，广东外语外贸大学，2006 年。

[④] 邓宏艺：《从性别视角透析〈英国病人〉中的权力运作机制》，载《宁夏大学学报》（人文社会科学版）2007 年第 6 期。

[⑤] 姚媛：《"一片事实的荒漠"：〈经过斯洛特〉所表现的历史》，载《当代外国文学》2004 年第 4 期。

摄影艺术①。此外小说的主题之一"艺术中的自我"也成为探讨的焦点。山姆·索莱茨基（Sam Solecki）认为小说体现了极端主义艺术创作的自我毁灭本质并宣布极端艺术的最终破产。② 康斯坦斯·鲁克（Constance Rooke）则挖掘出《经过斯洛特》乐观的一面，认为小说的结尾是快乐、圆满的，展现的不是极端艺术的破产，而是成功地将他者合并在自我的重建中。③ 还有从其他角度解读小说的例子，比如德博拉·波蒂尔（Deborah Portier）另辟蹊径比较《经过斯洛特》三改种编的戏剧版本。④

第五，《身着狮皮》。

《身着狮皮》关注的中心不是某一个体或某一家族，而是一个社会群体——加拿大移民劳工阶层。小说讲述了这些非中心人群寻找属于自己的历史和主体性的故事，因此研究的焦点之一是翁达杰如何为边缘人群书写历史。比如戈登·甘姆林（Gordon Gamlin）论述了翁达杰展现边缘人群多样性的口头叙述方式。⑤ 阿杰·赫贝尔（Ajay Heble）认为这部小说引发了关于在历史书写中反映和决定加拿大自我再现的各种复杂的甚至是相互冲突的力量的辩论。⑥ 对小说

---

① Lorraine M. York, *The Other Side of Dailiness: Photography in the Works of Alice Munro, Timothy Findley, Michael Ondaatje, and Margaret Laurence*, ECW Press, 1988.

② Sam Solecki, "Making and Destroying: *Coming throng Slaughter* and Extremist Art", in Sam Solecki, ed., *Spider Blues: Essays on Michael Ondaatje*, Montreal, Canada: Véhicule Press, 1985, pp. 246 – 267.

③ Constance Rooke, "Dog in a Grey room: The Happy Ending of *Coming through Slaughter*", in Sam Solecki, ed., *Spider Blues: Essays on Michael Ondaatje*, Montreal, Canada: Véhicule Press, 1985, pp. 268 – 292.

④ Deborah Portier, "Adapting Fiction for the Stage: Necessary Angel's *Coming through Slaughter*", in *Canadian Theatre Review*, No. 115, 2003, pp. 17 – 20.

⑤ Gordon Gamlin, "Michael Ondaatje's *In the Skin of a Lion* and the Oral Narrative", in *Canadian Literature*, No. 135, 1992, pp. 68 – 77.

⑥ Ajay Heble, "Putting Together Another Family: *In the Skin of a Lion*, Affiliation, and the Writing of Canadian (Hi) Stories", in *Essays on Canadian Writing*, Iss. 56, (Fall) 1995, pp. 236 – 249.

## 绪 论

叙述技巧的研究也不一而足：如道格拉斯·马尔科姆（Douglas Malcolm）分析了爵士音乐对翁达杰作品《身着狮皮》的影响，挖掘出小说在主题和结构上类似于爵士音乐中的独唱与合唱、回溯式的顺序、即兴表演等技法。① 苏珊·斯皮尔瑞（Susan Spearey）观察到翁达杰通过修改、再现源材料和运用空间维度，使主题、结构、叙述、阅读等层面都发生"变形"，为后殖民写作提供了另一种美学。此外还有结合精神分析、新马克思主义、后结构主义等理论分析人物、主题、结构等方面的研究。舒马赫·罗德（Schumacher Rod）以拉康的后结构主义理论作支撑，以主要人物的经历为例来证明语言与主体性获得的对应关系。② 詹妮弗·默里（Jennifer Murray）用弗洛伊德和康德的理论阐述人物帕特里克·刘易斯（Patrick Lewis）的性别身份问题。③

## 四 创新点与主要研究内容

本研究的创新体现在两个方面。第一，对研究对象的认识与分析更具总体性高度。纵观国内外的翁达杰小说研究，大多是在传统叙事技巧层面进行形式分析，或仅对部分作品展开某一主题研究，至今还没有一部贯穿性地研究翁达杰小说的专著。在阅读参考以往研究成果的基础上，本课题尝试对翁达杰的小说展开总体研究，在观照文本的形式结构、叙述策略等问题的同时将小说的两大主

---

① Douglas Malcolm, "Solos and Chorus: Michael Ondaatje's Jazz/Poetics", in *Mosaic: A Journal For the Interdisciplinary Study of Literature*, Vol. 32, No. 3, (Sept.) 1999, pp. 133 – 149.

② Schumacher Rod, "Patrick's Quest: Narration and Subjectivity in Michael Ondaatje's *In the Skin of a Lion*", in *Studies in Canadian Literature*, Vol. 21, Iss. 2, 1996, pp. 1 – 21.

③ Jennifer Murray, "Gendering and Disordering: The (Dis) solution of the Oedipus Complex in Ondaatje's *In the Skin of a Lion*", in Jean-Michel Lacroix, ed., *Re-Constructing the Fragments of Michael Ondaatje's Works*, Paris: Presses de la Sorbonne Nouvelle, 1999, pp. 135 – 151.

题——后殖民批判与主体建构——置于流散语境中考察，并引入社会、政治、历史、哲学、宗教、音乐、美术等领域的相关知识，综合剖析翁达杰作为流散作家所特有的"跨越性"视野和思维，力图以更立体的方式展现翁达杰的小说艺术。第二，与其他关于流散文学的后殖民批判的研究不同，本课题从范围上将后殖民进一步细分为"外部殖民"与"内部殖民"，即西方对东方的殖民与西方国家内部的殖民。翁达杰的五部小说被分别划入这两大框架，而后再分章讨论。作者分析了《世代相传》《阿尼尔的灵魂》《英国病人》三部作品中反映的西方在价值体系、身份定位、历史书写等方面对东方的殖民手段及后者的反殖民抗争，又挖掘出《经过斯洛特》和《身着狮皮》两部小说中涉及的西方国家内部主流文化群体对种族他者、"属下"阶层等边缘群体的殖民现实，并探讨后者应当如何解决主体危机问题，更全方位地把握了翁达杰小说中的后殖民批判精神。

后殖民理论是多种理论批判的集合，研究所涉及的范围广泛，包括话语与权力关系、全球化与民族文化、文化帝国主义及第三世界的抵抗，与种族、阶级、性别等相关的文化身份问题等。后殖民研究并非突现于理论界，其历史可以追溯到 20 世纪初的多位理论家对殖民主义的批判性研究。安东尼·葛兰西（Antonio Gramsci）提出的"文化领导权"概念将对权力的关注视野从政治、军事领域转移到文化和意识形态领域，揭露非暴力的殖民新形式。弗朗兹·法侬（Frantz Fanon）剖析和抨击了西方利用种族、文化优越感对其他文化侵略、殖民，造成对被殖民者身体和精神的双重创伤的丑恶行径，提出只有通过革命暴力的反抗斗争才能摆脱被殖民的悲惨命运。另一位为后殖民理论提供充分理论依据的人是米歇尔·福柯（Michel Foucault），他对后殖民理论影响最大的是话语权力说，他将知识从绝对真理的领域中拉出来与权力放置在一起，考察统治阶层如何利

## 绪 论

用知识与权力的微妙关系将其统治合理化。

萨义德的《东方主义》标志着后殖民研究的正式缘起,在大量历史资料和文学文本的基础上,对葛兰西的文化霸权理论和福柯的话语权力说进行了创造性应用,揭露了西方与东方之间在文化、知识、语言方面表现出的权力关系。斯皮瓦克和巴巴进一步发展后殖民批判,前者将女权主义、西方马克思主义、解构主义等理论融入后殖民理论,取各家理论之所长,全方位地揭露并解构西方后殖民主义话语中暴露的种族中心主义、男性中心主义、西方中心主义。巴巴则站在"少数话语"的立场上,从文化身份的角度关注第三世界如何通过积极书写自我、与西方平等对话等方式抵抗西方的文化殖民,并为自己的文化身份正确定位。弗雷德里克·杰姆逊(Fredric Jameson)关注后殖民时代第三世界文化的命运,他看到了第三世界传统文化面临着被第一世界文化垄断的局面,就第三世界如何保护民族传统文化、打破西方中心主义出谋划策。还有一大批理论家,如约翰·汤林森(John Tomlinson)、比尔·阿什克罗夫特(Bill Ashcroft)、加雷斯·格里菲斯(Govreth Griffiths)、海伦·蒂芬(Helen Tiffin)、罗伯特·扬(Robert J. C. Young)、特里·伊格尔顿(Terry Eagleton)、钱德拉·塔尔帕德·莫汉蒂(Chandra Talpade Mohanty)等,都为后殖民理论的发展添砖加瓦,从不同层面丰富了后殖民理论,此处不再赘述。

但早期的后殖民理论家们只关注西方对亚洲、非洲等海外前殖民地区的文化殖民问题,很少注意到后殖民时代西方对居于其内部的东方人或其他少数族裔在语言、知识、文化等各方面的渗透和控制。实际上,后殖民主义不仅包括前宗主国与殖民地之间的不平等权力关系,也包括西方国家内部中心群体对边缘群体的文化殖民。那些在种族、性别、阶层等各方面遭到强势的主流文化蔑视、控制、压迫的边缘群体都可以视作被殖民者。他们的文化被改写、同化、抹杀，在思想上不自觉地按照殖民者的意识形态塑造"自我"。这种殖民隐藏在思想意识层面，又发生在西方国家内部，因而更具有伪装性。

与海外殖民一样，内部殖民也分为经济、政治殖民与文化殖民，本研究着重讨论后殖民语境中的内部殖民，即西方主流社会对处于边缘地位的少数族裔的文化殖民。内部殖民理论最早出现在列宁的《俄国资本主义的发展》和葛兰西的《南方问题》中。列宁在书中谈到了俄国资本主义为实现主流中心社会的快速发展，对边疆地区资源进行无限制的占有和掠夺，他认为"这是殖民政策的一个小小的片段，它足以与德国人在非洲任何地方的任何丰功伟绩媲美"[1]。葛兰西在《南方来信》中谈到意大利的南北地区关系，落后的南方是北方在国家内部的殖民地："北方资产阶级征服了南部意大利及其岛屿，将其贬至被剥削的殖民地的地位。"[2] 葛兰西还看到了北方不但在经济、政治上控制南方，还如西方对东方一样将南方人形象进行丑化、歪曲："资产阶级宣传家在北方群众中想方设法传播的是这样一种思想：南方是锁链，它阻挠着意大利的社会发展，使它不能获得更快的进步；南方人从生物学上看，生来就注定是劣等人，半野蛮人或纯野蛮人；南方落后，错误不在于资本主义制度或任何其他历史原因，而在于使南方人懒惰、低能、犯罪和野蛮的自然环境。"[3] 葛兰西的"文化领导权"概念最早正是针对意大利内部殖民问题提出来的。

六七十年代以内部殖民主义为题的著作在学术界涌现，其中最

---

[1] 赵稀方：《后殖民理论》，北京大学出版社 2009 年版，第 194 页。
[2] 同上书，第 195 页。
[3] ［意］安东尼奥·葛兰西：《葛兰西文选（1916—1935）》，人民出版社 1992 年版，第 228—230 页。

## 绪 论

有权威的是米歇尔·海克特（Michael Hechter）的《内部殖民主义》，探讨英国内部主流族群盎格鲁—撒克逊人对边缘族群凯尔特人的殖民统治，前者对后者在政治、经济、文化等各方面的统治模式如同对待海外殖民地一样。内部殖民主义不仅用于地理位置上的中心对边缘的统治，还用于由种族中心主义生发出的殖民。继列宁和葛兰西之后，内部殖民主义理论被广泛运用于二战以后的反殖反帝运动，尤其是美国内部黑人民权运动。白人主流群体除了在政治、经济上排挤和压迫黑人外，还向黑人灌输了一种与肤色差异相关联的血统尊卑观，宣扬白色人种天生尊贵、有色人种天生低卑的思想，让黑人远离自身的民族文化和民族意识，在思想上永远处于被殖民的地位。

少数话语理论（Minority Discourse）是在后殖民的语境下论述内部文化殖民问题的理论，其代表性著作是简·穆罕默德（Abdul R. Jan Mohamed）和大卫·劳埃德（David Lloyd）主编的《少数话语的性质和语境》一书，专门针对西方主流文化对其内部少数文化的贬低、压迫问题。主流族群将自身的文化、历史视为标准，少数族群的历史则被替代或抹去，其文化也相应地被贬损为落后、低级、野蛮等负面形象，这种文化殖民行为是东方主义在西方国家内部的翻版。在主流文化的霸权统治下，少数文化面临被同化和灭绝的威胁，少数族群的社会地位和文化身份因而更加边缘化，沦为主流群体的"他者"。《少数话语的性质和语境》强调少数族群反文化殖民斗争的可行性，尽管少数族群彼此存在着文化差异，但被主流文化排挤至边缘地位的共同命运使它们能够联合起来，建立一种少数话语理论抵制主流文化的殖民统治。

本研究由绪论、正文、结语三大部分组成。正文部分主要围绕翁达杰的五部小说《世代相传》《阿尼尔的灵魂》《英国病人》《经过斯洛特》《身着狮皮》中的"后殖民批判"与"主体建构"两大主题展开,并按内容将其分别划为"外部殖民"或"内部殖民",再以每部小说为单位分章(第一章至第五章)讨论。第一章讨论小说《世代相传》,该章将从小说自身所受的非议说起。不少评论家批判小说迎合主流阅读群体,将地方文化异国情调化,没有涉及自身的流散创伤及斯里兰卡的社会和政治现实,因而为翁达杰扣上"东方主义同谋"的帽子。笔者从斯里兰卡和翁达杰家族复杂的历史背景以及翁达杰本人的流散经历出发,对《世代相传》中的历史书写与萨义德等人定义的东方主义历史文本从虚构的动机、作者的权威意识、所塑造的东方形象等方面进行对比,证明其与东方主义有本质区别,还从人物形象、文体形式、内容安排等方面论证《世代相传》中的"历史碎片"蕴藏着深厚的后殖民批判,只不过翁达杰采用了微妙的"编码"方式,读者需仔细阅读才能发现,从而驳斥了对翁达杰有失公允的批评,也彰显了翁达杰的独特匠心——对西方"大写历史"的反抗。此外作品反映出作家与旧世界分离和与新世界融合的艰难过程。翁达杰同时被两个世界撕扯,经历了"文化撕裂"感之后,他决定找回失去的另一个自我。在《世代相传》中,翁达杰不仅是过去的收集者、整理者、叙述者,还是故事中的主要人物,他很清楚地意识到现实中的旅行将带他跨越的心理空间,所涉及的是与另一个自我的相互理解。对遭遇时空与文化错位的流散作家来说,双重性是他们的生存策略,翁达杰在《世代相传》的内容、结构安排上均体现出明显的双重性。不仅如此,他还针对双重性采取了某些"平衡"写作策略,这实际上是他在多种异质文化间来回"奔跑"(running)的现实写照。从中我们不仅能体会到流散作家生存在"中间地带"的艰辛与不易,也能由此感受他们独特的"广角"视野。

绪 论

第二章讨论小说《阿尼尔的灵魂》，将从翁达杰在小说人物身上体现的东、西方认识论体系的对立和冲突入手，分析西方人权在本土文化中遭遇的尴尬——普适主义人权理念在斯里兰卡无法"普适"，并进一步引发有关人权与主权关系的思考。小说中一个代表东方话语的人物将东西方认识论体系的对立延伸到历史范畴，体现在对"真实"的不同看法上。他认为真实并不能仅由冰冷的科学实验证据来证明，而应以东方的佛教思维来看待，即世间万物的缘起和存在都是基于"空"之上，处于流变状态，所以不存在恒定的真实，由此他质疑西方"大写历史"的理性。而西方的科学理性真实观则强调实证主义的探寻方式和衡量标准，坚信以科学方法能再现历史的真实并由此解决现实问题。面对东西方文化的冲突与对抗，有丰富流散经历的翁达杰在两种文化之间扮演着"协调者"的角色。一方面，他积极地为西方传递没有被歪曲、变形的东方文化，具体到此部小说有两种表现：第一是通过人物言行彰显东方佛教伦理思想——"慈悲利他""入世""无我"；第二是积极书写真正基于东方文化的"小写历史"，尽管受到种种非议和批评，但他的"另类"历史书写模式给读者提供了独特的观察视角和深刻的启示。另一方面，翁达杰在宣扬东方文化的同时不忘东西方文化的对话。小说不仅体现了两种话语之间对话所遭遇到的挑战和困难，也预示着在人性的召唤下东西方文化对话的可能性与希望。在人物身上我们看到了融入伦理思想的理性观，一种比传统西方启蒙主义思想理解得更宽广的理性观，或超越了西方/非西方二分法界限的理性观。翁达杰对科学理性与佛教伦理并非持非此即彼的态度，他引导读者突破二元对立的思维牢笼，重新思考宗教与理性的关系。总的来说，小说体现了西方理性话语与东方伦理话语从对抗走向对话的努力，为我们处理本土与全球化关系带来后现代思考。

## 绪 论

第三章选取翁达杰最有名的作品《英国病人》为讨论对象，笔者将在现有的诸多研究基础上进一步挖掘小说中的后殖民批判与主体建构这两大主题，将其置放于全球化语境中考察。殖民主义在全球化时代的新策略之一是"同质化"，在主体建构问题上体现为剥夺弱势他者的身份选择权，把全球各地的民族文化纳入一个更大的话语权力结构中，导致各民族文化失去其本质特征。这种更为阴险、隐蔽的殖民化进程引发的不良后果之一便是文化认同危机。在历史书写上则体现为以西方的"大写历史"为标准，处处标榜其作者的权威，压制和否定其他"小写历史"。正是看到了这种潜在的危险，翁达杰在小说中融入对殖民主义同质化策略的反抗：他质疑民族主义终结观，认为民族身份不仅无法抹除，而且在众多文化身份——民族、种族、宗教、性别、阶层等——中依旧是对主体构建影响最大的一种。他在各人物的言行上均体现出民族身份的重要性，并让来自落后民族国家的人物逐渐意识到争取民族身份的必要性，由此证明在全球化语境下民族主义没有走向衰落，"后民族主义"时代并没有真正到来。翁达杰反对历史叙述的欧洲中心主义，他以特有的方式抗议同化"标准"，比如让被"大写历史"压制的"幽灵"干扰代表西方思想的人物的历史叙述，用异质混杂的叙述模式解构连贯同质的叙述模式（如叙述角度交替，时态变化，场景交切，不同背景文化的混合，时空的"压缩"），并为小说注入诸多不确定因素，反抗"大写历史"所标榜的作者权威。在批判的同时，翁达杰也为读者展示顺应全球化潮流的身份观：他让人物在交流中互相标记身份，在自己和他人的回忆和故事中彼此寻找真实、完整的自我，以此表明身份不能简化为某种核心的、同质的实体。它既是固定的也是流动的，可以容纳多元需求，这也是对西方文化和政治权威的去中心化思想。翁达杰在反同质化的同时提倡异质文化间的对话，为

## 绪 论

我们展现了全球化语境中民族主义的新面孔：民族国家间积极地交流合作、共同进步，同时保持和尊重彼此的差异，实现民族主义的全球化和全球主义的民族化。

第四章开始进入内部殖民的主题研究，主要讨论小说《经过斯洛特》所反映的西方内部白人主流社会对种族他者的压制及后者艰难的主体建构过程。小说讲述了一位美国黑人爵士乐手的艺术人生故事，而实质上展现了作为种族他者的黑人追寻主体性的曲折历程。后殖民时代种族他者的主体危机主要来源于两方面——主流文化的压制与种族他者自身的"双重意识"。白人在政治、经济等方面一直居于支配地位，这使他们总是以最优越的文化群体自居，以自我为标准将黑人贬斥为野蛮、幼稚、粗俗的群体，剥夺了他们表达自我的机会。长期的文化殖民使得黑人在自我认同上出现分裂的"双重意识"，即除了原本的自我以外，还有一个为得到白人主流社会承认而依其认同标准生产出的"伪自我"，主体危机也由此产生。翁达杰在人物身上表现出多种对抗主体危机的策略，在以暴力或占有性的行为对抗主体焦虑的方式被证明失败之后，他为种族他者指出了另一条道路——建构流动的主体性。主人公利用一种"黑人表现性文化"的典型形式——爵士乐——最终找回了完整的自我，因此小说初看与死亡相关的题目"经过斯洛特"实质上意味着主体的"死而后生"。爵士乐本身是文化杂糅的产物，标志着民族、种族的"跨界"，与流动的主体性有许多契合之处，这暗示着种族他者需要一种积极、正面的"双重意识"，利用其赋予他们的双重视野和他们所拥有的双重文化身份建构一种既"存在"又"变化"的流动的主体性。翁达杰与主人公博尔登一样，都有流散的历史记忆，在西方世界中同属于种族他者，曾有过被边缘化的经历，因此从博尔登身上可隐约窥见翁达杰所投射的自我。

绪 论

第五章探讨小说《身着狮皮》对西方国家内部的"属下"阶层——处于社会底层和边缘的少数族群——的观照,具体而言是指20世纪早期加拿大多伦多的移民劳工阶层。他们为了帮助有权有钱人实现梦想而冒着生命危险劳碌,历史却忽略了他们的存在,《身着狮皮》就是讲述这些非中心人群寻找属于自己的历史和主体性的故事。小说是一部互文性较强的作品,丰富的互文和翁达杰一起书写处于历史沉默边缘的非官方历史。小说从史诗《吉尔伽美什》中得到主题支撑——话语与权力的紧密关系以及历史的非永恒性,旨在表现沉默的边缘人群如何通过话语获得在历史中发出自己声音的权力。《身着狮皮》与立体主义也有不解之缘,除了在写作技巧与立体主义相呼应之外,两者最显在的默契表现在空间观念上,如强调异质空间的开放性与流动性、对中心—边缘空间等级关系的解构等。翁达杰赋予各个人物不同的空间观,将人物、事件、空间紧密地缠绕在一起,以此反映出西方社会的内部殖民现实,读者也能从中感受到围绕着空间秩序的斗争以及背后所隐藏的各种力量间的紧张关系。边缘阶层的主体意识逐渐复苏,他们对空间的驾驭、掌控能力越来越强,但翁达杰没有让边缘代替中心,以一种新的二元秩序取代旧的二元秩序,而是遵循布迪厄阶层理论的方法论取向,始终将社会空间体系看作一种动态实践中的关系体系。翁达杰在小说很多地方表现出视觉艺术对写作的影响,其中最明显的是17世纪由画家米开朗基罗·梅里西·达·卡拉瓦乔(Michelangelo Merisi da Caravaggio)倡导的"暗色调主义"(tenebrism)。此画派在作品的主体和主题方面均体现出"降级",比如将人的特征赋予神圣的宗教形象。翁达杰也将关注的视线"降级",着重书写处于社会底层的边缘人群。暗色调主义画家以光线的明暗对照表达意义,小说中也多次出现"暗"与"明"的意象,表征的是几种主体建构手段——沉默、暴力与言说。小说中的边缘人物们打破沉默，在述说自己历史的过程中获得主体性，翁达杰本人也意在以《身着狮皮》这部反官方历史的小说"照亮"被黑暗掩盖的历史。

## 五 研究方法与思路

本研究在细读英文原版小说及其译本、参阅翁达杰相关研究资料的基础上，将文本与理论相结合展开论述。与从前零散的研究相比，本研究尝试从整体上把握翁达杰的小说，但在具体分析每部作品时又从不同的角度切入，力图以更立体的方式展现翁达杰的小说艺术。研究既观照小说的内容层面，亦顾及叙述策略层面，将翁达杰在小说中表达的后殖民批判与主体建构置于流散语境中考察，在论述过程中借用多种相关理论，主要有后现代叙述学理论、解构主义理论、后殖民理论、新历史主义理论等。

后现代叙述学反对封闭、自足的美学形式，提倡多元化的思维模式、表现手法、体裁，主张多元化（或无元化）和平面化，对片段的、边缘的、偶然的事物感兴趣，漠视整体的、中心的、必然的事物。翁达杰的小说呈现出明显的后现代叙述风格：《世代相传》由零碎的叙述组成，事实与虚构的并置使文本呈现出不确定性；《英国病人》将时空压缩，使记忆与现实交织在一起，作者放弃全知全能的叙述视角，与人物、读者共同参与叙述；《身着狮皮》中事件秩序明显缺失，情节的断裂打破了小说的连贯性，突出了叙述的断裂性、零散性、开放性；《经过斯洛特》则将小说与历史资料、档案、照片混合，把文学与音乐、摄影、绘画、电影等其他艺术合并，生产出非"标准"的叙述模式。

解构主义从结构主义中发展起来并对后者加以否定，呈现出一系列反动、叛逆的姿态,将传统的二元论彻底瓦解,消解各类"中心",破坏有优劣高低之分的二元对立。翁达杰小说具有鲜明的解构主义特色:互文是对文本中心的反抗形式之一,在文本边缘进行多种复杂的交叉,体现出文本间性。《身着狮皮》是一部互文性很强的作品——从古代史诗到中世纪的圣经、绘画艺术再到现代作家作品,在主题和写作技巧上都为这个反中心的故事提供丰富的含义和反抗力量。此外,《世代相传》解除了真实与虚构的对立,抛开西方文体划分"标准",跨越其设置的多种界限,赋予作品独特的文体风格,从形式上表达对"中心"概念反抗和质疑。文中还表现了作者克服西方自我与东方自我的对立,在两个自我间保持平衡的努力。《阿尼尔的灵魂》则解构了西方人权与科学理性的"普适性",展现东西方话语之间由对抗走向对话的过程。《经过斯洛特》体现出西方国家中的种族他者如何打破自我与他者的对立,在平等交流中建构一种流动的主体性。《英国病人》中的人物打破了全球主义与民族主义非此即彼的僵局,翁达杰也以开放的文本邀请读者一起去寻找"人类共同的历史"。

与"旧"历史主义相比,新历史主义注重意识形态与历史叙述的关系,把语言的生产看成意识形态与价值观的不自觉的再创造。新历史主义还认为历史文本与文学文本不是对立的,历史书写中也有虚构和想象的成分,任何历史叙述都不可能完全真实。《世代相传》在虚构动机、作者权威意识、塑造的东方形象等方面揭露东方主义历史的真实面目,借助历史的碎片巧妙地颠覆了西方"大写历史"及其他形式的文化殖民。《身着狮皮》《经过斯洛特》关注被西方"大写历史"遗忘的边缘群体,让他们发出自己的声音。在《英国病人》中,翁达杰让被压制的历史"幽灵"出场,打破整体历史的神话,对传统的、线性的历史书写提出挑战。《阿尼尔的灵魂》则

## 绪 论

可看作翁达杰基于东方文化书写的一部有关斯里兰卡内战的"小写历史",他将笔墨泼向自身历史被压制的斯里兰卡人民,关注他们战时的生活状态与精神面貌。

后殖民批评将矛头直接指向帝国主义和欧洲中心主义论。"东方主义"作为殖民主义的典型,以西方为中心来打量东方,将东方塑造成西方希望其所是的形象,目的是同化、控制东方。这种具有政治性和侵略性的文化霸权主义是重点批判对象。后殖民批评注重东西方意识形态的差异及其与文学、文化的关系,它并非主张以东方来反对西方,而是希望东西方在知识和观念上展开平等对话,互相取长补短,推动东西方文化诗学的共同发展。它还号召以开放和宽容的民族主义作为本土群体的凝聚力量和武器,反对殖民本质的西方文化中心主义。翁达杰出生和移居的国家都曾经是被殖民国家,其小说是典型的后殖民文学。翁达杰在《世代相传》中从微观层面再现殖民与反殖民历史,将后殖民批判融入人物形象、故事情节中。《阿尼尔的灵魂》在揭露西方文化霸权、积极宣传东方文化的同时关注东西方文化平等对话的可能性。《英国病人》中几个主要人物或暴露出欧洲中心主义和殖民主义思想,或反映出不断增长的社会政治意识和反殖民勇气,人物间的关系也反映出后殖民时代全球主义与民族主义的辩证关系。《经过斯洛特》主要针对后殖民时代由内部殖民引发的种族他者主体危机。《身着狮皮》则关注处于社会底层的边缘群体如何解构后殖民主义建立的"中心—边缘"秩序。

翁达杰具备双重的文化素质与流散视野,也有后现代、后殖民等"后"理论的自觉意识,其小说本身呈现出开放性、流动性,拒绝固定的、单一的阐释,因此本研究的阐释只是多种阐释中的一种。

第一部分

---

东西方文化冲突与
后殖民批判

在后殖民时代，前殖民地国家虽然在政治、经济上获得独立，但在文化上依旧无法摆脱原宗主国的影响和操控，其他没有被殖民历史的东方第三世界国家也同样受到西方强权文化的压制。西方通过文化霸权建构起东西方二元对立话语，将东方贬低为缺乏理性思考和自主管理能力的劣等民族，东方人成了失语的"他者"。在这种形势下涌现出一大批后殖民理论家，他们依靠敏锐的意识和独到的眼光发现并揭露了西方文化与东方文化在深层次上的权力关系：西方企图通过话语霸权占领世界文化的中心地位，从而将非西方的传统文化边缘化。许多流散作家也具有与后殖民理论家们相同的批判意识，尤其是从第三世界去到西方的流散作家。他们站在两种文化的"中间地带"，看清了西方对东方实施文化霸权的秘密机制，也目睹了东方如何在西方的话语中被扭曲和变形成为一种政治镜像式的虚构存在，意识到西方强权政治通过建构起东西方在政治、经济、文化等诸方面的二元对立以强化西方中心主义，让东方诸国成为永远陪衬西方的边缘国家。这些流散作家讲述他们以殖民地"他者"身份进入西方后，从跨文化视野审视东西方文化的故事，他们的跨越性思维为解决东西方文化冲突提供了一种新视角、新思路。翁达杰是其中的一员大将，他在多部小说中表现出对东西方文化冲突问题的关注，并涂抹上浓厚的后殖民批判色彩，此部分着重分析其中三部——《世代相传》《阿尼尔的灵魂》《英国病人》。

# 第一章 用碎片书写历史与自我
## ——《世代相传》

　　《世代相传》是一部具有自传色彩的小说，描写翁达杰重返阔别多年的家乡之旅，从作者的回忆、见闻和几十位访谈者的叙述中整理出翁达杰家族成员的奇闻逸事，涉及的主要人物有翁达杰本人以及其父亲、母亲、祖父、外祖母等人。《世代相传》的写作方式受到不少评论家的批判，认为其迎合西方主流阅读群体，将地方文化异国情调化，是"东方主义的同谋"，且全然没有涉及斯里兰卡的社会和政治现实，折射出翁达杰暧昧的政治态度。本章以评论家们对翁达杰的批判为切入点，分析小说复杂的写作背景，从虚构的动机、作者的权威意识、塑造的东方形象等三方面证明《世代相传》与东方主义作品的本质区别。笔者还挖掘文中隐形的政治因素，证明小说中蕴含着丰富的后殖民批判元素，只是翁达杰采用了微妙的"编码"方式，读者只有细嚼慢咽才能发现。翁达杰将殖民与反殖民历史以微观的形式再现，为人物赋予反殖民主义形象，在文体方面也体现出"去中心"的主旨。在这部自传式的小说里，翁达杰既是信息的收集者、整理者、叙述者，也是故事里的人物，他很清楚地意识到现实中的旅行将带他跨越的心理空间，涉及与另一个自我的相互理解。身份的双重性使得翁达杰在两种自我——现在自我与过去自我,即他的西方文化身份与斯里兰卡文化身份——之间"奔跑",小说在内容、形式上也呈现出对立二元之间的平衡性、对话性与流动性。

## 第一节 《世代相传》引发的争议

翁达杰在他的长篇作品中反复强调想象性重建的价值,他拒绝事实性的精确而钟情于"虚构的真实"①和"说得好的谎言"②,《世代相传》便是该艺术观的实践产物之一。他在此部小说中充分运用想象和夸张手法,为家族的过去抹上异域情调,同时还将关于家族的谣言、谎言、猜测等非实证性的内容放入其中,这被某些评论家视为缺乏真实性、编造痕迹太重而不能"积极投入被指涉的现实中"③。

这些批判并非呼吁回到模仿现实的文学模式,而是回应当下边缘群体日益高涨的呼声。这些群体要求找回他们失去的历史,找回属于他们的空间以和各种形式的文化霸权相抗衡。帕特里克·布朗特林格(Patrick Brantlinger)说:"在文化领域里,当越来越多的人因为当下的再现体系没有再现或错误再现他们社会经历的重要方面而向其提出挑战时,危机便产生了。"④ 福柯提出"屈从知识"(subjugated knowledge)这一概念,被视为无用或未充分阐明的知识;天

---

① Michael Ondaatje, *Coming through Slaughter*, Toronto: House of Anansi Press, 1976, p. 158.
② Michael Ondaatje, *Running in the Family*, Toronto: McClelland & Stewart, 1982, p. 206.
③ Chelva Kanaganayakam, "A Trick with a Glass: Michael Ondaatje's South Asian Connection", in *Canadian Literature*, No. 132, 1992, p. 40.
④ Patrick Brantlinger, *Crusoe's Footprints: Cultural Studies in Britain and America*, New York: Routledge, 1990, p. 128.

第一章 用碎片书写历史与自我——《世代相传》

真的知识，位阶极低，远在认知和科学性门槛之下的知识。(a whole set of knowledges that have been disqualified as inadequate to their task or insufficiently elaborated: naive knowledges, located low down on the hierarchy, beneath the required level of cognition or scientificity.)① R. 拉达克里希南（R. Radhakrishnan）指出："站在'屈从主体'（subjugated subject）立场的现代理论家们（女性主义者、种族理论家、殖民主义与帝国主义批评家等）都抗议将他们看作处于主流结构中'缺失'和'不在场'的位置。"②

小说还被指责为有美化政治和文化问题的倾向，翁达杰因没有书写他作为斯里兰卡裔作家的现实处境或未将之主题化而受到责难。印度裔加拿大评论家阿伦·穆克吉（Arun Mukherjee）是其中呼声最高者，她严厉指责翁达杰犯下的一系列"社会文学错误"：缺乏"任何他本应当有的文化包袱"；"与殖民者站在一边"并美化他们；"将历史、传奇、文化、意识形态等内容置于他的视野之外"；对自己"在加拿大的流散或他者经历保持沉默"；远离"对自己现实的探索"；"陷入一种不得不否认社会生活的思考模式和风格"；"没有自己的信仰、事业和国家"；等等。③ 即使对《世代相传》这部以寻根为显在主题的小说，穆克吉也批判翁达杰将地方文化异国情调化，没有涉及斯里兰卡的社会和政治现实，使之错误再现，并且对自身的斯里兰卡背景也暗示太少："翁达杰来自有着殖民历史的第三世界国家，但却没有提到他的'他者'身份……在他的

---

① Michel Foucault, *Power/Knowledge: Selected Interviews and Other Writings, 1972—1977*, Trans. Colin Gordon et al., New York: Pantheon, 1980, p. 82.
② R. Radhakrishnan, "Toward an Effective Intellectual: Foucault or Gramsci?", in Bruce Robbins, ed., *Intellectuals: Aesthetics Politics Academics*, Minneapolis: University of Minnesota Press, 1990, p. 64.
③ Suwanda H. J. Sugunasiri, "'Sri Lankan' Canadian Poets: The Bourgeoisie that Fled the Revolution", in *Canadian Literature*, No. 132, 1992, p. 60.

诗中没有明显地表现出被拔去文化之根的创伤,也没有提到在新环境中重新定义身份的需求:而这恰恰是许多移民作家作品中的主题。"①

为了纠正不公平的艺术评论和公众判断,同时建立起抵抗主流文化的新文化,穆克吉在20世纪80年代中期对翁达杰及其文学成就发动了一次批判,将翁达杰与另一位来自圭亚那的移民诗人席瑞尔·戴彼第(Cyril Dabydeen)进行对比研究,毫不留情地说:"翁达杰的成功大部分是通过牺牲他的本土区域性、他的过去,最重要的是,他在加拿大的他者体验而获得的。而上述主题正是戴彼第诗歌的主要内容。"②穆克吉断言翁达杰在小说中呈现出的不确定性表明了他逃避政治问题的倾向,他"不愿意或没有能力将自己的家族放置在一个社会关系网里"③,且没有把注意力放在翁达杰家族参与具有殖民性质的茶种植园的行为上,从而将殖民者美化了。除此之外,他还针对翁达杰的作品提出了一系列问题,如翁达杰是如何对众所周知的创伤性经历——例如他的流散生活和在加拿大的他者体验——保持沉默的?这种压抑有没有影响他的诗歌创作?穆克吉认为翁达杰的诗歌是失败的,原因是他否认了自己的民族根源并压制了自身的他者性所发出的声音,"从意识形态、权力、种族、阶层等问题中退出"④,还盲目地、毫无批判力地吸收和内化帝国主义者的美学和英国殖民者的意识形态,因而在穆克吉眼里,翁达杰是"第

---

① Arun Mukherjee, *Towards an Aesthetic of Opposition: Essays on Literature Criticism and Cultural Imperialism*, Stratford, On: Williams-Wallace, 1988, pp. 33 – 34.
② Arun Mukherjee, "The Poetry of Michael Ondaatje and Cyril Dabydeen: Two Responses to Otherness", in *The Journal of Commonwealth Literature*, Vol. 20, No. 1, 1985, p. 50.
③ Daniel Coleman, "Masculinity's Severed Self: Gender and Orientalism in *Out of Egypt* and *Running in the Family*", in *Studies in Canadian Literature*, Vol. 18, No. 2, 1993, p. 73.
④ Arun Mukherjee, "The Poetry of Michael Ondaatje and Cyril Dabydeen: Two Responses to Otherness", in *The Journal of Commonwealth Literature*, Vol. 20, No. 1, 1985, p. 65.

第一章　用碎片书写历史与自我——《世代相传》

三世界知识分子的文化霸权的一个糟糕的例子，他们不运用进口的理论就看不见自己所处的世界"。① 与此相对照，穆克吉将戴彼第看作更有意义、更关注意识形态问题的诗人。

《世代相传》被美国评论家称为"一种游记"②，对穆克吉来说，这部小说却是具有东方主义性质的游记，充满浪漫主义的陈词滥调，对斯里兰卡的描述正好迎合了西方观众的口味，是有意识地、不负责任地去政治性的唯美主义作品。穆克吉并不是唯一持此观点的人，绝大多数斯里兰卡评论家认为其"没有讲述任何殖民历史"③。还有的评论家认为翁达杰受到商业利益的驱动去探索有异域风情的地方，在《世代相传》这样的旅游传记里，翁达杰满足了来自宗主国的白人读者对神秘异域的猎奇心理。格雷厄姆·胡根（Graham Huggan）也认为翁达杰对斯里兰卡血腥冲突一笔带过，将重心转向描绘一个神秘、舒适的世界，斯里兰卡被呈现为一个梦幻之地。④ 多伦多大学英文系从事东南亚写作研究的赤尔瓦·卡纳戛纳亚卡姆（Chelva Kanaganayakam）也赞成穆克吉的观点，认为翁达杰的旅游传记跌入了"唯我论"（Solipsism），他以"贾夫纳的下午"一节为例，批判翁达杰远离意识形态问题的去政治性立场。这一节以翁达杰拜访在贾夫纳港的老总督家为开场，贾夫纳港是斯里兰卡军队努力抗击泰米尔叛军的军事营地，翁达杰选择这里作为故事开场的地点，却几乎未将注意力引向过去几十年中泰米尔人和僧伽罗人之间的种族冲突，仅仅提到他的奈德姑父"是一个处理种族骚乱的委

---

① Arun Mukherjee, "The Poetry of Michael Ondaatje and Cyril Dabydeen: Two Responses to Otherness", in *The Journal of Commonwealth Literature*, Vol. 20, No. 1, 1985, p. 58.
② Whiteney Balliett, *The New Yorker*, December 27, 1982, p. 76.
③ Suwanda H. F. Sugunasiri, "'Sri Lankan' Canadian Poets: The Bourgeoisie that Fled the Revolution", in *Canadian Literature*, No. 132, 1992, p. 60.
④ Graham Huggan, "Exoticism and Ethnicity in Michael Ondaatje's *Running in the Family*", in *Essays on Canadian Writing*, No. 57, (Winter) 1995, pp. 117 – 118.

员会的头"①。这种拒绝卷入任何关于国家的严肃讨论的态度理应受到指责,是"唯我论的典型例子"②。

　　翁达杰在1978年和1980年两次访问斯里兰卡,距离动摇国家正常秩序、迫使政府宣布全国实行紧急状态的1971年暴动不足十年。斯里兰卡裔的作家们纷纷将此暴动带来的影响反映在他们的作品中,翁达杰也不可能避免讨论这场运动,因为其中部分最血腥的战争就发生在他的祖辈们居住的地方——凯格勒(Kegalle)。但他在文中只提到凯格勒叛乱分子们挨家挨户搜查枪支的插曲,且避重就轻地将事件以具有反讽效果的场面结尾:"当几个叛乱分子在前廊收缴枪支时,其他人却把他们在全凯格勒收到的武器都放下,说服我妹妹苏珊把球拍和球拿出来给他们。他们邀请她一起在屋前草坪上打板球,玩了几乎一下午。"

　　卡纳戛纳亚卡姆认为如此将游戏的场景与叛乱背景并置既没有什么娱乐效果也很难有任何说服力。加拿大马克玛斯特大学英文系从事种族与民族批判研究的丹尼尔·戈尔曼(Daniel Coleman)也提出翁达杰与东方主义的同谋关系:虽然翁达杰简要地提到1971年的学生叛乱,但他无意强调其对斯里兰卡历史的重要意义。他没有解释这些斯里兰卡年轻人试图迫使后殖民政府重新分配土地以给穷苦的人民更多的机会,也没有泄露在混乱时代他那拥有种植园的家族与政治权势们的买办关系。不难看出他对家族的描述——香槟迷醉的晚会,歪斜疾驰的马车,月光下的探戈舞——都是异国情调化的东方主义话语的例证。翁达杰笔下神秘的锡兰正是萨义德在《东方学》里描述的具有诱惑力的东方,是被帝国主

---

　　① 本章引用的中文译文大部分来自姚媛的翻译版本《世代相传》(译林出版社2000年版),为避免过多重复,以下的引文将不再单独注明出处(个别有改动的部分除外)。
　　② Chelva Kanaganayakam, "A Trick with a Glass: Michael Ondaatje's South Asian Connection", in *Canadian Literature*, No. 132, 1992, p. 36.

义者渴求着的猎物。①

总的说来，上述对翁达杰及《世代相传》的批判可归结为三点。第一，翁达杰的作品有浓厚的东方主义色彩，以斯里兰卡历史书写者自居，将斯里兰卡定性为极具异域风情的神秘之地，以满足西方读者的猎奇欲望。第二，翁达杰有"去政治化"的倾向，通过将叙述重心从意识形态问题转向家族奇闻逸事，淡化对政治事件的描述，对殖民主义及其影响也避而不谈，甚至有美化殖民者的嫌疑。第三，翁达杰没书写自己在流散生活中痛苦的他者体验，没有将自己的身份归属为"被压制的"群体，俨然是来自西方国家的高高在上的观察者。应当如何看待这些评论呢？翁达杰果真如上述评论家们所说，是东方主义的同谋、殖民主义的美化者、没有政治立场、没有流散创伤的移民作家吗？我们需要细读原文，并分析各类相关背景（大至国家，小到个人）后才能得出一个较为客观公正的答案。

## 第二节 《世代相传》复杂的写作背景

读者应当对评论家的批判做出相应判断，例如就穆克吉的一系列结论而言，我们可提出以下疑问：是否所有的移民作家对殖民历史的反映都有必要以穆克吉所设想的方式表现出来？她号称自己的论点代表了真实的本土文化，这是否有将本土文化本质主义化的嫌疑？她那些论断性观点难道没有成为她自己所批判的普遍主义批评方式的危险吗？《世代相传》里的异国情调果真如穆克吉所说的那样含糊不清、与事实相差千里吗？另一斯里兰卡裔作家苏万达·苏甘纳西瑞论辩说《世代相传》是一幅描绘后殖民初级阶段斯里兰卡文

---

① Daniel Coleman, "Masculinity's Severed Self: Gender and Orientalism in *Out of Egypt* and *Running in the Family*", in *Studies in Canadian Literature*, Vol. 18, No. 2, 1993, p. 73.

第一部分　东西方文化冲突与后殖民批判

化现状的精确图画①，翁达杰描述的其家族的一系列怪异、颓废的行为均是有着欧亚混血的下层精英阶层的生动再现。苏甘纳西瑞认为穆克吉的批评无效，因为她参照自己熟悉的印度社会来认识斯里兰卡，其结论难免过于概括化，她"陷入了去历史性和去背景性的陷阱"②，而这正是她之前对翁达杰的批语。既然穆克吉等人对翁达杰及《世代相传》的批判总是与翁达杰的出身及流散经历相纠缠，就有必要对斯里兰卡的社会历史背景、翁达杰家族背景、翁达杰本人的人生经历有较为全面的了解。这三者的复杂性、特殊性和模糊性导致了对翁达杰作品的看法不一。

## 一　与殖民、种族问题相关的斯里兰卡历史

对一个国家的了解必然涉及地理、历史、政治、经济、军事、文化、教育、卫生、外交等方方面面，不一而足。但本文对斯里兰卡的介绍无意也不可能面面俱到，仅为我们更准确地评判小说《世代相传》做相关的历史背景铺垫。由于小说涉及欧洲殖民与种族冲突这两大政治因素，下文将斯里兰卡的历史分为三个阶段来展开：欧洲殖民前历史、欧洲殖民时期历史、独立后历史。

（一）欧洲殖民前历史

斯里兰卡是个历史悠久的国家，有文字记载的历史长达两千多年，其间多次易名："悉诃罗底巴""塞伦底伯""锡兰""斯里兰卡共和国""斯里兰卡民主社会主义共和国"。"斯里兰卡"意为"光明富饶的土地""福地""乐地"。③ 现存的斯里兰卡古代历史文献是

---

① Suwanda, H., J. Sugunasiri, "'Sri Lankan' Canadian Poets: The Bourgeoisie that Fled the Revolution", in *Canadian Literature*, No. 132, 1992, p. 63.
② Ibid., p. 64.
③ 王兰：《列国志·斯里兰卡》，社会科学文献出版社 2004 年版，导言部分第 1 页。

第一章　用碎片书写历史与自我——《世代相传》

根据僧伽罗民族的形成和发展过程编写而成的，因此历史的发端就是僧伽罗民族的起源。但是僧伽罗人是从印度北部迁徙而来的民族，土著民族维达人比他们到达岛上的时间要早得多，且由于斯里兰卡与南印度之间仅隔一条保克海峡，泰米尔人也完全有可能在更早的历史时期来这里。但是这些事情发生在史前，缺少可靠的文献资料，即使是有文字记载的僧伽罗民族起源也仅仅是古老的神话故事，比如传说僧伽罗人是狮子的后代，古代斯里兰卡有"狮子国"之称，等等。

从这些神话传说中我们可以追寻到历史的踪迹：僧伽罗民族可能起源于北印度，他们南下移民可能与古代印度的航海贸易有关。僧伽罗人来到岛上，征服土著，建立国家，斯里兰卡的古代历史是一部僧伽罗人的王族斗争史和反抗异族侵略的历史，分为三个时期：阿努拉达普拉（Anuradhapura）时期、波隆纳鲁瓦（Polonnaruva）时期和衰微时期。[①] 异族的入侵主要来自南印度的泰米尔人和羯陵伽（大约今天的马来西亚）人，他们都曾在斯里兰卡建立过长达几十年的统治，尤其是前者曾多次入侵并建立政权，直到今天泰米尔族依然是斯里兰卡两个主要民族之一。

（二）欧洲殖民时期历史

除了印度自远古时期开始的影响外，从 15 世纪末开始，葡萄牙、荷兰和英国的殖民主义者在斯里兰卡的统治持续了四个世纪之久。葡萄牙人于 1518 年入侵斯里兰卡，并趁斯里兰卡内乱插手僧伽罗人内部事务，建立起傀儡政权，逐步得到了斯里兰卡西部和西南部大部分地区的统治权。这一时期在印度洋地区进行积极活动的荷兰人成为葡萄牙殖民者的竞争对手，斯里兰卡康提国统治者寻求荷

---

① 王兰：《列国志·斯里兰卡》，社会科学文献出版社 2004 年版，第 57 页。

兰人的帮助，于1658年赶跑了葡萄牙殖民者，结束了长达一个半世纪的殖民统治。

但荷兰人以康提统治者无法偿还巨额战争开支为借口拒不撤离这个岛国，并开始占领行动，而康提国也因经济原因而不得不与荷兰人维持着表面的和平，直到英国势力加入印度洋地区的利益角逐。英国在与法国的战争中取得了胜利，当时处于法国控制下的荷兰也受到牵连，英国东印度公司当局取得了康提国的支持，于1796年将荷兰人从他们霸占的斯里兰卡土地上赶走。

英国东印度公司以其赶走了荷兰人而居功自傲，接着又派遣行政官吏到斯里兰卡，1802年斯里兰卡被正式宣布为英国殖民地，但康提国拒绝服从殖民当局，英国在使用武力难以取胜的情况下又利用康提国内部矛盾将其征服，实现了统治全岛的野心，这也是斯里兰卡历史上欧洲殖民主义者第一次建立对全岛的统治。虽然英国为传统的斯里兰卡对当地人进行英语教育，带来了先进的西方科学知识和思想，促进其社会经济体制的发展，但也使当地人民饱受被奴役、被压制的苦难。从更长远来看，殖民统治在经济和政治方面都为斯里兰卡独立后的发展埋下了隐患：英国殖民者为大力发展种植园经济（以茶叶、橡胶和椰子种植为主），剥夺林地和荒地，使得斯里兰卡自给自足的农业经济遭到破坏，对工业发展也无暇顾及。畸形的单一种植园经济造成斯里兰卡经济结构的失衡和对国际市场的依赖。由于社会观念和时间冲突等原因，僧伽罗人不愿也不能去种植园工作，为了解决劳动力短缺问题，殖民者在南印度招募大量泰米尔族劳工。泰米尔人的激增使得斯里兰卡的民族构成状况发生变化，这便为日后的种族冲突埋下了祸根。

英国统治者为了从思想上同化进而奴役斯里兰卡人，还派传教士大力宣扬传播基督教。为了抵制思想侵蚀，斯里兰卡兴起了一场佛教复兴运动，随后民族运动逐步朝着纵深方向发展，向英国殖民当局提出当地人进入行政、立法机关参政、进行宪法改革等要求。第二次世界大战中，斯里兰卡处于重要的战略地位，1942年两次受到日本军队的空袭。战后斯里兰卡经济萧条，不论是上层人士还是人民群众都强烈要求争取民族独立，摆脱英国殖民统治。从长远的殖民利益出发，英国政府决定让步，让斯里兰卡作为英联邦内的自治领获得独立。1948年2月4日，斯里兰卡正式宣布独立。

（三）独立后历史

在殖民统治时期，英国殖民主义者采取的分而治之的统治方式加剧了僧伽罗人与泰米尔人之间的民族矛盾，他们之间的积怨即使在国家独立后也难以化解，成为历届政府棘手的问题。

最初的几届政府在民族政策上体现出"轻泰重僧"的倾向，先后颁布的几个有关公民权的法案剥夺了印度泰米尔族劳工的公民权，使他们成为无国籍公民。后又把僧伽罗语定为唯一官方语言，并大力支持佛教事业，使民族矛盾和宗教矛盾进一步激化。1958年爆发了斯里兰卡独立以后的第一次大规模种族骚乱。政府看到了民族和宗教问题造成的恶果，采取了一系列有利于缓解民族关系的开明措施，但又激起僧伽罗人的不满。

1972年颁布的新宪法将国名改为斯里兰卡，结束它作为英国自治领的地位。新宪法的规定给佛教最优先的地位，正式规定僧伽罗语为唯一官方语言，还批准了针对泰米尔人升大学所做出的相关歧视性规定，这引起泰米尔人的强烈不满。1976年泰米尔联合阵线通过了建立独立泰米尔国的决议。1978年颁布的新宪法虽然在民族问题上对泰米尔人的要求做了较大让步，但矛盾仍然在不断激化，泰米尔联合解放阵线中的激进派别主张用暴力手段解决问题，其中最强大的是泰米尔猛虎组织，从1975年暗杀支持斯里兰卡自由党的前贾夫纳市长后,便开始了一系列的恐怖暗杀活动。1983年7月23日,斯里兰卡内战爆发,交战双方主要是斯里兰卡政府与猛虎组织,后者的目的是在斯里兰卡北部和东部建立一个独立的泰米尔伊拉姆国。这导致僧伽罗和泰米尔民族关系极度恶化,通过谈判解决民族矛盾的希望越来越渺茫。

斯里兰卡的内战持续了二十几年,造成的死亡人数超过8万,为国家的政治和经济发展造成极大的负面影响。内战引起国际社会的广泛关注,印度、挪威、美国、欧盟等国都先后充当斯里兰卡政府与泰米尔反政府组织之间的调解人。印度曾派驻维和部队,使内战局势暂时得到好转,但终因引发多方矛盾而被迫撤离斯里兰卡。2002年2月,内战双方达成永久性停火协议,9月在泰国举行的包括挪威政府在内的三方代表进行了顺利的和平谈判,斯里兰卡人民在19年内战后重新看到了和平的希望。但猛虎组织于2003年4月退出和谈,斯里兰卡和平进程中断。2005年双方再度开战,同年11月对猛虎组织持强硬反对立场的马欣达·拉贾帕克萨当选总统。政府军向猛虎组织发动新一轮军事打击,到2007年下半年,已全部收复东部曾由猛虎组织控制的省份。2008年1月,拉贾帕克萨宣布彻底废除停火协议,政府军全面进攻猛虎组织在斯里兰卡北部的控制地区。2009年1月政府军先后攻占了猛虎组织的政治、军事大本营基利诺奇镇和穆莱蒂武镇,5月18日,政府军在穆莱蒂武镇击毙猛虎解放组织最高领导人普拉巴卡兰后,宣布长达25年多的斯里兰卡内战结束。

## 二 翁达杰家族背景及本人经历的特殊性

在英国殖民时期,斯里兰卡的种植园经济得到大力发展,社会

第一章　用碎片书写历史与自我——《世代相传》

经济关系也由此发生变革，社会阶层出现新的分化。为了殖民统治的需要，英国当局深感需要培养一个为自己服务的本土阶层，开始在当地普及英语教育。随着教育的推广，当地社会逐渐出现了一个懂英语、接受西方文化观念的知识阶层。这些人在政治上趋于保守，与殖民当局有着密切的联系，与当地群众却保持距离，是当地人中的"上流阶层"。英国殖民者统治下的大多数劳苦人的生活是异常艰辛的，但这种"上流阶层"的生活却是舒适的：这些人是去过牛津或剑桥留学的僧伽罗或泰米尔人，学成归来后就悠闲地看管他们自己的橡胶庄园或进入锡兰行政机构工作，他们是典型的亲英主义者。殖民统治结束后，这些人虽然因失去了靠山而地位一落千丈，但不久便从失落的阴影中走出来，在新殖民主义的形势中露面，继续活跃于与国内同胞抗争的"新事业"中，比如1971年爆发的青年激进组织——人们解放阵线武装起义。①

　　但在殖民统治时期还有另外一种群体——中产阶级市民（Burgher），他们是欧洲殖民者在当地的后裔，翁达杰家族便属于这一阶层。小说里也提到家族的起源：

　　　　这座岛屿吸引了整个欧洲。葡萄牙人、荷兰人、英国人，纷纷来到这里……随船前来的人分散在全岛各处，有的留在了锡兰并与当地人通婚。我的祖先就是一六零零年来到锡兰的一位医生，他用一种神奇的草药治好了总督女儿的病，于是总督把女儿嫁给了他。他因此有了一块土地、一个外国太太和一个新的名字——翁达杰。这是他自己名字的荷兰语拼法、是对统治者语言的模仿。他的荷兰太太去世后，他和一位僧伽罗妇女

---

① Ernest MacIntyre, "Outside of Time: *Running in the Family*", in Sam Solecki, ed., *Spider Blues: Essays on Michael Ondaatje*, Montreal, Canada: Véhicule Press, 1985, p. 315.

结了婚，生了九个孩子，并在这个国家定居下来。

当斯里兰卡独立时，这个阶层没有本土的"上流阶层"那样幸运，因为毕竟他们没有得天独厚的先天条件——纯本土血统，而这是在斯里兰卡社会立足的一个重要先决条件。1956年，当班达拉奈克总理颁布把僧伽罗语定为唯一官方语言的法案时，处于尴尬地位的此阶层中绝大多数人选择去墨尔本，但翁达杰家族几乎都没有离开，因为他们已经非常习惯当地舒适的生活而不愿意再长途跋涉，于是这一小群市民渐渐开始与当地人结婚并在此定居下来。这个群体的优势和弱势都源于其自身的文化杂糅性。在小说里，作者提到当英国总督问艾米尔·丹尼尔斯是哪国国籍时，他回答说："只有上帝知道，阁下。"斯里兰卡独立后，这种文化杂糅的脆弱性就暴露出来：对于僧伽罗人和泰米尔人来说，翁达杰家族这类人群象征着殖民统治者的残余，宗主国文化的延伸物，但他们实际上与殖民者并不是一类人，正如翁达杰在小说中描述的：

> 这个圈子的每个人都和其他人沾亲带故，每个人都有僧伽罗、泰米尔、荷兰、英国和葡萄牙后裔的血统，他们和欧洲人以及从未成为锡兰社会一部分的英国人有着很大的社会差别。英国人被看作是匆匆过客、势利小人和种族主义者，他们不和那些与当地人通婚并在那里定居的人来往。

从另一个角度来看，虽然这个市民阶层比英国殖民者更接近本土，但仍然因血统的原因而无法与之真正融合。由此可见，翁达杰家族在当地是一个特殊的群体，他们在英国殖民时期是富有的种植园主，但英国殖民者走了以后他们便失去了往日的辉煌，只能坦然面对"过去那种超现实般生活的必然消亡"①。但与本土根深蒂固的疏离感又使得他们不愿意也无法和僧伽罗人或泰米尔人一样参加新时期的各种政治事务，于是他们远离各类种族斗争或政党派系斗争，生活在相对封闭的圈子里，过着自给自足的相对单纯的生活。

翁达杰1943年出生于一个殖民后裔家庭，有印度、荷兰和英国等多个国家的血统，11岁时跟随离婚的母亲去英国，19岁到加拿大学习文学，获取学士和硕士学位，此后定居多伦多，直到1978年才再次回到阔别二十几年的家乡。从少小离家到中年归来，翁达杰不仅跨越了三个洲的巨大地理空间，二十多年的流散生活使他经受了不同文化的浸染，在心理上也跨越了巨大空间。

如同翁达杰这般在文化漂流中不断吸收新元素的"旅行者"并不罕见。这样的旅行者又可再分为几种类型：有的在很年幼时就离开家乡去其他国家并全面接受异域文化教育；有的在国内完成基础学业，成年后再出国深造；还有的是接收部分基础教育，中途出国继续学业。对于前两种境况的"旅行者"来说，跨国界的漂流之旅不会带来强烈的文化冲突感和随之而来的身份定位问题，不会（长久地）出现"我是谁"的困惑和痛苦，因为这两类"旅行者"至少可以在非此即彼的一种文化中为他们的心灵找到安稳的栖身之地。而第三种类型的人却在两种或多种文化之间徘徊犹豫，顾此失彼，既为新奇的异域文化所吸引，又流连家国文化那根深蒂固的亲切感和安全感，尤其当异域文化在某种程度上貌似比家国文化更加"先进"时更是难以取舍。翁达杰正是这种类型的"旅行者"，他经历了第三世界前殖民国家（斯里兰卡）、前宗主国（英国）、第一世界前殖民国家（加拿大）多种文化的洗礼，因此难免遭遇身

---

① Ernest MacIntyre, "Outside of Time: *Running in the Family*", in Sam Solecki, ed., *Spider Blues: Essays on Michael Ondaatje*, Montreal, Canada: Véhicule Press, 1985, p. 315.

份的模糊,"我认为自己既是亚洲作家,也是加拿大作家,也可能是两者的混合"。① 这既为他带来了某些好处也增添了不少烦恼,小说里多处体现出翁达杰身份的模糊性,我们在后面部分再详细探讨。

## 第三节 《世代相传》之所谓"非东方主义"

萨义德为"东方学"提出了三种含义,穆克吉批判翁达杰时所指涉的是第三种,即"通过做出与东方相关的陈述,对有关东方的观点进行权威裁断,对东方进行描述、教授、殖民、统治等方式来处理东方的一种机制:简言之,将东方视为西方用以控制、重建和君临东方的一种方式"。② 对东方主义作家来说,他们处理东方的方式就是"描述",因为在他们的观念里,东方人的思维"缺乏精确性,而很容易蜕变为不可信赖……",相反"欧洲人是缜密的推理者;他对事实的陈述毫不含混"③,因此"东方以及东方的一切,如果不明显地低西方一等的话,也需要西方的正确研究(才能为人们所理解)"④。但是,萨义德看穿了这一"正确研究"的假象:"东方学的一切都置身于东方之外:东方学的意义更多地依赖于西方而不是东方,这一意义直接来源于西方的许多表述技巧,正是这些技巧使东方可见、可感,使东方在关于东方的话语中'存在'"。⑤ 总而言之,东方主义不是源自东方经验的产物。它是一种先在的西方思想的虚构,是对东方的夸张并将之强加于东方,这种思想还将西方

---

① 高文惠:《当代流散写作的文化身份特征》,载《电影文学》2008 年第 4 期。
② [美] 爱德华·W. 萨义德:《东方学》,王宇根译,生活·读书·新知三联书店 1999 年版,第 4 页。
③ 同上书,第 47 页。
④ 同上书,第 50 页。
⑤ 同上书,第 29 页。

第一章 用碎片书写历史与自我——《世代相传》

与东方的区分僵化（前者是强大的、优势的，后者是弱小的、劣势的），目的是将西方对东方的侵略合理化以及满足和巩固西方的自大心理。

从以上对东方主义虚伪表象及其丑恶实质的分析并结合《世代相传》来看，翁达杰被穆克吉为代表的评论家戴上"东方主义同谋"的帽子似乎并不过分：两者在书写历史时均没有将原始资料直接呈现在纸面上，而是按照自己的意愿加工整理，通过想象、夸张等手法为历史事件涂抹上色，虚构出更为合意的历史故事。翁达杰也曾在《加西亚·马尔克斯和去往阿拉哥塔卡的汽车》（Garcia Marquez and the Bus to Aracataca）这篇文章中引用纳博科夫的话："伟大的文学不是讲真话，而是编造的。"[1] 那么，我们能否就此认定《世代相传》歪曲了斯里兰卡历史，并以其神秘、愚昧、落后等负面形象迎合西方读者的猎奇心理，因而是一部东方主义小说呢？答案是否定的。尽管从某些外部特征上来看《世代相传》与东方主义作品如出一辙，但在虚构的动机、作者的权威意识、所塑造的东方形象等方面却大相径庭，由此可证明穆克吉的批评有失偏颇。

## 一 以虚构动机见历史叙述本质

萨尔曼·拉什迪（Salman Rushdie）曾引用翁达杰在小说《英国病人》里的一句话来定义流散作家的处境："选择在远离出生地的地方生活，一生都在回到和离开家乡这两种选择之间作思想斗争。"[2] 流散经历使翁达杰产生不完整的自我体验，与过去分割开来的痛

---

[1] Michael Ondaatje, "Garcia Marquez and the Bus to Aracataca", in Diane Bessai and David Jackel, eds, *Figures in a Ground: Canadian Essays on Modern Literature Collected in Honor of Sheila Watson*, Saskatoon: Western Producer Prairie, 1978, p. 21.

[2] Michael Ondaatje, *The English Patient*, Toronto: McClelland & Stewart, 1992, p. 176.

苦促使他去寻找过去，为自己创造一个不只是在头脑里想象的家乡，这实质是对自我所丢失的根源的渴求："为什么我想知道这些隐私？……我想坐下来，和一个人直截了当地谈一谈，想和所有失落的历史谈一谈，就像那个期盼的情人一样。"于是他着迷于收集历史细节，从国家历史延伸至家族历史，他阅读、抄写教堂上石板刻字和古老的书页上记载的翁达杰家族信息，当他跪在建造于1650年的教堂的地上，看着石板上刻着的"翁达杰"时，找到了一种归属感："这使自负和个人化的东西奇异地消失不见了……在石头面前变得如此渺小和微不足道。"

在《想象的家园》（*Imaginary Homelands*）这本书中，拉什迪分析了几位印裔英国作家作品中的家乡主题，指出这类作家想要客观描绘家乡的企图都不可避免地要失败：

> 和我相似处境的作家——流亡者、移民或被流放者——都被某种失落感萦绕，于是便产生某种找回所丢失东西的渴望，某种回头看的渴望，哪怕有变成"盐柱"① 的危险。但如果我们真的要回头看，我们必须承认我们与印度的时空疏离不可避免地意味着我们不可能完全找回丢掉的过去，我们只能创造看不见的、想象的、仅存在于头脑中的印度，而非真实的城市或村落。②

---

① 注："盐柱"（pillar of salt）源于《圣经·创世记》里的故事：由于所多玛、蛾摩拉两地的人罪孽深重，上帝决定降天火毁灭他们，事前遣天使通知所多玛城里的一个君子罗得携妻子、女儿一起出城，但不可回头望。罗得的妻子按捺不住好奇心，出城之后回头望了一眼，马上变成了一根盐柱。

② Rocío G. Davis, "Imaginary Homelands Revisited in Michael Ondaatje's *Running in the Family*", in *English Studies*, Vol. 77, No. 3, 1996, p. 266.

## 第一章 用碎片书写历史与自我——《世代相传》

对许多流散作家来说，在记忆的基础上试图创作有关自己家乡的小说是不可抗拒的需要，但也是一种挑战。流散经历使翁达杰体验到与过去分割开来的不完整感，促使翁达杰产生寻找完整过去的想法："我现在经常回去，我想回去是为了让自己完整起来。"① 尽管想法是美好的，但在实际的找寻中有许多难以预料的阻碍，使得这种完整性不可能实现。翁达杰在阔别二十几年后回到家乡，给自己设定的任务是理清错综复杂的家庭历史，试图找回并表述父母年轻时生活的世界，即20世纪初期的锡兰。寻找消失的历史本来就不是一件易事，斯里兰卡历史的复杂性和翁达杰家族情况的特殊性使得这种找寻难上加难。当他在岛上四处访问父母的亲戚朋友时，他能找到的只有谣言、传闻和传说，只能"一遍又一遍地听长长的混淆不清的家谱和传闻"，他认识到"真相随同历史一道消失了"。不可能获得斯里兰卡确切的历史，也不可能找到家族或种族的确切根源，一切都如同小说开头那个"恍惚的梦"，如同手里的细沙，你想紧紧地抓住它，就越容易失去。由于他自己的记忆太模糊，而家人的回忆又太夸张或互相矛盾，因此过去不可能原初地、不经加工地出现在我们面前。琳达·哈钦（Linda Hutcheon）说："在所有叙述过去的形式里，实证主义所倡导的客观再现形式被体现主体能动性的形式所代替。"② 时空距离这一客观原因使翁达杰放弃寻找"真实的历史"，转而选择了另一种书写方式：事实与虚构的结合。

实际上所有历史都辩证地在现实与虚构——或海登·怀特所

---

① S. Leigh Mathews, "'The Bright Bone of a Dream': Drama, Performativity, Ritual, and Community in Michael Ondaatje's *Running in the Family*", in *Biography*, Vol. 23, No. 2, (Spring) 2000, p. 352.

② Linda Hutcheon, "*Running in the Family*: The Postmodernist Challenge", in Sam Solecki, ed., *Spider Blues: Essays on Michael Ondaatje*, Montreal: Vehicule, 1985, p. 306.

说的"科学"与"艺术"、"历史学家的调查工作"与"叙述工作"①——之间摇摆。历史叙述通过假定的因果律,运用真实事件与约定俗成的虚构结构之间的相似性提供多种理解,还成功地赋予过去事件以超越这种理解之上的意义。② 尽管虚构是非"科学"的叙述,盲目否认其潜在的真理价值却没有充分的理由。纳尔逊·古德曼(Nelson Goodman)曾精辟地将我们所有构建世界的方式概括为"事实出于虚构"③。伊瑟尔也认为视虚构与现实对相互对立的观念是站不住脚的,因为除非有一个先验的立场使我们能够断言何为虚构、何谓现实,然而实际上根本不存在这样一个可以据以做出此种论断的标准,因此在他看来,"人类的生活渗透了各种各样的虚构,它们绝对不是'真实'和'真诚'的对立面"④。因此我们不能因为小说中的某些虚构成分而怀疑翁达杰试图记录真实历史的愿望,在一次接受山姆·索莱茨基的采访中,他谈到小说出版前他曾经将手稿复印件寄给亲戚们,让他们帮忙核实真假对错。他还说:"这部小说很难写,原因很多:比如你不知道是否真实地记述了某人,或在叙述你自己非常了解而读者却根本不知道的人时所要面临的许多问题。"⑤

拉什迪在《想象的家园》里谈到流散作家复杂的错位感时,认为他们对家园的记忆是碎裂性的,"只能通过破碎的镜子来处理一切了,而且破碎的镜子的某些碎片已经不可挽回地失去了。"⑥ 翁达杰

---

① Hayden White, "Introduction to Metahistory", in Walder Dennis ed., *Literature in the Modern World*, New York: Oxford University Press, 1980, p. 345.
② [美]海登·怀特:《后现代历史叙事学》,陈永国、张万娟译,中国社会科学出版社2003年版,第182页。
③ [德]沃尔夫冈·伊瑟尔:《虚构与想象——文学人类学疆界》,陈定家、汪正龙等译,吉林人民出版社2003年版,序言第6页。
④ 同上书,序言第6页。
⑤ Sam Solecki, "Michael Ondaatje: A Paper Promiscuous and Out of Forme with Several Inlargements and Untutored Narrative", in Sam Solecki, ed., *Spider Blues: Essays on Michael Ondaatje*, Montreal, Canada: Véhicule Press, 1985, p. 331.
⑥ 石海军:《破碎的镜子:"流散"的拉什迪》,载《当代外国文学》2006年第4期。

和拉什迪一样认识到不可能以一面完整的镜子反映出失落的过去,与其煞费苦心地伪造出一面完整的镜子,不如"就地取材"将碎片重新组合成一面"重圆的破镜"。拉什迪也正是从破碎的镜子中发现了新的空间:"破碎的镜子实际上与一面完美无瑕的镜子一样宝贵……记忆的碎片变得越来越清晰,越来越生动,它是我们记忆的沉淀,能使一些不太显眼的事有了象征的意义、平凡的生活具有了崇高的性质。从古代文物的碎片中我们有时能够重新建构过去的时代。"①

道格拉斯·巴伯尔认为翁达杰的选择在情理之中:"如果历史让他失望,他只能创造。"② 翁达杰在接受埃莉诺·瓦赫特尔（Eleanor Wachtel）的采访时也道出了他的想法:"创造的信息为我们提供了一种理解,而这是官方和非官方历史都无法做到的,因为你再也不会被虚伪的'权威性'带迷路",他还说:"在创造时我更诚实,做梦时感觉更真实。"③ 东方主义者们在编写历史时也会用到虚构,比如他们的许多有关伊斯兰的研究因其博学而著名,这类虚构看似与翁达杰的创造性写作相差无几,但是"如果你查看其底下学术脚注的注解及其来源,你一定会发现其中有许多投机、臆测以及随便的判断之处,其程度令人吃惊,而且,这些注解很少或者根本就没有提出任何根据"④。从萨义德冷静睿智的分析中我们也能看出两者的迥异之处:

> 有些特殊的物体是由大脑创造出来的,这些物体,尽管表

---

① 石海军:《后殖民:印英文学之间》,北京大学出版社 2008 年版,第 100—101 页。
② Douglas Barbour, *Michael Ondaatje*, New York: Twayne Publisher, 1993, p. 142.
③ Eleanor Wachtel, "An Interview with Michael Ondaatje", in *Essays on Canadian Writing*, Iss. 53, (Summer) 1994, p. 257.
④ [英]齐亚乌丁·萨达尔:《东方主义》,马雪峰、苏敏译,吉林人民出版社 2005 年版,第 91 页。

面上是客观存在的，实际上却出自虚构。一群生活在某一特定区域的人会为自己设立许多边界，将其划分为自己生活的土地和与自己生活的土地紧密相邻的土地以及更遥远的土地——他们称其为"野蛮人的土地"……一个人对自己是"非"外国人的感觉常常建立在对自己领土"之外"的地方所形成的很不严格的概念的基础上。各种各样的假设、联想和虚构似乎一股脑儿地堆到了自己领土之外的不熟悉的地方……想象的地域和历史帮助大脑通过对于其详尽的东西和与其相隔的东西之间的距离和差异的夸大处理使其对自身的认识得到加强。

……

人类大脑拒绝接受未曾经过处理的新异的东西是非常自然的；因此所有的文化都一直倾向于对其他文化进行彻底的皈化，不是将其他文化作为真实存在的东西而接受，而是为了接受者的利益将其作为应该存在的东西来接受。①（着重点为笔者加）

东方主义并不将东方作为一个实体性目标从外部打量，而是以某一虚构的东方对象反观自身，严格说来，这仅是一种内部反思形式，其关注的是西方自身的欲望、发展、危机等问题，对于东方的真正本质并不关心。在福柯看来，话语与权力是密切结合在一起的，作为隐形权力的话语比显在的权力更有支配和控制效果。西方人通过虚构将东方"东方化"的目的在于建立一套强势话语及其所表征的学术、政治权威，在满足西方人霸权欲望的同时维持西方于东方的优越感，并将其作为管理和遏制东方的工具。东方学家笔下的东方形象是变幻的，根据西方的利益与时代重心的变化不断地被重塑。

---

① ［美］爱德华·W. 萨义德：《东方学》，王宇根译，生活·读书·新知三联书店1999年版，第67—68、86页。

拥有这一选择权威的是统治者以及迎合其的东方学家。具有讽刺意味的是,翁达杰在《世代相传》开头部分独具匠心地引用了 14 世纪方济各会修士奥德里克的一句话:"我在这座岛上看见和我们国家的鹅一样大、长了两个脑袋的家禽……还有其他我不愿意在此描述的不可思议的东西",其将斯里兰卡虚构为极具神话色彩的国家,是典型的东方主义言论。

## 二 从虚构痕迹判断作者权威意识

澳大利亚著名文学理论家伊恩·里德(Ian Reid)在著作《叙述交换》(*Narrative Exchanges*)中提出"叙述交换理论"。在他看来叙述是作者与读者之间的"交换"社会行为,前者用语言与后者的时间、金钱、注意力相交换。但这不同于以价值对等原则作为基础的商品交换,涉及的是双方权利的分配与平衡,交换双方都以获取较多权利为目的,因此叙述必然包含着潜在的挑战与争夺,是具意识形态特征的交际行为。东方学家们认定东方无法自己表述自己,西方有义务做东方的代言人,替他们表述。表述的"义务"暗含着表述的权利甚至是权威,西方人企图通过建立对东方的学术权威而延伸至政治权威,最终达到统治东方的目的。任何权威既不神秘也非自然形成,它被人为构成,而后作为一种价值标准而具有说服力和至高地位。东方学家对东方国家的知识权威体现为以下观念:东方国家没有自主的能力,无法了解自己,因此只能按照西方人从外部所认识其的方式而存在。在认识上的无能也就顺理成章地导致其自我治理能力的缺乏,治理东方的任务因而只能由西方来担任,这就意味着西方在政治上的权威。

学术权威是政治权威的有力保障,因此维护前者是从古至今所有的东方学家们的核心任务。那么维护这一权威的关键是什么呢？——历史书写的客观性、完整性、唯一性。于是一个无法忽视的问题出现了：历史文本的虚构性与客观性如何和谐相处？前者是历史书写中必不可少的方法，后者是历史文本权威性的根基，二者均是不可或缺的因素，但在本质上又水火不容，如何处理好这一棘手的关系？东方学家找到一个自认为完美的办法：将客观的结构（东方之实际所指）和主观的再结构（东方学家对东方的表述）混为一谈。① 实践这一方法的关键在于消除虚构的痕迹，使被描述的历史显得自然和客观。东方学历史编写者在资料剪辑、顺序重置、措辞的意识形态化等方面所做的虚构工作都被其伪装得天衣无缝的"客观"外表所掩盖。东方学者们声称他们的历史作品是原始的、中立的，但实际上却是反复修改和苦心经营的产物。

　　以虚构的自指性瓦解客观权威性是《世代相传》区别于东方主义历史的又一特点。在历史作品中，虚构是一把双刃剑，既是对作者主体能动性的认同，也是对历史文本权威性的威胁。东方学家有强烈的权威意识，因而竭尽全力地抹去虚构痕迹。爱德华·威廉·雷恩（Edward William Lane）是极好的例子，他的《现代埃及风俗录》之所以获得权威，是因为他让个性化的自我臣服于东方学的专业学术系统，不惜抹去自己作为创作主体的个体性，以这种否定自我的方式凸显出作品的"客观"权威性。而这也正是翁达杰与东方主义者的差别之所在，他没有东方学家高高在上的架子，反而有意弱化作品的客观权威性：不仅在写作中多次描述斯里兰卡人偏好的想象、夸张、谣言等虚构行为，暗示虚构是日常生活的一部分，还敢于"站出来"直指自己的虚构行为，将历史编写过程中的主体介

---

① [美]爱德华·W. 萨义德：《东方学》，王宇根译，生活·读书·新知三联书店1999年版，第167页。

入展现无遗，除此之外在其写作技法中也体现出对虚构的指认。

萨特对历史的看法并不乐观："历史至多是个神话……它最糟也不过是个谎言。"① 萨特否定了历史重现过去的可能性，揭露"历史真实"的虚伪性。翁达杰则更加勇敢地"自我揭露"，在写作中元小说式地直接道出其所写历史的虚构性。这实际是作者的写作策略，以此表示对西方"大写历史"的嘲笑与反抗。西方历史一贯秉承的是清晰可辨的线性书写方式，宣称其历史书写的连续性和客观性。罗伯特·扬（Robert J. C. Young）在《白色的神话：书写历史与西方》（*White Mythologies: Writing History and the West*）一书中讨论了西方形而上学话语和历史作品——通过宣称欧洲能对从原始社会到现代文明的发展做普适性的叙述——将殖民对象他者化，从而为帝国主义扩张的野心找到理由。② 翁达杰在《世代相传》中打破这一书写方式，故意凸显历史"事实"中的虚构元素，构成了对西方传统历史主义权威性与普适性的挑战。

海登·怀特对"叙述"（narration）和"叙述性"（narrativity）做了区分：前者是公然对世界持主观观点的历史话语，后者则是在叙述事件时装作没有叙述者而让世界自述的话语，怀特认为"叙述性"的功能之一就是掩盖历史编年的道德问题。③ 显然翁达杰属于前者，东方主义者属于后者。东方学是一种规范化的写作方式，将一切不符合其准则的内容和形式都排除在外，以免其权威性受到不必要的干扰。东方学家们以一种字典编纂式的方式控制丰富而散乱的

---

① ［美］海登·怀特：《后现代历史叙事学》，陈永国、张万娟译，中国社会科学出版社2003年版，第49页。

② Robert Young, *White Mythologies: Writing History and the West*, London, New York: Routledge, 1990.

③ ［英］马克·柯里：《后现代叙事理论》，宁一中译，北京大学出版社2003年版，第75页。

题材，令其节制有序，将收集起来的零零星星的片段重新转换为铁板一块的历史，所有拼接的裂痕都被抹除得干干净净。翁达杰打破东方主义历史叙述所要求的完整性叙述与封闭性结尾，自觉地将历史与叙述的边界敞开，在《世代相传》中处处可见存在于不同声音之间、不同题材之间、真实与虚构之间的叙述缝隙，呈现在读者面前的是一面"破碎的镜子"。

对文献的引用是营造真实感的有力"法宝"，引用文献的好处在于可以省去引发质疑的种种人为加工过程。翁达杰在文中也屡屡提到各类文献：法律档案、植物杂志、地图册、涂鸦诗、剪贴报纸、刻在石头上的名字、沾满灰尘的旧书、被昆虫吃掉一部分的旧相片、"至今仍存在布勒路法庭博物馆的司法记录上"的证词等。这使我们想起"博学的"东方学家们引经据典的历史作品，但与之不同的是，翁达杰一方面不辞辛苦地在这部家族历史传记中营造真实的氛围，另一方面又时不时地"入侵"文本，告知读者他们看到的并非完全都是事实，形成"真实—虚构"的文本张力，更强烈地表达了对貌似具有权威性和普适性的西方历史的嘲讽。

琳达·哈钦将《世代相传》归为"历史编纂元小说"（historiographic metafiction）[1]，她在《后现代主义诗学》中指出此类小说提出了许多"历史编纂与小说交融的具体问题……这些问题围绕着身份与主体的性质，指涉与再现的问题，往事的互文性，以及包含在历史写作中的意识形态等等"[2]。任何历史书写都会经历筛选、阐释、虚构化的过程，凸显此过程是历史编纂元小说的重要特征，以此解构历史再现的自然性与客观性。翁达杰反复将读者流畅的阅读进程

---

[1] Linda Hutcheon, *Running in the Family: The Postmodernist Challenge*, Montreal: Vehicule Press, 1985.

[2] Linda Hutcheon, *A Poetics of Postmodernism: History, Theory, Fiction*, London/New York: Routledge, 1988, p. 117.

第一章　用碎片书写历史与自我——《世代相传》

打断，让他们无时无刻不感觉到他"在"写作着，如："才半页——早晨已变得古老"，"一本作业本。我坐在乌木桌前写着这些，望着窗外干燥漆黑的夜空"，"一阵阵吹在我胳膊、脸和纸上的风一点都不均匀"，"看着握着笔的手在移动，等着它说点什么，等着它不经意地碰上某种观念，某种未知事物的形状"。①

不仅如此，翁达杰还不断声明资料搜集的不可靠性，在文末的"致谢"部分对整部小说的历史真实性都打了一个巨大的问号：

> 虽然所有这些人名可能营造出一种真实的气氛，但我必须承认这本书不是历史，而是一幅画像或一个"手势"。如果上面列出的姓名否定了虚构的气氛，那么我很抱歉，而且只能说在斯里兰卡，一个说得好的谎言值一千个事实。

翁达杰搜集到的家族历史大部分来自当地亲戚、朋友的口头叙述，但他同时又在整篇小说中着力渲染以下观点：虚构已成为斯里兰卡人的一种日常行为方式，所谓的"事实"也不过是掺和着回忆、想象、谣言、夸张的产物，因此小说从头至尾无不在自我揭露其叙述的不可靠性。翁达杰的那些阿姨"用回忆编制了一个个故事，就像用一根根纷乱的线编织成纱笼"。在翁达杰家族里，对原始事件的加工创造似乎早已成为大众的爱好融入日常生活中，如在《贾夫纳的下午》一节里，翁达杰这样写道：

> 半小时后全家就会午睡醒来，复杂的谈话又要开始了。在这座有二百五十年历史的城堡的中心，我们互相交换奇闻轶事

---

① 原文为：watch the hand move，姚媛的译文为"看着扇叶在转"，笔者认为此处应译为"看着握着笔的手在移动"。

69

和模糊的回忆，试图排出日期的顺序，再加上旁白，以使它们逐渐变得充实，并且像装配船身一样，把它们连结起来。所有的故事都讲了不止一遍。无论是回忆还是荒谬可笑的丑闻，一小时后我们都会再重述一遍，补充一些内容，增加一些评论。**我们就这样安排好了历史。**①

在接受凯瑟琳·布什的采访中，翁达杰提到他在《世代相传》的形式和内容上都援用了儿时流行的口头文化，包括"争先恐后地在饭桌旁生产、传播流言蜚语"②。流言是斯里兰卡人生活中的重要内容，它可以当武器，也是个人与公共之间的交点："臭名远扬的戈梅斯先生办的杂志《探照灯》……这是'一本粗俗下流的杂志'，攻击发令员、驯马师和马的主人，还提供人们可以在比赛间隙仔细阅读的流言蜚语。谁都不希望这本杂志提到自己，但是人人都买这本杂志。"翁达杰还提到母亲多丽丝来自一个喜好夸张的家庭：

> 她属于那种僧伽罗家族，这些人家的女人能把别人最细微的反应夸大成一个非常激动人心的故事，再把这个故事当作此人具有某种性格特征的例证。如果说有什么使她们那一代人保持活力，那就是用极其夸张的方式记录故事。经过她们的夸大，平淡无奇的网球赛也会节外生枝，一名选手因为醉得厉害而差点儿死在球场上；她们可能因为某个人的某件小事而永远记住了他，五年后，这件小事已经被如此夸大，她本人倒成了这件事的一个注脚。

---

① 粗体为笔者所加。
② Catherine Bush, "Michael Ondaatje: An Interview", in *Essays on Canadian Writing*, Iss. 53, (Summer) 1994, p. 239.

第一章　用碎片书写历史与自我——《世代相传》

　　与东方主义所标榜的"完整"叙述相比，翁达杰在《世代相传》还在写作中体现出一种不可能记述完整、连贯的历史的自觉意识，揭示了历史资料的片面性。回斯里兰卡的旅行主要目的是通过找寻失去的过往来增进对家人的了解，父亲——这个由于时空的距离而在作者心目中早已成为传说的男人——是翁达杰此次回乡之旅最想了解的人，也许还是为了消除未在父亲去世之前回去见他的负罪感。尽管他努力找寻，但"只有分散的事件和记忆，再也没有别的线索"，他不无遗憾地说："我们不知道的太多了，很多事只能猜测。靠猜测去接近真实的他，根据爱他的人告诉我的这些零星的事去了解他。"小说中还有一个细节：蚂蚁把父亲默文·翁达杰书中的第一百八十九页抬走——"他还没有读到那一页，但他还是让它们把那一页搬走了"——而这个细节正好出现在《世代相传》的第一百八十九页，自指性地暗示着翁达杰不得不放弃将父亲完整再现于文字中的愿望。父亲对他来说"又是一本不完整的书"，这也迫使读者认识到语言和事实之间的空隙，认识到过去的不可知性和完整封闭叙述的不可能性。

　　里德认为当叙述过程中出现除主要叙述者之外的叙述者时，他们会就意义的阐释权相互争斗，叙述文本的这一特征被称为"剥夺"（dispossession）——其他叙述者有从主要叙述者手中夺过文本意义阐释权的可能，主要叙述者如果能成功压制异质声音，文本的意义阐释权就由他掌控，反之，他的阐释权就会被"剥夺"。在东方主义作品中，叙述者为了防止其权威性被剥夺，粗暴地抹去所有异质的声音，以一种本质主义的方式来介绍东方诸国，将它们与落后、怪异、柔弱等消极特点相联系。有了西方这一强势代言人，东方民族被迫保持沉默，人们听到的是来自西方的唯一声音。与此相对，叙述的多声部恰恰是《世代相传》的特征之一，多重声音表达了对单

一、连贯、线性叙述的拒绝。叙述声音并不限于翁达杰本人，朋友和家人都不时"打断"他。小说中父亲得到的关注最多，他的故事由多人的叙述组成，如《对话》和《最后的日子/父语》两部分中就有多个声音在讲述翁达杰父亲的故事，既有他平常的人情世故，也有他反常的放荡不羁，亦庄亦谐的叙述使父亲的形象更加生动和立体。

## 三　透过塑造的东方形象看作者立场

历史是"以过时的制度、思想和价值加在现在的一个实际负担"①，此话得到许多现代艺术家的赞同。在他们看来，历史赋予那些过时的形式以虚假的权威，因此历史学家的任务就是要把现在从历史的负担中解放出来。以此观点来看，东方学家炮制出的东方历史对当下的东方国家来说便是一种沉重的负担。萨义德将东方学本身分为隐伏的东方学与显在的东方学。他认为从古至今出现的各种对东方的观念之间的差异都出现在显在的东方学中，这些差异大多都是形式或个人风格方面的，极少涉及深层含义。而对于历代赋予东方的种种劣根性，如"异质性、怪异性、落后性、柔弱型、堕怠性"，以及东西方永远无法相对等的思想，都牢牢地留在隐伏的东方学中。② 可以说，隐伏的东方学支配着显在的东方学，尽管对东方的描述随着时代的更替而变化，但其隐在的指导思想是否定东方和东方人有发展、转化的可能性，东方被赋予一种消极的永恒性，作为一种一成不变的、没有创造性的静止、僵化的存在物。在当代西方

---

① ［美］海登·怀特：《后现代历史叙事学》，陈永国、张万娟译，中国社会科学出版社2003年版，第49页。
② ［美］爱德华·W.萨义德：《东方学》，王宇根译，生活·读书·新知三联书店1999年版，第262页。

文化中，东方的形象缺乏真实可感性，动态的、变化的、前进的、发展的东方是完全缺席的，取而代之的是东方学家及其陈旧的观念。总而言之，东方学家们采用了一种百科全书或字典编纂这种横截面式的想象视野，将东方及东方人归化为某一原初的、永恒的终极类型，万古不变。东方学家就用形式的"新瓶"装上内容的"陈酒"将东方固化为永远需要西方关注、管理、评判、拯救的消极形象。

东方主义潜在的论点是认为人类发展只有一种模式、一个时标，所有的文明都沿循西方所设定的线路发展。福山（Francis Fukuyama）在他的《历史的终结和末人》（The End of History and the Last Man）中将这一观念奉为至理，认为西方自由资本主义是唯一理性的普世性体制。由此可推论，西方人笔下的东方历史也是最为权威的模式，任何与之相异的历史书写都是有违常理。在他们的历史书中，东方是超然于时间之外的存在，东方文明也不会跟随着时间向前迈进，因此东方学家从来都将"现在"置于历史的重压之下，漠视"现在"的东方。

重视历史的流动性是《世代相传》体现的另一重要特征。翁达杰最初打算通过回乡之旅找寻过去，但不久之后他开始意识到只能在认识论而非本体论的意义上去追寻家族和种族根源。经过漫长复杂的思想斗争后，他最终从心底里接受了自己的"无根性"这一事实，坦然面对找寻计划的"失败"，并表现出另一种处理历史的态度：

在一生中某几年的某些时刻，我们感到自己是被毁掉的前辈的残余，因此我们要做的就是和敌对阵营保持和平，消除詹姆斯一世式的悲剧尾声的混乱，用"距离的慈悲"书写历史。

时空的距离歪曲了事实，与其在尘封的历史岁月面前撞得头破血流不如用"距离的慈悲"书写历史。小说里提到溺水而亡的诗人拉克达萨·威克拉玛辛哈（Lakdasa Wikkramasinha），他的朋友伊安·古奈堤勒克（Ian Goonetileke）对他的记忆一直是鲜活的，因此翁达杰评说古奈堤勒克"知道历史永远就是现在"。这也正是他在小说中要完成的任务，因此《世代相传》记述的是当下旅行时捕捉到的关于过去的故事。翁达杰立足现在，凭借他梦幻的、诗性的想象将凝固的过去转化成流动的文字，一个充满生机与活力的翁达杰家族跃然纸上。小说既非纯美学产物，也非纯现实产物，而是将再现（re-presentation）与"预现"（pre-presentation）相结合，在再现过去的过程中创造出多样化的翁达杰家族历史。①

从虚构的原因、作者的权威意识以及与东方形象的现时性三方面来看，将翁达杰称作东方主义同谋的判断是不妥的。东方主义者为了维护西方对东方的权威而刻意虚构历史，而翁达杰却偏偏以虚构手法来表达对西方大写历史的藐视。东方主义者为凸显西方历史的权威而有意将虚构痕迹完全抹去，翁达杰则敢于以自然轻松的姿态面对，将虚构视为日常生活的普遍行为，并在文中自觉暴露虚构历史的过程，以证明西方号称的客观历史的荒谬。他立足现在，将当下的所见所闻所感从历史的负担中解放出来，转化成生动的文字，为读者呈现出一个触手可及的翁达杰家族，也折射出翁达杰对斯里兰卡未来的信心。正如拉什迪说："我的印度只不过是百万种版本中的一种而已"②，翁达杰也承认历史叙述的多种可能性，他没有摆出

---

① S. Leigh Mathews, " 'The Bright Bone of a Dream': Drama, Performativity, Ritual, and Community in Michael Ondaatje's *Running in the Family*", in *Biography*, Vol. 23, No. 2, (Spring) 2000, p. 361.

② Salman Rushdie, *Imaginary Homelands: Essays and Criticism 1981—1991*, London: Granta Bookds, 1991, p. 9.

一副权威的架势用一套完整的叙述去代替另一套，而是创造性地构建起一个多种叙述声音和叙述形式交互的文本空间。

## 第四节　历史碎片折射出的后殖民批判

穆克吉批评翁达杰在小说中对历史事件轻描淡写，从而回避意识形态、权力、种族、阶层等问题，因为在她看来"只有历史才能使人正视这些问题"[①]。穆克吉此种观点是欠妥的，症结在于她对"历史"这一概念的理解过于简化，仍旧以西方"大写历史"为标准，将其看作遵循因果逻辑的线性叙述。这种铁板一块的历史早就被后结构主义诟病并贬斥为欺骗性的神话。与携带西方中心主义色彩的宏大历史叙述模式相对，翁达杰采取了"小写历史"的写作模式，将关注的焦点从国家和民族转至家族和个人，从众所周知的政治历史事件转至不为人知的闲闻轶事，从对历史的正面剖析转为侧面暗示。

### 一　殖民与反殖民历史的微观再现

穆克吉以西方历史叙述模式为判断标准，断言翁达杰将历史事件排除在小说外，以此回避意识形态等政治问题。这样的批判显然是站不住脚的，除了其判断标准片面化的问题外，她未看到翁达杰虽然没以"严肃"的笔调从正面书写历史事件，但他用另外一种微妙的方式让读者在轻松的旅行故事中瞥见历史和殖民主义的影子，并以此表达自己的政治态度。

---

[①] Arun Mukherjee, "The Poetry of Michael Ondaatje and Cyril Dabydeen: Two Responses to Otherness", in *The Journal of Commonwealth Literature*, Vol. 20, No. 1, 1985, p. 65.

翁达杰没有直接书写长达几个世纪的殖民统治历史，他对几幅锡兰旧地图的描写反映出锡兰被列强侵略的历史：

> 在多伦多我哥哥家里的墙上挂着几幅不合比例的地图。锡兰旧图。都是仅凭观光的印象、商船上的几瞥和六分仪理论绘制出来的。地图上锡兰的形貌彼此相去太远，看上去像是分别由托勒密、墨卡托、弗朗索瓦·瓦伦丁、莫蒂埃和海特完成的，从一些神秘的形状到最终精确的发展图。
> ……
> 地图展示了地形学的传言，入侵和贸易的路线，以及在阿拉伯、中国以及几个世纪的记载中均有出现的旅游故事中黑暗而疯狂的想法。这座岛屿吸引了整座欧洲。葡萄牙人、荷兰人、英国人，纷纷来到这里。它的名字，正如它的形状一样，经历了不断的变化……她是经历了无数次婚姻的妇人，来与她约会的入侵者踏上她的土地，凭借手中的刀剑、《圣经》或自己的语言向她索要一切。……这只坠子的形状固定不变之后，就成了一面镜子。它自称反映出每一个欧洲强国的特点，直到更新的船只来到这里。

透过这两段"波澜不惊"的文字，我们不难看到其反映出的历史："相去太远"的几幅地图和"经历了无数次婚姻的妇人"的比喻暗示了锡兰被不同国家多次入侵的历史，而"刀剑、《圣经》或自己的语言"象征着军事和文化两种侵略方式，"镜子"则表现了锡兰的没有自我从属地位，只能通过映照他者来反观自身。殖民侵占是民族沙文主义最直接的表现，在殖民主义者心中，这些被占领的民族是愚昧落后的，因此他们有理由来接管这些地区。翁达杰没有直接抨击这

## 第一章  用碎片书写历史与自我——《世代相传》

一思想及其指使的行为,而是直接引用几段透露此种思想的话语:

> 毫无疑问,僧伽罗人是世界上最没有音乐天分的民族之一。没有人比他们更不懂得音高、谱线和节拍。
>
> ——保罗·鲍勒斯
>
> 对我们来说,陶尔米纳、锡兰、非洲、美洲,毕竟只代表了我们和我们所代表的一切的对立面……
>
> ——D. H. 劳伦斯

这些话语无一不彰显出以西方为中心的东西方二元对立思想,殖民主义者正是以这一思想为行为准则和侵略理由的。它们被翁达杰放在恰当的位置以加强反殖民主义力度。这两段话摘自《卡拉波萨》一节,这节被星号分割成四个部分,第一部分全部由此类引言构成,作者没有做更多阐释。接下来的三个部分讲述锡兰的天然环境、前来的外国人的种种经历、美丽的僧伽罗字母文字、5世纪的民间诗歌、1971年叛乱中涌现的革命诗歌。作者在这三部分中掩饰不住对岛屿优越的地理和文化条件的赞美之情,还巧妙地指出外国人对锡兰的了解具有片面性:

> 这座岛屿将自己的知识隐藏了起来。错综复杂的艺术、习俗和宗教仪式都从新建的城市转移到了内地。只有被古康提国王囚禁了二十年的罗伯特·诺克斯学习了当地传统,因而对这座岛屿做了较好的描述……除了诺克斯和后来写《丛林中的村庄》的莱昂纳德·伍尔夫,很少有外国人知道自己身处何处。

除了引用西方殖民者对锡兰的片面观点外,翁达杰在小说开头还引用了本国人的类似观点:"美国人能把人送上月球是因为他们懂英语。英语水平糟糕的僧伽罗和泰米尔人以为地球是平的。"这句带有殖民主义色彩的话来自一份1978年的《锡兰星期日时报》,说明几个世纪的殖民统治所残留的思想仍然控制着当地人,这一反讽式的引用也将殖民主义的罪恶揭露无遗。在小说中,他引用了革命诗人拉克达萨·威克拉玛辛哈的一段诗歌:

不要对我谈论马蒂斯……
一九零零年的欧洲时尚,画室的传统,
那里裸体女人永远躺在
一片血泊中。
对我谈一谈文化吧——
谋杀犯怎样受到
被剥夺了野蛮的美的激励:画家
来到我们偏远的村庄:我们刷了白石灰的
泥巴小屋溅满了炮火的痕迹

短短几行诗句就再现了殖民主义者的野蛮侵略行径。西方的侵略浪潮使得马蒂斯等西方现代画家被带到东方国家,但威克拉玛辛哈认为现代西方的贪欲和抢劫使得真正的艺术价值全无,因而对西方虚假的现代艺术形式进行攻击。"画家"的到来象征着宗主国在殖民地实行政治统治的同时实行文化霸权,因此画家与谋杀犯都对东方国家造成了伤害,而且前者对本土文化的伤害更加深入持久,只不过其是以"被剥夺了野蛮的美"这一更为隐蔽的形式出现罢了。威克拉玛辛哈在他的第一本诗集里说过这样一段话:"我意识到我正在使用地球上最鄙的、最令人憎恶的人的语言。我无意延长它的生命和范围，无意丰富它的内容，用英语写作是一种文化背叛。我不得不为了将来而考虑一种能避开这类背叛的写作方式。"①

小说还提到1971年叛乱中，写在墙上的革命诗歌被政府用"白石灰和碱液抹去"，因此翁达杰将革命诗歌引入小说这一行为本身就具有政治性，以此表达了一种福柯称为"屈从知识的反抗"。这类知识"被产生于社会秩序内官方或强势的知识形态压制或'掩埋'"②。在殖民主义者眼里，只有西方理性科学知识才具有权威性的，因此他们在殖民地实行文化霸权政策，以西方知识压制非西方的知识，使后者及其所关注的对象处于从属地位而未得到充分重视。翁达杰自己曾声明他"尤其对未被讲述过、未曾被写下来的故事，即'没有历史的故事'，感兴趣"③。除了这首革命诗歌外，他还插入了斯里兰卡最早的民间诗歌及自己写的几首散发着浓厚斯里兰卡历史文化的诗歌，表现出解放"屈从知识"的决心。

总的来说，反抗中心化有多种方式，翁达杰采用了一种微妙的"编码"方式，将反殖民精神融入文本细节中，读者需要仔细阅读才能从细微之处体会到文字背后隐藏的政治观。

## 二 人物形象与后殖民批判

在人物塑造方面，翁达杰也巧具匠心地将与殖民主义相关的政治因素融入进来。在这部篇幅短小的作品中，他刻画了多位形象各

---

① Ajay Heble, "'Rumours of Topography': The Cultural Politics of Michael Ondaatje's *Running in the Family*", in *Essays on Canadian Writing*, Iss. 53, (Summer) 1994, p. 191.
② [澳] 杰欧弗·丹纳赫、托尼·斯奇拉托、詹·韦伯:《理解福柯》，刘瑾译，百花文艺出版社2002年版，第198页。
③ Wilhelmus M. Verhoeven, "How Hyphenated can You Get?: A Critique of Pure Ethnicity, (Idols of Otherness: The Rhetoric and Reality of Multiculturalism)", in *Mosaic* (*Winnipeg*), Vol. 29, No. 3, (Sept.) 1996, p. 102.

异、性格鲜明的人物。虽然讲述的仅是生活中的闲闻逸事，但同样折射出后殖民批判的光芒。最具代表性人物的是翁达杰的祖父、祖母与父亲。祖父的言行反映出英国文化殖民的罪恶行径，在父亲身上读者则看到了可贵的反殖民精神。而翁达杰塑造的母亲和祖母等第三世界女性形象透射出后殖民女性主义批判思想，她们的言行举止表达了对男性中心和西方中心的反抗，有力地回击了两者对第三世界妇女的话语殖民。

（一）"翻译阶层"与后殖民批判

与掌控政治、经济权力的殖民手段相比，后殖民时期的文化殖民是一种更隐蔽、更彻底、更利于殖民统治的方式。早在1835年，在印度行使殖民统治的英国总督立法成员托马斯·麦考莱（Thomas Macaulay）在《印度教育备忘录》一书中就提出引进英语殖民教育，目的是培养一代受英式教育的印度人，以帮助英国统治印度：

> 我们现在必须尽最大努力在我们与我们统治的数百万人之间形成一个可以称为翻译的阶级；这样一个阶级的人，在血统和肤色上是印度的，但在兴趣、见解、道德和知识上都是英国的。我们可以放心地让那个阶级去纯化那个国家的方言土语，用从西方名词中借来的科学术语来丰富那些方言，并将其转译成适当的工具以向那里的广大民众传达知识。[①]

殖民教育使被殖民地受益的同时，也生产出一大批心理奴化的本土人，这些人极端崇拜西方文化，一切以西方理论为准绳。这种现象在斯里兰卡同样存在，翁达杰在《世代相传》中将此种文化殖

---

① 罗钢、刘象愚：《后殖民主义文化理论》，中国社会科学出版社1999年版，第116页。

民的恶果在体现在祖父菲利普·翁达杰身上。菲利普是一个带有亲殖民主义色彩的人物，他"也有翁达杰家其他一些成员的弱点，那就是爱装英国人。他身穿灰色西装，领子浆地硬挺挺的，对自己定下的规矩毫不马虎……每隔两年他就要到英国去一次，去买水晶和学习最新的舞步"。他"住在凯格勒中心最好的土地上他自己的王国里"，严格冷漠，为家里人制定了许多家庭传统和规矩，"全家人都怕他，就连他那意志坚强的妻子也是在他去世之后才显出活力"。

翁达杰不仅在小说中再现了"翻译阶层"，还再现了这种文化殖民的反抗者——父亲默文·翁达杰。他的性格从青年到晚年发生了巨大的变化，从他身上一直看得见一种可贵的反抗精神。对默文来说，菲利普是一个严格的监督人，但青年时期的默文性格叛逆，去英国读书前"在家里曾惹下那么多麻烦"，而且"解决麻烦事的技巧就是接着制造另一件麻烦事"，去英国后"除了读书，什么都做"，"青春被挥霍，被毫无意义地燃尽了"，默文后来独自一人回到菲利普生前大部分时间居住的洛克山庄，他在山庄里种田、养鸡、差不多每隔两个月就发作一次间发性酒狂，因此"祖父为之奋斗的王国实际上已经完全消失了"。默文的叛逆逃脱了祖父对他的影响，从某种意义上说具有反殖民主义色彩。

（二）后殖民女性主义与本小说中的女性形象

后殖民理论家们针对西方的殖民压迫展开的一系列批判取得了丰硕成果，但他们常常忽略女性的视角，造成研究中的性别"盲点"。其实女性主义和后殖民批评在理论与实践上有共通之处：首先，女性与被殖民地民族都被白人男性视为边缘的"他者"，相似的从属身份使得两者之间有了一种天然的亲和力。其次，它们都与文化批评、政治实践紧密相关，都受到后现代主义思潮中解构主义的影响，具有反中心、反权威的性质。两者的目的都是要揭露隐含在

"西方—非西方"或"男性—女性"二元对立中的权力运作机制，消解主流文化的霸权主义，分别指向西方中心主义和男性中心主义。后殖民女性主义批判是两种理论对话交流的产物，可大致分为两个方面：一是在后殖民批判中添加女性主义的内容，二是在女性主义批判中融合了种族、阶级等元素。

第一个方面涉及后殖民理论领域中的女性主义批判。后殖民批判在西方理论界享有盛名，但其忽略女性视角的弊病受到批评。以"女性主义、马克思主义的解构主义者"身份在学术界声名大噪的斯皮瓦克是对其发难的理论家之一，她说："他们似乎只是从男人的世界及男人自身获得依据的，因而证实了有关他们的世界和自身的真理。"[1] 凯图·卡特拉克（Ketu H. Katrak）也持相同看法，她批评了法侬后殖民理论中对黑人女性的不恰当观点，认为其理论依据仅局限于中产阶级女性的经验，且没有考虑女性在父权社会和殖民者的双重压迫下的特别处境。萨义德也被指责在《东方主义》中粗略地将女性等同于男性，将种族范畴优先于性别范畴，未注意到东西方内部女性的特别之处，从而得出以偏概全的结论。

第二个方面则可以被看作女性主义领域中的后殖民批判，是在关注父权制压迫女性的同时融入与后殖民相关的民族、种族、地域等因素，主要是针对西方女性主义的白人中心主义。他们将父权制看作压迫妇女的唯一根源，建构了一种全世界妇女共享的超越民族、种族、地域限制的"姐妹情"，从而有意模糊了父权制与殖民主义的权力勾结及其对第三世界妇女造成的双重压迫。西方女性主义从自身的白人中产阶级地位和经验出发，忽视第三世界妇女特殊的历史处境与性格的多质性，把"第三世界妇女"均质化为与"聪明的"

---

[1] Gayatri Chakravorty Spivak, *In Other World: Essays in Cultural Politics*, New York: Routledge, 1988, p. 78.

第一章 用碎片书写历史与自我——《世代相传》

"进步的""理智的"西方妇女相对立的形象——"愚昧无知的""落后的""沉默的被言说的他者""纯粹的受害者",从而将第三世界妇女他者化。莫汉蒂揭示道:"把妇女是同类范畴的概念应用于第三世界妇女就是把各种不同妇女群体同时局限在社会阶级和种族框架内加以殖民化,并且利用这种局限性;这样最终剥夺了她们的历史和政治作用。"① 西方白人女性主义者"无视其他种族妇女的存在,将种族、地域、阶级等因素排除在女性主义视域之外,不自觉地表现了男权传统的霸权主义或'帝国主义女性主义'"②。第三世界妇女在父权制与殖民主义的双重压制下丧失了言说的权力,成为空洞的"能指",其主体性在历史发展过程中遭到抹杀。斯皮瓦克将葛兰西的"属下"理论引入后殖民女性主义批判,葛兰西在《狱中札记》中论述阶级斗争时用"属下"这个词来代替马克思的"无产阶级"这个概念,用来指那些被动的、处于从属地位的无权人群和阶级③,斯皮瓦克在《属下能说话吗?》("Can Subaltern Speak?")这篇文章中将之引申为没有话语权或无法表达自己的文化群体。在这些边缘的"属下"群体中,第三世界妇女无疑是"双重属下",正如她在文中所说:"在属下阶级主体被抹去的行动路线内,性别差异的踪迹被加倍地抹去了……在殖民生产的语境中,如果属下没有历史,不能说话,那么,作为女性的属下就被更深地掩盖了。"④

综上所述,后殖民女性主义在对第三世界妇女的再认识方面有

---

① 李银河:《妇女:最漫长的革命》,生活·读书·新知三联书店1997年版,第233页。
② 林树明:《性别意识与族群政治的复杂纠葛:后殖民女性主义文学批评》,载《外国文学研究》2002年第3期。
③ [意]安东尼奥·葛兰西:《狱中札记》,曹雷雨等译,中国社会科学出版社2000年版。
④ [美]佳亚特里·C. 斯皮瓦克:《属下能说话吗?》,载罗钢、刘象愚主编《后殖民主义文化理论》,中国社会科学出版社1999年版,第154页。

重大贡献，使长期缄默的第三世界妇女获得说话的权利。西方女性主义虽然关注女性，但他们将视野局限于在白人女性身上，而关注第三世界的后殖民批判又主要针对第三世界男性，忽略比他们更为边缘的女性群体的独特处境，第三世界女性因而没有得到充分的认识或正确的认识。后殖民女性主义弥补了这些缺陷，它批判与殖民主义互相勾结的父权制度，质疑带有中心主义色彩的西方女性主义，呼吁第三世界妇女将反抗父权制的斗争与反抗殖民主义及帝国主义结合起来，只有这样她们才能走出沉默，重获主体性。

《世代相传》体现了翁达杰的后殖民女性主义批判意识，他兼顾了上述两方面的批判视野，为具"双重属下"身份的第三世界妇女提供了"言说"的空间。"言说"在这里有两层含义：一种是字面意义上的"言说"，即说话。翁达杰回家的目的是了解家族历史，他大部分的信息是通过家乡的女性亲戚"讲述"的故事获得的。比如"我和妹妹和菲利丝姑妈一起试图追溯我们家族错综复杂的世系关系"，"菲利丝姑妈一整天都掌管着对翁达杰家好人和坏人，以及他们所遇到的人的经历的叙述"。小说中专门有一节名为《阿姨们》，开篇就说"她们用回忆编织了一个个故事"。翁达杰还提到了母亲的语言能力："我们姐弟几个一定从母亲那里继承了戏剧意识、编故事的能力和时而掌握发言权的决心。"

第二种层面的"言说"则是指在父权制和后殖民主义压迫下努力发出主体声音的行为。莫汉蒂在其后殖民批评经典《西方的注视下：女性主义学识与殖民话语》中针对西方女性主义对第三世界妇女的形象描述中流露出的东方主义思想进行批判。她指出西方女性主义没有摆脱帝国主义文化霸权的意识，以自身的知识系统来表述、建构第三世界妇女形象，并让其与自身形象形成二元对立：西方女性被赋予"文明""进步""智慧""理性""现代""独立""有文

第一章　用碎片书写历史与自我——《世代相传》

化""有权利意识""能够主宰自己命运"等正面形象，而第三世界妇女则与"守旧""传统""无知""愚昧""贫穷""依赖性""软弱无能""没文化""受传统严重束缚""没有权利意识"等负面形象相关联。西方女性主义在将第三世界妇女"他者化"的过程凸显西方女性的优越地位，这也是一种后殖民主义话语的复制，"使殖民论述运转起来，这种论述在行使着一种十分特殊的权力，解释并维护存在于第一和第三世界之间的联系"①。

翁达杰在《世代相传》中颠覆了上述极具东方主义色彩的第三世界女性形象。小说中大多数人物是女性——翁达杰的母亲、外祖母、姑妈、姨妈、妹妹、侄女、女儿等，体现出鲜明的女性主义倾向，在情节上也真实再现了第三世界女性对父权制和殖民主义的反抗精神与斗争经验。她们不再是软弱、被动、丧失话语权的纯粹的受害者形象，而是有思想、有能力、独立自主、敢于反抗权威的女勇士，并常常以胜利者的姿态结束与生活的抗争，主要体现在翁达杰的母亲与外祖母两位女性身上。

母亲多丽丝年轻的时候就私下练习"激进的舞蹈"，"热爱丁尼生和早期的叶芝"，"非常喜欢社交"。不幸的婚姻生活充满了她与丈夫的"两性之战"，最后她"令人震惊地穿了一身白色衣裙，戴着白色帽子（在此之前她从未戴过帽子），来到法庭上，平静地要求离婚，并且不要赡养费……直到去世前她一直用自己在锡兰和英国酒店工作挣的钱供我们上学"。外祖母拉蜡的激情人生也展现了与西方女性主义的描绘大相径庭的第三世界女性新形象。她独立自主，连续两次失去丈夫的情况下她并没有潦倒，尽管"成了许多厌倦了的丈夫的目标"，但她没有再嫁，凭着自己的"聪明智慧、坚强性格和

---

① 李银河：《妇女：最漫长的革命》，生活·读书·新知三联书店1997年版，第235页。

美丽容貌生存"。拉蜡有叛逆精神，不受到传统观念的束缚：她敢在主教学院女子学校的灌木丛后面站着小便；敢私藏杀人犯并在法庭上大胆幽默地为其辩护；因让弟弟与一个曾经打算做修女的女人结婚而遭到教堂拒绝，"从此她再也没有去过教堂"；丈夫去世后她"焕发了青春"，还"成功地劝说了所有她遇见的人，让她们陷入混乱之中"。她热爱自由，"多年以后奇迹般地挣脱了沉默的束缚，就像蚕咬破了茧"，她"认为每个人都应该享有天赋的权利，哪怕她必须乞讨或窃取，也一定要得到这个权利"；她喜欢孩子，但"不可能只做一个母亲；做母亲只是她多变的天性的一部分"，不喜欢被"困在家里"，她的一天是精心安排的，除了几小时工作外她还要"进行社交拜访，参加午餐聚会，接受崇拜者的来访，打桥牌"，被任何人"霸占"或"控制"都会让她发疯。

《世代相传》中的女性形象颠覆了带有后殖民色彩的西方女性主义话语所设置的守旧落后第三世界妇女形象，展现的不是软弱、愚昧、受传统束缚的沉默、受害者形象，而是勇敢、智慧、叛逆、敢于与对立的力量作斗争、积极维护自身权利的第三世界新女性形象。翁达杰借用文字的力量让"属下"重获"说话"的权利，自由地表达自我，加强了小说的后殖民批判力度。

## 三 《世代相传》在文体上的"去中心化"

翁达杰的后殖民批判策略也体现在《世代相传》的文体风格上。他抛开西方文体划分的"标准"，跨越其设置的多种界限，赋予作品独特的文体风格，从形式上表达对"中心"概念的反抗和质疑。由于小说包含文献资料、日记、诗歌、照片、访谈录、谣言、传说、神话等多种体裁，引发了一场文体之争：蒂莫西·道·亚当斯

第一章 用碎片书写历史与自我——《世代相传》

(Timothy Dow Adams) 认为小说题目所暗示的"继承传统"这一主题意味着这是一部自传,因为只有回去重新了解家族和文化根源,才能更好地了解自己;而斯·雷·马修(S. Leigh Matthews)则建议将其界定为一种作为自传分支的回忆录,侧重于记录与个人紧密相关的社会和文化群体;斯马诺·卡姆布尔利(Smaro Kamboureli)在讨论翁达杰作品中的文体"滑动"现象时指出《世代相传》不是自传;埃德·杰文斯克(Ed Jewinski)把它看作一部"家庭编年史";罗伯特·斯沃德(Robert Sward)则将其比作一本"亮丽的、有生气的家庭影集"。[1]

小说在文体上"去中心"还体现在其独特的魔幻现实主义色彩上。后殖民批评家,如霍米·巴巴、史蒂文·斯勒姆恩(Stephen Slemon)等,将后殖民话语和魔幻现实主义联系在一起。巴巴说魔幻现实主义是"新出现的后殖民主义世界的文学语言"[2]。斯勒姆恩则指出魔幻现实主义建立在"去中心化"和"与主流文化的差异或奇特性"基础上,他还看到了魔幻现实主义的颠覆性:

> 如罗伯特·克罗齐(Robert Kroetsch)和琳达·肯扬(Linda Kenyon)所看到的那样,魔幻现实主义作为文学实践似乎与"生活在边缘"的观念紧密相连,并将一种拒绝帝国主义中心及其总体化系统的观念融入自身。文体划分系统本身是这种中心化总体系统的例子,因为它所涉及的对象仅限于欧美文学。而使用魔幻现实主义这一概念本身就标志着对中心化的文体划分

---

[1] S. Leigh Mathews, "'The Bright Bone of a Dream': Drama, Performativity, Ritual, and Community in Michael Ondaatje's *Running in the Family*", in *Biography*, Vol. 23, No. 2, (Spring) 2000, pp. 355 – 356.

[2] Homi K. Bhabha, "Introduction: Narrating the Nation", in *Nation and Narration*, London: Routledge, 1990, p. 7.

系统同化作用的拒绝。①

《世代相传》充满了奇幻的想象和夸张，真实与虚构并行不悖，打破了西方历史书写的常规，在某种意义上带有魔幻现实主义的色彩。比如翁达杰对拉蜡的"死亡之旅"的描述便是典型例子：

> 拉蜡一走下前廊，立即就被一股水流卷走……在酒还未醒时被冲下山坡……那是她最后一次的完美旅行。顺着大街上新出现的河流，她漂过赛马场，漂过公园，飘向公共汽车站……她像鱼一样自由自在，水里的旅行比她多年来的旅行都要快得多。她越过在水里游泳蹦跳的蜥蜴，……鹞鸟，蛙嘴鸟……欧夜鹰，脑热鸟……还有蛇鹰和鹰爪鹃……在公园里她漂过组成迷宫的错综复杂的杉树树篱……现在她随水漂流，好像沉入了梦乡，醒来后从一个全新的角度看她最喜欢的桃金娘和南阳松……她看着他们，而他们却根本不看她的奇妙旅行，酒的作用还没有消失，她感到平静而放松……她跌进了深水，被水流冲过克恩雷和芬克利夫的房子……这里的水流更加湍急，她沉入水下的时间越来越长……后来她前方出现了一片蓝色，像一捆蓝色的小麦，像一只巨大的眼睛在盯着她，她撞上去，死了。

从以上综合分析来看，穆克吉没有结合斯里兰卡、翁达杰家族及翁达杰本人复杂的历史背景来评价翁达杰及其作品，她才是"落入非历史性陷阱"的人。她所仰仗的是来源于西方的二元对立评价标准，但却无法证明二元对立标准比其他批评准则更科学、更利于

---

① Stephen Slemon, "Magic Realism as Post-Colonial Discourse", in *Canadian Literature*, No. 116, 1988, p. 10.

我们看清现实。此外她的批评几乎没有反映出她所接受的印度文学批评传统或其他非西方传统，从这个角度来看是她自己"和殖民主义者站在了一边"。翁达杰集写作与后殖民批判于一体，借助历史的碎片巧妙地解构了西方"大写历史"及其他形式的文化殖民，以边缘的、非中心的文字力量颠覆后殖民主义文化霸权。

## 第五节 在两个自我之间"奔跑"

流散者处于一种中间状态，既非完全与新环境合一，也未完全与旧环境分离，而是陷于若即若离的困境——"文化撕裂"，其结果是文化身份的模糊乃至丧失。《世代相传》的英文题目是"*Running in the Family*"，"Running"这个词用得很切题，其考虑到了跨文化带来的多种意义交织，暗示着对过去的不同观察视角和阐释方式。可以从两方面来解释"Running"：第一种是指"跑"的动作——从加拿大到锡兰，从冰天雪地到季风暴雨，从一种文化到另一种文化，从一个自我到另一个自我。第二，"跑"这种变化的、流动的动作暗示了写作中各种观看视角和叙述声音的转换等等，所有这些都意在说明身份需要从多个层面来追寻，充分体现了一种"流散性"。穆克吉批判翁达杰没有在作品中提到自己在西方国家中的"他者"身份，没有明显地表现出被拔去文化之根的创伤，也没有提到在新环境中重新定义身份的需求。这一批评同样是有失公允的，翁达杰在《世代相传》中不但表现出对自己模糊身份的困惑，而且还积极寻找解决问题的出路。

### 一 "奔跑"的原因

《世代相传》开篇就提到回家的原因："这一切都是由一个梦引

起的"。但实际上回家的愿望早已隐藏在作者的潜意识里,"似乎只有在喝醉的时候,我才清楚地知道自己究竟想要什么。两个月后的告别晚会上,在我变得越来越激动和疯狂的时候……我知道自己已经在跑了(I knew I was already running)。"他奔跑的目标正是他眷念已久的家乡,而这种回家的渴望在更深层面上来说是对记忆中缺失的过去的怀念:"三十五六岁时,我意识到自己的童年悄悄地溜走了,而我却忽视了它,没能理解它。"因此此行的目的便是:"回到生长于斯的家——回到我父母一辈的亲戚当中。他们就像一出歌剧,在我的记忆中定了格。我惟一执着的愿望就是让他们再次富有生命力(I wanted to touch them into words)。"在1995年的采访中,翁达杰谈到希望找回在文化漂流中失去的部分自我:

> 我十一岁时离开锡兰去英国读书,我想我不得不忘掉我的过去,不是想忘掉它,而是为了应对当时的处境。因此……直到我三十或三十五岁时回到斯里兰卡我才能看到我的过去并且理解我自己,理解我的来源地。①

民族、家庭及自我复杂的历史背景造成了翁达杰模糊、分裂的身份感:"我是外国人,我是痛恨外国人的浪子。"因此,翁达杰在写作时一直在捕捉一种归属感,以将彼时彼地和此时此地互相融合渗透。小说第一节《亚洲》就将之前遥不可及的两个异质世界连在一起:翁达杰梦见"父亲处在一片混乱中,一群狗围住了他,对着热带景色尖声吠叫",醒来时热得满身是汗,"感觉身处热带丛林之中",而他当时睡在加拿大一个朋友家,时值寒冷的冬天,窗外还有

---

① Daniel Coleman, "Masculinity's Severed Self: Gender and Orientalism in *Out of Egypt* and *Running in the Family*", in *Studies in Canadian Literature*, Vol. 18, No. 2, 1993, p. 62.

"让万物凋敝的逼人寒气"。他自己也感叹道:"冬天刚刚开始,而我已经在梦着亚洲了。"

西方文化中的"规范性自我"要求"排除自我中难以驾驭的异质"①,因此受到西方文化同化的翁达杰显然不能和处于边缘文化中的锡兰童年自我相容,只有当潜意识占主导地位,如喝醉或睡觉时,他才"清楚地知道自己究竟想要什么",才清楚地意识到家庭和过去的文化对自我的塑造力量。梦中作为家族源头之一的父亲的再现动摇了作者,使他跨越了"舒适而井井有条的生活中"的现实自我与混乱的、非现实的自我之间的界限。正是在这样一个时刻,他决定回家,决定将自我的各种异质成分合并起来:"我知道自己已经在跑了","我正向亚洲跑去,一切都会发生变化的"。伊夫林·杰·亨兹(Evelyn J. Hinz)认为"正如演员假定自己是另一个人一样,自传涉及的是与另一个(早期的或至今未被认识的)自我的相互理解"②。对翁达杰来说,《世代相传》是与内心那个破碎的、混乱的异质自我交流的平台。他不仅是历史资料的收集者、整理者、叙述者,还是故事里的人物,既是讲述人又是被讲述者,因而不得不在两种自我之间"奔跑"。

## 二 在"奔跑"中保持平衡

琳达·哈钦指出:"双重性是流散体验的实质。"③ 对遭遇时空

---

① S. Leigh Mathews, "'The Bright Bone of a Dream': Drama, Performativity, Ritual, and Community in Michael Ondaatje's *Running in the Family*", in *Biography*, Vol. 23, No. 2, (Spring) 2000, p. 357.

② Evelyn J. Hinz, "Mimesis: The Dramatic Lineage of Auto/Biography", in Marlene Kadar, ed., *Autobiography: Essays Theoretical and Critical Practice*, Toronto: University of Toronto Press, 1992, p. 200.

③ Joanne Saul, "Displacement and Self-Representation: Theorizing Contemporary Canadian Biotexts", in *Biography*, Vol. 24, No. 1, (Winter) 2001, p. 267.

与文化错位的流散作家来说,双重性是他们的生存策略,即在怀念过去的同时又积极培养对当下新环境的归属感。流散文学作品反映出作家被两个世界撕扯的危险,关涉的是与旧世界分离或与新世界融合的艰难过程。翁达杰正是经历了这种"文化撕裂"感之后,决定找回失去的另一个自我,让两个自我重新合并在一起。查尔斯·泰勒(Charles Taylor)说:"自我的认同并不意味着我在孤立的状态中将其炮制出来,而是通过与他者的对话协商而成。"[①] 对翁达杰来说就是现在自我与过去自我的对话,更进一步说,就是他的西方文化身份与斯里兰卡文化身份之间的对话。在《亚洲》一节里,翁达杰描述了一次晚会上他跳舞的情形:"把酒杯放在额头上,倒在地上,在地板上翻滚,再站起来,却不让杯子翻倒,这似乎只有在喝醉了酒、放松的时候才能做到。"这与上文他意识到自己应当回故乡时提到的那句话"似乎只有在喝醉的时候,我才清楚地知道自己究竟想要什么"相呼应,因此身体上的平衡动作实际上也暗示了他意识到自己应当在两种身份之间保持精神上的平衡。

翁达杰在文中有意对比父亲与母亲:"我们姐弟几个一定是从母亲那里继承了戏剧意识、编故事的才能和时而掌握发言权的决心。母亲遗传给我们蹩脚演员的特点,而父亲虽然有时在公共场合有些疯狂的举动,但是他却遗传给了我们保守秘密的意识和离群索居的愿望。"这两种迥异风格的结合实际上也是翁达杰在这部小说中体现出的双重性:表面上是由各种奇幻浪漫的夸张和想象编织而成的故事,仿佛就发生在眼前,唾手可得,但又不时透露出真实过去的遥不可及。父母的不同阅读方式对读者也是一种启发:"父亲和母亲都爱读。父亲吸取了书本的精髓,独自享受其中的知识和情感;母亲

---

[①] 乐黛云、张辉:《文化传递与文学形象》,北京大学出版社1999年版,第361页。

却大声朗读她喜爱的诗篇，让我们一起朗读剧本，而她自己则表演剧情。"这就提醒读者在阅读时应当有这样的双重意识，不仅仅沉醉于翁达杰优美的语言，还应对其深层的意义有所思考。

文化身份是一个持续的建构过程，翁达杰没有囿于二元对立的思维模式，他将文化身份看作一种关系性存在而非实体性存在，不把他者文化视为否定性存在，而是积极与他者文化对话，在相互参考中实现自我的文化认同。翁达杰在《世代相传》中凸显各类"裂缝"——现在与过去、事实与虚构、东方与西方，并在各类不稳定性中保持平衡，探索"流动主体"的可能性，这在内容与形式上均有所体现。

（一）诗性的对话

如上一节所述，翁达杰在文中表现出了反殖民主义的立场，但这并不意味着他就此将西方文化全盘否定，视之为破坏性的存在物，而是努力在东西方文化之间找到一个平衡点。在这个点上，两种文化不是以一方压倒另一方的关系出现，而是平等自由地对话。正如詹姆斯·克利福德（James Clifford）所说："文化是开放的，是各种亚文化之间、局外者与局内者之间、各派系之间创造性的对话。"[①]在引用威克拉玛辛哈写的革命诗歌后，翁达杰紧接着又加入几首诗歌，这些诗歌的插入并不是随意的。如前面分析所示，它们从整体上表达出一种"屈从知识的反抗"，除此之外，四首诗歌还存在着某些微妙的内容，暗示了现在自我与过去自我、西方自我与斯里兰卡自我之间对话与协商的可能性。

《高处的花》（High Flowers）分别对四个人进行特写：在"椰子树"上采集汁液的男人和他那"坐在门口上砍椰和淘米"的妻子、

---

① James Clifford, *The Predicament of Culture: Twentieth-Century Ethnography, Literature, and Art*, Cambridge: Harvard University Press, 1988, p. 46.

在树上采"棕榈汁"的"工人卡特卢拉"以及村子里一个在篾席上"筛米"的女人。初看这首诗没有什么新颖之处并略显重复,前后描述均是男女劳作的场面,他们的位置都是"树上"或"树下"。但某些细节——如"我祖先忽略的女人""刀和罐子的形状和博物馆里十八世纪画上的没有什么不一样""是父亲给他的那把弯刀"等——让我们明白诗中所描述的两对男女分明是两代人。翁达杰将两个时代的相似场景自然地衔接起来,其目的是要表达现在与过去交融的可能性。此外诗中多次显现"树上"和"树下"、"高处花朵间他的暗影"与"从枝叶间倾斜而出让大街沸腾起来的阳光"之间的交织。两个各自忙碌的人物也巧妙地被联系起来:正当男人"从一棵树走到另一棵树而不用绳索"的梦要实现时,树下女人看似毫无关联的转身动作造成的阴影"消除了他前进的小路",这些叙述策略都蕴藏着"交流"的寓意。下一首诗《致科伦堡》(To Colombo)则是关于翁达杰此次回乡之旅的见闻,尽管没有出现"我"等字样,但与他此次旅行相关的字眼——"从耶吉里耶归来""关于野猪的传言""吉普车"等——都标示着时间的当下性与翁达杰的在场。诗歌的最后一句话"阳光背后的长凳上/女人 椰子 刀"是点睛之笔,顿时将现在的翁达杰与前一首诗中的先辈们联系在一起,再次呈现出现在与过去的"对话",暗示着翁达杰将现在自我与过去自我距离拉近的努力。

第三首诗《像你一样的女人》(Women Like You)是5世纪被刻在锡吉里耶城堡墙上的爱情涂鸦诗,这是"在混乱与破损之中述说着爱情的献给湿壁画上的女子的短诗和献给消耗并征服了尘世生命的神话中的女子的诗"。第四首诗《肉桂剥皮工》(The Cinnamon Peeler)则是翁达杰写的一首关于肉桂剥皮工的爱情的诗歌。两个时代的爱情诗歌被并置在一起,体现了现在与过去的和谐共存。《肉桂剥皮工》自身还反映了西方自我与斯里兰卡自我逐渐合并的过程。肉桂剥皮工是具有斯里兰卡本土特色的职业，翁达杰试图以一个肉桂剥皮工的身份来写这首诗。诗歌从最初的虚拟语气渐渐变成了肯定语气，而这种前后语气的变化正是把握整首诗的关键。开头一句是"如果我是肉桂剥皮工"（If I were a cinnamon peeler），这一"如果"语气在星号后面的部分变得满怀信心："有一次我们去游泳/我在水里碰到了你/而我们的身体却保持自由/你抱着我却闻不到味道。（When we swam once I touched you in water and our bodies remained free, you could hold me and be blind of smell.）"这里的过去时暗示了实际发生过的事情，不确定的疑云完全散去，这时的叙述者就"是"一个肉桂剥皮工而非作家迈克尔·翁达杰。诗中反映出的犹豫到自信的渐变象征着多种文化身份并存于转换的可能性。翁达杰既看到了文化身份之间的"空隙"，也懂得如何跨越"空隙"，在多种文化身份间平稳地"奔跑"。

尽管翁达杰一度为自己的双重身份而焦虑——他在斯里兰卡旅行时意识到自己既是自我又是他者："我是外国人，我是痛恨外国人的浪子"——但旅行结束时，他已成功地将过去和现在融合了。尽管翁达杰通过文字创建出的故乡和家人不是完全真实的再现，但作品中的想象和创造成分在某种意义上来说是有效的，这在他离开斯里兰卡的《最后一天早晨》那一节叙述中可以看出：翁达杰不再感到从童年向成年过渡的那段历史的"偷偷溜走"，他已经和童年经历、和家族的历史以及斯里兰卡的历史重新融合在一起了："我的身体应该记住一切"，当他观看四周时"这里的每一样东西都已有一百年的历史，在我十一岁离开锡兰之前就已经在这儿了"。在这个时刻，童年和成年的他重合在一起了："我小时候也这样站在窗前，焦急地等待着漫长的清晨过去。"在这里似乎打破了时空距离，达到了一种接合。尽管是微弱的，但仍能提供某些连续性、继承性和归属感，读者从中清晰地读出了这位流散作家对于文化互动与对话的渴望和信心。

(二) 图文搭配的"一张一弛"

小说各章节没有编号，插入的照片和上方的标题就是新章节的标志。除了作为序幕的《亚洲谣言》一章外，其余六个主体章节的顺序安排上体现出双重性，从每章标题与照片之间的关系可以看出：读者极易被翁达杰在偶数章节放置的照片误导，因为照片内容与标题不一致，奇数章节的照片则与标题相吻合而显示了一种稳定性。整部小说就在稳定与不稳定之间保持一种张力与平衡。

奇数章节描述了父母及他们那一阶层的人们的生活，照片也一目了然：比如《美丽的罗曼司》所附的是翁达杰父母婚前的照片，《非婚羽》是化装舞会的集体照[①]，《我们对婚姻生活的看法》则是父母扮着鬼脸拍的结婚照。相比之下偶数章节的照片就显得有些暧昧不明，这似乎在暗示读者要积极阅读才能发掘表面信息背后的含义。第六章《锡兰仙人掌和多汁植物俱乐部》所附的照片上，翁达杰身着泳衣和哥哥及两个姐姐坐在湖中一块岩石上，身后是瀑布，这与题目看似完全没有关联。读到后面读者才会渐渐明白：父亲是仙人掌和多汁植物俱乐部的创始人之一，在自己的花园里种植了许多罕有的多汁植物。更重要的是，父亲最初种植仙人掌是为了防止有偷花癖的拉蜡对花园的"掠夺"，这种自我防御的天性后来在战争的阴影中发展为多疑症，在日常生活表现为与家人产生距离等方面。在这一章里，翁达杰进一步了解父亲，凸显了对父亲的爱，几个孩子的照片表达了父亲的缺失这一遗憾。

---

[①] 注：雄鸟的羽毛通常色泽鲜明，但为了避开天敌的注意，在脱掉飞羽期间，它们会换上与雌鸟羽毛一般暗晦色泽、易于隐藏而具有伪装作用的"非婚羽"。

第一章 用碎片书写历史与自我——《世代相传》

偶数章节的内容比起奇数章节来显得更为"严肃",虽然叙述的也都是生活事件,但其反映出的却并非生活的轻松与快乐,更多的是让人想到革命、战争、殖民等相关历史背景,因此所附的照片不能如奇数章节的照片那样将题中之义浮于表面,而只能引发读者进一步积极思索。第二章《不要对我谈论马蒂斯》所附的图片展现的是斯里兰卡洪水泛滥的街道,一些当地人好奇地停下来看镜头。图片上方的标题让人迷惑:这些当地人与马蒂斯这样的法国现代主义画家有什么关联呢?题目名借用了锡兰诗人威克拉玛辛哈抨击西方及其现代艺术的一首诗里的一句话。该诗歌反映了西方殖民者在斯里兰卡的军事、文化霸权行为对当地带来的沉重打击和深远影响。斯里兰卡独立后,国内局势极不稳定,叛乱时有爆发,这与之前的殖民主义有密切关系。斯里兰卡人民应当如何应对国际、国内局势的风云变化?他们是否应当继续说"不要对我谈论马蒂斯"呢?这正是翁达杰选择此照片的用意所在。第四章《浪子》也同样令人难以捉摸:画面上呈现出的是在悬崖边转弯行驶的火车,这与"浪子"有什么关系呢?这一章讲述了"我"这个浪子的回家见闻,火车象征着旅途;还讲述了父亲"浪子"般的行为,且多次是发生在火车上。

综合以上分析,穆克吉等评论家对《世代相传》的种种非议是不成立的:翁达杰并没有将自己看作斯里兰卡的代言人,他不时在叙述中自觉显露虚构过程,与东方学家们为了树立西方凌驾于东方之上的权威而掩藏虚构痕迹的行为大相径庭。翁达杰并没有远离意识形态等政治文化问题,他只不过是采取了更为巧妙的方式在作品中融入政治元素,如文体的跨界、具有反叛精神的人物形象塑造、引入意义深刻的诗歌等,除此之外,他还在结构布局、情节内容安排上体现出一种特有的双重性,且在双重性之间来回"奔跑"以保持"平衡",这也代表了翁达杰追寻自我身份的策略之一,即在多种文化间保持一种流动的主体性。正如爱德华·萨义德所说:"自我身份或'他者'身份决非静止的东西,而在很大程度上是一种人为建构的历史、社会、学术和政治过程。"[1] 在全球化的时代里,任何固定不变的文化身份都不符合文化的现实要求,必须建立一种流动的主体性。

---

[1] [美]爱德华·W.萨义德:《东方学》,王宇根译,生活·读书·新知三联书店1999年版,第426—427页。

# 第二章 《阿尼尔的灵魂》[①]：东西方文化的碰撞与翁达杰的"协调者"角色

《阿尼尔的灵魂》讲述的是发生在翁达杰故乡斯里兰卡的故事。20世纪80年代中期至90年代初，斯里兰卡陷入由反政府集团和分裂主义分子引发的动乱中，斯里兰卡裔的国际人权组织官员阿尼尔·蒂塞拉（Anil Tissera）离开故土十五年后回到家乡，与当地官方派遣的考古学家瑟拉斯·迪雅仙纳（Sarath Diyasena）一同展开人权调查。阿尼尔试图以法医学的实证主义方式证明当地政府涉嫌谋杀行为，而瑟拉斯及其他斯里兰卡本土人物（如抢救内战伤员的医生、隐居的考古大师、失去亲人的佛像艺术家等）表现出与她不同的立场，他们展开了一场关于理性与伦理的讨论和探寻。

小说表面是一起人权调查案，但牵涉其中的人物们分别代表了东西方截然不同的认识论体系。这种对立一开始就从阿尼尔与瑟拉

---

[①] 本章引用的中文译文大部分来自陈建铭的翻译本《菩萨凝视的岛屿》（湖南文艺出版社2004年版），为避免重复，以下的引文将不再单独注明出处（个别改动的部分除外）。陈建铭先生在书的前勒口"内容介绍"处提到"诸佛的凝视下，岛屿上的屠杀兀自进行"和"佛陀面前，众生平等。翁达杰的笔下，没有英雄，只有生存的境遇和人间的情爱"，解释了这个蕴含东方宗教含义的译名由来。考虑到其与英文原文名 Anil's Ghost 相差较远，且与本研究对该小说的阐释角度不太一致，因而笔者在此将题目改译为《阿尼尔的灵魂》。

斯共事的调查工作中体现出来，两人在解决问题的方式与态度上发生冲撞。阿尼尔信奉的西方普适主义人权理念在斯里兰卡并不能"普适"，其凸显的东西方文化价值观差异进一步引发了我们对人权与主权关系的思考。另一个代表东方认识论体系的人物帕利帕拿（Palipana）则将这种对立延伸至历史范畴，与阿尼尔坚信用科学理性能找到客观真实的观念不同，他质疑永恒的、绝对的"真实"，表现出对官方"大写历史"的嘲讽与不屑，认为历史是阐释的艺术而非社会科学。两人的对立实质上是基于东方佛教伦理与西方科学理性的两种真实观的碰撞。深刻的流散体验使翁达杰认识到东西方文化之间有对话的可能，但后殖民时代西方对东方的文化殖民阻碍了两者的交流，因此处于弱势的东方必须努力摆脱西方的压制，在西方不再"俯视"东方文化的前提下开展东西方文化的平等对话。在推进两种文化对话的过程的必然需要众多的"协调者"，跨越东西方文化的流散人群是最佳人选，尤其是从东方国家流散至西方国家的人。他们可以担当起传递、宣扬东方文化的任务，让西方人民了解真正的东方文化，而不再被西方某些怀有殖民野心的精英学者所书写的东方迷思所蒙蔽。翁达杰正是扮演了这样的"协调者"角色，他在这部以斯里兰卡内战为背景的小说中积极传递东方的历史与文化，其中佛教伦理思想被浓墨书写，小说本身也可被视为一部基于东方文化的斯里兰卡内战的"小写历史"。在向西方读者呈现东方文化的同时翁达杰也注重东西方文化的交流，书名"阿尼尔的灵魂"实际上蕴含着东西方文化对话的深刻含义，贯穿于主人公阿尼尔的思想认知转变经历中。

小说中阿尼尔将西方的人权思想引入斯里兰卡，现实中翁达杰也将斯里兰卡的佛教文化呈现给西方，推动了西方和东方国家的对话。翁达杰笔下的斯里兰卡文化既有与西方文化相区别的自主性，又保持对后者的开放性并与之互相依存。总的来说，故事体现了西方理性话语与东方伦理话语从对抗走向对话的努力，为我们处理东西方文化关系带来思考。

## 第一节 西方文化遭遇东方本土文化的尴尬

小说的女主角阿尼尔18岁时离开斯里兰卡，15年后以法医人类学家和联合国人权组织代表的身份重返故国展开人权调查，斯里兰卡政府也为她派来一名搭档——考古人类学家瑟拉斯协助工作。不久以后，他们在政府保护的人类学遗址发现了可疑骸骨，阿尼尔认定其主人是最近被杀害并从其他地方移至政府保护地内，由此判定这极有可能是一起政府组织的谋杀案。于是她决定以骸骨为线索找出官方谋杀的证据，但工作开展的实际情况远远不如她最初设想那般顺利，她遇到了来自私人和政府的干扰与阻力。本节从两方面分析阿尼尔的人权理想与斯里兰卡本土传统发生冲突的原因：人权在斯里兰卡独特的现实状况中的非普适性及人权与主权的关系。

### 一 西方"先进"文化在东方的挫败

小说一开场就交代小说的背景现实——"自80年代中期至90年代之初，旧名锡兰的斯里兰卡举国陷入动乱。三股相互敌对的势力——掌权的执政当局、盘踞南方的反政府集团，以及在北部流传的分离主义游击队——撕裂整个国家，后两者均对统治者宣战。最后，执政当局为了对付反抗局势，不惜公然动用合法与非法的军事手段进行清剿。"在《世代相传》中，我们已经介绍了斯里兰卡复杂的历史背景，这里简要回顾与本小说相关的历史：1948年获得独立后，斯里兰卡处于后殖民状态，由两大主要族群组成——少数的泰米尔群体和多数的僧伽罗群体，信奉着各自的族群民族主义。僧伽罗人使用僧伽罗语，信仰佛教；而泰米尔人本身是英国殖民时期为种植园补充劳动力而从印度南部引入的人群，后主要居住在东部和北部，并从相邻的印度南部的泰米尔纳德邦获得文化及社会支持。斯里兰卡第一任总理提倡僧伽罗人的民族主义，而最具挑衅性质的行为是1956年颁布的"僧伽罗语言法案"，宣布僧伽罗语为唯一的官方语言，造成两大民族群体矛盾加深，1958年爆发了斯里兰卡独立以后的第一次大规模种族骚乱。除了语言方面，还有社会经济方面的不平等政策，比如1972年颁布的新宪法中规定给佛教最优先的地位，还批准了针对泰米尔人升大学所做出的相关歧视性规定。两个群体间的暴力事件从1965年便开始，规模最大的一次是1983年，泰米尔猛虎组织在北部的贾纳夫港发动了一次自杀式袭击，13名僧伽罗士兵被杀。作为对抗，僧伽罗暴民也袭击了科伦坡，对泰米尔人的房屋进行烧砸抢。与此同时，僧伽罗人控制的政府又与南方的极端民族主义佛教徒发生冲突，南部成立了一个反政府组织，缘由是其政治、经济的管理不利。于是最初由僧伽罗人与泰米尔人之间的冲突而起的内战变得越发复杂，造成族群之间、宗教同门之间互相残杀。使局势变得更为复杂的还有印度政府派至斯里兰卡的维和部队，它们的到来不但没有缓和局势，反而使战火和仇恨愈演愈烈：泰米尔猛虎组织因印度没有征求其同意就与斯里兰卡政府签署和平协议引而感到强烈不满，双方关系恶化，导致了印度维和部队与猛虎组织之间战火迸发。另一方面，和平协议造成印度军队进驻以及斯里兰卡政府对泰米尔人的让步，这也引起了僧伽罗人的不满。因此，反印浪潮席卷全国，许多反政府激进组织也利用僧伽罗民众的反印情绪开展恐怖暴力活动，这也使政府对国际援助组织出现信任危机。

正在这样复杂的暴乱局势中,翁达杰引入一个西方化的人物阿尼尔,一个在英国和美国待了15年的斯里兰卡裔法医人类学家。阿尼尔虽然出生在斯里兰卡,但离开故国多年的她甚至连母语都不会,加上在英、美所受的教育,她在思想上已经彻底西化。与她的法医人类学专业和从事的人权调查工作密切相关的科学、理性、天赋人权等思想都是西方思想的重要组成因素。阿尼尔带着西方"先进"的文化思想回到祖国,对将要开展的工作满怀信心,但很快她便感觉到了自己与阔别已久的文化格格不入。小说围绕1988—1989年间内乱高峰时期的一桩谋杀而展开,当阿尼尔在政府保护区的考古遗址发现了一具新近被杀者的骸骨,并由此怀疑这很可能是政府组织的一次政治谋杀行为时,她意识到自己此行的目的与其说是完成法医学上的任务,不如说一项"启蒙"任务,即通过科学方法揭穿犯罪事实,从而为斯里兰卡建立公正社会打下良好的法制基础。尽管她出色的专业水平使她坚信事情会水落石出,政府派来的搭档瑟拉斯却对她的"科学方法"没有信心——不是因为业务能力,而是因为她已经离开斯里兰卡太久,对其复杂的社会现状缺乏了解,他告诉阿尼尔:"你应该明白,若不是你远居海外,你或许更有资格要求别人信服你提出的质疑。"多年的海外生活经历以及在欧洲、北美受教育,阿尼尔已经被驯染成一名"外国人":"不论置身在贝克卢线的车厢内,或是开车驰骋在圣塔菲市的环城高速公路,她都能怡然自得。"而回到故国时她却反而"感觉像是到了异国(她的脑子里还牢记着丹佛和波特兰的电话区码)"。她对当代美国、电影、歌曲、保龄球非常熟悉,但斯里兰卡的现状却是西方的经历和教育都无法帮助她了解的:"大学时代曾翻译过古希腊诗人阿基洛克斯(Archilochus)的诗句——'吾等宜将死者遗予地方以使忌惮于我,此乃待敌之道.'然而，这里的受害家属却连这点待遇也不可得，甚至没有人告诉他们加害者是谁。"对本土文化的陌生甚至影响到法医工作本身，这从阿尼尔与当地的法医学生在现场检验的对话中一处细节就能窥见：

（阿尼尔）"最要紧的是要大胆做出初判……他们如何能将他的两手打断而不伤及手指？这就怪了，一般人通常会本能地抬起手来保护自己，手指往往会先受伤。"

（斯里兰卡学生）"也许他当时正在祷告。"

阿尼尔最初"期待清晰标出的通向揭开谜底之源的道路。信息常常是清晰的、可靠的"，但在斯里兰卡这个有着"不确定法律和遍布的恐惧"的地方，阿尼尔西方化的人权观及解决问题的方式遭遇了阻碍，她意识到自己"只有语言的装备"。在没有清楚了解斯里兰卡复杂国情的情况下简单套用西方的人权标准，必定行不通。

"人权"观念最初产生于欧美资产阶级革命，后来许多欧洲国家又进一步以维护人权为借口，打着"文明传播论"的招牌大肆向非欧洲的民族国家进行殖民主义侵略和统治，将人权观念逐步扩展至全世界范围内。全球化的发展趋势也使得人权成为一种被普遍宣扬的权利。这是否表明起源于西方的人权完全适合每个国家呢？所有的冲突和争端是否都可以根据人权法来解决呢？答案是否定的。

首先，对人权的解释在不同文化之间并没有达成绝对的共识，在某些方面仍有争议。人权思想诞生于西方近代资产阶级革命中，将人的自由和平等看作一种天赋的自然权利并以法律的形式加以保障。但法律的制定必然受到时代背景与具体国情的影响，因此西方法律所规定的人权无法保障其在其他国家以及不同时期的适用性。

除此之外，我们关于人的观念是与"不同的社会、法律系统、宗教、习俗、社会建构以及心智状态一起发展起来的"，它"既有文化的特殊性，也是历史的产物"①，人的权利由此也受到诸多因素的限制。马克思强调要从社会的经济结构以及社会的文化发展来理解人的权利，因为人是一切社会关系的总和，个人权利也相应受到其所处的社会环境和社会制度的制约和影响。约翰·罗尔斯（John Rawls）也说社会结构"确定着人们的权利和义务，影响着他们的生活前景即他们可能希望达到的状态和成就"②。人权观念是西方特有的理性主义的具体表现，这种强调抽象推理的理性主义忽略了人权发生的特定语境。克利福德·吉尔兹（Clifford Geertz）认为不存在什么独立于环境的人类本质，人类是"未完成的动物"，是在与文化的紧密互动中发展起来的，"他们将通过文化形式——而且不是一般的文化，而是高度特殊的文化形式——来完成自己"③。这些"高度特殊"的传统和文化都具有自身的是非标准，并且互不兼容。比如西方文化强调个人的利益重于集体，而亚洲文化从总体上来说倾向于社会整体优于作为组成部分的个体，且个体的权利只有在认同并从属于集体利益的时才能获得，因此西方人权所宣称的"普适"标准其实并不具有普适的效果。

其次，人权的工具主义思想破坏了人权的普适性。对于人权的普适意义及价值之所以还充满争议，是因为在普适性的人权口号下仍旧隐藏着某些群体的特殊意志。在殖民主义时期，帝国主义正是打着人权的幌子来践踏其他国家人民的人权。而在现代，某些西方

---

① ［以］耶尔·塔米尔：《自由主义的民族主义》，陶东风译，上海译文出版社2005年版，第4页。
② 贾英健：《全球化背景下的民族国家研究》，中国社会科学出版社2005年版，第130页。
③ ［以］耶尔·塔米尔：《自由主义的民族主义》，陶东风译，上海译文出版社2005年版，第4页。

国家仍旧以维护人权为借口干涉别国内政,甚至发动战争造成更多人人权丧失。在利益和权力要求的驱使下,某些群体滥用了人权的意义,因此必然引起我们的怀疑:人权难道仅仅是一幅提供普适假象的图景?西方的普适主义是放之四海而皆准的原则吗?德国作家汉斯·马格努斯·恩岑斯贝格尔(Hans Magnus Enzensberger)对此的看法是:"对于西方来说,比较特别的是普遍主义的修辞。由此建立起来的预设应当适用于一切情况,毫无例外,也毫无差别。普遍主义当中没有远近的区分;普遍主义是绝对的,也是抽象的……但是,由于我们的一切行为都是有限的,因此,要求与现实之间的差距就会越来越大。这样发展下去,客观主义的虚伪界限很快就会被打破;于是普遍主义就会暴露出它是一个道德陷阱。"①

再次,人权的本质之一是自由,但自由并不是绝对的。即使是强调极端个人主义的存在主义大师萨特也不得不将人的自由分为本体意义上的自由和现实意义上的自由。从自由的本体意义上说,人的自由是绝对的、无条件的,个体自我是自由的唯一主体,人本身即是他的自由、行动、选择和谋划。尽管反对上帝、人性及先验价值原则决定论,但存在主义并不否认限制人的自由的种种条件和外在因素,比如"气候、土地、民族、阶级、语言、历史、他人"等。萨特在解释人在具体境况中的自由时说道:"我们所谓的自由事实性,是它不得不是和通过它的谋划而照亮的既定物,这种既定尽管在同一照明的绝对统一之内,但它在几种方式中获得证明。它们是我的位置、我的躯体、我的过去、我的已被他人的指示决定的立足点,最后……是我与他人的基本关系。"② 因此,西方人权观所定义

---

① [德]尤尔根·哈贝马斯:《包容他者》,曹卫东译,上海人民出版社2002年版,第226页。

② 万俊人:《萨特伦理思想研究》,北京大学出版社1988年版,第70页。

的人的自由被放到不同的区域和国家中时，难免与本土的多种异质的"既定"因素发生冲突，其实现的条件由此无法得到满足。

在全球化时代的世界格局中，闭关锁国没有出路，但开放并不意味着全世界各国都采取同一种模式。人权的推广也是如此，我们不能让每个国家在短时间内都成为民主法治国家。当前的国际性组织还需进一步完善，其对强权国家意志的依赖仍然存在，因此西方人权观所企望的世界公民的目标与我们还相去甚远。在人权的普遍意义与人权的具体实施之间并不存在一一对应的关系。根据哈贝马斯的交往理论观，"撇开文化背景不论，所有的人凭直觉都能清楚地认识到，只要交往参与者相互之间没有建立起对称的关系，并接受对方的视角，一同用他者的眼光来审视自己的传统，相互学习，取长补短，那么，就不可能出现建立在信念基础上的共识"[①]。尽管西方的文化在当今世界有较强影响力，但其并未获得普遍的公认；优势文化的传播，并不意味着可以漠视其他文化的存在，而应当对它们持有一种倾听的态度。西方普适主义人权观没有考虑到他者的具体境况与实际要求，也没有看到人权的自由要受到某些不可超越的因素的限制，甚至仍带有西方中心主义的倾向，因而无法达到普适的效果。在种种被忽视的因素中，最重要的一种便是主权。

## 二 西方理念之于东方文化的片面性

人权的非普适性否定了这样的观点：某些不变的本质特征决定了人权的基本内容，而以社会文化为基础的特征只能居于从属地位。这类观点过于强调人权的绝对性和普遍性，而对另外一些制约与保

---

[①] [德]尤尔根·哈贝马斯：《后民族结构》，曹卫东译，上海人民出版社2002年版，第148页。

障人权的特定权利视而不见，其中不容忽视的一种便是主权。主权是"国家具有独立自主地处理自己对内和对外事务的最高权力。分析起来，国家主权具有两方面的特性，即在国内是最高的，对国外是独立的"。① 初看主权与人权是两种截然不同的权力，仅其各自的主体就大相径庭：主权的主体是整个民族国家，而人权的主体是个人，那么这两者之间到底有怎样的紧密关系以至人权的实现不能不考虑主权的因素？

人权最初产生时仅是局限于民族和国家范围之内，国际意义上的人权随着殖民主义扩张、全球化的迅猛发展而出现。人权与主权相互影响、相互渗透，甚至呈现出相互牵制的趋势——越出民族国家的界限之外的人权观在全球化的大环境中呼声越来越高，以至有人提出"主权高于人权"或"国家主权过时"的主张。这一论调将人权看作优先于其他一切权利的最高权力，大有取代国家主权之势。主权与人权一时间处于紧张的对峙状态，究竟应该如何看待二者之间的关系？

人权的全球化发展势头使具体到个人的人权观念得以传播，为传统的、以民族国家为单位的主权带来了极大的冲击并向其提出挑战。哈贝马斯充分肯定了作为政治行为主体的民族国家为现代性的发展所做的贡献，但同时也提出全球化经济秩序的建立为民族国家提出了新的挑战：民族国家已经不能完全满足现实需求，甚至在某些方面对现代性的发展构成阻碍。因此他呼吁"民族国家必须向'跨民族国家'转变……与此相配套的就是，民权必须转变为世界公民权，对人权的保护也就必须从全球的角度着眼，也就是说，人权问题已经远远不是'主权国家内部的事物，而是国际社会的共同事业'"。② 哈贝马斯的言下之意是人权已不是主权可以包揽的事业，

---

① 周鲠生：《国际法》（上册），商务印书馆1976年版，第75页。
② 曹卫东：《曹卫东讲哈贝马斯》，北京大学出版社2005年版，第92页。

人权可以越过主权直接实现,事实果真如其所言吗?虽然主权与人权在范围上相去甚远,但这并不代表二者平行发展而不发生冲突或关联,主权与人权之间既有差异又不乏统一,我们应当在这种张力中把握二者的关系。

首先,主权是人权得以实现的保障。虽然主权被定义为一个国家主体独自处理对内对外事物的最高权力,但维护这一权力的最终目的是保障人权的实现,最终受益者指向的是个体。人权所指涉的"人",不仅指现实生活中具体的作为个体的人,也包括群体的人。主权其实归根到底也是人权的一种存在形式,是一种集体人权,因此主权和人权具有同质性本原。民族国家之间的冲突以及殖民主义时期帝国主义的强权压迫,使得某些国家失去自己的主权,这就意味着其集体人权没有得到保障,更不用说个体人权的实现了。历史表明,"个体常常渴望稳定、安全的身份地位以及对其民族的承认,甚至可以放弃其公民权利与自由为代价"①。斯里兰卡内战的起因并不是个体的生命权和健康权受到威胁,而是因国家的对内主权受到威胁,因而许多个体为了维护或争夺主权而不惜放弃生命权。这再次说明个体人权是以集体人权为基础和前提的,只有整个国家的群体人权,即主权的平等与自由得到承认和保障,个体人权所要求的平等与自由才能实现。

其次,只有得到主权肯定的人权才能最终落到实处。从人权的渊源来看,其产生之初时都是在国家范围之内被讨论的,但全球化将其推上了国际政治文化潮流的风口浪尖。相比之下主权的重要性大打折扣,其权威性也随之受到质疑,"人权高于主权"的呼声就此产生。但现实说明,到目前为止还没有发现一个比民族国家更能有

---

① [以] 耶尔·塔米尔:《自由主义的民族主义》,陶东风译,上海译文出版社2005年版,第65页。

效保障人权实现的组织实体,即使已经存在的那些国际组织也还未发展完善和成熟,不足以取代民族国家。就法律而言,国际法是当前对解决人权问题起一定沟通、协调作用的国际通用法律,但它并不能直接越过国家主权和法律发挥其效用,而只能在当代的国际秩序中"影响"各国承认并接受人权,使各国的宪法和法律"反映"此项权利,并通过"国内制度"保证人权的实现。曾任联合国人权司首任司长的约翰·汉弗莱(John Humphrey)也证实:"正是国家及其法律对保护人权负有主要责任……由于国家及其法律秩序比有组织的国际社会更接近公民个人,因而保护人权不仅是国家及其法律秩序的一个目的,而且国家在保护人权方面处于更为有利的位置。"[1] 国际人权条约的运行机制也证明民族国家的主权对人权的实现最具决定性作用:主权国家有权决定对国际人权条约的态度——合作、保留部分意见地参与或完全否定,都由国家自己说话。目前人权国际化的推进仍然依靠主权国家为基本的行为主体,联合国等国际人权机构明确规定只有主权国家才能成为正式成员,其政策条款也由主权国家共同协商而成。这些都充分表明人权高于主权的观点是错误的,主权在很多方面仍是具有支配性地位,即使是国际人权保护的各项法律措施归根到底还是要依赖于主权国家通过国内法来执行。[2] 因此,不能简单地将人权置于主权之上,以漠视主权为代价来维护人权。

"人权高于主权"的观点将人权的绝对性、普遍性放大而忽略了其相对性和具体性。人权与主权并不是对立的两种权力,保护人权并不是非要以破坏主权为代价,相反,主权的维护对人权的最终落

---

[1] 刘杰:《人权与国家主权》,上海人民出版社2004年版,第130页。
[2] 贾英健:《全球化背景下的民族国家研究》,中国社会科学出版社2005年版,第130、135—136页。

第二章 《阿尼尔的灵魂》:东西方文化的碰撞与翁达杰的"协调者"角色

实有至关重要的作用,人权仍然主要是国内事务,即使是国际层面的相关人权法律法规也只能通过主权层面调整国内法这种最主要、最直接的途径而产生效果。从另一个角度来说,为了防止少数国家采取所谓的人道主义干预行动进行战略扩张,国际法将不干涉原则作为基本准则之一。但90年代以后西方国家提出的"人权高于主权"观点又兴起了一股"新干涉主义"思潮[1],这种主张甚至影响到联合国的立场,使他们在主权与人权问题上向西方靠近,几届的联合国秘书长都把人权放在工作的优先地位,支持国际社会对一些国家内部矛盾的人道主义干预,比如安南曾指出:"至于人权高于主权,我一直在提醒人们,《联合国宪章》的第一段开始是:'我们,联合国的人民'……,我坚信,宪章的理想和原则属于人民的权利、属于每个人的权利。我们在此保护这些权利,因为人是根本。国家主权这个概念本身是为保护个人而构想出来的,因为人是国家存在的理由,而不是相反。"[2] 但他们忽略了这一点:西方关于人权优于主权的逻辑具有较强的迷惑性,将人权看作最高的道德权利,用人权的道德性掩盖其政治性,企图以其道德的普适价值超越国家主权。无视主权的人权被某些强权意志利用,作为成为欺压弱小国家并干涉其内政以达到控制其的险恶目的的重要政治工具,其结果是造成范围更广、程度更深的人权的丧失和被践踏,而深远的恶果是造成世界政治、军事秩序的混乱,对世界和平构成威胁。

小说中阿尼尔的言行中反映出的人权观是西方化的,她没有看到主权对人权的保障作用,在申请回斯里兰卡调查的时候就意识到"在政情纷扰的地方从事鉴识工作原本就吃力不讨好……那些高深莫

---

[1] 刘杰:《人权与国家主权》,上海人民出版社2004年版,第225页。
[2] 罗艳华:《国际关系中的主权与人权:对两者关系的多维透视》,北京大学出版社2005年版,第84页。

测的政治运作、台面下是龌龊勾当，还有冠冕堂皇以所谓'国家利益'为幌子的政客……"她持有典型的"人权高于主权"思想，没有意识到要想保障个人人权，首先必须维护国家主权，这在她与瑟拉斯的辩论中可见一斑：

（阿尼尔）"我可是被邀请到这儿来的。"

（瑟拉斯）"国际组织可不像你以为的那么神通广大。"

（阿尼尔）"我是一名隶属于人权团体的法医，我并非为您工作，更非受雇于您，我是受国际组织委托前来工作的。"

（瑟拉斯）"这个'国际组织'也是经由我们政府邀请的吧，不是吗？"

"我们是独立的组织，报告内容不容他人左右。"

"对**同胞**而言，对我们的**政府**而言，你仍算是为我们的政府工作。"①

（阿尼尔）"我打算提出的报告乃是指出政府的某些势力可能涉及屠杀无辜百姓的事件，这就是我要说的。您身为考古学家，您应该相信历史的真相啊。"

（瑟拉斯）"我相信和谐的社会应优于一切，堤赛拉小姐，你打算提出的报告肯定会招致一场动乱。你为何不去调查政府官员被杀害的事件呢？"

主权国家的稳定是实现人权的必要前提，国家主权常常受到来

---

① 此句话中的字体变化在英文原文中就有。

第二章 《阿尼尔的灵魂》：东西方文化的碰撞与翁达杰的"协调者"角色

自国际国内分裂因素的威胁。斯里兰卡的民族纠纷和民族分离主义使国家的对内主权，即政府处理对内事务的最高权力受到挑战：南方的反政府组织与政府势不两立，要求独立的泰米尔民族与主体民族（僧伽罗民族）之间的冲突不断升级，这些纠纷背后还涉及外国势力（如印度）的支持，使矛盾进一步恶化。战火持续不断，恐怖主义四处蔓延，在这里"只要每一个政治主张都有自己的军事力量做支撑，畏惧便成了法律"。阿尼尔没有认识到只有主权不受到威胁时人权才能得以平稳实现，并想简单地以维护人权代替维护主权，以道德规范来解决政治问题。这一想法的不现实性透过瑟拉斯的话语凸显出来："你当时还好端端地在国外——每个人都目无法纪，除了几名还有良心的律师。出自各方人马之手的恐怖事件频传。若要等到你的外国正义到达，我们早就没命了。"主权纷争使人最基本的生命自由权都得不到保障，空谈人权有何用？因此阿尼尔的调查计划必然遭到打击，她感到在斯里兰卡"联合国是被摆脱掉的、不相关的、遥远的权力机构"，"即使日内瓦的国际组织自以为了不起，但是对于发生动乱的地区来说，总部偌大的招牌和巍峨的门面简直不值一文。只要当地政府叫你滚，你就得滚"。

阿尼尔的人权工作之所以受挫，是因为她对人权本身的了解不够。"人权"具有道德、法律、政治、经济、社会和文化等多方面的属性，阿尼尔没有看到这些属性在不同国家不同时代被赋予的内涵是有差异的。西方人的人权观并不是唯一的，更不具普适意义。斯里兰卡特殊的国情和文化背景对阿尼尔来说是陌生的，将西方的人权观念生搬硬套注定会失败。除此之外，阿尼尔对人权与主权的关系也没有清楚的认识。两者的关系复杂，不能将它们的差异绝对化，使其中某一项置于另一项之上，"人权高于主权"的观念正是犯了这样的错误；也不能将二者等同起来，以维护其中一种权利来代替对

第一部分　东西方文化冲突与后殖民批判

另一种权利的维护。

## 第二节　基于东方佛教伦理与西方科学理性的两种"真实"观的碰撞

小说情节围绕一具骨骸展开，几个人物共同努力寻找其主人的真实身份，但在寻找过程中他们产生了争执，也引出了一系列关于"真实"的问题：衡量真实的标准是什么？历史的真实能否得到再现？什么样的寻找方式才是最合理的？来自国际人权组织的阿尼尔代表了西方的科学理性真实观，强调实证主义的探寻方式和衡量标准，坚信以科学方法最终能再现历史的真实并由此解决现实问题。而瑟拉斯、帕里帕拿等本土人物则认为真实并不能仅由冰冷的科学试验证据来证明，他们以东方的佛教思维来看待真实，认为世间万物的缘起和存在都是基于"空"之上，处于流变状态，因而不存在恒定的真实。在他们看来，西方媒体所对斯里兰卡内战的"客观真实"报道中掺入的人为因素显而易见，这种以西方中心见证他者的方式其实是一种"软暴力"，不仅无助于战争的缓和还引来更多的纷争。人物帕里帕拿正是从佛教思想出发看透了战争等人类苦难的根源以及真实的无恒定性，以自己的"伪作"嘲讽官方历史所标榜的"客观真实"。这也是翁达杰本人在书写此部以斯里兰卡内战为背景的小说所遵循的原则，尽管受到种种非议和批评，但他的"另类"历史书写模式给读者提供了独特的观察视角和深刻启示。

### 一　实证主义者眼中的"真实"

阿尼尔是西方培养出的法医科学家，凭借自己的专业技术在被

第二章 《阿尼尔的灵魂》：东西方文化的碰撞与翁达杰的"协调者"角色

暴力颠倒黑白的文化中扮演发掘真相的角色。尽管她所从事的法医工作显得"非人性"，比如她可以"一面听着随身听，一面操作切骨机锯出一片片骨环"，但阿尼尔喜爱这项工作，因为她深信科学理性可以解决所有争端并带来最终的正义："每次只要独自一人置身在大房间里，她便觉得自己彻底放松——她简直爱极了实验室……一坐在凳子上便浑然不觉时间流逝，不再渴盼友朋或情人相伴，耳中只依稀听见原处传来的槌敲地板的声响，木槌声声敲入古老的水泥，宛若直探真理的核心。"阿尼尔被委派回家乡调查一桩人权案，她发现一具以古代遗址作掩护隐藏起来的被害不久的死者骸骨，并怀疑政府有重大嫌疑。她决心以实证方法找到政府罪行的证据并将之带回国际法庭，相信能够以此重建真理和正义。阿尼尔将骸骨当作可靠的客观证据，"她就着硫磺灯开始重新检视骨骸，大致归结出目前所能掌握的死因——这始终是不变的真理，不管在科伦坡还是特洛伊。"

但是她的计划很快就被斯里兰卡的现实阻挠，"她原本指望一个一切都合情入理、条理分明的世界。然而，在这个岛上，她知道自己深陷飘忽不定的法则和无所不在的恐惧之中，伸手不见五指。真相喑然，谣言在市井中流窜"。对阿尼尔来说，局势变得无法理解，"台面上的讯息则始终是仿真两可、意在言外——仿佛事情的真相非得这么拐弯抹角似的"。一种集体性的失语症压制了这场危机中的人们，他们无法表达她的理性调查所需要的事实："她曾经相信：一旦参透其中的意义，人类将因此得以远离苦难和恐惧。但是她曾亲眼见那些在暴行下失势的一方丧失了言语和逻辑的力量，他们从此禁锢自己的情绪，以免祸延己身。"连斯里兰卡政府为她派来的助手——考古人类学家瑟拉斯在她看来也"紧保私密、守口如瓶"。因此两人在工作中难免意见相左，他们对"真相"的看法就存在差异：

115

（阿尼尔）"你就是不喜欢把事情弄清楚，是吧？瑟拉斯，即使对你自己也是这样。"

（瑟拉斯）"我不认为拆穿一切就必然能得到真相，那只不过是将问题简单化罢了，不是吗？"

"我必须先抽丝剥茧才能厘清每件事情的来龙去脉。那并不算排斥复杂的事物。任何秘密只要一摊在阳光下就无力可施了。"

"政治上的秘密可不那么虚弱无力，不论摊开与否。"

"你是一名考古学家，真相终究会明朗，不管是埋在骨头中，或是藏在所有的蛛丝马迹里。"

"不，真相存在于人的性格、行事作风、情绪之中。"

"那是左右我们日常生活的因素，并非真相。"

"对活着的人而言，那就是真相。"

阿尼尔将瑟拉斯的异议看作维护政府的行为，而瑟拉斯也怀疑阿尼尔在西方所受的思想熏陶使她的工作与之前来这里的记者没什么两样，不但不能解决问题，还引来更多麻烦：

（瑟拉斯）"你不能这样子硬闯进来，挖出一大堆问题，然后一走了之。"

（阿尼尔）"你是要我堵住自己的嘴吗？"

"我只是要你了解这些问题由来已久。不过说不定你只想学那些坐在岩面大饭店的记者，定坐在旅馆房间里，写几篇捕风捉影的报道，假扮慈悲地大放厥词。"

"你和记者有过节，是吧？"

"或许站在西方的立场来看，那些报道都没有错。但是在这儿，情形可大不相同，也危险多了。法律有时依靠的是权势，而不是真理。"

具体而言，阿尼尔对科学技术所发现的证据深信不疑，瑟拉斯则认为所谓的"真相"不是恒定的，易受人为因素的影响或被滥用。比如上面对话中提到的那些"捕风捉影"的西方记者们将斯里兰卡内战中的制造恐怖伤害无辜群众的叛乱分子称作"自由斗士"。瑟拉斯知道阿尼尔此行是为了获得真相，但他要求阿尼尔先了解斯里兰卡当代的政治历史，因为没有相关背景知识，即使是精确的信息也是危险的，"就像在一池汽油旁点起一株火苗"。他"曾眼见真相被支解成碎片，被西方媒体断章取义，配上毫不相干的照片，这些信息四处流窜，就像对亚洲国家不断地轻率挑衅，将连带勾引出层出不穷的报复与杀戮"。这些报道如同考古学家"挖开一块砖就能发现一段故事"一样，具有人为叙述性质，不可能是纯粹客观事实的再现。从另一种角度来说，西方媒体话语表现为"见证他者"的一种形式，将斯里兰卡具体化为西方眼中的他者，使暴力、黑暗、混乱等负面形象成为斯里兰卡的简略表达。他们以此建立起貌似客观的认识，使更多的外部因素掺和进来以致暴力持续升温，因此这种再现方式本身也是一种暴力——一种更加致命的"软"暴力。

在科技通信技术发达的时代，我们通过媒体提供的信息来认知由于时空距离而无法亲眼打量的世界，并据其做出自己的判断，媒体在无形中影响甚至操控着我们的世界观和价值观。根据哈贝马斯的观点，作为公共领域载体的新闻传媒除了具有批判功能外，更具一种操纵功能："在操纵的公共领域里，随时准备为欢呼的情绪，一种舆论氛围取代了公众舆论，受到操纵的主要是社会心理学上计算好的提议。这些提议诉诸潜意识倾向，唤起预定的反应。"① 因此生活往往不是车尔尼雪夫斯基所说的"依照我们的理解应当如此的生活"②，而是"依照媒体所希望我们理解应当如此的生活"。这种没有刀光剑影的软暴力比起血淋淋的"硬"暴力给人带来的危害程度更大，因为它伤害的是人的精神。由此可见，科学、理性并不是客观真实的保证，也不一定会有效解决人类的暴力纷争，甚至有可能带来更多灾难。那么如何才能发现"真实"？解决人类暴力冲突的有效途径是什么？

## 二 建构于佛教基本观念"空"之上的"真实"

除了西方媒体报道的"真实"外，当地激烈厮杀的各宗教种族群体也都声称各自的信仰是真理，种种真实的并存——无论是理性技术发现的真实还是非理性暴动据以为理的真实——反而凸显了一种不真实的氛围，模糊了真实与虚构的边界。究竟什么才是衡量真实的标准？正在阿尼尔与瑟拉斯为真实而彼此心存芥蒂时，翁达杰引入了另一个人物——瑟拉斯的考古学老师帕里帕拿。他从另一个角度给了阿尼尔有关真实的启发，作者也借此表达小说的主题。

金石学家帕里帕拿是民族派考古学界的中坚人物，他是一个严苛的人，要求学生将每一段镌在岩石上的楔形文字"在笔记本、沙地、黑板上一再摹画，直到连睡觉也会梦见为止"。但有一件事使他在学术界的声誉急转直下：他通过解读岩画发现并阐释有关斯里兰

---

① 曹卫东：《曹卫东讲哈贝马斯》，北京大学出版社2005年版，第102页。
② ［俄］车尔尼雪夫斯基：《艺术与现实的美学关系》，伍蠡甫主编《西方文论选》（下卷），上海译文出版社1979年版，第409页。

## 第二章 《阿尼尔的灵魂》:东西方文化的碰撞与翁达杰的"协调者"角色

卡6世纪时皇室斗争的图像内容,但某位弟子透露他并没有掌握确凿证据,完全出于他个人杜撰。这次"帕里帕拿的狂举"被公认为对他自己一贯秉持的原则的背叛,虽然在别人看来这是对他事业的一个"危险动作",但他的立场不因外界的批驳而动摇,亦无意为自己辩护。随着年龄增长,他越发疏远俗世,视力也近乎失明,由十几岁的侄女照顾日常起居,一老一少隐居在一所废弃的寺庙中。为什么这位苦行僧般的学者选择以"伪作"的方式结束他辉煌的学术生涯呢?这与帕里帕拿对历史自身的观念所发生的变化有关。帕里帕拿大半辈子在岩壁上寻找历史,直到晚年他才发现那些"被刻意隐埋的历史真貌"。这一发现改变了他早前的历史观,领悟到历史并不是客观完整的,因为"基于某些需要,历史亦不得不加以隐藏、虚构"。除此之外,帕里帕拿还认识到历史是非永恒的:"所有的历史、征战都将一一远离,只能存活于记忆之中——如写在草纸上编成贝叶书的经颂,都会被虫啃蠹蚀,风吹雨残,终将漫漶、消失。"因此,帕里帕拿的历史"伪作"代表"轻蔑狂傲","不是误入歧途,而是进入另一个境界的叩门砖,更是在他漫长的学术舞台上,最后也是最真挚的演出"。

帕里帕拿的学术经历反映了历史学界有关历史真实性的争论。真实性问题是长期以来聚讼纷纭的话题焦点,19世纪上半叶,自然科学的实证主义方法引进历史领域后,兴起了实证史学的潮流。其主要观点是认为借用语言这一透明工具可以通向真实,因此历史是一门建立在确凿的事实论据上的科学。但很快实证史学便遭到新康德主义、新黑格尔主义、马克思主义历史学等学派的反对,在他们看来,历史掺和了主观因素,不可能是绝对客观的。卡尔·波普尔(Karl Popper)也说:"不可能有一部'真正如实表现过去'的历史,只能有各种历史的解释,而且没有一种解释是最后的解释,因此每一代人有权利去做出自己的解释。"① 每个时代的历史学家在加工整理史料的过程中所涉及的选择、组合等程序不可避免受其时代语境、所处立场、知识水平、个人素质等各方面的影响，其中意识形态的影响尤为重要，历史学家杰弗瑞·埃尔顿（Geoffrey R. Elton）说过："意识形态理论对历史学家的工作是一种威胁，因为它使他们受到预定解释方案的左右，从而迫使他们去裁剪证据，以适合某种从外界植入的所谓范式。"② 帕里帕拿无意间发现的那些隐匿在字里行间的不为人知的讳史是"一段遭君王、国家、僧侣联手压制的史实。这些诗文记载了被掩隐的历史黑暗面"。根据福柯对权力与知识关系的分析，权力与知识相辅相成，权力产生知识，而知识又是权力的保障。"任何权利的行使，都离不开对知识的汲取、占有、分配和保留"③，二者相互指涉。因而历史这门知识同样与权力紧密相连，纯粹客观的历史是不存在的。当阿尼尔对帕里帕拿说在《锡兰大百科》没有看到他的名字时，帕里帕拿说她应当看旧版本，因为新版本中他的名字已被删掉，再次证明知识的可操作性使寻求"真实"成为不可能。如果帕里帕拿的"伪作"是一种讽刺，那么被讽刺的正是僵化的实证历史主义，相比之下，帕里帕拿的"伪作"在"歪曲事实"的过程中反倒创造了一种更加真实的历史。

语言这一表达历史的工具本身也不是完全精确的，结构主义和后结构主义对语言及其指涉功能提出了质疑，认为语言具有内在的比喻性且处于无限的相互指涉中，意义的阐释被不断推延。除了本身具有的模糊多义性外，语言的内涵也受到时代变迁的影响，因此当语言作为载体跨时代传递历史信息时不可能是一种充分的再现，

---

① 田汝康、金重远：《现代西方史学流派文选》，上海人民出版社1982年版，第155页。
② 韩震、董立河：《历史学研究的语言学转向》，北京师范大学出版社2008年版，第145页。
③ 刘北成：《福柯思想肖像》，上海人民出版社2001年版，第263页。

需要靠主观理解去把握。基思·詹金斯（Keith Jenkins）认为无法精确解过去语言的意义就意味着无法重建其所指称的过去。① 总的来说，从历史产生的过程来看，历史的主观性和相对性是不可避免的特质，实证主义的方法论不适合处理人类社会历史发展这样复杂多变的人文现象。

帕里帕拿之所以能洞见历史"真实"，与他的研究方法不无关联。帕里帕拿从不"照本宣科"，不随大学教授们走马观花地考察，而是选择从石匠、洗衣妇等"非科学"人群中找寻与当地传统相关的历史信息。他把自己"见识的石匠技艺与多年的现场译读古文的经验相互对比、融会贯通，终于能以更真实的视野看待过去只能臆测的事物。对他而言，这自然不是愚昧，更非欺世盗名"。瑟拉斯如此描述帕里帕拿发现"真实"的过程："他打破一切藩篱、规则，让完整的形貌得以拼凑聚拢，于是才能发现他过去从未见到的真相。何况，他当时已逐渐失明……就像是罹患色盲的人总能在战场上洞悉敌人的伪装。"

总的来说，是打破理性科学所偏好的"规则"使帕里帕拿最终发现了"真实"，这是否表示帕里帕拿完全拒绝科学理性？当然不是，我们不能仅仅强调事实相对性而否认其实证性，认为历史可以凭主观愿望随意杜撰。过去的客观实在性是历史这门学科得以成立的基础，否定这个前提将会陷入怀疑主义与虚无主义的深渊。正确的历史观是既看到历史的主观性和相对性，又不否定其中的客观因素。研究历史始终应当从大量的事实材料出发，再逐步去伪存真。帕里帕拿是一个"绝不妄加臆测的人"，他工作严谨踏实，"不断研习古文直到四十岁，接下来的三十年则投入田野工作"，"常年独自

---

① 韩震、董立河：《历史学研究的语言学转向》，北京师范大学出版社2008年版，第153页。

往来于官方与非官方领域的踏查行脚,长达数星期的静默不语,使他只能同石壁进行对话"。他的考古学术论著之所以被称为"伪作"并非被别人证"伪",而是他无法证"明"自己所发现的历史。而这其实正是历史本应该具有的面目,因为没有任何历史有资格宣称自己是唯一正确和客观的历史,因此不能就此认为他反对历史研究中的实证方法。当瑟拉斯告诉他阿尼尔运用现代科技能精确算出骸骨的年代时,他并没有表示轻蔑,而是赞叹:"多神奇呀,你实在太厉害了!"这一切都表明帕里帕拿并不拒斥理性,他所追求的"真实"应当理解成既包括主观推测又有客观论据的真实,他所秉持的理性不是僵硬的西方理性,而是更符合人类历史实际情况的、更为宽广的理性观。这也是小说想要表达的观点之一,如丽莎·佩斯·威特(Lisa Pace Vetter)所说:"翁达杰的小说提供了比西方传统启蒙主义思想更为宽广的理性概念,从而展现出一种人本主义的思想视野……提醒读者理性在解决所有政治痼疾时都存在局限性。"[1]

帕里帕拿在治学、处世等各方面体现出的价值观,尤其是对"真实"的感悟,就其根源而言受到佛教思想的启发。他在言行中反映出的佛教思想与阿尼尔的理性主义和经验主义形成鲜明对照,并由此提供了一种新的视野。小说开篇不久引用了帕里帕拿的一句话:"万物皆无常,那只是一场悠远的梦。"而这反映了佛教的基本观念之一——"空"。如在论及不少早期佛教重要思想的《杂阿含经》写道:"一切行无常,一切法无我,涅槃寂灭"[2],这里的"无常""无我""寂灭"都是"空"的体现,其中所谓"无常"主要是指世间事物是变动不居的,没有一个永恒不变的东西。佛教中对"空"

---

[1] Lisa Pace Vetter, "Liberal Political Inquiries in the Novels of Michael Ondaatje", in *Perspectives on Political Science*, Vol. 34, No. 1, (Winter) 2005, p. 35.

[2] 姚卫群:《佛学概论》,宗教文化出版社 2002 年版,第 253 页。

的理解有几种,在历史中占主导地位的观点是把"空"解释为事物的缘起和存在状况,即不实在性(但不是绝对的虚无)和非永恒性,因此世界是一个流动变化、互相依赖的网,所有感知到的物体都是基于"空"上的。这种"空"的思想不会导致虚无主义,而是将我们引向一个超验的现实,并在形塑人们的世界观、人生观和价值观时起到积极作用:它提醒人们看到世间没有永恒不变的东西存在,无论人或事物都在不断地变化中,这种观点有助于我们在打量世界、分析问题时形成辩证的思维,避免陷入僵化的形而上学的观念中。此外,"空"的观念能引导人们坦然面对人生的成败得失,因为万事万物都在变化着,挫败同样只是暂时的,这种理念能给处于失意当中的人们一种希望,同时也为他们减轻了精神痛苦。

阿尼尔看到"整个国家都陷入疯狂了,而且无从解脱":刺杀政府官员、接踵而来的失踪事件、为失业的年轻人建立公社的和尚被杀、学生被砍去头颅、斯里兰卡的四条主要河流旁被冲上冲下的尸体……在这里"每个人的衣服都沾着血了"。斯里兰卡局势复杂,其所遵循的是一种"疯狂的逻辑"——"战争的唯一理由即是战争","真理"是由冲突各方以自己的方式建构起来的。面对这种缺乏逻辑的暴乱现实,阿尼尔那"用骨头来探寻真相"的实证主义的认识论根本无法解读斯里兰卡内战的复杂性,她自己也不得不承认:"如果没有时空的距离,置身在那些事件当中,人类的暴行可说是毫无逻辑。以眼前的情况来看,就算这些事件都在日内瓦被一一研究、存盘,却依然没有人能在当下明白它们所含的意义。"但是佛教的哲学思维能看透斯里兰卡暴乱现实的内部逻辑,帕里帕拿富有佛教色彩的观点与阿尼尔的论断相比更有说服力:"真相有时候只是片面之辞"。佛教把万物的实质看作无根基的、流变的,从而怀疑获得"客观真理"的可能性,因为这样做是将永恒的概念范畴应用于本质上是变动的事物。此外，佛教认为所有的存在都是以苦难为特征的，苦难是由盲目的贪念、欲望造成的，而欲望又产生于人的"无明"。根据佛教中"空"的思想，万事万物都随因缘而变动，没有永恒的、终极的事物。但是处在"无明"状态的人不明白这一道理，误认为有永恒事物存在，并耗尽人生光阴执着追求，当无法实现其目标时，各种痛苦、悲伤、贪念、仇恨由此而生。帕里帕拿正是以这样的佛教的哲学眼光看透了斯里兰卡暴力纷争表象下的深层逻辑，他明白世间万物缘起缘灭，没有绝对的真实，迥异于阿尼尔执着追寻真实、起因、逻辑的西方理性思维。翁达杰通过帕里帕拿这个人物不仅展现了西方理性推崇的"科学知识"与斯里兰卡的"本土知识"之间的差异，还提供了对官方"大写历史"标榜的"真实"的反思和批判。

## 第三节　东西方文化的"协调者"

萨义德在《东方主义》中说："每一个文化的发展和维护都需要一种与其相异质并且与其相竞争的另一个自我（alter ego）的存在。自我身份的建构牵涉到与自己相反的'他者'身份的建构。"[①]在后殖民时代，西方为了进一步巩固其中心地位，将殖民手段从政治、经济转向隐形的文化，东方主义就是西方强国对东方第三世界国家实施的文化殖民，其充满了对东方文化的扭曲、歧视。西方将自身定义为具有普适性的优等文化，东方文化被歪曲、丑化为落后的劣等文化。西方通过文化传媒将自身的文化价值观与意识形态强行地灌输给东方第三世界国家，企图将后者的传统民族文化收纳到西方的话语权力框架中，使之面临贬值、失真、流失的危险，最终

---

[①] ［美］爱德华·W. 萨义德：《东方学》，王宇根译，生活·读书·新知三联书店1999年版，第426页。

第二章 《阿尼尔的灵魂》：东西方文化的碰撞与翁达杰的"协调者"角色

达到同化、控制东方文化的目的。文化霸权主义剥夺了东方第三世界人们的话语权，使他们沦为沉默的他者。

要颠覆后殖民主义文化霸权，就必须打破西方中心主义，弘扬东方各民族文化，使东方文化进入与西方文化平等"对话"的话语空间，与西方文化共同参与人类的文明建设。这个艰巨的任务需要东西方共同完成，仅凭任何一方面的努力都是不行的。游离在东西方文化之间流散知识分子具备了两种文化背景与视野，因此他们扮演着重要的文化"协调者"角色。许多后殖民批判家，如萨义德、巴巴、斯皮瓦克，都具有丰富的流散经历，双重文化身份为他们带来身份认同危机的同时也为他们带来了与众不同的批判视野。他们在两种文化之间进行的理论探索和反思，力图消弭文化霸权，打破西方话语迷思，促进平等的东西方话语交流。他们所具备的双重文化素质使他们超越了民族界限，成为东西方文化的"协调者"。

翁达杰也是这样的文化"协调者"。流散后殖民批判家以理论协助文化交流，翁达杰则以文学作为协调工具。文学本身既可以作为文化霸权的工具，充当帝国主义权力话语的同谋，也可以成为解构文化殖民的重要力量。常年的西方生活与所接受的欧美式教育并没有使翁达杰丢弃母国文化而投奔西方文化，相反他深刻地体会到必须保存和发扬自己的民族文化，这既是流散个体在东西方文化之间的"第三空间"中建构完整自我的必要条件，也是颠覆西方文化霸权的重要武器与斗争策略。他曾说道："我十一岁时离开锡兰去英国读书……直到我三十或三十五岁时回到斯里兰卡我才能看到我的过去并且理解我自己"。[①] 翁达杰自觉地承担起传递、弘扬东方民族文

---

[①] Mathews S. Leigh, "'The Bright Bone of a Dream': Drama, Performativity, Ritual, and Community in Michael Ondaatje's *Running in the Family*", in *Biography*, Vol. 23, No. 2, (Spring) 2000, pp. 352 – 371.

化的责任,将刚健、清新的东方形象与源远流长、辉煌灿烂的东方文化融入文学作品中,让西方摘下有色眼镜重新认识东方。在《阿尼尔的灵魂》中,翁达杰通过几个本土人物彰显东方的佛教伦理思想,小说本身可以被看作翁达杰从东方的视角书写的一段斯里兰卡内战历史,让被西方"大写历史"排挤的"属下"获得说话和被关注的权力,此种历史书写的某些特征也同样折射出东方佛教伦理思想。除了抵抗西方文化霸权、弘扬东方文化之外,翁达杰也展现了东西方文化交流的希望,"阿尼尔的灵魂"就寓意着东西方文化对话的开始。

## 一 忠实传递东方佛教伦理思想

小说讲述的是一起人权调查案,与此类题材常规的写作思路(发现—分析—解决问题)不同,翁达杰有意把与佛教相关的内容穿插其间,如故事开始不久就将画面定位于中国山西的寺庙,引入佛教文化:"第十四窟曾经是山西省境内绵延的佛窟群之中最美的一座……'万物皆无常',帕里帕拿如是说:'那只是一场悠远的梦……万般灿烂终归寂灭'。"故事进展中人物们的言行举止时时传达出富有哲理的佛教伦理思想,如上文所分析的帕里帕拿建构在"空"基础上的"真实"观,故事结尾的场景是佛像的重建及点睛仪式,因此佛教文化实质上贯穿整部小说。佛教伦理思想博大精深,此处只探讨小说中闪现的佛教思想火花。

(一)"慈悲利他"与"入世"

当瑟拉斯和阿尼尔发现政府涉嫌谋杀案时,他的人生便到达了一个转折点,这也意味着他悲惨命运的开始。尽管瑟拉斯对阿尼尔的科学方式表示质疑,但他最终冒着生命危险帮助阿尼尔将证据带

## 第二章 《阿尼尔的灵魂》：东西方文化的碰撞与翁达杰的"协调者"角色

出斯里兰卡送回日内瓦人权组织，并因此成了政治谋杀的牺牲品。瑟拉斯的选择并非冲动之举，他似乎对自己的命运早有预见："死亡总是以各种样貌出现围绕着他。在工作中，他觉得自己仿佛是终会腐朽毁坏的肉身骨皮和不朽的岩雕壁画之间的联系；或者，更诡异地说，正是那股信仰或信念使其不朽"，这股"信仰"或"信念"就是佛教伦理思想。佛教认为在充满欲望和权力物质世界里，只有那些置身于欲望和激情之外的人才能抓住其中的真理。苦难的根源是对欲望的渴求，隐居在密林中的帕里帕拿说过"由激情而起的酷虐残杀永难止息"①。瑟拉斯认为"人实在需要超越激情"，自我必须拒绝物质世界，包括"历史名位、财货产业，以及他们自认颠扑不破的真理"。在由欲望和激情点燃的战火中，打动并改变他对世界认知方式的是一幅雕刻着母子亲情图案的岩石："一个弯身俯抱孩子的妇人……母亲因爱意或悲痛而弯背的弧线，孩子隐没不见，只看得到母亲护卫的姿势喑哑的嘶喊状态。"瑟拉斯"愿为这一方刻着护子妇人的上古岩画献出性命"，由此可见他信奉的"真理"是佛教教导的"慈悲利他"观。"慈"指使众生快乐，给他们幸福；"悲"则指去除众生的苦恼，使之摆脱痛苦。②对于由极端激情而起的战争，佛教没有如西方国际法庭那样主张惩罚，而是以其宽容与同情为个人与公共暴力提供另一种出路，并劝诫人们要获得解脱就需将自己从盲目的欲望追求中撤离出来。瑟拉斯正是以牺牲自我的宽大胸怀来拯救世人，阿尼尔是被拯救的人之一。

瑟拉斯过着一种遁世般的生活，但他最后选择帮助阿尼尔，重新"回到纷扰的人间，回到错综纠葛的事理之中"，尽管他明白"这

---

① 英文原文为"There has always slaughter in passion"，原译文没有"有激情而起"这几个字，此处为笔者所加。
② 姚卫群：《佛学概论》，宗教文化出版社2002年版，第447页。

已成为自己难赦的刑牢"。瑟拉斯的行为也表现了佛教的入世观,这又与涅槃、轮回等佛教思想有关。"涅槃"一词的原义是"灭"或"熄灭",在佛教中它的主要意思是烦恼的灭除或熄灭,引申出的主要含义是达到了无烦恼的最高境界,即获得了最高觉悟的境界。[①] 佛法讲"人生皆苦",而人的烦恼和痛苦源于无知与欲求,其产生的"业"让人死后进入不断延续的生死轮回(Samsara),轮回中的痛苦也将永无止境。只有消除欲望,斩断"无明",人才能摆脱生死轮回后达到至善境界,即涅槃。虽然佛教在本质上追求出世,但并不绝对地排斥入世。佛教在发展过程中分成不同派系,其中大乘佛教提出的"生死与涅槃不二""世间与出世间不二"等基本精神就将佛教的解脱思想融入世间的现实人生之中。[②] 与小乘佛教以脱离"世间"烦恼,追求个体解脱的"自利"思想相比,大乘佛教更强调"利他",认为达到解脱不是离开"世间"去追求纯粹涅槃境界。大乘佛教徒坚持"即世即涅槃"的原则,即菩萨或佛不是存在于世间之外,而是在世间中救度众生。[③]《妙法莲华经》中说:"常说法教化,无数亿众生,令入于佛道,而来无量劫,为度众生故,方便现涅槃,而实不灭度,常住此说法,我常住于此。"这句话反映了大乘佛教反对小乘佛教将涅槃与世间置于绝对对立的观点,"方便现涅槃"就是指涅槃并不与世间隔绝,即便达到了涅槃了还要住于世间,因为这样才能"度众生"。[④] 在污浊的世间同样也可以获得超脱,帕里帕拿曾讲了一条世间与涅槃之间辩证关系的佛教道理:"要遁入空门,你得先成为社会的一分子,并从中去参悟道理。此乃隐修的吊

---

[①] 姚卫群:《佛学概论》,宗教文化出版社 2002 年版,第 408 页。
[②] 包承云:《试论佛教的"出世观"、"入世观"及佛教与社会主义社会相适应问题》,载《内蒙古统战理论研究》1996 年第 1 期。
[③] 姚卫群:《佛学概论》,宗教文化出版社 2002 年版,第 447 页。
[④] 同上书,第 412 页。

诡之处。"瑟拉斯最后用生命解救阿尼尔的行为代表了他在世间达到的一种自我超越。

最后一节《远方》没有继续叙述真相是否最终被上报，而是描述安南达的佛像重建与点睛工作。这一节没有提供具体的时间，但从情节可知其发生在瑟拉斯牺牲之后。此时的安南达不再是从前那个萎靡失意、借酒消愁甚至痛不欲生的安南达了；他带着瑟拉斯的魂魄在俗世感悟着"即世即涅槃"的真理。那尊被修复的佛像与瑟拉斯之间存在着某种对应，两者都以自身的"消解"表现出"世间与出世间不二"的佛教入世观："它的身上不曾被人影覆照，只是一贯地望穿这片炙热大地，看着遥远北方的山麓，看着不息的战火，并施予死去生灵一丝安息或嘲讽"，现在它的脸部由碎片缝合而成，尽管"布满补缀的痕迹"，但安南达仍旧看到它"空茫的目光中有无尽的包容"，也正是这种包容的力量将他拉出了充满恩怨仇恨的纷争，使他有了新的体悟。在为另一尊新的佛像点睛过程中，安南达站在与佛眼相当的高度，"此刻，透过人类的肉眼，他注视着自然界的纤毫活动"，虽然安南达看到的是一个充满灾难的世界：被焚烧的草原、混合着汽油和榴弹的味道、数百英里的风暴马上就要来临……然而，

> 就在这吉光片羽之间，安南达看清了世间万物。站在这个位置，竟让他生出万般依恋。透过他用父亲交给他的凿子刻画出来的一双瞳仁，他看清了。鸟群在林树的间隙翩飞！它们穿越一层层暖热气流，一颗颗豆大的心脏急速狂跳，一如逝去的悉丽莎……一颗小巧而无畏的心，如今在她所喜爱的高处与惧怕的黑暗间来去自如，无所挂碍。

这既是佛也是人的视野，既是身体的感受也是精神的超脱。在

瑟拉斯的灵魂的感召下，安南达懂得了佛教的涅槃境界既可在脱离轮回的彼岸获得，也可在纷扰的世间通过自我的内在超越达到。他还看到了混乱世界正循着自身的轮回规律继续运转着，看到了短暂的生命在其间闪耀出的佛性的光辉。小说结尾的那句话"他感觉男孩伸出手关怀地覆在他手上，一股来自尘世凡间的温婉肤触"也成了整部小说的"点睛"之笔。

（二）"无我"

受笛卡儿二元观影响，阿尼尔认为物质世界在被科学家以理性分析之前都看作被动、无生机或没有任何意义的。这种观念将作为主体的自我与客观世界分离开来，自我被看作一种实体性存在，这容易导致以占有客体为目的的各种欲望的无限膨胀。与阿尼尔的主客两分观相对，帕里帕拿身上体现出一种佛教中的"无我"的体验。在这种体验中，自我与他者的界限被抹去，个体失去了自我的感知意识而进入了一种恍惚的状态，最终能够融入周围环境中去感悟万物间的微妙关系。在佛教看来，世间不存在永恒的实体之物，万物都是"缘起"的，事物和现象的生起都是互为因果，互为条件："此有故彼有，此生故彼生，此无则彼无，此灭则彼灭。"[①] 但凡夫们认识不到这一点，认为存在着永恒的东西，存在着"我"这种实体，这种"无明"就会使人产生并不断地扩张追求外于"我"的事物的欲望，从而产生痛苦以及业报轮回。《杂阿含经》中所说的"一切法无我"指在人生现象中没有一个主宰体，将自我看作实体便是将自我当作主宰他人及周围世界的中心。"缘起论"否定实体性自我的存在，由于"缘起性空"，人只能存在与他人或世界的互动关系之中。这种观念既不消解人的主体性又摆脱了自我中心主义的主客观二元

---

[①] ［泰］巴如多法师：《佛教：作为科学根基的价值》，陈彦玲译，内部刊印2005年版，第54页。

第二章 《阿尼尔的灵魂》：东西方文化的碰撞与翁达杰的"协调者"角色

对立思想。帕里帕拿的自我已经同化进了周围的环境中，他"即使视力有限，对这儿错综复杂的地形却了若指掌"。阿尼尔也感到帕里帕拿的失明给予了他一种与现象世界之间独特的关系，她猜想"他能听见远处林中的鸟鸣，瑟拉斯脚下凉鞋擦地声，瑟拉斯扔下的火柴触地，瑟拉斯在几码外抽着纸烟，烟叶燃灼的声音"。

小说中的另一个人物也体现了佛教的"无我"精神并同样对阿尼尔的思想转变有重要影响——瑟拉斯的弟弟迦米尼。他是一个愤世嫉俗主义者，一直是家里的"异数"，没有政治信仰，将战争中的人们看作"文明何以败坏的血淋淋例证"。他不仅远离战争和民族主义，也远离为这些事业辩护的原则和抽象道理，他"彻底不再相信一切人世间所谓的公理正义，他唾弃所有支持这场战争的人。什么国家统一的伟大理想，什么国土不容分裂，甚至连伸张个人权益的任何主义也不再能打动他，这些动机到头来总是以无法控制的混乱争斗收场……"他默默忍受着婚姻破裂和情人自杀的伤痛，投入抢救伤员的工作中，并同等对待敌我双方的伤患，当他被泰米尔游击队绑架至他们的医院中时仍然尽职工作。正如彼特·哈维（Peter Harvey）解释的一样："佛教教育要无我，没有永恒的自我存在……这意味着你的苦难就是我的苦难，没有什么根本的不同。它们都是苦难，因此那些阻碍我们'自身'利益的障碍物也应当被消解或扩大至包括所有人。"[1] 迦米尼看穿了战争和"爱国主义"的无意义，他在无处不在的残酷情景中悟到了自我的非实在性——"在患者们凄厉的哀号中，你感觉不到自己的存在。"[2] 他积极投入俗世中去关

---

[1] Peter Harvey, *An Introduction to Buddhism: Teachings, History and Practices*, Cambridge: Cambridge University Press, 1990, pp. 197–198.
[2] 英文为"You were without self in those times, lost among the screaming"，原译文为"接下来只好听任患者们被阵阵痛楚折磨得死去活来，院内到处充斥着令人肝胆俱裂的凄厉哀号"，此处笔者改译。

怀同情受苦难的人们，他衣服上沾满病人的血也暗示了与他人的紧密无间。他沉浸在"急救病房中的杂沓混乱之中"，因为他认为在这种状态中人们才能"失去自我，如同忘情的舞蹈……因为过度专注于技巧或执迷于渴望，以致忘却自己拥有的力量"。强调"无我"的缘起论同样取消了"俗谛"（世间的现实生活）和"真谛"（涅槃的终极超越）的界限，提供了在俗谛中获得真谛的可能性，即"真俗不二"的可能性。在无休止的恐怖袭击以及由此带来的种种残酷场景中，迦米尼领悟到了"这个时代的真理"，这一真理与爱、同情密不可分，他"只相信那些伴着孩子入睡的母亲，她们散发出伟大的母性光辉，孩子们才能在夜里安稳入眠"。

## 二 书写基于东方文化的"小写历史"

人物帕里帕拿舍弃官方历史常规的整理、书写方式，关注被"大写历史"压制和遮蔽的讳史，这也是翁达杰本人在书写此本以真实历史为背景的小说时遵循的原则。他将"大写历史"统统抛开，把笔墨泼向自身历史被压制的斯里兰卡人民，关注他们战时的生活状态与精神面貌。但小说遭到某些评论家的批判，他们从真实性、政治立场、写作的风格等方面向其发难。笔者结合后殖民批评与东方文化来分析翁达杰的历史书写特点并为他辩驳。

卡德里·伊斯迈尔（Qadri Ismail）在《与斯里兰卡对话》(Speaking to Sri Lanka)[①] 一文中将"属下"概念赋予斯里兰卡整个国家。与斯皮瓦克的"属下能说话吗"相呼应，他认为欧洲中心主义的西方所谓的"再现"实质上是一种将被再现国家的"降级"，

---

[①] Qadri Ismail, "Speaking to Sri Lanka", in *Interventions*, Vol. 3, No. 2, 2000, pp. 296 - 308.

## 第二章 《阿尼尔的灵魂》：东西方文化的碰撞与翁达杰的"协调者"角色

使之成为"属下"并挫败"属下"自我再现的"说话"能力和其他外在者的"听话"能力。斯里兰卡就是这样的"属下"之一，被剥夺了说话的权利，从而也失去了应有的主体性：

> 再现，无论是在人类学还是在其他学科中，将自身宣称为单纯的描述行为、传播、刻画行为，但事实上，它成为了他者的代理者，使他者被代替、被压制，而"不能说话"。①

伊斯迈尔敦促恢复斯里兰卡自身固有的、脱离西方再现的主体性，翁达杰在文学的审美空间中回应了这一呼声。他以斯里兰卡自身的视角来打量和书写内战时期的历史，当问及小说中什么最吸引他时，他说："我最喜欢的是这个场景：迦米尼不想拥抱瑟拉斯的妻子，因为这样她会发现他太瘦了。对我来说这是最心碎的时刻。远离官方故事的时刻。"② 在"大写历史"中，"最精确的历史往往留驻于最剧烈的自然变动或人为变动的周缘。庞贝、莱托里、广岛、维苏威火山都是例证。地壳变动和人类的凶残暴行造就了随机的时间定格"。在这些被定格的时间里，我们看到的只有宏大叙述，没有关于特定"属下"群体或个人经历的微观叙述。翁达杰通过书写"属下"做主人公的"小写历史"来挑战西方的"大写历史"，放弃了抽象的独白式叙述声音，让"属下"说话。整个故事中没有宏大的战争厮杀场面，只讲述了几个普通人各自的经历及在调查中表现出的不同的观点与立场。这些凡人逸事在"大写历史"中不可能被关注，或因"不合时宜"而被意识形态压制，从而被阻挡在历史大

---

① Qadri Ismail, "Speaking to Sri Lanka", in *Interventions*, Vol. 3, No. 2, 2000, p. 300.
② Chelva Kanaganayakam, "In Defense of *Anil's Ghost*", in *A Review of International English Literature*, Vol. 37, No. 1, (Jan.) 2006, p. 12.

门外，但正是这些具体的人与事才真正展现出更贴近现实、更生动的斯里兰卡内战历史画面。翁达杰解释了选择这种写作方式的动机："我真正感兴趣的是深陷这种世界的人们的文化，虽然冲突成为他们生活的一部分，但他们实际上却同时在过着正常的日常生活。当你来到爱尔兰、波斯尼亚或斯里兰卡这样的地方时，你会发现如果发生在这些地方的事发生在西方，西方人对于他们应该做些什么、或可能会面临怎样的崩溃一无所知。"[1] 这种以斯里兰卡的视角反观西方的方式在人物帕里帕拿身上也体现出来："当西方人认为亚洲历史还是一片混沌不明时，帕里帕拿早已彻底地了解自己的国家，而欧洲不过只是亚洲半岛边陲的一块大陆地罢了。"

与帕里帕拿一样，翁达杰的小说《阿尼尔的灵魂》也受到非议，尤其是来自斯里兰卡本土的评论家。他们认为翁达杰所描述的历史歪曲事实，有公然的偏见和东方主义色彩，损毁了斯里兰卡在西方人心目中的形象，略举几例：兰基尼·曼迪斯（Ranjini Mendis）批判翁达杰的"反政府"立场，指责他无视其他应当为暴力受批判的叛乱群体；与此相反，卡德里·伊斯迈尔认为翁达杰的立场是"亲政府"，批驳他无视其他少数群体的利益；另一位批评家伽腻色迦·古纳瓦尔代内（Kanishka Goonewardena）则批评翁达杰逃避政治现实，只讲述内战的表象，除了用"战争的唯一理由即是战争"这样一些空洞的话来搪塞读者外没有真正深入分析战争的政治根源。[2] 在写作技法上，小说的零碎性结构与信息的不完整也招来批判。翁达杰的作品是否有这些瑕疵？如果有，是什么使然？让我们一一分析。

首先是关于"真实"的问题。小说中提到的某些与现实一致的

---

[1] Michael Ondaatje and Tod Hoffman, "*Anil's Ghost* (Book Review)", in *Queen's Quarterly*, Vol. 107, Iss. 3, (Fall) 2000, p. 447.

[2] Chelva Kanaganayakam, "In Defense of *Anil's Ghost*", in *A Review of International English Literature*, Vol. 37, No. 1, (Jan.) 2006, pp. 9–11.

## 第二章 《阿尼尔的灵魂》:东西方文化的碰撞与翁达杰的"协调者"角色

地理、语言和文化细节（比如小说中提到的某些考古学遗址的真实地名、刺杀银头总统的自杀式爆炸案等）表明这是一部与现实有关而非完全虚构的历史小说。但翁达杰将其定位为"反思性"（reflectvie）而非"权威性"（authoritative）的作品①，在一次访谈中他说自己的兴趣在"非历史、非官方"的故事，关注"个人发生了什么"，关乎普通人如何在暴力中生活——"这本书不仅仅是关于斯里兰卡的，也可以是关于危地马拉、波斯尼亚或爱尔兰的"②。由此可见模仿和再现不是本部小说的主要目的，因此评论家们不能就其真实性发难，更不应将自己的主观立场强加于作品。翁达杰持有拒绝任何版本的"真实的、唯一的故事"的后现代式思想，因为"真实的故事"意味着"我们知道如何去确定"一个逃脱掉的现实。他说在写这部小说时他尽量避免故事"被当作再现"。③ 与其说《阿尼尔的灵魂》是一个关于寻找死者身份的侦破故事，毋宁说是寻找"真实"的故事。翁达杰在小说中比较了不同的真实：短暂的和超越的、相对的与绝对的，并借帕里帕拿这一人物探寻了历史的真实。历史编纂有其局限性，故不可能达到一个确定的位置，没有所谓的"客观真实"的标准，真理有时只是"片面之辞"。斯里兰卡复杂多变的局势也不是小说可以驾驭的，任何作家都无法为其定位或给出一种概括性观点。此外翁达杰的经历使他既是"局内人"又是"局外人"，这也加大了再现的难度。

其次是关于政治立场的问题。《阿尼尔的灵魂》和同时代的英国小说风格不同，它们的作者常常表露出鲜明的立场，故事也常常以

---

① Chelva Kanaganayakam, "In Defense of *Anil's Ghost*", in *A Review of International English Literature*, Vol. 37, No. 1, (Jan.) 2006, p. 13.

② Maya Jaggi, "Conversation with Michael Ondaatje", in *Wasafiri: Journal of Caribbean, African, Asian and Associated Literatures and Film*, No. 32, 2000 (Autumn), p. 7.

③ Ibid.

第一部分 东西方文化冲突与后殖民批判

解决问题、发现真相、皆大欢喜的大团圆情节为结局，暗示过去是可被发现的。与此相对照，翁达杰在这部小说中最终没有给这桩案件以明确的结果：阿尼尔千辛万苦从地方政府手中夺回犯罪证据后，翁达杰没有按读者所期望的那样讲述联合国人权组织受理此案并对斯里兰卡政府施加压力，由此带来和平的美好结局。他将笔锋转向当地的一次佛像点睛仪式，以佛像艺师站在高处时空灵飘逸的个人感悟为结尾。翁达杰的匠心在于以一种东方佛教思维来看待战争与真理：世间的万事万物都是"无常"的，没有永恒不变的真理。战争这类导致人类痛苦的事物源于人的欲望和贪念，只有消灭欲望才能到达最终的"真"。因此对任何一方的指责和支持都是一种过于简单、肤浅的解决方式，这是翁达杰拒绝为战斗的各方扣上"正义"或"邪恶"的帽子，拒绝从政治的标准判断是非的原因。翁达杰也表明了政治的不真实性：

> 某些字眼、某些措辞已经被滥用以至于无法激起任何回应……当我听到"政治"这样的字眼时我会很不屑，而当我遇到政治演讲时我不会去听。因此在某种程度上我把自己藏在这些字的下面，尽力不去提到它们。这些字如同陈旧的银币，使我感觉不到它们的真实。①

人权问题几乎变成代表"第三世界"的简略语，西方媒体有失客观的报道使战火愈燃愈烈，翁达杰不希望这部小说成为指向斯里兰卡的又一朵火苗。他没有试图对战争给出虚构的解答，而是将重点由公共的政治事务转向个人的日常生活，从有关国家、族群的宏

---

① Tom Le Clair, "The Sri Landan Patients", in *The Nation*, (June) 2000, p. 32.

## 第二章 《阿尼尔的灵魂》：东西方文化的碰撞与翁达杰的"协调者"角色

大叙述转向地方的、个体的微观叙述，关注战火中的普通老百姓。这些习惯了战争环境的人和处在安全环境中的人不同，他们看到了人的必死性和无常的命运。虽然他们对人生持着宿命论观点，接受每天必须面对的危险，但是他们没有消极厌世，而是积极投入世俗的生活中去，寻找另一种满足与安详。从这个角度来看，尽管翁达杰表达的政治立场很模糊，但小说反映的真理却昭然若揭。

小说"故意"的零碎性风格——比如次要叙述层的随意插入、时空安排的无序、信息的零散与不完整等——也招来批判，评论家们指责翁达杰没有提供给读者一个连贯的叙述。这一点我们可借用桑吉塔·雷（Sangeeta Ray）评价翁达杰另一部小说《世代相传》的话来为他辩驳："历史和主体性永远不能刻在石头上，而是在许多具体的可恢复的瞬间里出现，只能被变成零碎的自传。"[1] 西方大写历史往往采用线性叙述方式，其封闭式结构安排给人以完整全面的假象，小说中有一段文字将其与虚构的西方电影、小说相提并论，讽刺这类历史书写方式：

> 那些美国电影、英国小说——还记不记得它们共通的结局是什么？……美国佬或美国佬上了飞机走人，结束。镜头也跟着走了，他望着窗外的蒙巴萨，或是越南，还是雅加达，他现在总算都可以隔着云雾欣赏了。憔悴的英雄，对着邻座的小妞打屁几句，他就要打道回府了，至于战争呢？管他是为什么开打的，总算是告一段落了。对西方人而言，光这么点真实就够了。这或许就是过去两百年来西方政治书写的历史——及早脱身，写一本书，扬名立万。

---

[1] Antoinette Burton, "Archives of Bones: *Anil's Ghost* and the Ends of History", in *Journal of Commonwealth Literature*, Vol. 38, No. 1, 2003, p. 50.

第一部分　东西方文化冲突与后殖民批判

翁达杰零碎的书写方式也表现了佛教伦理思想之一——事物的"非永恒"和"无常"。当帕里帕拿埋首写作时,他心底明白"承载这些历史的纸张将快速腐朽。它们终将敌不过虫蛀鼠啮,日晒风吹"。翁达杰也和帕里帕拿一样,看清了历史的无常与非完整性,写作的零碎风格表达了对"哪怕最短暂的时间碎片"和"绝对的爱和慷慨的瞬间"①的重视与尊重,也有助于更好地表达小说的主题。

## 三　阿尼尔的"灵魂":东西方文化对话的开始

萨缪尔·亨廷顿(Samuel P. Huntington)曾提出"文明冲突论",将非西方文明与西方文明之间的冲突看作世界和平的最大威胁,并号召"限制潜在的敌对文明……削弱其文化影响力,力求将其整合在西方的价值观念之中,使西方与非西方文化的冲突归于失效"②。亨廷顿的这种观点仍然囿于西方中心主义的思想框架,在世界政治、经济、文化的全球化发展趋势愈演愈烈的今天,这种观点受到越来越多的质疑,取而代之的是"文化对话论"。这种对话论强调文化于对话中求同存异,和谐共存,既不以普适的文化主义抹杀各民族文化的独特性,最终走向单一的全球化,也不简单地将民族文化视为一种自足的实体性存在,盲目排斥他者文化,导致故步自封的后果,而是将民族文化看作一种连续的建构过程,一种与他者文化互动的关系性过程。无论是西方还是东方文化,都是在与他者文化的相互影响、借鉴中发展自身的。在他者文化的参照下,映现出自身的某些消极因素,进而促发新的生长点,构建出更具活力的民族文化。

---

① Margaret Scanlan, "*Anil's Ghost* and Terrorism's Time", in *Studies in the Novel*, Vol. 36, No. 3, (Fall) 2004, p. 314.
② 王岳川:《后殖民主义与新历史主义文论》,山东教育出版社1999年版,第86页。

## 第二章 《阿尼尔的灵魂》：东西方文化的碰撞与翁达杰的"协调者"角色

翁达杰在作品中重墨书写东方文化，但并不带有本质主义色彩，其目的亦不是以东方文化压倒西方文化，而是将没有遭到歪曲的东方文化和东方形象展现给西方读者，促成两种文化的对话。正如后殖民文学理论家艾勒克·博埃默（Elleke Boehmer）所说，"典型的后殖民作家更应该是一个文化上的旅游者，是一个'超国界的'，而不只限于一个民族。他出生在过去的殖民地，文化兴趣在'第三世界'，在其他方面则完全是世界主义的，他/她在西方大都市里工作，然后在写作主题和政治上，又保持着与某个民族主义文化背景的联系。"① 霍米·巴巴认为移民作家的多重文化经历使得他们的创作也必然是多种文化之间的"杂糅"。流散身份使翁达杰站在东西方文化的中间地带（in-between）来反思和探究文化问题，他因此能打破东与西的二元对立，在更加广阔的视野中看到多元文化和谐共存的可能性，他在小说中积极传递东方文化的同时也强调了东西方文化的交流与互补。

阿尼尔作为人权使者回到斯里兰卡，这次经历对她来说是一次反思和修正自己信念的过程。在调查过程中她与几位本土人物——救治伤患的医生、身怀绝技的民间佛像艺师、遁世的考古学大师等——的思想发生分歧，尤其在什么是"真实"以及如何获得它的问题上产生了分歧，这实质上是东西方两种文化在认知世界的方式上的冲突，具体地说是启蒙世俗理性与佛教伦理的冲突。翁达杰让人物们彼此抵牾的同时又相互影响，使东西方认识体系在平等交流的过程中互相补充。科学话语与佛教话语在小说中并置，既有"用骨头来探寻真相"的信念，亦有"万般绚烂终归寂灭"的禅思。而这个充满纷争的人权案故事，直到小说末尾也没有得到任何最终评判，正义与

---

① ［英］艾勒克·博埃默：《殖民与后殖民文学》，盛宁、韩敏中译，辽宁教育出版社1998年版，第268页。

邪恶、颂扬与惩罚、光明与黑暗……诸种读者们期盼的两分式结果没有出现，翁达杰的用意究竟何在？以笔者的拙见，这是在引导读者冲破二元对立的思维牢笼，重新思考宗教与理性、东方文化与西方文化的关系，二者在本质上是截然对立、水火不容的吗？此部分旨在论述"阿尼尔的灵魂"所蕴含的东方文化与西方文化、宗教伦理与科学理性之间的辩证关系：两者虽然有相互冲突的元素，但依然能有机地融合交流。

题目"阿尼尔的灵魂"（Anil's Ghost）一直是读者与评论者们讨论的热点之一，众人对此说法不一：道格拉斯·巴伯尔说："也许阿尼尔的灵魂是那具骨骸，也许是阿尼尔过去的情人，也许是瑟拉斯，或者所有这些。"[1] 图瓦·瑞奇（Tova Reich）认为阿尼尔的"灵魂"不仅是指故事中那具骸骨的主人，而是所有的牺牲者——有名的和没名的，消失的和找到的，还有阿尼尔因自己过去的悲伤形成的阴影。[2] 保罗·格雷（Paul Gray）则说："阿尼尔的灵魂映现出的不是神的眼睛，而是某种同样不可知的东西。"[3]

翁达杰只给读者提供了一个生动的故事，但始终没有明确告知什么是阿尼尔的灵魂，仅有些侧面暗示：当瑟拉斯和阿尼尔最初发现那具与人权案有关的骸骨时，阿尼尔说："有这么多尸体被掩埋在地底下……遭到杀害，身份不明。重点是：没有人分得出来两百年前的尸体和才死亡两周的尸体……因为全被焚烧过——**有些死者的亡魂因此得以超度，有些反而因此永远不得瞑目。瑟拉斯，我们不**

---

[1] Douglas Barbour, "*Anil's Ghost* (Book Review)", in *Canadian Literature*, No. 172, (Spring) 2002, pp. 187 – 188.

[2] Tova Reich, "*Anil's Ghost* (Book Review)", in *The New Leader*, Vol. 83, No. 2, (May) 2000, p. 37.

[3] Paul Gray, "Nailed Palms and The Eyes of Gods", in *Time*, Vol. 155, Iss. 18, 2000, p. 75.

第二章 《阿尼尔的灵魂》：东西方文化的碰撞与翁达杰的"协调者"角色

能袖手（Some people let their ghosts die, some don't. Sarath, we can do something.）。"① 他们冒着种种风险、克服重重困难终于找到罪证。为保全阿尼尔的人身安全，使她能带着证据顺利回到日内瓦，瑟拉斯最后不惜牺牲自己生命。这桩人权案件到此结束，翁达杰没有继续交代其进展，而以安南达主持的一次佛像点睛仪式为小说结尾：他在仪式上穿着几年前瑟拉斯给他的一件纱笼，他发愿在这个神圣的日子穿上它，"从此以后，瑟拉斯·狄雅仙纳的魂魄将与他，也与那个名叫阿尼尔的女子长相左右，一生一世不再分离（He and the woman Anil would always carry the ghost of Sarath Diyasena.）"。从这些零散的片段中，我们不难看出瑟拉斯——或确切地说，瑟拉斯所代表的某种精神——是解开阿尼尔的"灵魂"之谜的关键。两人从最初的素不相识发展到灵魂的"长相左右"，是什么力量使然？多年的海外生活已使阿尼尔被西方的种种思想同化，比如个人主义、理性至上、主客观二元对立等等，但在斯里兰卡与几个本土人物的交往中，与西方观念截然不同的东方佛教伦理思想将阿尼尔的西方化自我攻破，她的灵魂也由此经历了一次升华。

经历了丧妻之痛的瑟拉斯"再也无法回返往昔的生活……他返回考古工作并埋首其中"。远离社会的他偏好以想象重新创造远古城市，考古学知识使他感知到当下的短暂性以及政治体制与文化价值的相对性。面对内战中的种种暴行，"瑟拉斯总是避免和血腥暴力沾上边，此乃他的个性使然"。阿尼尔的到来扰乱了瑟拉斯的平静生活，政府委派瑟拉斯协作阿尼尔的调查。然而两人在工作中出现意见分歧，阿尼尔要求以科学理性方法找到经验性证据，坚信以此能发现真理，并通过日内瓦人权组织将斯里兰卡从政治压迫中解放出

---

① 粗体部分由笔者所加。

来，最终平息战争。但斯里兰卡特定的国情注定了与西方实证主义的套路是格格不入的：在这里任何谈话都可能被偷听、人的脑袋被砍下示众、双手被钉子钉在地上"已经算是相当稀松平常的了"。瑟拉斯了解国内的形势："有时法律是和权力，而不是和真理站在一边的"，因此他与阿尼尔的观点相左是必然的结果。

正如哈贝马斯所说，亚洲的文化与西方强调个体利益的传统不同，"强调共同体优先于个体，没有把法律和伦理截然区分来开……每个传统当中都埋藏着习俗（Ethos），它们与共同体息息相关，并要求个体适应和服从共同体。因此，这种习俗与西方个体主义的法律观念是水火不容的"[1]。瑟拉斯的言行谨慎，文中有多次出现这样的情形：当阿尼尔问到敏感的政治问题时，瑟拉斯总是先确认旁边的录音机没有启动才开口回答问题，与阿尼尔的对话也总是"悄声""低声""压低嗓门""交头接耳"进行的，因为他知道"在一个不友善的国度里，双手奉上真理，无异自取灭亡"。但瑟拉斯并不是不相信理性与真实的存在，而是以一种人本主义为出发点来对待真实，他"奉真相为圭臬，亦即：为了真相，他随时愿意献出性命，但必须是对现状有所助益的真相才行"。和阿尼尔一维的西方理性真实观不同，瑟拉斯持有一种多维的真实观：真实不是抽象的，必须对一个更伟大的目标有用，不是如西方媒体那样断章取义，将不相干的照片拼凑成错误信息，"连带勾引出层出不穷的报复与杀戮"，真实在"性格、微妙变化、情绪"中被发现，不是在简单抽象的逻辑推理论证中。两人言行的迥异使阿尼尔一开始就表现出对瑟拉斯的不信任，她说："你的立场究竟为何……我不知道到底该不该信任你"，"我不知道你到底站在哪一边。我知道……你觉得说出真相恐怕会惹

---

[1] ［德］尤尔根·哈贝马斯：《后民族结构》，曹卫东译，上海人民出版社2002年版，第143页。

## 第二章 《阿尼尔的灵魂》：东西方文化的碰撞与翁达杰的"协调者"角色

来危险。"

当阿尼尔的调查工作遇到难题时，瑟拉斯提议阿尼尔到具有审美艺术特性的神庙去欣赏那里的"黄昏的鼓阵"，但阿尼尔没有这般闲情逸致，不喜欢"突然地转向与审美有关的东西"。信仰科学理性的她对本土宗教文化是陌生的，她将后者看作与科学或调查工作完全无涉的事物。但后来当她与瑟拉斯去一座森林修道院遗址中拜访隐遁在那里的人类学家帕里帕拿时，她受到了一次佛教训导，从而经历了一场认知上的转变。帕里帕拿秉持的"真实"观为阿尼尔提供了看待事物的新视角，告诉她真真假假不能从表面上下结论。当阿尼尔表明来意时，帕里帕拿没有直接提供结论性答案，而是告知她另一种不为她熟悉的本土宗教文化传统——佛像"点睛仪式"，并建议她去找一位名叫安南达的点睛师协助骸骨复原工作。

阿尼尔与帕里帕拿的相遇实质上是东方佛教伦理认识论与西方科学理性认识论的碰撞，翁达杰借此既展现了东西方认识体系的冲突，又暗示着二者交流的可能性。密林之行使阿尼尔的观念发生转变，这次经历让她认识到真实不能仅从对骨头的实证分析中推断出来，从她接受安南达的帮助这一点上就能看出。安南达本是一名点睛师，妻子失踪之后他便放弃这项工作在宝石矿中当一名矿工，并常以酗酒来麻木自己。他没有法医般精准的科学技术，当他完成复原工作时，阿尼尔明白他所做的头像并不是死者的真正容貌，"那股平静安详只是透露了安南达所熟悉的妻子，以及他对任何一名受难者的期盼"。通过观察安南达的工作进程，阿尼尔进一步意识到自己与牺牲者之间不仅仅是中立的、冷漠的研究主体与被研究客体的二元对立关系。她看见安南达"忽然捧起骷髅，以双臂环抱住它……他的脸上闪过一抹极度的哀伤——那不只是一介酒徒的多愁善感，而是一方被苦恼啃噬的巨大空茫"。对安南达的此种举动，她丝毫不

143

感意外，因为"经过好几个小时聚精会神地钻研一堆精密、复杂的数据，她时时也会涌起一股冲动，想要把'水手'拥入怀中；同时提醒自己，他也和自己一样，不只是一件冰冷的物证，而是某个有血有肉的人——也具备性情、缺陷，也有家人、朋友，只因在瞬息万变的政治纷扰中稍一闪失，原有的一切才在转瞬间化为乌有"。这些都表明阿尼尔的西方理性观开始融进佛教伦理思想。

阿尼尔从中立的科学考证中抽出身来打量现实，将关注的目光投向了"人"本身。当她看到安南达复原的脸庞时，"无法再继续正视那张脸。不论从哪个角度，她似乎只看到了安南达的妻子"，然后便埋首饮泣起来，当瑟拉斯问她为谁而哭时，她说："都是，安南达、水手、他们的爱人，还有你那个让自己忙得死活不顾的弟弟。这整个国家都陷入疯狂了，而且无从解脱。"而当安南达用拇指为她抹去眼泪时，"那是她从来未曾感到过的极度温婉肤触"，这也让她想起"已经好久没有人——也许，只有她的母亲或者菈丽妲，在遥远的岁月以前，她记忆模糊的幼年时代——像这样子触摸过她了"。被触动的不仅是感官，更深处的触动发生在心灵上，阿尼尔在与这些善良的人们交往过程中重新定义真实、自我以及世界。虽然阿尼尔从事的工作要求她以事实说话，但是在与瑟拉斯、帕里帕拿、迦米尼、安南达的交往中，在目睹他人失去亲人的伤痛以及亲自感受到种种感动与悲伤之后，阿尼尔明白理性推理不能与伦理情感分离，没有成为瑟拉斯所描述的那些"安坐在岩面大饭店房间里写几篇捕风捉影的报道，假扮慈悲地大放厥词的记者"。瑟拉斯为了帮助她而付出了生命的代价，瑟拉斯的魂魄因此将与阿尼尔长相左右，内化为"阿尼尔的灵魂"。瑟拉斯的自我牺牲行为既暗示着两种话语之间对话所遭遇的挑战和困难，也预示着在人性的召唤下跨越东西方文化的对话之可能性与希望。

## 第二章 《阿尼尔的灵魂》：东西方文化的碰撞与翁达杰的"协调者"角色

阿尼尔在东西方文化的碰撞与杂合中发生了深刻的思想转变，她以流散者特有的双重视界重新审视两种文化，最后从东西方文化二元对立的固定思维定式中跳出，让东方佛教伦理思想与西方科学理性共同构成自己的"灵魂"。这也给我们看待宗教与科学之间的辩证关系提供了启示：它们在关注对象、认识方法、社会功能方面存在的巨大差异使各时代的人们看不到对立之外的其他方面，因此在两者关系以及孰优孰劣等方面断下结论未免太过简单和草率。宗教与科学都有各自无法克服的缺陷，这些缺陷又恰恰是对方的优势所在，因此它们在相互对立的同时又为彼此留下了生存的空间。在历史长河中，两者始终与人类如影随形，都曾为人类谋过福利也带来过灾难，以其中任何一方取代另一方都不能解决人类的所有问题。宗教与科学对彼此的诘难也并不代表二者的绝对对立关系：宗教并不是反理性的，只是不能接受仅以工具价值为追求目标以及自认为掌握了对世界本质的最终解释而狂妄自大的那种科学理性，宗教信仰中其实也包含了一种超越工具理性的价值理性；而科学研究本身也与宗教信仰有关联，在哈贝马斯看来，"理性如果追问到底，会发现它在本源上和最终目的上，与宗教有一致的地方"[1]。因此爱因斯坦说："科学没有宗教，是跛足的；宗教没有科学，则是盲目的。"[2]宗教与科学的传统对立观念正在被逐渐打破，二者终将走向相互开放与融合。

与故事的侦探性题材相吻合，小说自身的题目吸引了众多读者的好奇心，他们带着诸多疑问在文本中搜索答案。而翁达杰偏偏与读者们玩起了捉迷藏的游戏，迟迟不将答案托出，让读者们在迷宫

---

[1] 李龙波：《论康德"理性"哲学中科学与宗教之间的联系》，载《保定学院学报》2008 年第 1 期。

[2] 李先勇：《作为理性的科学与作为信仰的宗教》，载《社会科学》2006 年第 10 期。

般的情节和零碎的叙述中游走,他还让读者们见识到多个领域的专业技能:考古学、法医学、宗教仪式等,使读者对他的匠心更加捉摸不透,直到文末出现点睛之笔时才恍然大悟。小说叙述的凡人逸事实质上映射出东西方认识体系在对待政治、历史等相关问题上的差异,并由此上升至东西方文化的辩证关系。翁达杰让读者们辛苦地奔跑于文字间,为的正是让他们跳出思维俗套,打破常规的阅读樊篱,以更多维、更宽阔的视角欣赏作品并思考上述问题。

# 第三章 《英国病人》：全球化时代的民族身份与历史书写问题

《英国病人》所讲述的故事发生在二战末期意大利北部一幢作为盟军战地医院的废弃别墅里：护士汉娜（Hana）[①] 没有与部队一起撤走，留下来照顾一个因坠机而遍体灼伤的男子。他体无完肤，无名无姓，只能根据询问所得的不确切信息将他称为"英国病人"。印度的拆弹工兵基帕尔·辛格（Kirpal Singh，也被称为"基普"，Kip）和因叛徒出卖而被砍掉两根手指的间谍戴维·卡拉瓦乔（David Caravaggio）[②] 也分别因工作和私人原因来到别墅。翁达杰没有从正面描写血腥的战争场面，而将叙述重心置于四个人的战争经历上。他们带着各自的战争创伤来到这座废弃建筑中，虽然来此的初衷不一，但在一个方面却是殊途同归——通过交流重塑被战争破坏得支离破碎的自我。英国病人身份缺失和"无脸"的状态使其他三人将他作为映照自我的"镜子"。

---

[①] 本章的中文译文大部分引自章欣、庆信版的译文《英国病人》（作家出版社 1997 年版），以下不再专门注明中译文出处，少数改动部分除外。此翻译版本中"Hana"被译为"哈纳"，为了和前一章人物译名一致，在本章内统一改为"汉娜"。

[②] 章欣、庆信版的译文是"卡拉瓦焦"，为了和前一章人物译名一致，在本章内统一改为"卡拉瓦乔"。

然而翁达杰的匠心不仅在此，小说最深层的主旨是揭露作为二战罪魁祸首的帝国主义和殖民主义。在"英国病人"与印度工兵基普融洽的友情中隐藏着前者根深蒂固的帝国主义和殖民主义思想，他巧妙地掩盖两人民族身份差异，从而剥夺基普选择身份的权利。在他所回忆的一段由激情、背叛、逃亡组成的爱情故事中，同样表现出强烈的自我中心和占有欲。发生在这四个来自不同国家和民族的人之间的故事也可被看作全球化现实的缩影，为我们看清殖民主义在全球化时代采取的同质化策略提供深刻启示：在后殖民时代，殖民主义以更加隐蔽、柔和的方式继续存在着，其主要方式之一就是弱化甚至抹除西方强国与经济上落后的民族国家之间的差异，以自身为标准同化弱小民族国家，以此压制和剥夺其独立自主的权利，从而实现控制其的目的。

在分析殖民主义的同质化手段之后，笔者又从民族主义、历史叙述等相关方面梳理翁达杰在小说中体现的反同质化思想，并看到翁达杰在反同质化的同时提倡异质文化群体间的积极交流。正是在交流中四个人物才得以化解矛盾和仇恨、医治心灵创伤并找到了新的自我。其中印度工兵的经历将这一主题上升至民族国家的层面：在当下不可避免的全球化趋势中，在保持各民族国家自身属性的同时加强交流是最迫切也是最理想的应对策略。反对殖民主义和帝国主义自我中心的目的并非以边缘代替中心，而是在打破边缘—中心二元对立的同时进行平等交流，小说体现了平等交流的可能性及其积极作用。

## 第一节 殖民主义的同质化手段

四个人物中最引人注目的是"英国病人"，二战中他驾驶的飞机被敌军击落，侥幸生还但被烧成了"一个面目全非的人，一具焦黑的躯体"，"胫骨以上是烧伤程度最严重的部分，深紫红色，连骨头都露出来了"。因此他的身份无法辨认，只得根据询问所获得的信息片段将他称作"英国病人"。来自加拿大的护士汉娜没有和部队一起撤离，决定留在作为战时医院的一幢废弃别墅中照顾他。随后来到这幢别墅的是汉娜父亲的好友卡拉瓦乔，他是二战中一名间谍，来此的初衷是想证实英国病人就是在战争中将他出卖而致使他两个拇指被砍掉的人。来此的还有一名印度的锡克教徒，在英国军队担任排爆工兵，他来这里清扫敌军埋下的炸弹。四个人都在战争中留下生理或心理的创伤，他们相互讲述各自的战时经历来疗伤。因此在远离战场的这幢别墅中，四个人似乎生活在与战争所暴露的丑恶人性完全无涉的真空中，展现的尽是理解、关爱、同情、鼓励等人性之美。如果我们对小说的解读到此为止，就辜负了翁达杰的良苦用心，他的作品向来"微言大义"，若不仔细品读和思索往往不能抵达最深处。

"微言大义"主要从英国病人身上发掘。尽管他很可能不是英国人，尽管他也是战争的牺牲品，尽管他与其他三个人物相处融洽并博得他们的喜爱，甚至连最初对他怀恨在心的卡拉瓦乔也与他化敌为友，但在这个仅剩言语能力的病人的字句中，我们能揪出深藏其中的帝国主义和殖民主义思想，主要体现在身份定位与历史叙述这两方面。

一　"国际杂种"与民族身份的同质化

在英国病人对过去的叙述中，我们得知他的身份之一是非洲沙漠探险队成员。在故事中他把自己及队友称为"来自欧洲的沙漠人",并时时表现出浓厚的"沙漠情结"及由此而生的对姓名乃至民族、国家这类以差异来划分你我的行为的厌恶。正如他所描述的那样:"那儿有沙漠部落的河流,那儿有我今生所遇见的最美丽的人们。我们是德国人、英国人、匈牙利人、非洲人——我们对他们来说都是微不足道的。渐渐地,我们变成了没有国籍的人。我开始憎恨国家。国家与疆域似乎使我们变得畸形……我们所有人,甚至包括那些还有家室、远在欧洲的人,都想脱下我们国家的外衣。"在他眼中,"没有人能对沙漠予取予求或是拥有它——它是风披的一件衣裳,从不会被石头镇住",因此他发出"抹去家族的名字!抹去国家的概念!"的呼声,英国病人似乎成了超越个人与民族界限的"沙漠人"。在眼前的别墅生活中,他的"沙漠情结"最明显地表现在为自己和印度工兵基普身份的定位上,他告诉汉娜:"基普和我都是'国际杂种'①——生在一个地方,却选择到另一个地方去生活。一辈子挣扎着想回去,又挣扎着离开。"在这"同是天涯沦落人"的感慨下掩藏的却是英国病人骨子里根深蒂固的帝国主义和殖民主义思想,让我们从英国病人自身的言行及时代背景两方面来分析。

　　命名使事物存在,但在拉康眼里被命名是"个人奴隶式地被迫对一个符号的认同,这是一种强迫式的认同"②,因此命名意味着占有,也代表了一种权利。为一块领地命名目的也是"通过语言……获得对其的控制权"③。英国病人说在沙漠中人很容易"进入名字之中,就好像落入了一口他发现的井中,井中的阴凉使他不愿离开",

---

① 英文原文是"international bastard",章欣、庆信版中文译文是"浪迹天涯的人",此处笔者改译。
② 张一兵:《不可能存在之真——拉康哲学映像》,商务印书馆2006年版,第204页。
③ Tom Penner, "Four Characters in Search of an Author-Function: Foucault, Ondaatje, and the 'Eternally Dying' Author in *The English Patient*", in *Canadian Literature*, No. 165, (Summer) 2000, p. 81.

第三章 《英国病人》：全球化时代的民族身份与历史书写问题

他的队友也以命名行为满足虚荣心和占有欲："热衷于用他们情人的名字来命名每一个他们经过的地方"，"芬纳龙·巴恩思想用他的名字为他发现的化石命名。他甚至想用他的名字命名一个部落，为此他花了一年的时间去谈判。然而鲍汉却胜过他，有一种沙丘是用他的名字命名的。"英国病人明确表示出与之相反的态度："井、河道、暗梁、桔槔。我不想用我的名字亵渎这些美丽的名字。"

然而，在他与情人凯瑟琳的爱情中，他处处暴露出强烈的占有欲，体现之一恰恰是他沉醉于中的私人命名游戏。如汉娜所说，英国病人也"有那种被人熟悉的封建作风"，他如同一个封建地主，将凯瑟琳的身体宣布为己有："他张开的手滑过她满是汗水的肩头。这是我的肩膀，他想着，不是她丈夫的，这是我的。"他还将她喉咙下方的凹处叫作"博斯普鲁斯海峡"。而当两人无法公开的感情渐渐成为一种束缚时，"他知道如果他不能继续控制她，他就会被她控制。也许他会失去她，这是他能够接受的唯一方式"。在他心目中，控制他人的权利重于爱情，在他们恋情结束时，凯瑟琳指责奥尔马希："我认为你并不关心……我们之间发生的事情。由于你惧恨占有、被人占有、被人摆布，你就逃避一切。你认为这是美德，我认为你没有人性。"生命危在旦夕的凯瑟琳躺在洞穴中，英国病人因使用自己而非凯瑟琳丈夫的名字而错过救援机会，这证明在他的思想中，占有权是决不轻易放弃的，他的信条与行为之间的不一致驳倒了其"抹去家族的名字"等貌似反叛传统观念的虚假决心。凯瑟琳直接揭穿了他的这种虚伪："你认为你是攻击传统观念①的人，但你不是的。对于你无法拥有的，你只是逃避，或转移自己注意力。"

英国病人为他和基普之间的人生找到了交会点，将两人都归为

---

① 英文原文是"iconoclast"，章欣、庆信版译文为"反对崇拜偶像"，此处笔者改译。

151

"国际杂种"。这一断言这将他们之间的区别简单化了，甚至是故意掩盖两人的差异。"基普"这个名字本身就具有浓厚的殖民主义色彩，他的原名叫"基帕尔·辛格"，但是除了小说末尾被使用外他一直被称作"基普"：来到英国接受军事训练，起草的第一份炸弹清理报告上沾了一些奶油，军官开玩笑地说："这是什么？基普尔（与腌鲑鱼谐音）油吗？"虽然他并不知道什么是腌鲑鱼，但是年轻的工兵"从此被人当成是一条英国的咸鱼。在一周之内，他真正的名字基帕尔·辛格被人遗忘了。"被轻易抹去的不仅仅是印度名字，他的主体地位也从一个人降为"非人"。印度名字被遗忘既是必然的结果也是殖民主义者必须做的。根据黑格尔的主奴辩证法，在一个特定的奴役关系中，他者的存在正是为了映射性地反指主体的确立和建构。[1] 身份的形成以他者的存在为前提条件，自我身份的获得是与他者在生活方式、观念等方面相区分的结果。对欧洲人来说，非欧洲他者的在场是至关重要的。虽然名字不等同于身份，但是身份可以通过名字的相互接受与重复使用而达成认同。[2] 正是"基普"这个名字为这名印度工兵构建了一个相对于殖民主义中心地位的他者身份，殖民主义者通过命名塑造一个他者来确定自己的强势身份。印度工兵多重的文化经历造就了他多重的文化身份，这种"越界"的身份不被殖民主义所包容，因为它造成的裂缝破坏了殖民主义认识论稳定的边界，对同质的殖民主义思维来说是一种潜在的威胁。在西方殖民主义框架中，基普不被承认为有权力认识和发言的主体，他不能认识世界并为之命名，而是反过来被世界所标记和认识。

英国病人将两人归为同类的行为与时代背景密切相关，这是新

---

[1] 张一兵：《不可能存在之真——拉康哲学映像》，商务印书馆2006年版，第112页。
[2] Carrie Dawson, "Calling People Names Reading Imposture, Confession, and Testimony in and after Michael Ondaatje's *The English Patient*", in *Studies in Canadian Literature*, Vol. 25, No. 2, 2000, p. 52.

## 第三章 《英国病人》:全球化时代的民族身份与历史书写问题

形式的殖民主义策略的体现。二战中帝国主义的势头大为削弱,如同英国病人的身体一样遭受重创,无法再像从前那样以暴力的方式获得霸权,于是一种更加柔和、隐蔽的同质化策略顺应了形势所需。殖民主义从强调自我/他者差异的绝对两分的立场转移到抹除差异的普遍主义论调,徐贲对种普遍论(绝对论)有精彩的评论:"绝对论是那些觉得自己的文化比别人的优越,并且将之强加于人的立场。普遍论者不是不讲'差异'(它恰恰是很强调差异的),而是要以强迫别人服从自己为代价抹去差异。因此普遍论的关键不在于是不是承认'差异',而在于它对待差异的特殊态度,即哈齐(E. Hatch)所说的'无理强迫'(illegitimate coercion)。"[①] 同质化策略是普遍论典型的实践方式,以西方强国的主流文化模式和观念作为普世的价值观向全世界推广,很多看似普遍的价值观都明显带有西方色彩。西方以此对他者进行同化,使他者不知不觉地以此为中心向其靠拢,从而达到控制他者的目的。英国病人将基普与自己划归为同种身份的行为因而是一种权力操控过程。

殖民主义者对可能扰乱其整体秩序的新事物感到不安,英国病人也不例外。给他带来不安感的正是基普,因为他看到了在两个文化间游走的基普有形成以差异为基础的身份的机会,这是他不愿看到的事实。基普与病人之间的关系是如斯图亚特·霍尔所说的局部地区的、由差异组成的"新身份"与走向衰落的民族时代的中心化身份之间的斗争。[②] 英国病人不断增长的不安全感伴随着基普对身份的探索与重新理解的机会而出现。在这种不安全感的驱使下,他假定了一种以无根为特征的统一、连贯的身份,利用基普对他的信任,

---

[①] 徐贲:《走向后现代与后殖民》,中国社会科学出版社1996年版,第203—204页。
[②] Shannon Smyrl, "The Nation as 'International Bastard': Ethnicity and Language in Michael Ondaatje's *The English Patient*", in *Studies in Canadian Literature*, Vol. 28, No. 2, (Summer) 2003, p. 10.

将之伪装成自己历尽沧桑后找到的"真实身份",急迫地将基普一劳永逸地固定在这个与自己"等同"的身份上,目的是阻止基普进一步探索新的身份,维护自身所属的殖民群体的利益。格林布拉特说过:"所谓某个时代背后的'统一性',似乎是用种种充满焦虑的修辞掩盖'裂缝、冲突和非一致性的企图'。"[①] 英国病人在小说中的身份不确定:受伤的英国士兵、出卖情报的匈牙利间谍、远离政治的沙漠勘探员……这使得他可以顺理成章地将自己定位为"国际杂种",暗示了无限多的身份定位的可能性。与之相反,基普的"国际杂种"身份则反映了被殖民人群处于多种文化之间的尴尬处境,既被宗主文化同化又被排斥在外,暗示了确定身份的不可能性。英国病人将两人联系在同一身份中,由此混淆了无限的身份定位的可能性与被殖民者身份定位的不可能性,同时模糊了潜在的同化他者身份的权力结构。

"国际杂种"的称号掩盖了两人身份选择权上的天壤之别:英国病人表现了一个资产阶级贵族不切实际的幻想和将他者同质化的野心。虽然他号称放弃固定身份,但选择不选择归根到底依旧是一种选择权的表现,只能说明他有能力和特权远离国籍与身份。而基普的"杂化"并不是他自己的选择,而是他在另一个种族里作为"默默无闻的小卒"和"看不见的世界里的一分子"的直接结果,他的选择权是被剥夺的。在福柯看来,"同一性"逻辑的还原论遮蔽了社会领域的差异性、多元性,同时在政治上导致了对多样性、差异性和个体性的压制,并助长了顺从性和同质性。[②] 总之,以掩盖本质差异建构文化身份的方式带有浓厚的殖民主义色彩。

---

[①] Stephen Greenblatt, *Shakespearean Negotiations*, University of California Press, 1988, p. 2.
[②] 肖伟胜:《现代性困境中的极端体验》,中央编译出版社2004年版,第118页。

## 二　历史的同质化与作者权威的标榜

小说开头的引言摘自一九四?年①地理协会会议记录，提到了凯瑟琳丈夫的死亡和她的失踪。病人的受伤与她有最直接的关系，但在病人的叙述中，她一直到中途才得以完全露脸，之前仅被间接提及。她的首次出现也并非在病人的叙述中，而是汉娜在病人没有关系的书中偶然看到的他一九三六年五月的一篇日记中出现的——"我会为你读一首诗，杰弗里·克利夫顿的妻子说道，腔调一本正经。"在这里凯瑟琳只被称作"克利夫顿的妻子"，没有特别的描述，当汉娜问病人这个女人是谁时，他也没有答复。病人在叙述中用代词"她"来描述凯瑟琳，因此卡拉瓦乔说："他甚至可能记不清他所迷恋的女人、想谈论的女人是谁，他连自己在哪里都不知道。"实际上有关凯瑟琳记忆的部分缺失并不是源于病人的健忘，而是他故意为之，这与他深谙历史叙述规则和抱守殖民主义信念有关。

沙漠勘探人员将非西方世界看成等待"文明人"来探索的空旷地域，为其划分边界、命名、绘制地图，这无一不反映出欧洲人企图占领世界的野心。英国病人想要将他探测和绘制地图的努力看作与政治世界无关的行为，他宣称"我只渴求踏上一个没有地图的地球"，但事实上他仍不可避免地成了使沙漠变成战场的一分子，病人也曾自问："这个国家——难道我描绘了它，并且使它变成了战场？"本尼迪克特·安德森（Benedict R. O. Anderson）在《想象的共同体——民族主义的起源与散布》一书中探讨了地图的政治性："在东南亚，19世纪后半期是军事测量专家……的黄金时代。就像人口调

---

① 原文如此。

查专家试图监视人口一样,他们也步步进逼地将空间置于相同的监视之下。一次三角测量接着一次三角测量,一场战争接着一场战争,一个条约接着一个条约,地图和权力的结盟于是向前迈进。"①

病人关于探测工作的叙述同样暴露了其殖民主义动机。他使用的语言,比如"我们入侵的黄色阴影地带",证伪了病人关于他们的工作"与世界毫无瓜葛"的观点。叙述也反映出殖民主义者书写历史的方式,他眼中的沙漠历史仅包括欧洲人推进沙漠探测的那些事件:"在希罗多德之后,几百年来,西方世界的人对沙漠一直没有多大兴趣,从公元前四二五年到二十世纪初,人们的看法才慢慢地有所改变。十九世纪是个河流探寻者的时代。而后到一九二零年,又出现了一部引人入胜的后继史书,来介绍地球上的这一地区。这部历史的内容大部分得自私人资助的勘探,而后地理协会在伦敦肯辛顿区举办的演讲又丰富了它的内容。"英国病人的描述绝不是非政治的,因为"对任何较大的语篇单位实行孤立,并压制在它之中的差异痕迹的企图,都会赋予自主、纯粹和存在的概念以明显的政治意义"②。他的话语凸显了欧洲殖民主义宏大历史叙述的根本原则:一个地方只有对西方世界有意义时才被看作具有历史性。正是这种筛选性的"历史眼光"为人和事物的存在提供意义,而西方人目光所不及之处就是沉默。

如齐亚乌丁·萨达尔(Ziauddin Sarder)所说,西方人"将东方以及东方人视为一个被研究的'客体',带有异他性的烙印——一个异类。这个对象被认为是被动的、非参与性的,以及'被赋予一种'历史'主体性,这种主体性首先是非能动的、非自治的以及

---

① [美]本尼迪克特·安德森:《想象的共同体——民族主义的起源与散布》,吴叡人译,上海人民出版社 2005 年版,第 163 页。
② [英]马克·柯里:《后现代叙事理论》,宁一中译,北京大学出版社 2003 年版,第 90 页。

## 第三章 《英国病人》：全球化时代的民族身份与历史书写问题

无自己主权的。'自古希腊以来，欧洲人成了世界各地所有人的衡量标准。"① 病人的叙述囿于欧洲中心主义逻辑框架之内，再现了抹去非西方人民并否认其"非正统"历史存在的殖民主义过程。进入非洲后，病人发现"在这片沙漠中，不知流传着多少失落的历史"，显然这些历史仅仅在西方历史的叙述面前才是缺失的，它们被放逐到一个西方理解范围之外的地方。欧洲探测者们将北非沙漠看作空白的地域，并通过为其绘制地图和命名来建构符合西方利益的历史。被病人描述为"对沙漠历史的缓慢发掘"的探测过程，实际上是将其他国家的领土和历史据为己有的过程，致使这些领域在其他文化中的意义丢失，而沙漠中的居民也被放逐出去，被降级为"缺失的世界"。在《疯癫与文明》一书中，福柯讲到理性时代只有通过排除疯癫才能建构自己。而西方文明也通过排除非西方的历史叙述将自身建构成一个世界历史稳固的参照点来获得为事件提供意义和在场的目光。病人常常以第一人称"我"讲述如何同世界打交道并将之占有："在塔西里，我曾见过……我曾见过……我可以为……我可以……"，处处透露出西方"我"的优越感。在这些历史叙述中不在场的是居住在沙漠中的人们的声音，他们讲述自己历史的权利被剥夺了。病人很少提到他们，即使进入故事的营救英国病人的贝都因人也没有自己发出声音。因此沙漠及其居民只是作为他者被殖民者言说，"仅仅是被探查的对象，而绝不是一个进行交流的主体"。②

英国病人深谙历史叙述的"潜规则"，他知道历史叙述并不总是客观真实的，从他对待随身携带的一本希罗多德的《历史》可以看出："不管是古代还是现代，里面充满了假定的谎言。当他发现了似

---

① [英]齐亚乌丁·萨达尔：《东方主义》，马雪峰、苏敏译，吉林人民出版社 2005 年版，第 95 页。
② [法]福柯：《规训与惩罚》，刘北成、杨远婴译，生活·读书·新知三联书店 1999 年版，第 225 页。

是谎言的真理时,他会拿出胶水瓶,在那里贴上一张地图或新闻剪报,或在书中的空白处勾画出穿着裙子,身旁还有已消失的不知名动物的男人。"由于他在书中插入"地图、日记、用多种语言写的笔记,和从别的书上剪下来的段落",整本书已是原来的两倍厚度,单从这一点来看,英国病人将历史看作充满空隙的事物,允许不断修改、补充。

尽管英国病人对这本历史书的处理方式表明了他寻找历史"死角",发掘躲在阴暗角落处的事物的意识,但前提条件是他作为叙述主控者的地位得到保证。一旦这一中心地位受到威胁,他就会维护自己的权威。在历史叙述方面,这种谨慎的防御行为表现为不允许历史中出现矛盾与冲突因素,对于他无法"包容"的事件,他会选择移除或抹去。由于不愿提到凯瑟琳的名字以及由此而引发的他出卖情报的行为,病人构建了一个抹去或模糊她的叙述。虽然凯瑟琳有几次正面出场,但是当病人从自己有限的视角出发来叙述她的故事时,她很快便退回到"暗"处。因此英国病人叙述自身历史方式并未挑战西方传统的同质化历史观,修改历史是自己单方面的特权,自己编写的"客观"历史是不容更改的,作祟的依旧是顽固的西方中心主义思想。除此之外,英国病人以多种语言能力和广博的知识将自己塑造成知识分子的智者形象,以此维护其思想的权威性,为殖民主义强权政治服务,卡拉瓦乔看清了这一点:"所有的战役都由骗子和知识分子操纵。"徐贲对知识分子与强权政治的亲密关系有深刻的认识:"政治从来离不开行使智者权威的知识精英的协助,任何政治权利都必须有葛兰西所说的'有机知识分子'的支持,才能获得道义性的权威。政治权利必须依仗知识分子的智者权威才能以真理在握的面目,用遥远的道德目来证明现行政治手段的正确。在权利社会中,知识分子既能扮演社会良心的角色,又能充当统治意

## 第三章 《英国病人》：全球化时代的民族身份与历史书写问题

识形态的监护人和统治权力的帮凶。"①

英国病人试图如他从前绘制沙漠地图那样了解、"绘制"进而控制过去。探索沙漠和过去都被一种对真相的渴望所引领，这两种不同的"绘制"行为都受到对稳定秩序的渴求的驱使。病人通过"跨越时间和地理的限制，就像地图把世界压缩在一张平面的图纸上一样"，试图从"没有什么永久不变，一切都飘移不定"的过去中发现某种隐在的联系，为过去制定秩序。他努力为每一个过去的时刻定位和划定范围，这样的叙述秩序确保了其同质性和封闭性。英国病人试图把自己表现为一个超验主体，以此为自己的叙述渲染上客观完整的色彩，鲁福斯·柯克曾如此评价："通过突破性地打破时间的叙述模式，英国病人逃离了存在的压迫。他能将自己放置在与荷马、希罗多德和吉普林共处的无时间的原始世界模型中，放置在这个非连续的、贝都因人礼仪与神话的仪式时间中……在重新获得记忆的过程中，在循环回复到某些无时间的时刻中，英国病人渐渐地将自己从受时间限制的身份中脱离开来，进入一个新的自我，这个自我将所有失去的时间中积累的经验合并到一个共在的空间中。"② 这种僵化的身份观实质是一种本质主义身份观，认为存在某种固定的"真正自我"，与之相对的是历史的文化身份观，斯图亚特·霍尔认为，"文化身份……不是某个已经存在的、超越地域、时间、历史和文化的东西。文化身份来自某个地区，有自己的历史。"③ 病人摆脱时间束缚的努力实际上是为了驱除叙述的历史性，将过去都收拢在他编写的唯一版本的故事中，从而也排除了任何不相容的异质，其

---

① 徐贲：《走向后现代与后殖民》，中国社会科学出版社1996年版，第220页。
② Rufus Cook, "Being and Representation in Michael Ondaatje's *The English Patient*", in *A Review of International English Literature*, Vol. 30, No. 4, (Oct.) 1999, p. 48.
③ [英]乔治·拉雷恩：《意识形态与文化身份：现代性和第三世界在场》，戴从容译，上海教育出版社2005年版，第220页。

最终目的乃是实现历史叙述的同质化。

英国病人的病人身份观和历史观具有浓厚的殖民主义色彩,但其所采取的相应策略与旧式的殖民主义策略不同。后者强调差异,将非欧洲建构成与欧洲完全不同的"他者",是永远不能与欧洲平起平坐的劣等民族。而前者则故意无视差异,或更确切地说是不尊重现实存在的差异,从而将所有异质的身份、历史都一致简化为某种符合自身利益的"标准"模式。虽然二者的处理方式截然不同,甚至表面上看似完全对立,但无论殖民主义穿上多少种变幻各异的外衣,其内在本质永远是不变的,那就是将欧洲视为中心,把其他落后的非欧洲地区作为边缘的他者。英国病人竭力将自己定性为一个具有宽广胸怀和视野的世界主义者,但是在对待沙漠、凯瑟琳、基普时都暴露出强烈的占有欲和控制欲。他还表现出为对历史权威不苟同的姿态,可这种对历史的开放性的要求只可能是单方面的,当他自己作为历史叙述主角时,便以西方人的眼光作为筛选历史的唯一权威标准,将任何构成潜在威胁的异质统统排除。英国病人对权力的控制欲正是在这些细节中渐渐暴露出来的,洛伦·约克（Lorraine York）看到了小说中的几种权力:"诗人对材料的所有权,男性家长对女人的所有权,帝国主义者对被殖民地的所有权。"[1]

在当下全球化语境中,文化认同危机是我们不得不面对的一个问题:殖民主义的同质化策略把全球各地的民族文化纳入一个更大的话语权力结构中,使越来越多的民族,尤其是前殖民地民族的文化特性、民族意识受到了压制,导致"民族文化原质失真"[2]。这种更为阴险、隐蔽的殖民化进程引发的不良后果之一便是文化认同危

---

[1] Susan Ellis, "Trade and Power, Money and War: Rethinking Masculinity in Michael Ondaatje's *The English Patient*", in *Studies in Canadian Literature*, Vol. 22, Iss. 2, 1996, p. 26.

[2] 张进:《新历史主义与历史诗学》,中国社会科学出版社2004年版,第31页。

机。正是看到了这种潜在的危险，翁达杰在小说中表达出反同质化的思想。

## 第二节 反同质化对策

自我并不总是顺从的身体和任由权力摆布的对象，面对压迫，自我可以选择反抗。福柯相信，有权力存在的地方就有反抗，"权力关系只是因为有抵抗点才能存在……'抵抗点出现在权利网的每个角落'，'它作为不可消除的对立面铭写于权力关系中'"①。只有细心的读者才能发掘出英国病人隐藏甚深的同质化殖民主义思维，同样只有仔细阅读才能看见翁达杰在小说的内容与形式中融入的反同质化思想。翁达杰从两个层面对英国病人同质化思维进行的对抗：在内容层面，他表现出对民族主义终结观的质疑，对西方中心主义的抵抗；在形式层面，他以特有的方式抗议一系列同化"标准"，用异质混杂的叙述模式反抗连贯同质的叙述模式，并为小说注入诸多不确定因素，以此反抗"大写历史"作者的权威。

### 一 质疑"后民族时代"

以电子大众传媒为基础的全球文化为民族文化的中心地位打上了问号，在这个数字化生存的时代，信息技术科学的普及似乎标示着理性科学所具有的吸引力超过了民族文化的魅力，使得以前占据重要位置的民族文化显得片面和非理性。于是在 20 世纪末，一种观点广泛流传：民族主义时代已经终结，我们已经迈入"后民族时

---

① 汪民安：《福柯的界线》，南京大学出版社 2008 年版，第 219 页。

代"。埃里克·霍布斯鲍姆（Eric Hobsbawm）所提出的民族主义衰退论就是明证，他认为当前的民族主义的泛滥只是暂时的；它只是掩饰了人类向更大联合体演进的真正"历史运动"。① 全球最具权威性的思想库之一"罗马俱乐部"的主席奥雷里奥·佩西（Aurolio Peccei）也发表过类似的言论："在人类全球帝国时代，通向人类解放道路上的主要障碍是国家主权原则……已成为文化发展停滞和因此陷入困境的典型病症。"②

如何评判这种"后民族"时代的宣言或民族主义枯萎论呢？我们看到，20世纪的两次世界大战的确削弱了众多民族国家的自主权和力量。进入80年代后，经济的全球化迅猛发展、商品流动的加速和大众消费的普及使得民族的边界日渐模糊，民族国家政府的治理效力也日渐式微。与大众消费紧密相连的"文化帝国主义"愈加稀释了各民族间的文化差异，民族文化的相似性超过相异性，其必然的结果便是民族文化的衰退。战争使得各国人们都表现出对政治理想的漠不关心和愤世嫉俗。除此之外，我们生活在一个物质化的现代社会，经济实力和科技水平是国家间的竞争要素，而"非物质"的民族主义在帮助欠发达地区摆脱落后状况的过程中作用甚微，因此在政治独立运动中挥洒完激情后，民族主义似乎应当自觉地隐退。民族主义遭到的漠视是否意味着今天民族身份不再是一种重要的文化群体身份？是否它只不过是可供我们任意选择的多种象征性认同中的一种，甚至可以完全放弃？民族主义是否就此衰退？

翁达杰在小说中给出的答案是否定的，比如尽管英国病人被烧成了没有身份线索的人，他自己也声称想抹去名字和民族身份，但

---

① ［英］安东尼·史密斯：《民族主义：理论，意识形态，历史》，叶江译，上海人民出版社2006年版，第128页。
② ［意］奥雷里奥·佩西：《人类的素质》，薛荣久译，中国展望出版社1998年版，第184页。

## 第三章 《英国病人》：全球化时代的民族身份与历史书写问题

是他仍然被给予了一个新的、虽然也许是错误的民族身份——"英国人"。安东尼·史密斯（Anthony Smith）在《民族主义：理论，意识形态，历史》一书中论述了民族的"神圣基础"——共同体、领土、历史和命运，即"拥有领土、有自己的历史和命运而与他者区别开来的人们共同体"①。他认为这些过去被大多数人奉为致敬和奉献目标的神圣基础在当下并没有消失，"只要民族的神圣基础持续着，并且世俗的物质主义和个人主义还没有破坏对群体的历史和命运的主要信仰，那么作为政治意识形态、公共文化和政治宗教的民族主义就必然会持续兴盛，民族的认同也将继续为当代世界秩序提供基础构块"②。

民族身份无法抹除，它是个体身份中最重要的构成因素。个人在成长过程中逐渐形成各类具体的文化身份——民族、种族、宗教、性别、阶层，在现代语境中，对主体构建影响最大的文化身份依旧是民族身份。民族主义被视为广泛接受的意识形态，并成为联合国宪章和各类多边条约中的基本原则之一，即便是现代民主制度的实施也需依靠某种群体感，法国的政治思想家亚历西斯·德·托克维尔（Alexis de Tocquevill）说过："很少有人会为爱整个人类而燃烧热情。给每个人一个祖国要比点燃他为全人类的激情更符合全人类的共同利益。"③ 当其他身份与之发生冲突时，民族身份占据优先地位，《英国病人》中女主人公汉娜的经历便很好地证实了这一点。汉娜在二十岁生日那天为卡拉瓦乔和基普唱了一首法国国歌《马赛曲》，但在此情此景中，这首昂扬的歌与爱国热情无关，她"唱着

---

① [英]安东尼·史密斯：《民族主义：理论，意识形态，历史》，叶江译，上海人民出版社2006年版，第148页。
② 同上书，第151页。
③ [以]耶尔·塔米尔：《自由主义的民族主义》，陶东风译，上海人民出版社2005年版，代序第5页。

歌，好像它已经受了创伤。好像谁也不能再把这首歌代表的希望完整地表达出来……这首歌里不再有肯定"。虽然没有病人那样坚定地宣称要"抹去国家"，汉娜的这首歌表明了她在目睹以国家名义进行的战争暴力后，重新审视国家与个体之间的关系，无法再将国家当作可信任的社会基础场所。然而这位来自加拿大的护士与印度工兵基普跨民族的爱情最终却不得不因为民族冲突而匆匆结束，没有实现真正的跨越，"他们之间横亘着危险而又错综复杂的距离。他们之间横亘着宽广的世界"，最后她也选择了回到自己的国家。在写给继母克拉拉的信中，她说："从今以后，我相信个人的利益与公众的利益会永远交战。"尽管汉娜因为饱受战争的创伤而对民族这类代表"公众利益"的事物敬而远之，但她与基普都无法摆脱扎根在内心深处的最重要的民族身份，当它不可能与个人意愿完全协调时，作出让步必然是个人这一方。

　　翁达杰在小说中安置基普这个人物也不是偶然选择。随着故事的发展，我们看到了他身上逐步凸显的民族主义，从最初的远离"公共"事物到与异质文化的格格不入到最后的强烈反抗，通过基普这个人物，翁达杰将反殖民主义同质化的思想或隐或显于故事发展的每个阶段。最开始基普对西方文明中"严厉的行为准则"和"抽象秩序的声音"[①]是心怀敬仰的，他的民族身份似乎完全从这些准则、秩序中逃离开了，保持着某种"纯粹性"——"拒绝来自外界的东西进入他的身体"。他的信任不朝向任何外界群体，他自己认为亚洲人、英国人、帝国主义者或反抗群体都不值得信任，"在战争的岁月里，他意识到只有自己才是可靠的"。如果说在战争的混乱中有什么可以作为慰藉或给他带来信任感和归属感，那就是与政治无涉

---

　　① 英文原文为："voices of abstract order"，章欣、庆信版中译文是"空洞命令的声音"，此处笔者改译。

## 第三章 《英国病人》：全球化时代的民族身份与历史书写问题

的"纯艺术"。当他跟随战线穿越欧洲时的某些晚上，他会"找到一尊雕像，那时替他守夜的哨兵。他只信任那些石头"。也只有艺术能提供相对的安全感，这最明显地表现在他工作时对短波收音机和流行音乐的依赖："他需要一些喧闹的声音来赶走或是埋葬那些画面，以便能专心思考眼前的问题。再等一会儿，收音机和嘈杂的音乐就可以形成一张防水帆布，为他隔开现实生活中的风雨。"

全球化时代也是一个移民时代，大规模的人口流动使得民族国家间的边界变得模糊，出现了不同族群和文化的"混合"以及霍米·巴巴所说的不同文化认同的"杂糅"。再加上大众传播的迅速发展以及各国间经济上的相互依赖，出现了"时空压缩"现象，因而引发霍布斯鲍姆等人的民族衰退论，将民族主义看作阻碍交流的狭隘的意识形态。但是我们是否能就此说地球真的变成了"一个村"？民族间的融合是否真的达到了全球文化一致化的程度？答案同样是否定的。文化是物质产品与精神产品的总和，"世界上始终存在着的是各种文化、各种不同历史的生活方式和人类品位、情感和活动的各式表达，而不是单一的文化……被设想成既是科学的又是情感上中立的、具有技术性的那种全球文化必然是没有固定位置、无始无终和毫无记忆的"[1]。因此，两种异质的民族文化不能完全相容，当一个民族的人在另一民族文化中生活时总会感到有格格不入之处，尤其当他（她）来自较为劣势的民族时。

基普是一个典型的例子，他在"拥抱"西方文明的同时又表现出与其格格不入。他对英国的感受是矛盾的，比如他会因英国人将地图写上"应……的请求而绘"而喜欢上他们，同时又憎恶其在地图上将霸占的土地涂上颜色的殖民主义意识形态。他的哥哥极其痛

---

[1] ［英］安东尼·史密斯：《民族主义：理论，意识形态，历史》，叶江译，上海人民出版社2006年版，第141页。

恨英国人，而他则自愿为英国军队服役，崇拜瑟福克爵士（Lord Suffolk）这个代表宽容、慈祥英国绅士形象的人，在被瑟福克爵士领导的工作小组这个"家庭"接受后他渐渐喜欢上了英国。他自己知道"英国人！他们只希望你为他们打仗，却不想和你交谈"。当"家庭"中的其他成员都被意外炸死后，他在英国军队中的位置却突然显得关键："他能够自由地发号施令……那些在下班后本来不愿意穿过并不拥挤的酒吧，走过来和他说话的人，如今竟听他摆布"，基普更加意识到了作为部队里唯一的印度志愿者，"他习惯受人忽视的生活"。后来汉娜也发现"他的独立和隐居的习惯并不是在意大利当工兵时养成的，而是由于他在另一个种族里甘当一个默默无闻的小卒的结构，他惯于扮演看不见的世界里的一分子"。汉娜喜欢他的"独立自主和隐退"，而这其实是他面对无法完全融入的文化时所采取的必要的应对策略。因此在与英国的关系上，基普很难找到一个固定的位置，直到战争结束他才对文化归属做出明确选择。在与汉娜的爱情中，民族身份也是基普无法绕过的东西。当他与汉娜第一次相拥躺在草地上时，汉娜很快就睡着了，而他却无法安然入睡："他感到现在像是陷入了什么之中……正如她所说的，他像岩石一样棕黑，像雨后浑浊的河水一样棕黑。尽管这句话毫无恶意，他心中却有一种情感使他退却……他仍然是外国人，锡克教徒。……他为什么不能睡？他为什么不能转向这位女孩，不再想那些不明确的事，不再犹豫不决？"雷德蒙·艾伦·尤尼斯（Raymond Aaron Younis）称《英国病人》"集中在由基普的多种信仰和所属的两种不同文化而造成的文化杂合上"[①]。

正如劳拉·爱弗尼（Lorna Irvine）所指，小说被设置在二战末，

---

[①] Raymond Aaron Younis, "Nationhood and Decolonization in *The English Patient*", in *Literature/Film Quarterly*, Vol. 26, No. 1, 1998, p. 5.

## 第三章 《英国病人》:全球化时代的民族身份与历史书写问题

"特定的意象和内容标示着帝国主义的衰退",也展示了"西方文化体制……的合法化危机"。① 这类意象的代表之一便是奄奄一息的英国病人,这种现状也为基普从被动的格格不入渐渐转入主动的反抗铺垫了基础。基普的反帝、反殖民精神体现在与英国病人的对抗上,在形式上是柔和与激烈兼备。实际上代表殖民主义的英国病人和被殖民主体基普之间的张力一直存在于小说中,比如当基普想走近英国病人房间里的汉娜时,"英国病人就会清醒的……任何声响都能让那个英国人醒过来"。病人暗示着帝国主义在文化、政治上强大的影响力,而基普随后采取的行为表现了对抗:"他……在床边逗留了一下,就在这里……他用截断器割断了助听器"。

世界大战源自极端的、自我膨胀的民族主义观念,但民族主义是一把双刃剑,因此在评判它时不能只看到其具有破坏性的一面。以民族自决为名义进行的反殖民主义与帝国主义的斗争中,民族主义观念同样也激发了爱国热情,在被殖民地国家独立运动中功不可没。当基普从收音机中听到美国在长崎和广岛投原子弹的新闻时,压抑已久的民族感终于迸发出来,使他顿时看清了英国病人险恶的同质化殖民主义行径。基普被惊呆在原地:"如果他闭上眼睛,他会看到亚洲的街道上火光冲天。它像一幅撕烂的地图,席卷那些城市……这是西方人的智慧所带来的战栗。"被压制和抹去的历史显现出来,此时的基普"以不同的眼光看穿周围的一切,看穿他周围的人",以前他"有法子躲在寂静之处"而安静地生活在殖民主义世界中,现在他的信仰体系被原子弹给摧毁了,被凌辱和背叛的感觉使得他无法与别墅中的其他人继续保持友好关系,无法弥合的民族和文化裂口第一次把他和他们分开来:"他觉得世界上所有的风都刮到亚洲去了……

---

① Lorna Irvine, "Displacing the White Man's Burden in Michael Ondaatje's *The English Patient*", in *British Journal of Canadian Studies*, Vol. 10, No. 1, 1995, pp. 144, 140.

第一部分 东西方文化冲突与后殖民批判

他取出家人的相片，盯着看。他叫基普，而他不知道他在这里干什么。"随后，他冲进别墅直面病人，用枪指着病人说："我从小接受我们国家的传统教育，但是后来，我受到的教育往往来自你们的国家。你们那毫不起眼的白人岛国，用自己的习俗、礼仪、书籍、官员、理性改变了这个世界的其他地方……"基普直接痛斥西方企图以自己为标准改造同化世界其他地方的殖民主义行径。随后他把枪扔在床上，将耳麦固放在病人的头边，让他听"西方智慧所带来的战栗"。面对基普的指控，英国病人只能以沉默相对，他将耳麦和助听器拔出耳朵，"我不想再听什么了"。英国病人的沉默象征着殖民主义及其同质化策略的失败。

基普之前对有民族主义倾向的哥哥对英国的批判不满，二战末发生的原子弹事件使他重新审视自己的立场，说明他内心深处的民族主义依旧存在。对基普来说，西方的同质化策略及其带来的恶果不能用后民族主义的理想来回避。尽管卡拉瓦乔解释病人"不是英国人"，当基普坚持他的看法，将病人看作"才暴露出的敌人"，将自己定位为"亚洲人"，正如他所说："美国人，法国人，我才不管呢。当你开始向棕色人种世界投弹的时候，你就是个英国人。"之前他虽然在西方文化的舞台占据了一席之地，但这是以被否定参与构建的能动性为代价的。英国病人将基普定义为"国际杂种"的同质化行为就是一例，它实际上排除了被殖民主体在文化转型过程中重建民族身份的宝贵机会。如卢西恩·威尔莫特·派伊（Lucian Wilmot Pye）所宣称，打上特定的民族文化印记的独立的政治传统的连续性"总是抵制在现代社会与经济生活中起作用的均质化力量"[1]。当基普意识到这种"他者"身份的局限性时，他对西方文化的信任受到

---

[1] L. W. Pye and S. Verba, *Political Culture and Political Development*, Princeton, N.J.: Princeton University Press, 1966, p. 4.

## 第三章 《英国病人》：全球化时代的民族身份与历史书写问题

破坏，拒绝基于排斥的身份。原子弹事件发生之后，他突然难以逾越文化和种族差异了。他的昵称中所含有的异质特征变得令他无法容忍和厌恶，因此他断然拒绝这一名字并重新使用印度名"基帕尔·辛格"，这样做也拒绝了与名字相关联的不属于自己的文化传统。基普想要稳定现实的想法没有实现，他再也不相信自己的判断，骑摩托回到印度。在这个"旧世界"中，基普又成了"基帕尔"，他继承了第二个儿子当医生的家族传统，娶妻生子，过着普通但却幸福的新生活，也标志着基普反同质化的民族主义行为的成功。

全球化的迅猛发展的确削弱了民族身份与民族认同感。但就此认为民族与民族主义已经终结或已进入"后民族时代"却是错误的。用耶尔·塔米尔（Yael Tamir）的话说，"时间将会判断着是否是正确的。但是，一个后民族时代——在这个时代，民族的差异将被抹去，所有的民族都共享一种肤浅的单一文化……——与其说是一个乌托邦，不如说是一个噩梦"①。尽管全球化为世界各国人民提供了更多的选择机会，但民族主义在后现代社会依旧深深根植于每个人内心。不仅如此，从另一个角度来看，全球化不仅远远没有导致民族主义的废弃，甚至在事实上还刺激了个体对本土文化和民族身份的依恋，促进了民族主义的传播。正如斯图亚特·霍尔提出的，国际化的倾向越强烈，特殊群体、种族集团或社会阶层就越要重申他们的差异性，越依赖于他们所处的位置。② 此外，两次世界大战又都催生了新一轮的民族运动潮流，从前被同化的或已经"消失"的民族又重新出现了。民族主义的类别由民族—国家扩散至公民和领土的民族主义、宗教的民族主义、族群的民族主义等多种民族主义的

---

① [以] 耶尔·塔米尔：《自由主义的民族主义》，陶东风译，上海人民出版社2005年版，第172页。
② [英] 乔治·拉雷恩：《意识形态与文化身份：现代性和第三世界在场》，戴从容译，上海教育出版社2005年版，第211页。

分支形式。这些都证明了民族主义在全球化语境下不仅没有走向衰落，反而具有越来越强大和普遍的影响力。

## 二 "大写历史"中的"幽灵"

在小说末尾，基普听到了盟军用原子弹轰炸日本的消息，这使他突然看清了他曾接受的西方文化的内部逻辑，意识到霸占书写和编撰历史的权力也是殖民行为。他愤怒地对病人说："是不是轮船给了你们这种权利？是不是？就像我哥哥说的，是因为你们拥有历史和印刷厂的缘故。"他认识到船、印刷品以及历史书和炸弹一样，都是殖民扩张的工具，象征着西方霸权以及"高高在上的西方意识——这一意识的核心从未遭到过挑战，从这一核心中浮现出一个东方的世界"①。其中最隐蔽的是以印刷品与历史为代表的语言殖民，正如马歇尔·麦克卢汉（Marshall McLuhan）所说："所有的技术，包括语言，都是加工处理我们经验的方式，都是储存和传播信息的方式。这样，所有的技术都可以被看作武器。"② 英国病人将自己叙述的历史标榜为真实、完整的，试图以此将边缘人群从历史中抹除，处处显示出作者的权威性。翁达杰通过基普等人物反对这种霸权式的历史叙述，解构西方的知识、语言霸权，主要有两种方式：质疑病人回忆的可靠性和让"大写历史"中的"幽灵"出场反对西方历史的完整性。

（一）回忆的历史：不可靠叙述

小说中英国病人通过回忆叙述出自己的过去，他试图借助回忆

---

① [美]爱德华·W. 萨义德：《东方学》，王宇根译，生活·读书·新知三联书店1999年版，第10页。
② David Williams, "The Politics of Cyborg Communications: Harold Innis, Marshall McLuhan, and *The English Patient*", in *Canadian Literature*, No. 156, 1998, p. 31.

## 第三章 《英国病人》：全球化时代的民族身份与历史书写问题

将过往的事件编织成一幅客观、完整的画面。但病人叙述的多处裂缝暴露了拼凑的痕迹，这使我们不得不质疑仅凭回忆的方式获得的历史之真实性。鲁福斯·柯克认为"回忆有时被当作模仿性的术语被描述，似乎它的所有工作就是重复过去的经历，无非和照相机总的底片一样"①。这种观点将回忆看作通往过去的直接途径，忽略了现在才是塑造回忆的形式和意义的出发点，过去与现在均不具有"完整性"，需要互相补充才能生产出"意义"。作家马丁·瓦尔泽（Martin Walser）就这样描述他回忆时遭遇的尴尬："一旦我想让某人分享我的回忆，我就发现我无法表达回忆的无辜……所以，我或许不得不像人们今天谈论那个时代那样来谈论那个时代。就是说我只能是个在今天发表议论的人。还有一点，就是我今天议论起当年来，仿佛我当年就是今天的人似的。……因此，描述过去大抵总是在介绍当今。"②

回忆性叙述如同"翻译"，将过去的情景组织成语言置放于现在，但这种翻译不是照相式的重现，也不为我们提供进入过去的通道，回忆中再现的仅仅是被人为结合在一起的分散的细节。本雅明在《译者的任务》（The Task of the Translator）中探讨了翻译的过程以及它如何将语言与其所指之间的联系陌生化，如何动摇、改变语言的熟悉性。本雅明宣称"译者的任务就是发现与来源语相呼应的体现在目的语中的意象效果"③。英国病人在叙述中正是发挥了回忆的"翻译"功能——不是如实地再现过去，而是在过去与当下之间

---

① Rufus Cook, "'Imploding Time and Geography': Narrative Compressions in Michael Ondaatje's The English Patient", in The Journal of Commonwealth Literature, Vol. 33, No. 2, 1998, p. 115.

② ［德］哈拉尔德·韦尔策：《社会记忆：历史、回忆、传承》，季斌、王立君、白锡堃译，北京大学出版社2007年版，第67页。

③ Walter Benjamin, ed., Illuminations, Trans. Harry Zohn, New York: Schocken Books, 1968, p. 76.

"滑动"。英国病人帮助救下他的贝都因人识别枪的片段就展现了当下与回忆的互动：在什么都看不见的情况下，贝都因人让他识别武器，这时过去出现在他头脑中："他是姑姑带大的。姑姑在草坪上摊了一层面朝下的纸牌，来训练他的记忆力……现在，他的脸被草编的面罩蒙住了。他捡起一颗子弹，指引抬他的人走到一支枪前，装进了子弹，拉上了枪栓，举枪对着空中射击。"回忆里出现的过去某些时刻与现在混合在一起，这在给予过去以意义的同时又取消了其稳定性，因为没有一个来自过去的固定所指作为意义基础。病人的回忆碎片所提供的过去显然不具有稳定性，它们打破了过去与现在之间的界限："枪声在峡谷的四周回荡，响得很。'因为回声是空谷中灵魂活跃的声音。'一个被认为是疯疯癫癫的人，在一家英国医院里写下了这句话。他现在虽然置身于沙漠之中，却是理智的，思维清晰，捡起纸牌轻易地把它们放在一起，冲着姑姑笑得合不拢嘴，冲着天空成功地打出一组组子弹，身边看不见的人逐渐对每一枪报以欢呼。"这些零碎回忆告诉读者：回忆与过去的事实本身并非完全吻合，总是掺和了当下的痕迹。

小说展现了试图挖掘、叙述过去的努力和人的记忆认知局限性之间的张力。凯西·克鲁斯（Cathy Caruth）说过："恢复过去的能力与无法接近过去这对矛盾永远存在。"[①] 病人及小说中其他人的回忆制造了一幅现在与过去的不连续图像，其方式是将某些时刻和意象从它们所在的叙述语境中剥离出来并放入另一个叙述中。回忆把过去与现在的框架打破后制造出碎片，然后又想方设法将它们放进单一的事件中。正是这些残缺的记忆碎片使得回忆呈现出虚构的特性，没有确定的意义和单一的解释。

---

① Cathy Caruth, ed., *Trauma: Explorations in Memory*, Baltimore: Johns Hopkons University Press, 1995, p.152.

## 第三章 《英国病人》:全球化时代的民族身份与历史书写问题

自 20 世纪 70 年代和 80 年代以来,神经学彻底否认了我们关于记忆是保护过去的容器的观念,并且用一种截然不同的记忆观取而代之:记忆是一个创造性的、可变的,因而也是基本不可信赖的网络。① 过去的"不可译性"注定了回忆的非客观性,翁达杰特意让英国病人以回忆的形式再现历史,展现出的失真的过去证伪了其所宣扬的"客观"历史,也使我们进一步看清了英国病人将过去"变形"的过程,即把不利于己的人物与事件从历史中驱除出去的过程。意大利作家伊塔洛·斯韦沃(Italo Svevo)也曾讨论过回忆的可变性与可构性:

> 过去总是新鲜的。它一直是变化着的,就像生活一直在继续一样。它的有些部分似曾尘封在遗忘之中,然而却又重新出现了。当前指挥过去,就像乐团指挥指挥阿赫乐团的乐手们一样。它需要这些声音而不是别的声音。于是过去出现得时而时间间隔长一些,时而时间间隔短一些。它有时像声音一样响起,有时却又陷入沉寂。只有规定用来让当前变得明亮或晦暗的那一部分过去,才影响到当前。②

英国病人正是根据目前的需求来加工、裁剪过去,将"冗余"的历史统统抹去。然而那些被抹杀的人与事不会甘于沉默,他们如同"幽灵"一般萦绕在病人的回忆中,为他的叙述施加压力,随时等待被召唤"现身"。"幽灵"的干扰使得历史叙述更加散乱,将完整真实的假象暴露无遗。翁达杰以此邀请读者从"幽灵"闪现的地

---

① [德]哈拉尔德·韦尔策:《社会记忆:历史、回忆、传承》,季斌、王立君、白锡堃译,北京大学出版社 2007 年版,第 62 页。
② 同上。

173

方出发重新思索过去。

(二)"幽灵"的干扰

英国病人努力表现出自己对历史的无所不知:往希罗多德的《历史》书中添加自己的观点,在叙述过去时娴熟地转换叙述视角和人称,并利用渊博的知识摆脱时空的限制——比如他很容易就将自己从当下突转至文艺复兴时代的意大利,"这一定是波利齐亚诺的房间,我们肯定是住在他的别墅里",当谈到意大利北部山区受阻的盟军时,他马上联系到了"十字军与萨拉森人作战时曾犯下同样的错误",他也可以认出六千多年前曾是湖泊的沙漠,"虽然我在干燥的细沙之中,但是我知道我是身处渔民之中"。这一切似乎显出英国病人是一个超验主体,能站在历史之外将历史作为客体完整地再现出来,但翁达杰没有让他的计划得逞。

翁达杰将英国病人及他随身携带的《历史》的叙述风格都描述为"断断续续":"他断断续续、谈起绿洲小镇、末代的麦迪奇家族、吉卜林的文笔和咬破他皮肤的那个女人。在他那本札记里,他那本一八九〇年版的希罗多德的《历史》也是断断续续——地图、日记、用多种语言写的笔记,和从别的书上剪下来的段落",这便暗示着历史和回忆一样是不完整的,表现为零碎的、不断增补的叙述方式。小说还展现了英国病人建构完整历史叙述的努力与其他人物(尤其是基普)对叙述整体性的破坏之间的一种张力,不仅让我们看到西方世界与被殖民世界之间的冲突,还将我们的注意力引向"历史本身的谬误与错置"[①]:西方"大写历史"的叙述方式拒绝某些人物、事件出现在历史的符号秩序中,抹去这些"杂质"的目的是将自己建构为自在的整体,以垄断过去并控制其意义,树立起自身的权威。

---

① Cathy Caruth, ed., *Trauma: Explorations in Memory*, Baltimore: Johns Hopkons University Press, 1995, p. 5.

## 第三章 《英国病人》：全球化时代的民族身份与历史书写问题

这种历史摆出一副整体性的姿态，使与之对立、矛盾的历史处于不可见、不可知的状态。但这些被压制的历史不会被动地等待着被揭开，它们如同"幽灵"一般随时准备从叙述的裂缝中跳出来，揭穿"完整历史"的谎言。

英国病人希望构建一个稳定、连贯的历史叙述，但这一努力被萦绕在周围的"幽灵"——他无法容纳在叙述中的曾经真实存在过的人与事——阻止。对比基普与英国病人的回忆，我们不难看出基普所讲述的非西方历史在病人的叙述中是被省略的，这些没有被说出的历史被标示为不可译的过去，并降级到沉默的位置。于是一种抵抗产生了，威胁着静止的、封闭的历史。基普的回忆反映出的满是欧洲帝国的殖民行径，是对病人所代表的殖民主义的批判，这些回忆将被压制的他者引入，从而否定了病人叙述的完整性。当基普就美国投原子弹的罪恶行径痛斥英国病人并与之决裂后，一向掌握话语权的病人陷入了沉默。基普愤然离去后英国病人眼前曾出现过幻影，这段文字描述强化了基普的"幽灵"功能：

> 大约凌晨三点钟的时候，他感觉到房间里有个人影。他看了看，一阵沉默之后，一个身影在他的床脚，抵着墙……他咕哝着什么，一些他想要说的东西，但是那儿一片沉寂，而那略发棕色的身影，也许只是夜晚的影子，一动不动……如果那身影转过身来，他一定会看到他背上沾着漆，因为他站在那儿悲伤地使劲靠着树墙。

在小说末基普痛快地揭露了西方"大写历史"的逻辑——只有那些对同质的、连贯的历史空间不造成威胁的殖民主体才有资格被再现和包括进来。西方企图通过书写历史来为世界其他地方定位和

175

制定秩序，而当自在的整体历史受到否定时，西方殖民世界的霸权就受到威胁，因此碎片化的历史对西方权威势力具有去中心化的作用，在抵抗殖民者的"大写历史"的同时将被殖民者的历史敞亮。翁达杰将"幽灵"们释放出来干扰英国病人的叙述，打破线性的因果链情节，使小说呈现出零碎性。这些碎片引领我们去揭开被历史掩盖起来的"创伤"：基普在军队中被忽视、名字被任意修改、凯瑟琳的身体被占有式地命名、沙漠勘探工作与战争的密切关系、卑鄙的殖民统治手段等。德里达在《马克思的幽灵》中说幽灵"提醒我们时代的错误"[①]，它们从边缘空间来到当下，破坏了我们对时间的体验，为现在提供了一种另类的异质时间，迫使现在携带一种扰乱当下秩序的历史，迫使我们以一种不同的方式接近过去，因此"幽灵"既是缺失的也是在场的，隐藏在零碎的叙述中。

小说中充满了碎片、空隙、断裂、残余等意象，从一开始就描述了病人被烧毁的身体，"伤残的双脚""深紫红色，连骨头都露出来了"。病人伤残的躯体与周围被毁坏的建筑互相照应，故事发生的地点圣吉洛莫别墅被炸得残缺不堪："房子与大地之间没有界限，毁坏的楼房与遭到焚烧轰炸的地面没有多少区别"，"有些房间已经成了敞门的鸟舍"，"月光和雨水经由一个弹坑渗进了楼下的书房"。几个人物也因饱受战争创伤而失去了完整的自我。小说的第二部分题目是《濒临死亡》（In Near Ruins）[②]，情节聚焦在间谍卡拉瓦乔身上，当他的拇指被残忍地砍掉后被带到医院时，他也"濒临死亡"。这部分还提到了汉娜战争中每天面对死亡时"精神崩溃""痛不欲生"的状态。而最具摧毁力的是小说末尾讲述的原子弹事件，它不

---

① Jacques Derrida, *Specters of Marx*, Trans. Peggy Kamuf, New York: Routledge, 1994, pp.6–7.
② 英文原文是"in near ruins"，译文是"在濒临荒芜的废墟中"，翁达杰将"in near ruins"用于描述卡拉瓦乔的状态，因此笔者此处改译。

## 第三章 《英国病人》:全球化时代的民族身份与历史书写问题

仅毁灭了日本人民的家园,也粉碎了英国病人所叙述的"完整客观"的历史,被压制的"幽灵"在这一刻最大限度地被释放出来,让沉默已久的历史发出了最响亮的声音。

黑格尔对历史持形而上学的目的论观点,认为历史是线性前进的,通过抹去不需要的因素,最终到达一个预先确定的意义。[1] 翁达杰的作品展现出与之不同的历史观:"历史和叙述一样,成了一种过程,而非一种产物。记录和叙述历史的过程成了文本自身的一部分。"[2] 充满记忆碎片的叙述阻止了任何将小说当作传统历史观所倡导的线性的、目的论的历史叙述的可能。汉娜为英国病人朗读的小说常常是"情节支离破碎,就像是被暴风雨冲垮的公路,故事缺头少尾,仿佛被蝗虫吞噬殆的织锦,仿佛被轰炸震松的灰泥,到了夜晚就会从壁画处掉下来"。这成为小说零碎性、不连贯性风格的最明显的隐喻,体现为时间、空间的"压缩",即过去、现在、将来的重合与相互覆盖、叙述视角的突转、场景的交切、异质文化背景的混杂等等。本雅明赞成这样的风格:"在某些历史阶段,'完美'文本的生产让位于蹩脚的模仿者,真正的作品的创造呈现为碎片或毁坏物品的形式。"[3] 道格拉斯·巴伯尔在他的翁达杰研究中说:"翁达杰喜欢再创造各类想象的事件。在他的笔下,即使是历史档案也会从事实再现滑向一种萦绕心头的不确定的理解"[4]。小说试图描述非官方的历史,但不以一种确定去代替另一种确定,拒绝二元论赋予

---

[1] Georg Wilhelm Friedrich Hegel, *The Philosophy of History*, Trans. J. Sibree, New York: Routledge, 1994, p.54.

[2] Vernon Provencal, "Sleeping with Herodotus in *The English Patient*", in *Studies in Canadian Literature-Etudes Litterature Canadienne*, Vol.27, No.2, 2002, p.140.

[3] Goldman, Marlene, "'Powerful Joy': Michael Ondaatje's *The English Patient* and Walter Benjamin's *Allegorical Way of Seeing*", in *University of Toronto Quarterly*, Vol.70, No.4, 2001, p.904.

[4] Douglas Barbour, *Michael Ondaatje*, New York: Twain, 1993, p.207.

的确定性。它如同病人携带的希罗多德《历史》一样，充满了冲突、反抗的历史，凸显了历史的非完整性和主观性。小说一共分为十个部分，既没有严格地按时间或地点顺序排列，也没有统一的逻辑顺序，但这些分散的情节又相互交织，真实地再现了历史的散乱与复杂。各个主人公讲述的二战故事暗示历史不可能只有一种版本，不可能被简化成唯一的事实，因此英国病人的历史是不完整的。

翁达杰敢于质疑历史话语背后的意识形态，为我们理解历史提供了新视野。《英国病人》与常规的历史小说不同，不写大众熟悉的历史，不以再现著名历史人物参与的、发生在伟大历史时刻的重大事件为中心。尽管整个故事发生在二战这个大背景下，但官方历史所关注的公共事件在小说中几乎都被悬置起来。主要人物是一群远离战场的人，他们在宏大历史叙述中注定只能做脚注，翁达杰将重心放在叙述被官方历史淹没的这些"配角"人物的个人故事，以示对"大写历史"权威的反抗。小说从关注二战带来的身体、心灵创伤进一步深入到历史创伤，呼吁我们从历史的沉默处出发重新思考历史。被忽略、遗忘、抹去的边缘历史虽然很难在西方"大写历史"的空间中得到再现，但这些隐在的历史是不可简化的对抗性力量，继续以"幽灵"的形式在历史文本和文化无意识中游走，提醒我们去倾听和思考被掩藏起来的事实，使得我们能够理解过去对我们的作用以及我们对过去的责任。小说从头至尾都有一种反对的声音萦绕其中，打破了线性的、因果的情节发展思路，也打碎了将历史看作整体的西方中心主义、殖民主义观。只有拒绝稳定、单一的整体历史叙述结构，暗处的"幽灵"才能被敞亮，历史的创伤才得以治愈。

## 三 "英国"病人非英国病人——作者特权的放弃

笔者在这里借用"全知全能"这一叙述学术语来分析翁达杰在

## 第三章 《英国病人》:全球化时代的民族身份与历史书写问题

《英国病人》中体现的后殖民批判。"全知全能"指代一种叙述视角,即作者对故事内容进行观察和讲述的特定角度。同样的故事采取不同的叙述视角会产生不同的效果和意义,法国的叙述学家茨维坦·托多洛夫(Tzvetan Todorov)将叙述视角分为三种:叙述者＞人物、叙述者＝人物、叙述者＜人物。[①] 其中第一种叙述视角是"全知全能"视角,即叙述者比任何人物知道的信息都多,对过去、现在、未来,任何地方发生的任何事件都知晓。此种叙述视角使读者只听得见一种声音,一切都是作者主观意识的体现,正如勒内·韦勒克(Rene Wellek)、奥斯汀·沃伦(Austin Warren)在《文学原理》中说:"他可以用第三人称写作,做一个'全知全能'的作家……作者出现在他的作品旁边,就像一个演讲者伴随着幻灯片或纪录片进行讲解一样。"[②] 这种"讲解"实质上充分体现了作者的权威,作品中的人物、故事、场景等均处于其控制之中,读者只能被动地接受,没有权利改变和再创造故事。

小说里有句话表明作者权威在众多文本中普遍存在,提醒读者不能被动阅读,而应与作者处在平等的地位,从自己的角度来打量和认识世界:"很多书都以作者对秩序的保证开场。读者从来都不是完全对等的。"西方的"大写历史"也不例外,其作者同样从维护自我权威的立场出发构建历史,处处标榜作者的全知全能,企图以此来贬低、排挤非西方历史,最终的目的是夺取话语权,为他者代言并控制之。对这一同质化手段,翁达杰在写作中采取的对策是放弃作者的全知全能叙述视角。小说中弥漫着一种关于人物身份、情节发展等方面的不确定性,"让我们直面自己认知能力

---

[①] Gerard Genette, *Narrative Discourse: An Essay in Method*, Trans. Jane E. Lewin, Ithaca: Cornell University Press, 1980, pp. 188 – 189.

[②] [美] 勒内·韦勒克、奥斯汀·沃伦:《文学原理》,刘象愚、邢培明、陈圣生、李哲明译,生活·读书·新知三联书店1984年版,第251页。

的有限性"①,并通过人物的言行表达解构作者的权威立场。

爱丽丝·布里坦(Alice Brittan)认为翁达杰的作品特色之一是其塑造的主要人物都是拒绝固定身份或企图摆脱法律约束的人,如新移民、政治煽动者、逃犯、破坏者、间谍、小偷等。②《英国病人》称得上典型,其中批评家和读者都不可能忽视的现象是小说中确定身份的不在场,仅从对几个主要人物的命名中就可看出。整部小说以代词"她"开场,在由二十三页构成的第一部分中,翁达杰只详细描述了作为战时护士的"她"照顾病人的情形,而始终没有提到"她"的名字。直到第二部分才由来到别墅的卡拉瓦乔间接引出其名字"汉娜",这个没有家庭姓氏的单名也暗示着完整、稳定身份的缺失。同样被简化姓名的还有印度工兵基帕尔·辛格,来到英国后因名字与英语单词"咸鱼"谐音而被一句玩笑话轻易地改成为"基普"。除此之外,还与文中多次提到的鲁德亚德·吉卜林(Rudyard Kipling)笔下的人物基姆(Kim)有关联,除了名字发音相近之外,两人都有混杂的文化经历,身份也是多重的。汉娜也将基普放进《基姆》中,当她看着他坐在英国病人的旁边时,觉得"书中年轻的学生现在成了印度人,而聪明的老教师则成了英国人"。在遇到汉娜之前,卡拉瓦乔只是被称作"缠着绷带的男人"或"他",他自己在罗马的部队医院中也刻意隐藏自己的名字,"从不说话,只用手势和脸上的表情与人沟通,不时还咧嘴一笑。他不发一言,甚至连他的名字都不告诉别人,只是写下了他的军号"。

"英国病人"的名字缺失是最明显的,因此如范·欧特(Van

---

① Glen Lowry, "Between *The English Patients*: 'Race' and the Cultural Politics of Adapting CanLit", in *Essays on Canadian Writing*, No. 76, 2002, p. 241.

② Alice Brittan, "War and the Book: The Diarist, the Cryptographer, and *The English Patient*", in *Journal of the Modern Language Association of America*, Vol. 121, No. 1, 2006, p. 201.

### 第三章 《英国病人》：全球化时代的民族身份与历史书写问题

Oort）所说，有多种为他定位的可能性。① 战争结束时伤员的数目巨大，"病人"这一称呼最不具特征性，同时"英国"这一定语也无法为其定位。他没有证件，随身携带的只有一本希罗多德的《历史》，会说多种语言，对许多国家的文化都了解甚深，他向审问他的人"讲个不停，搞得他们发狂，他们始终没有弄懂他到底是叛徒还是盟友"，最后他们根据他娴熟的英语和有关英国的知识认为"他的一切说明他是英国人"。在他与其他几个人物的对话中，也提到了多个身份：来自欧洲的沙漠勘探员、战时为德国效力的间谍、匈牙利贵族。卡拉瓦乔最初认定他的身份是匈牙利贵族奥尔马希，并想方设法让他承认，然而病人在讲述奥尔马希的故事时"一会儿用第一人称，一会儿用第三人称"，当卡拉瓦乔问他"刚才是谁在说话"时，他说："死亡意味着你变成第三人称。"② 病人并没有在自己与"奥尔马希"之间画上清晰的等号，卡拉瓦乔也无法决定病人到底是不知道自己的身份还是在撒谎。翁达杰让英国病人将身份的痕迹从叙述中抹去，直到小说末也没有对病人的身份给予明确的交代，这种自我抹去的行为为听众（尤其是卡拉瓦乔）和读者的共同参与提供了足够空间。

翁达杰是出生在第三世界而又生活在第一世界的作家，尴尬的文化身份使得他的反殖民批判容易被贴上"知识分子特权"的标签，从而使他在被殖民者立言时有为他者代言的嫌疑，处于类似情形的斯皮瓦克呼吁批评者"必须抛弃他的特权"。③ 翁达杰在《英国病人》中也响应了这一号召，抛弃了传统作家通过全知全能的叙述视

---

① Stephen Scobie, "The Reading Lesson: Michael Ondaatje and the Patients of Desire", in *Essays on Canadian Writing*, Iss. 53, (Summer) 1994, p. 97.

② 英文原文是"Death means you are in the third person"，章欣、庆信版中译文是"死亡意味着你变成第三人"，笔者此处改译。

③ 徐贲：《走向后现代与后殖民》，中国社会科学出版社1996年版，第177页。

角所表现的权威，主动表示自己对人物不够了解。在接受史蒂芬·史密斯（Stephen Smith）的采访中，翁达杰宣称："我对这个从飞机上坠入沙漠的人只知道零星的东西，我不知道他曾经是谁，也不知道他的其他信息。"① 翁达杰让自己远离传统作者拥有的特权，人物们找回稳定身份的大团圆结局始终没有在小说中出现。比如对于汉娜这个中心人物，翁达杰没有如传统小说那样为她的后来的人生做出明确的规划，"不知道她从事什么职业，或者她的生活怎么样"，翁达杰还借助叙述者之口直接"闯入"文本承认自己的"无能为力"："她是一个我了解得不够深的女人，所以我不能用我的臂膀——如果作家有的话——为她的一生提供庇护的港湾。"通过否认自己的全知全能，翁达杰将很大部分责任赋予读者，让他们自己重新评估小说中的人物。

翁达杰对作者权威的放弃是对西方历史编纂中体现的霸权主义的嘲讽与解构。小说反映的主题之一是"共同的历史，共同的书籍"（communal histories, communal books）。具有讽刺意义的是这句话出自英国病人之口，他将其用作为被殖民他者代写历史和单方面修改、增补其他历史书时堂而皇之的借口，从而装扮成超然于世间纷争的"圣徒"，掩盖其独享作者权威的殖民主义本质。真正没有占有目的地与作者共享一本书的人物是汉娜，她常常在从书架上随手抽取的小说中空白处写下自己的日常感受，之后又将之藏起来，没有任何炫耀作者权利的欲望。当她父亲的朋友卡拉瓦乔来到别墅时她"打开《大地英豪》，翻到了书后的空白页，拿笔写了一段话：'有个人叫卡拉瓦乔，是我父亲的一个朋友……'她合上书，走进书房，把

---

① Carrie Dawson, "Calling People Names Reading Imposture, Confession, and Testimony in and after Michael Ondaatje's *The English Patient*", in *Studies in Canadian Literature*, Vol. 25, No. 2, 2000, p. 64.

## 第三章 《英国病人》：全球化时代的民族身份与历史书写问题

它藏在一排高高的书架上。"同样，基普来了后，她在《基姆》的空白页上写下他对"参马炮"的描述，然后也"合上书，爬上椅子，把这本书安稳地放在书架高处隐蔽的地方"。还有一次她"在书房的书架前走动，闭着眼睛，随便抽出一本书"，写下对基普讲述的他在拉合城的故事。汉娜本身扮演的几重角色也是与作者权威相对抗的，她喜欢读书、写作，同时又是被书写的对象，集读者、作者、人物多种角色于一身，暗示了意义生产过程中三者的交互关系，而这恰恰是权威型作者所不容的关系。

翁达杰对作者权威的主动放弃实质上也体现了一种德勒兹提倡的"游牧思想"——"游牧者不需要到什么目的地，他只需要不停地迁移"①，游牧思想的核心就是注重过程本身而非终点。与传统的黑格尔哲学相比，这是一种更为动态的思想。前者强调统一性、确定性，认为事物发展有固定的起源和目的，而游牧思想则将自身从起源等范畴中解脱出来，并不盲目地驻足于眼前的周围事物，而是将眼光投向更远的目标，因此在途中有改变方向的可能性。保罗·奥斯特（Paul Auster）对小说主题的分析也体现了这一点，"不断向前移动的事实本身就是存在于世界上的方式……这里没有希望，但也没有绝望"②。小说的主题、人物、意象都被渲染上浓厚的"游牧思想"。翁达杰抛开静态的人物身份观，塑造了与德勒兹和加塔里观点一致的"游牧主体"——"奇特的主体……没有固定身份，到处游走"③。英国病人在沙漠中甘愿抹去民族、姓名的想法使我们想起

---

① Fernand Braudel, *The Mediterranean and the Mediterranean World in the Age of Philip II*, Volume I, London: Collins, 1971, p. 97.

② Josef Pesch, "Post-Apocalyptic War Histories: Michael Ondaatje's '*The English Patient*'", in *A Review of International English Literature*, Vol. 28, No. 2, (April) 1997, p. 119.

③ Annick Hillger, "' And this is the World of Nomads in any Case': The Odyssey as Intertext in Michael Ondaatje's *The English Patient*", in *The Journal of Commonwealth Literature*, Vol. 33, No. 1, 1998, p. 30.

德勒兹曾说过的一句话:"我们都是沙漠……沙漠……是我们唯一的身份。"①

沙漠是小说中重要的意象之一,沙漠被描述为"风披的一件衣裳,从不会被石头镇住",它是人类共同拥有的事物——"早在坎特伯雷存在之前,便被赋予了上百个不断变化的名字",生活在不同时代、不同地方的每个人都有为之命名的权利但却无法独占它。小说中有句话,"这是个游牧民族的世界,一个杜撰的故事。思绪在沙漠之中自由地飞驰",凸显了文本与沙漠的"游牧"共性。戴瑞尔·威特尔(Darryl Whetter)认为沙漠这个意向自指性地象征着故事的三种特征:共有性、即时性与不完整性。② 同时也表达了小说的主题之一:任何文本如同沙漠一样,"没有什么永久不变,一切都飘移不定",不能被"予求或拥有"。因此对具有文本性的历史来说,也不可能有控制和独占其的"唯一"的作者,而只有"共同的作者"。

在《话语秩序》中,福柯探讨了对话语的控制过程,包括三种情况:外在控制过程、内在控制过程和应用控制过程。其中内在控制包括"评论原则""作者原则""学科原则"。根据"作者原则",作者是文本意义的权威来源,能"将统一性、连贯性和现实的相关性植入令人困惑的虚构语言中。"③ 在《作者是什么?》中,福柯对作者的这一控制权威进行抨击,提出作者不是话语的起源,不是自由创作的权威主体,而只是"话语的功能"。④ 他将写作看作一种游

---

① Annick Hillger, "'And this is the World of Nomads in any Case': The Odyssey as Intertext in Michael Ondaatje's *The English Patient*", in *The Journal of Commonwealth Literature*, Vol. 33, No. 1, 1998, p. 30.

② Darryl Whetter, "Michael Ondaatje's 'International Bastard' and Their 'Best Selves': An Analysis of *The English Patient* as Travel Literature", in *English Studies in Canada*, Vol. 23, No. 4, (Dec.) 1997, p. 445.

③ Michel Foucault, *The Archaeology of Knowledge*, New York: Routledge, 1972, p. 222.

④ 刘北成:《福柯思想肖像》,上海人民出版社2001年版,第190页。

第三章 《英国病人》：全球化时代的民族身份与历史书写问题

戏："写作成为一种不断逾越规则，最终抛弃规则的游戏。结果，写作不是把主体嵌入语言，而是创造出不断使写作主体消失的空间。"①翁达杰也在写作中尽量让自己"消失"，同时将文本敞开，邀请文中的人物与文外的读者一同创作。故事结构的零碎与散乱、时空的"压缩"与无序、叙述人称与视角的转换等也促使人物与读者积极参与，共同理清思绪，并允许无限多种诠释意义的方式存在。如将小说与改编成电影的《英国病人》相对照，便会看到小说中的不确定因素统统被去掉，如大卫·汤姆森（David Thomson）所说，"电影满足了这个时代对确定性的需求，而小说则挑战了更大的思想开放性"。②

翁达杰的"共同作者"的思想与新历史主义将作家看作"商谈者"（negotiator）的思想是一致的。格林布拉特认为："艺术作品是一番商谈（negotiation）以后的产物，商谈的一方是一个或一群创作者，他们掌握了一套复杂的、人所公认的创作成规，另一方则是社会机制和实践。"③ 因此作为一种艺术的小说也不存在单一的意义或意义参照系（如作者的意图）。对集体创作的敞开使《英国病人》不再是一本封闭自足的书，一本只有作者声音存在的书，真正地成为巴特所说"可写的文本"，即"一种可供读者参与与重新书写的文本，是具有动态变化功能的文本。它可以被重写，被再生产、再创造，其意义和内容可以再无限的差异中被扩散"④。翁达杰以此将作者权威解构，也成功地解构了英国病人所代表的西方帝国主义者的同质化策略。

---

① 刘北成：《福柯思想肖像》，上海人民出版社2001年版，第190—191页。
② David Thomson, "How they Saved the Patient", in *Esquire*, Vol. 127, Iss. 1, (Jan.) 1997, p. 43.
③ 张进：《新历史主义与历史诗学》，中国社会科学出版社2004年版，第220页。
④ 王瑾：《互文性》，广西师范大学出版社2005年版，第59页。

## 第三节　全球化语境中民族主义的新面孔

《英国病人》中四个人物之间复杂而微妙的关系，不仅仅关乎个体主体间的冲突与融合，还进一步引发读者去思考作为主体的群体——民族国家——在面临当下全球化语境中的新局面、新问题时应当如何去应对。全球主义与民族主义孰优孰劣？两者对立的根源是什么？全球化是否必然导致同质化和文化霸权主义？民族主义是否必然导致封闭保守或对抗冲突？能否找到另一种更好的发展道路？本节从虚构故事中个体主体关系出发，而后引申至小说折射出的全球主义与民族主义的辩证关系。

### 一　在交流中疗伤：人物间的跨民族情谊

在命运的安排下，小说中的四个人物在意大利一座废弃的别墅中相遇，他们都在战争中受到过创伤，被痛苦的过去困扰。战争使他们流离失所，也失去了归属感，卡拉瓦乔"无法再回到其他世界"，感到"周围的世界几乎消失得荡然无存……只能依靠自己了"。疲于这样的生活，也为了忘掉战时的痛苦经历，他们不再四处奔走，来到这个相对安宁的地方寻求暂时解脱，并将精神创伤深锁在意识之外。17 世纪中叶的一名英国医生托马斯·布朗爵士（Sir Thomas Browne）曾说："遗忘和回忆一样，也在我们的生活中占着重大成分……即便是那些最疼痛的伤痕也会很快结疤。我们的感受承受不了最极端的东西，痛苦不是摧毁我们就是摧毁它自己。"[①] 对

---

[①] ［德］哈拉尔德·韦尔策：《社会记忆：历史、回忆、传承》，季斌、王立君、白锡堃译，北京大学出版社 2007 年版，第 57 页。

## 第三章 《英国病人》：全球化时代的民族身份与历史书写问题

于这四个居住在别墅中的人来说，走出痛苦的唯一方式是相互交流："这里没有防卫，只有从别人身上找寻真相。"

面对创伤，几个人物从最初的消极逃避态度渐渐转变成积极面对。随着相互了解的加深，四个人最后都敞开心扉，通过讲述他们的不幸遭遇来互相"疗伤"，摆脱战争创伤带来的疏离感。每个人都既是讲故事者也是听众，其中最重要的人物是英国病人。在经历一系列身体和心理的创伤后，病人自称已经忘记了他的身份，周围的人也无法找到相关确凿证据，于是他被烧得焦黑的身体成了一个没有标记的能指，一个有着无限多种所指的能指。在这样一种人际关系模式中，有一种反复出现的"身份替换"现象——其他三个人都分别将他替换成自己的家人、朋友甚至可能的敌人，病人到底是谁其实并不重要。如史蒂芬·斯考比（Stephen Scobie）所说，"每个人物都通过其他人的形象使自己的真实欲望发生转向"[①]，病人身份缺失反倒使他成为其他人物投射自己愿望的一个完美的"黑色屏幕"，同时他自己也接受其他人物期望他所拥有的各类身份。病人将自己看作一本书："抑或我只是一本书？某个供人阅读的东西"，其他人物则尝试着为不同的目的去阅读这一无名文本，从中找到各自医治的良药。尽管不能动弹，英国病人有极强的语言驾驭能力，他能根据听众的不同需求与之交流。在汉娜眼中，他如同一只鸟儿，"可以眺望全景，可以往任何方向展翅飞翔"。卡拉瓦乔对英国病人的评价是"他懂得更多……我们和那家伙谈话时，就像置身于广阔的田野里"。每个人物都试图在与他的交流中发现能让自己走出痛苦的"田野"。

小说的四个主要人物中，汉娜与基普虽然在身体上毫发无损，

---

[①] Stephen Scobie, "The Reading Lesson: Michael Ondaatje and the Patients of Desire", in *Essays on Canadian Writing*, Iss. 53, (Summer) 1994, p. 98.

但战争给他们的精神带来了隐形创伤，直接的后果之一是导致主体的自我封闭。汉娜在战争中失去了亲人——父亲、未婚夫、未出生的孩子，在工作中又目睹许多不知姓名的年轻战士的死去，于是她"一向只是冷漠地履行护士的职责，否则她就要精神失常了"，"总是走得远远的，不让任何人接近"，也不给远在加拿大的继母回信。当部队医院从这座别墅中撤走时，她选择与英国病人留下来，因为她"想了解他，融进他的思绪，深藏其中，那样她就可以逃避成人世界"。而实际上她想逃避的是不堪回首的战争创伤，她甚至不愿意面对受伤的自我，"一年多以来，她一直没有照过镜子"。她决定将过去抛开，在这个残缺不齐的别墅中开始"新"生活：剪短头发、脱下了护士服、穿上洋装和网球鞋。

"在战争期间，即使与同事在一起，她也难得说上一句话"，当她来到别墅时仍旧只是勉强地说几句话，并且很多时候无法讲述她的战时经历，而更愿意在别墅里的图书馆里从其他人的文字叙述中寻求一份安宁——"在这些日子里，她感到身陷囹圄，而书是唯一通向外界的门。它们成了她的半个世界"。她甚至将图书馆看作可以让自己"消失"的地方：她踩着自己的脚印倒着往回走，虽然是安全起见，但"这也是一个不为人知的游戏。从这些脚印来看，似乎她进了房间之后，整个血肉之躯就不知去向了"。她将这一"消失"游戏看作一种想象性的保护自身的行为。她需要一个能让她勇敢面对过去的人，英国病人适时出现了。他触发了汉娜尘封的记忆，她在他身上看见了同样是在战争中被烧伤而死去的父亲的影子。当她为英国病人洗澡、喂饭和朗读故事时，她常常会同时想到童年时与父亲一起的生活。这个被烧伤的匿名病人代表了汉娜无法在其临死时亲自安慰和照顾的父亲，她猜测父亲临死的情形："他曾像英国病人一样体面地躺在军床上吗？是由陌生人来照顾他的吗？"

## 第三章 《英国病人》：全球化时代的民族身份与历史书写问题

英国病人将汉娜拉回现实，让她读书给他听，因为他认为这是"能让她与人沟通的唯一途径"。接着让她听自己的故事，并"走进故事之中……体验了别人的生活"，这样她就不再感到远离亲人的孤单。汉娜渐渐地在倾听病人的故事中找到了为自己疗伤的药方，她"像个侍女一样待在他的身边，随着他的思绪，像他一样遨游远方"，将他看作一个"绝望的圣徒"。叙述潜在的治疗功能在汉娜身上发挥了作用。之前她不敢面对创伤，用冷漠将自己内心对亲情的需求冻结起来。在战争中，汉娜一直带着克拉拉寄来的信，但"在经历过这些事之后，她已无法给克拉拉写信了。她无法谈论，或者无法承认帕特里克死了"。而在故事末，汉娜决定回加拿大，她给克拉拉写了一封信，释放了积压已久的感情和想法，毫无保留地表达出对家和亲人的依赖，并终于有勇气面对父亲的去世："帕特里克是怎样在鸽棚里死去的？""我父亲是怎样被烧伤的？"虽然汉娜在信中也表达了某些悲观看法："从今以后，我相信个人的利益与公众利益会永远交战"，她也无法完全回到过去的自我，但她至少再也不用在别人的叙述中躲避现实，而愿意主动地将眼光投向未来，继续平常人的生活。

基普来别墅的目的看上去是工作的需要，他在汉娜弹钢琴时出场，并不是出于对音乐的好奇，而是因为弹钢琴的人危在旦夕——"撤退的敌军经常把铅笔炸弹放在乐器里"。与其他人物相比，基普最开始对病人故事的兴趣与个人要求没多大关系，更多的是与他谈论武器、导线等话题。他整日忙于扫雷工作，留给读者的印象大多是其拆弹时表现出的严谨与冷静。他主要的感情生活仅限于与汉娜之间柏拉图式的爱情，除此以外很少有激烈的感情迸发，加上他少言寡语的性格，很难被看作一个内心有创伤的人。但伤痛最终还是从他不多的话语中隐现出来。与他哥哥不同，基普对英国充满了尊

189

敬。与他一起工作的另外两名排爆人员——莫登小姐（Miss Morden）与瑟福克爵士——对他友好热情，使远离家乡的他感到"家庭"的温暖。后来两人在排爆工作中都被炸死，基普因而失去他最崇拜最热爱的瑟福克爵士以及让他依靠的"家"，他对汉娜说："我也曾失去过一位像父亲一样的人。"他离开那个有痛苦记忆的地方，来到意大利战场投入紧张的工作，以忘却那些内心的伤痛。和其他两人一样，基普也在英国病人这里寻找到所需要的慰藉。病人体现出的"英国性"、广博的知识以及对基普的友好态度都让基普找回了与瑟福克爵士在一起的感觉。他们的谈话内容渐渐从炸弹、枪支转向了瑟福克爵士，英国病人再一次让基普在自己这本书中看到他曾想逃避的那段记忆，释放心中的痛苦。

战前的卡拉瓦乔是一个小偷，战时他的偷窃嗜好被英国军方视为合法行为，并为他分派了替他人制造假身份的任务。战争临近结束时，因情报泄露他被德军抓住并遭受断指酷刑。在得知英国病人的情况后，他怀疑他正是那个泄密的人，于是他也来到了别墅。"他要知道这个从沙漠里来的英国人是谁……也许为他披上一层伪装，就像丹宁酸能掩饰一个烧伤患者的伤口一样。"卡拉瓦乔不仅需要知道来自沙漠的英国病人是谁，还需要病人就是"奥尔马希"——一个在英国受教育的匈牙利人，在战时改变效忠对象而无意间为自己招来断指之祸的间谍。

对离群索居的卡拉瓦乔来说，他喜欢匿名的生活，战争中的间谍经历使他已经不信任任何人了，在他眼里"周围发生的每件事都是谎言"。战争也"使他的个性丕变……他无法再回到其他世界"，"沉浸在最痛心的悲哀中"，"丧失了自信"。他通过不停地为病人注射吗啡来引诱他说出自己想要得到的信息。英国病人从讲述自己与凯瑟琳的故事开始，偶尔停下来与卡拉瓦乔对话，逐步引导卡拉瓦

## 第三章 《英国病人》：全球化时代的民族身份与历史书写问题

乔说出自己的内心话。在英国病人的故事中，卡拉瓦乔发现自己与英国病人实际上有很多相似点：战争中都是间谍、职业的骗子，经历了同样的痛苦——"所热爱和珍视的一切都被夺走了"，而现在都需要依靠吗啡来麻痹战争带来的身体与心灵的伤痛。虽然这些经历都使他们不轻易相信任何人，但他们都需要讲述过去，因为他们都知道"生存的唯一途径就是道出心中的一切"。他们为当下的虚无和绝望所困扰，希望为自己的人生找到意义，正如英国病人所说："我们所感兴趣的是，如何才能使我们的生命对过去发生意义。"

卡拉瓦乔曾极力劝说汉娜离开英国病人，认为汉娜被英国病人的诡计迷惑，"我们想了解一些事情，想要把前因后果搞清楚，谈话者引诱我们，用语言引我们入瓮。"而他自己又何妨不是这样甘愿在英国病人善意的谎言中寻求慰藉呢？在吗啡的作用下，病人的叙述变得与卡拉瓦乔的期望相合。卡拉瓦乔为病人给定的身份是真是假并不重要，重要的是他讲的故事投卡拉瓦乔所好。他懂得卡拉瓦乔寻找过去的真实意图并非只是为了"了解一些事情，想要把前因后果搞清楚"，于是主动为他提供机会："你必须和我谈谈，卡拉瓦乔。"虽然卡拉瓦乔"不是一个轻易说话的人"，但在病人的循循诱导下，他们的交流越来越自如，他也渐渐地将私人仇恨转移至控诉战争自身的罪恶："像我们这样的贼在战争中被人利用。"最开始卡拉瓦乔将病人看作自己的敌人，想方设法要弄清楚他的真实身份，而当病人结束他的叙述时，卡拉瓦乔却已改变了想法："在这场战争期间，他究竟站在哪一边已经没关系了"，当汉娜问起他时，他说："他很好，我们就放过他吧。"尽管卡拉瓦乔没有从英国病人那里听到他预想的答案，但他们的交流不仅医治了战争的伤痛，还化解了仇恨。

这四个人物中，身体上受伤最严重的是英国病人。他被烧得体无完肤，没有身份。病人的主体性存在及其价值完全建立在与其他三人的关系上，他不是一本有固定内容的"书"，他的身份、故事、人生在被"阅读"的过程中都经历着变化。他不是沉默和独立的个体，在充当他人慰藉的同时也在与其他人物的交流中努力为自己疗伤。他与他们分享文学、历史、地理、军事等各方面知识，并一直在"挖掘回忆的深井"，试图通过与他人分享自己的人生经历来缓解内心的痛苦。英国病人相信他被过去的那些人和事所"标记"，对他来说，他所经过的每个地方、遇见的每个人都是"天赐的礼物"，别墅中的其他三个人因而也都在他身上刻上了不同的"标记"。尽管英国病人习惯"深藏不露"，但饱受生理和心理创伤的他也慢慢开始用回忆治疗。翁达杰在访谈中说："我那烧得面目全非的人一辈子都生活在烦恼中，现在他试着去看世界与他的人生是怎样结合在一起的。"[1] 他借故事来为自己疗伤，"他只有在讲述时才能明白发生了什么"[2]，在讲述过程中，病人也充当了"共同读者"，和其他人物一同揭开自己过去的伤痛。

没有任何确凿线索证明病人的确切身份，而卡拉瓦乔又急于知道英国病人的真实身份，他认为这个"无脸"的病人是一个沙漠探测人员、轴心国的间谍——奥尔马希爵士。在卡拉瓦乔不停为自己注入的吗啡的作用下，英国病人也开始将卡拉瓦乔给他的名字——奥尔马希——插入故事，即使有时使用第三人称。英国病人在卡拉瓦乔的解码中变成了后者希望他所是的那个人物，向他自己那烧伤的身体上投射了一个虚构的身份。卡拉瓦乔后来终于明白："这个他认为是奥尔马希的人利用了他和吗啡，回到他自己的世界，为了他自己的悲伤。"英国病人也在其他人物身上寻找失去的人的代替品。他曾描述

---

[1] Eleanor Wachtel, "An Interview with Michael Ondaatje", in *Essays on Canadian Writing*, Iss. 53, (Summer) 1994, p. 258.
[2] Janis Haswell and Elaine Edwards, "The English Patient and His Narrator: 'Opener of the Ways'", in *Studies in Canadian Litrature*, Vol. 29, No. 2, (Summer) 2004, p. 127.

第三章 《英国病人》：全球化时代的民族身份与历史书写问题

了一幅文艺复兴时期意大利画家卡拉瓦乔的作品《大卫和歌利亚的头》，在这幅画中大卫和歌利亚分别是画家年轻和年老时的肖像，病人说："当我看见基普站在我的床边时，我想他就是我的大卫。"在这里基普是英国病人所失去的过去自我的替身。还有一次被注射吗啡后，他将卡拉瓦乔错认成战争中死去的老朋友马多克斯（Maddox）："当他再次睁开双眼时，他看见了马克多斯，憔悴而疲惫，正在注射吗啡。"

英国病人在与不同人物的交流中修复着自己的伤痛，"重读"自己以前不愿翻开的历史页面，从新的角度去打量和书写从前。虽然借助自己的回忆和他人的想象看到不一定是一个确切的过去，但至少是英国病人愿意接受的过去，有助于减缓痛苦。小说有处细节是基普与英国病人共享炼乳，汉娜看见"基普和英国病人正拿着一罐炼乳转来转去"，他对汉娜说："一个喂我吃吗啡，一个喂我吃炼乳。我们也许发现了一种平衡的饮食。"英国病人的这句话含义颇深，吗啡与炼乳分别象征着医治英国病人身体和心灵创伤的方式，分享炼乳意味着交流，也是一种友情的表达。正是在护士的精心照顾和朋友们的友好相待中，英国病人得到了最好的治疗。

哈拉尔德·韦尔策（Harald Welzer）说过："有许多不可及的回忆，它们都处于闭锁状态。它们的守门者叫做抑制或精神创伤……这类回忆太令人痛苦或太令人羞愧了，所以若没有外因的帮助，它们不能重新回到表层意识来。"[1] 经历过二战磨难的汉娜、卡拉瓦乔、基普和英国病人正是在彼此的帮助下才克服了精神创伤，打开记忆之锁，为从前无法言表和阐述的过去赋予意义。他们努力回忆过去并非为了满足一种好奇心或对完整过去的追寻，而是为了从战争创

---

[1] ［德］哈拉尔德·韦尔策：《社会记忆：历史、回忆、传承》，季斌、王立君、白锡堃译，北京大学出版社2007年版，第58页。

伤和阴影中走出来继续生活下去。实际上每个人都在不知不觉中成了英国病人这本"书"中的一部分,四个人组成了一本"共同的书",恰如英国病人发自内心的感叹——"我们是共同的历史,共同的书籍"①。

## 二 边缘人的"第三种维度"

尽管四个人不乏共同点,但东—西方的分界线一直若隐若显地横亘在基普与其他三人之间,原子弹事件的爆发使这条线彻底显现。基普的多种文化经历造就了他混杂的身份感和复杂的认同感,其思想也跟随故事的发展发生着转变。小说描述了他为自己文化多元经历与多重身份解码的过程——从对西方文明的全盘接受到完全否认,而后又在两种极端立场之外寻求中间道路。他的经历不是特殊个例,是众多经历文化漂泊的人的现实写照。

最开始基普对以英国为代表的西方文明是怀有崇敬之情的,他被西方的理性思维和先进科学知识所吸引。由于"他来自一个国家,在那里,数学和机械是一种与生俱来的才能",基普在英国轻松通过了一场严格的考试,加入由英国专家组成的排爆小组,并感到了家庭般的温暖。通过纯粹的理性知识而被西方人所接受的事实反过来强化了他对西方的热爱,"虽然他是一个亚洲人,但是在战争的最后几年,他已认英国人为父,像一个尽孝的儿子遵守英国人的规矩",连汉娜都认为他"对文明世界有着坚定的信念,他是个文明人"。在对待英国病人的态度上反映了相同的立场,他们的友情也是建立在对炸弹、枪支等武器知识的共同兴趣基础上的。身体衰弱的英国病

---

① 英文原文是"communal histories, communal books",原文是"共有的历史,共有的书籍",此处笔者改译。

第三章 《英国病人》：全球化时代的民族身份与历史书写问题

人以渊博的知识博得了基普的崇拜，"他常常与英国病人待在一起。那人让他想起他在英格兰看到的枞树，一株病枝，岁月压弯了它……尽管摇摇欲坠，他却感到它内在的高贵——孱弱掩盖不了往日的坚强"，因此一开始他对病人提出的超民族国家的思想也是尊重的。

对纯知识的崇尚使他的目光局限于微观的、无生命的技术世界而无暇顾及国家或整个人类的宏观世界。理性知识带来的孤立性格典型地体现在基普的言行中：他"只是应邀才走进房间里，只是偶尔拜访而已"，"如果没有发现可疑的炸弹，他是不可能看一眼房间或田野的"。甚至他的恋人汉娜也曾"被他的独立所激怒，生气他能如此轻易地远离这个世界"，"对他来说，我们这些人是无关紧要的。他的眼里只有看得见的危险……除了危险，其他的一切都是次要的"。当基普坚持在排雷时听收音机以排除杂念集中精力于眼前的任务中时，他对纯知识的依赖再次得到强调。收音机中貌似纯洁的声音，如同英国病人宣扬自己"超脱"思想的话语，都制造出一种认知的幻觉。

由于一直只和技术性的事务打交道，加上对西方传统理性的崇拜，他对战争本身也似乎保持了一种中立的态度，没有对帝国主义战争的本质做出积极思考，也没有表现出鲜明的是非观，"他冷静地迎接战斗，即使那是错误的，对他来说也意味着命令"。对于自己所受到的来自殖民主义者的歧视性言行，他也当作顺理成章的事，这与他那反抗殖民主义的哥哥形成鲜明对比。比如基普入伍时，有人用黄色粉笔在他皮肤和挂在脖子上的牌子上写上编码和个人信息，他说："我并不因此感到耻辱。我相信我哥哥会怒不可遏地走到井边，提起一桶水，洗掉粉笔字。我不像他……我的天性使我认为凡事都会有其道理。"在稳定和归属感需求的鼓动下，基普对西方文化不加质疑地全盘吸收。

## 第一部分　东西方文化冲突与后殖民批判

同样是西方理性与智慧的产物——两颗原子弹——使基普对西方文明的态度发生了翻天覆地的转变。也正是"收音机引起了这一切。是无线电短波播出一个可怕的事情",这些都讽刺性地暗示着基普全盘吸收西方文明的错误。哥哥从前的警告如同一颗定时炸弹:"他说有一天我会看清一切。亚洲仍然不是一个自由的大陆,他厌恶我们为英国人打仗。"现在这颗炸弹终于爆炸了,打破了他内心的安宁,也摧毁了他对秩序与文明的理想。和奥尔马希一样,他"所热爱和珍视的一切都被夺走了",而且这是"一场新的战争,关系着文明的灭亡"①。卡拉瓦乔曾告诉基普:"英国军队教给他这种技能,而美国人教给他更多的技术……你被利用了,小伙子。"直到原子弹轰炸事件才使基普明白这个事实,他开始实践哥哥曾经的警告:"永远不要依靠欧洲。那些做交易的人,那些签合同的人,那些绘制地图的人。永远不要相信欧洲人……永远不要和他们握手。"即使他与汉娜之间的跨国恋情也被他完全否定,当汉娜问他"我们与那件事有什么关系"时,他引用了英国病人给他读过的一句话:"爱是如此渺小,以至它可以穿过针眼。"对西方文明的恨已经远远超过了与西方人之间的爱情,他割断了与别墅中几个"欧洲人"的关系,离开了意大利回到印度。

当读者再次遇见基普时,他出现在一幅印度家庭生活的画面中:"他是个医生,有两个孩子和一个爱笑的妻子。他在这座城市里终日忙碌"……这是否表明他已经完全与西方世界脱离关系了呢?作者的描述给出了否定的回答:在他骑车返回印度的途中,他"觉得他是带着那个英国人的躯体进行这次旅行的。那英国人坐在油箱上,面对着他,黑色的身体拥抱着他","他的耳边传来了英国病人歌唱

---

① 英文原文是"the death of civilization",原译文为"文化的灭亡",此处笔者改译。

## 第三章 《英国病人》：全球化时代的民族身份与历史书写问题

以赛亚的歌声"。而多年后当基普坐在他家的花园里时，他想到应该写封信或"想办法和另一个国家里的她取得联系"。也正是这个花园"将他带回了汉娜、卡拉瓦乔，还有英国病人住在佛罗伦萨北面的圣吉洛拉莫别墅的日子"，他还"看见了汉娜，她的头发更长了"，用餐时他甚至有"想与她谈话的冲动"，他"现在依然迷恋着她"。小说的结尾更是意味深长，汉娜的"肩膀碰到了橱柜，一块玻璃掉了下来"，这时叙述突然转向基普，他"左手向下一伸，在掉落的叉子离地面还有一英寸时接住了它，然后温柔地放进他女儿的手里"。很显然基普并没有完全与西方隔离开来，结尾处时间和空间的巧妙合成代表着两种文化的交融，也象征着基普对西方文明态度的又一次转变。

尽管基普喜爱西方文明，但他"毕竟有自己的信仰"，比如他穿英国军装的同时坚持戴锡克头巾。理性主义的传统观念是建立在"二维"的二分法逻辑基础上的，如西方与东方。翁达杰将基普的视角描写得很独特："他发现自己具有三维透视的能力。"特殊的多元文化经历使得基普在小说中占据了一个介于东西方两种异质文化之间的"阈限空间"。殖民主义使得许多像基普这样的人处在文化的"阈限空间"中，他们往往有两种选择：要么沦为沉默的边缘他者，要么成为两种文化的"协商者"，而基普属于后一种类型。对于这一点，汉娜是清楚的，"她知道，她身边这个人是个有魔力的人。他以一个边缘人的身份长大成人，所以他可以转换效忠的对象，可以弥补失落的创伤。有些人曾被不公平的命运击倒，有些人却不会"。发生在亚洲的大事件让他回到了自己的国土，但他没有因此成为一个怀恨西方者或狂热的民族主义者，而是在家乡重新建设新生活，并选择救死扶伤的伟大事业。随着时间的流逝，悲哀与愤怒都已褪去，他没有拒绝从前在西方世界的生活经历，记住了汉娜、卡拉瓦乔和英国病人以及他在西方学到的所有知识，但他以自己的方式来使用这些知识并且在时空上拓展它们，将它们人性化。基普的"魔力"在于他能够超越西方/非西方二分法，用全新的"第三种维度"打量世界，而这是真正具有人本主义的维度。

这种"三维目光"使基普既部分属于西方文化又与之保持距离，他松散地居住在能看到二者的优点与弱点的中间地带。基普的这种中间性格提供了一个塑造特别身份的重要机会，这一身份既是固定的也是流动的，可以容纳多元需求，从而反驳了将身份简化为某种核心的、同质的实体的身份观。雷·尤尼斯（Ray Younis）说："翁达杰肯定身份内部的异质因素，希望以此表明内部的不一致和不连贯不仅是可能的，也是形成丰富而复杂人生的源泉。"[1] 基普的独特的文化经历实际上也影射了翁达杰这类流散作家的现实处境。翁达杰借助基普的第三维度视野否定了西方与非西方世界之间的绝对划分，也由此否定了"理性可以解决一切社会痼疾"这种过于乐观的想法[2]。第三维度视野破坏了东西方二分法逻辑的稳定性，为我们思考和解决小说中另一个源自二分法的问题提供了重要启示，即全球化语境下的民族主义问题。既然民族主义与全球化浪潮齐驱并驾，我们该如何处理好两者的关系呢？

## 三　全球主义的民族化与民族主义的全球化

四个主要人物彼此同化，互相交流，从共同组成的"书"中寻

---

[1] Gerry Turcotte, "Response: Venturing into Undiscoverable Countries: Reading Ondaatje, Malouf, Atwood & Jia in an Asia-Pacific Context", in *Australian Canadian Studies*, Vol. 15, No. 2, 1997, pp. 68–69.

[2] Lisa Pace Vetter, "Liberal Political Inquiries in the Novels of Michael Ondaatje", in *Perspectives on Political Science*, Vol. 34, No. 1, (Winter) 2005, p. 27.

## 第三章 《英国病人》：全球化时代的民族身份与历史书写问题

找真实的自我。他们的人生故事，特别是基普多重的文化经历，既体现了民族主义的根深蒂固性，又展现了异质民族间，尤其是东西方民族间，相互交融的必然性与必要性。在《英国病人》中，翁达杰除了打破传统的白与黑、美与丑、自我与他者二元对立的意象外[1]，在人物设置上也无中心—边缘之分。四个人物是平等的，文中有多处跨民族、跨文化交融的场景：基普在英国所加入的排爆小组让他有家庭的感觉，在意大利别墅的生活中又与其他三个人之间迸发出跨文化的友情或爱情。他在汉娜生日时为别墅中的朋友们准备了一顿"豪华"的晚餐：把四十五个注满了油的空蜗牛当蜡烛点燃，代表20世纪以来的四十五年。汉娜为基普唱了一首多年前唱过的《马赛曲》，虽然"好像谁也不能再把这首歌代表的希望完整地表达出来"，但卡拉瓦乔观察到汉娜唱的歌"与工兵的心声相应和"。在微弱的灯光中，飘扬的歌声依然象征着在这个不确定的、罪恶的时期中没有完全被战争乌云遮蔽的希望与美好，歌颂了跨文化、跨民族交流的努力，基普用无生命的材料做成的灯也暗示着在了无生气的世界中蕴含着的美好未来。许多批评家都看到了翁达杰在《英国病人》中对殖民主义和帝国主义的揭露和反抗，但很少有人注意到他在"破"除旧观念的同时所树"立"的一种新思想、新视野，在处理全球主义与民族主义之间的紧张关系、应对新形式的殖民主义和帝国主义等方面为我们提供了有益启示。这种新思想就是全球主义的民族化与民族主义的全球化。

全球化使个体的认同体系不断扩大，其认同对象除了传统的民族国家外，还增添了众多新的跨国组织。于是有学者提出民族国家衰退论，将其看作人类发展的障碍，认为民族主义应当退出历史舞

---

[1] Eleanor Ty, "The Other Questioned: Exoticism and Displacement in Michael Ondaatje's *The English Patient*", in *International Fiction Review*, Vol. 27, 2000, No. 1-2, p. 19.

台，由一种世界主义来接替。然而，尽管认同对象的多样化对民族主义认同有一定影响，民族国家仍然是认同体系中的主导性因素。因为在现实生活中，国家之间的利益冲突仍然并且在将来很长的时间内会继续存在，在不平等发展基础上讨论消除民族国家认同的全球主义是不可能的。抹除差异的文化同质化只会给落后民族带来不幸，因此民族国家依旧是最基本的政治单元和国际舞台上的重要主体。英国病人提出的"国际杂种"这种身份观似乎表达了全球化语境下一种前瞻性的世界主义观点，颇有点类似于哈贝马斯提出的"世界公民"一说，然而在很多民族主义者看来，这类所谓的世界主义观实际上是帝国主义霸权思想的反映。美国民族学家路易斯·亨利·摩尔根（Lewis Henry Morgan）认为其不过是"主张一个民族和一个国家有权把自己的价值观和行为标准强加给所有其他国家"[1]。亨廷顿也认为，"普世文明的概念有助于为西方对其他社会的文化统治和那些社会模仿西方的实践和体制的需要做辩护。普世主义是西方对付非西方社会的意识形态"[2]。当然，极端的民族主义也给人类带来了灾难与痛苦，小说中几个人物痛苦的根源便是来源于演变为帝国主义的狂热的民族主义情结。我们不禁要思考，全球主义与民族主义究竟谁优谁劣？二者是否绝对地互相排斥、水火不容？在两者之外有没有更好的选择呢？

全球主义与民族主义的对立源于对二者理解的片面性，二者之间实际上存在着统一性。一方面，全球化并不意味着抹除民族国家的特殊性。全球意识"并不是指不同民族国家所具有的同质化意义上的全球性意识，而是指在全球化的交往中，民族国家作为交往主

---

[1] 贾英健：《全球化背景下的民族国家研究》，中国社会科学出版社2005年版，第296页。
[2] 同上书，第300页。

## 第三章 《英国病人》：全球化时代的民族身份与历史书写问题

体所必须遵循的理念，它以民族国家为交往主体"①。作为交往主体的民族国家在全球化过程中扮演着不可或缺的角色，提倡全球交往的主要目的是增强各交往主体之间的整体相关性，而非扼杀民族国家间的差异。全球化尽管在某些领域造成同质化趋向，但始终不能泯灭民族丰富性和独特性。因此，全球化既号召各民族国家增强交流以扩大整个人类的共同基础，也承认多元的民族文化和多样的民族价值观。

另一方面，全球化浪潮在给民族主义带来挑战的同时也带来了积极促进作用。民族国家继续保持个体认同的主导性单位这一事实并不表明它能够"以不变应万变"。哈贝马斯认为民族传统不应该不加批判地接受下来，因为不是所有来自一个民族的过去的东西都必然是好的、正常的。②在全球化时代，任何固定不变的共同体都是不符合文化的现实要求的。民族国家之所以具有如此顽强的生命力，与它自身不断调整改革的自觉意识不无关系。在全球化浪潮的冲击面前，民族国家表现出了积极的应对姿态，尤其是落后民族，它们努力发现自己与发达民族国家之间的差距，从而激发本国人民的危机感，在保持自身已有优势的前提下与其他国家积极交流。只有这样才能做到坚持传统核心价值的同时对本民族国家进行新的建构，以拓展自己的发展空间。小说中基普就是很好的例子，他从一个被动保守型的民族主义者逐步转变为积极的交流型的民族主义者。

上述分析表明全球主义和民族主义并不是非此即彼的对立关系，民族主义是全球主义的前提，而后者又促进前者的发展。两者的统一既是可能的，又是必要的。翁达杰在小说中体现了反殖民主义与

---

① 贾英健：《全球化背景下的民族国家研究》，中国社会科学出版社 2005 年版，第 299 页。
② ［英］乔治·拉雷恩：《意识形态与文化身份：现代性和第三世界在场》，戴从容译，上海教育出版社 2005 年版，第 192 页。

第一部分　东西方文化冲突与后殖民批判

人类"共同的书"之间的张力,折射出全球主义与民族主义间对抗与和谐的辩证关系。要让全球化和民族主义保持良好的互动关系,就要保持两者之间存在的特殊性和普遍性、差异与同质化的张力。既要积极建构人类文明的共同基础,又要尊重各民族国家间的差异。民族国家既要坚持各自先进文化的独特性而不致在全球化过程中被其他文化吞没,同时又要积极适应变化的外部环境,始终保持其开放性,可以用罗兰·罗伯森提出的两个新术语来概括,即"全球地方化"(locglobalize)和"地方全球化"(glocalize)。[1]

《英国病人》是一部关于全球化语境下如何处理身份、历史、民族关系等问题的作品,没有宏大叙事,没有伦理说教,只有四个来自不同国家的人在一座破旧别墅中共同生活的描写。背负着战争伤痛的四个人的回忆片段充斥着整部小说,他们在倾听和述说中相互疗伤。从几个普通人战时生活的微观层面中,翁达杰让读者既看到了殖民者与被殖民者间同化与反同化的冲突,也感受到了跨越民族国家界限的伟大友情与爱情。尽管别墅生活有乌托邦之嫌,但翁达杰借此抨击了帝国主义和殖民主义,还为我们展现了全球化语境中民族主义的新面孔:民族国家间积极地交流合作、共同进步,同时保持和尊重彼此的差异,即斯图亚特·霍尔所说的"与差异一起生活"[2]。

---

[1] 贾英健:《全球化背景下的民族国家研究》,中国社会科学出版社 2005 年版,第 207 页。
[2] Stuart Hall, "Living with Difference: Stuart Hall in Conversation with Bill Schwarz", in *Soundings*, No. 37, (Winter) 2007, pp. 148–158.

# 第二部分

## 翁达杰对西方"内部殖民"的批判

早期的后殖民理论家们只关注西方对亚洲、非洲等海外前殖民地区的文化殖民问题，很少注意到后殖民时代西方对居于其内部的东方人或其他少数族裔在语言、知识、文化等各方面的渗透和控制。实际上，后殖民主义不仅包括前宗主国与殖民地之间的不平等权力关系，也包括西方国家内部中心群体对边缘群体的文化殖民。那些在种族、性别、阶层等各方面遭到强势的主流文化蔑视、控制、压迫的边缘群体都可以视作被殖民者。他们的文化被改写、同化、抹杀，在思想上不自觉地按照殖民者的意识形态塑造"自我"。这种殖民隐藏在思想意识层面，又发生在西方国家内部，因而更具有伪装性。

与海外殖民一样，内部殖民也分为经济、政治殖民与文化殖民，本课题着重讨论后殖民语境中的内部殖民，即西方主流社会对处于边缘地位的少数族裔的文化殖民。翁达杰从斯里兰卡来到西方国家，不仅经历过西方对海外前殖民地区的殖民，也在西方国家内部体会到主流文化对边缘群体的殖民，因此在作品中不可避免地反映出内部殖民问题，小说《经过斯洛特》和《身着狮皮》是此类作品的代表。

# 第四章　种族他者的主体追寻之路：
# 《经过斯洛特》

内部殖民主义不仅用于地理位置上的中心对边缘的统治，还用于由种族中心主义生发出的殖民现象。继列宁和葛兰西之后，内部殖民主义理论被广泛运用于二战以后的反殖反帝运动，尤其是美国内部黑人民权运动。白人主流群体除了在政治、经济上排挤和压迫黑人外，还向黑人灌输了一种与肤色差异相关联的血统尊卑观，宣扬白色人种天生尊贵、有色人种天生低卑的思想，让黑人远离自身的民族文化和民族意识，在思想上永远处于被殖民的地位。《经过斯洛特》涉及的正是这类内部殖民现实，反映白人主流社会对黑人的压制及后者艰难的主体建构过程。

小说以20世纪初美国新奥尔良黑人爵士乐短号手巴迪·博尔登（Buddy Bolden）为原型，讲述了黑人艺术家追寻主体性的曲折历程。翁达杰撇开常规传记小说的叙述模式，独辟蹊径地以警察韦布（Webb）寻找失踪的巴迪·博尔登为线索展开，警察对博尔登的朋友、家人、同事的调查访问及所搜集的历史资料使这位黑人音乐家的生命轨迹渐渐凸显：从默默无闻到声名大震，而后在事业发展的巅峰时期变疯，最后英年早逝于疯人院。小说虽然有音乐伴随，但

第二部分 翁达杰对西方"内部殖民"的批判

读起来让人感觉并不轻松,负载着苦闷、狂躁、暴力、焦虑的文字充满了各个角落。和小说英文题目中"谋杀"(Slaughter)一词相呼应,死亡的阴影和意象一直如影相随,读者能身临其境地感受到主人公内心的焦灼与恐慌。究其实质这是一种濒临失去主体性的惊慌失措,这种可悲现状背后的罪魁祸首是内部殖民形式之———白人种族中心主义。博尔登曲折的主体建构之路反映出的正是后殖民时代西方国家内种族他者的反殖民抗争。本章分析种族他者主体危机形成的根源和不同的应对策略,以及翁达杰在主人公身上的自我投射。

## 第一节 后殖民时代种族他者的主体危机

西方国家中来自亚、非、拉三大洲的流散群体在白人种族中心主义的话语大旗下充当着种族他者。《经过斯洛特》记述了一位20世纪的美国黑人艺术家的人生故事,因此本部分主要以西方社会中的黑人群体为关注对象。尽管生活在20世纪的美国黑人不再被视为流散群体,但祖辈的流散历史记忆在他们大脑中留下了深刻的烙印,此外他们和其他流散群体一样遭到主流社会的排挤,因此翁达杰将其纳入关注视野,并由自身的流散体验出发探索其主体建构之路。

西方的现代化进程造成了殖民扩张,16世纪美洲沦为欧洲殖民地后大量非洲的黑人经由奴隶贸易被迫来到这里。作为种植园奴隶的黑人被贬低为劣等民族,他们没有被当作"人"而获得被平等对待的权利,仅仅充当着种植园主的私有"财产"。美洲的奴隶制及与之相随的种族歧视在很大程度上与西方的启蒙主义思想有关。西方启蒙理性主体性哲学认为人必须是自立的和理性的行动者,这为将

## 第四章 种族他者的主体追寻之路:《经过斯洛特》

西方、白人建构为"中心",东方、有色人种贬斥为"边缘"等中心主义话语奠定了基础。黑人流散至美洲前还基本处于原始社会时期,而此时的西方已经进入资本主义社会阶段,政治、经济力量方面的悬殊使得西方人对二者产生了落后与先进、野蛮与文明的对立印象。在西方人眼中,只有文明的、进步的西方白人才是理性的人,东方人或其他非白种人是非理性的、落后的,因此黑奴自然无法被当作"人"来平等对待,更不要说融入主流生活。

随着殖民时代的结束和黑人运动的蓬勃开展,黑人在诸多方面获得了自由与平等,但殖民主义所仰仗的种族等级制度遗留下来的种族歧视与偏见问题依然存在,对早期黑人流散族裔的后代有着深刻的影响。相对于占据着主流位置的西方白人而言,黑人仍然是处于边缘和从属位置的种族他者,无法真正享有政治、经济上的平等权利。在文化上,西方白人长期以自我为标准将黑人贬斥为野蛮、幼稚、粗俗的群体,剥夺了他们表达自我的机会。黑人群体在离开家园之前享受着自己完整的文化种族身份,被掳掠至美洲后便与祖先文化渊源割裂开来,失去文化之根的黑人群体在西方社会又遭到排斥,历史遭遇与现实处境造成了他们的身份焦虑,主体危机由此产生。

分析《经过斯洛特》有两个不可或缺的要素:第一是"确定性"(certainty),在这里它并非狭义地表示"精确、准确"之意,而是广义地指代启蒙现代性所遵循的"秩序""原则""真理"。小说围绕人物们对"确定性"的固守与反抗展开:人物韦布在言行上处处表现出白人的优越感,将"确定性"视为文明、进步的西方所具有的特质,并以此作为划分中心—边缘群体的标准之一。他不仅自己严格恪守"确定性",还试图"教化"并以此控制作为种族他者的博尔登。另一个要素是爵士乐,这一代表黑人文化的音乐在博尔登追寻主体性的路上也左右相随。博尔登喜好的随意散漫的爵士乐演奏风格与主流社会所要求的"确定性"发生抵触,两者的冲突实质上是两种文化的冲突。与其他生活在西方的黑人一样,博尔登在两种文化的取舍上受到"双重意识"的折磨,表现在他对"确定性"的矛盾态度上,这导致了自我分裂的主体危机。

## 一 主流文化的压制

启蒙现代性为种族等级划分奠定了话语基础,也为西方国家内部"优等"族群对"劣等"族群的殖民提供了理由。殖民时代西方白人通过奴隶制控制作为种族他者的黑人奴隶,后殖民时代则通过文化霸权主宰他者群体的思想来巩固白人中心主义。白人在西方社会中的政治、经济等方面一直居于支配地位使他们总是以最优越的文化群体自居。他们引以为豪的西方文化核心是启蒙理性思想,并试图以此同化、压制种族他者的文化从而达到控制其目的。《经过斯洛特》中反复出现的关键词"确定性"是其表征之一,象征现代性苛求的规则、秩序、同一性。而与此相对的种族他者文化在小说中则以爵士乐为象征物,代表向往自由的黑人文化。与"确定性"相关的人物主要是警察韦布和博尔登的听众,他们的行为是白人中心主义对种族他者文化压制的具体化,引发了博尔登的主体危机。

在分析博尔登的主体性危机之前有必要先了解代表黑人文化的爵士乐。黑人文化研究家保罗·吉尔罗伊(Paul Gilroy)将爵士乐归为"黑人表现性文化",后者是吉尔罗伊文化研究的主要内容之一,他将之与"种族"问题相关联。"黑人表现性文化"是"一种区别于欧美及亚洲等以语言文字记载为主要特征的文化形式……它主要包括黑人音乐、舞蹈等通过声音和形体表达情感和需求的

第四章 种族他者的主体追寻之路:《经过斯洛特》

艺术形式"。① 在《反对种族》一书中,吉尔罗伊指出黑人表现性文化在奴隶时代和资本主义时代表达出强烈的反种族主义思想,体现为反奴隶制、反资本化、反消费化、向往自由与平等等。吉尔罗伊还将"黑人表现性文化"看作黑人维护生存的反抗性文化。非洲黑人被贩卖到美洲后,他们与母国文化的联系被割断,殖民者的文化同化政策进一步破坏了其对本土历史、民族文化的记忆。黑人奴隶没有受教育的权利,也没有言说的权利和自由,文化的弱化和话语权的缺失使黑人群体逐渐丧失主体性,因此音乐、舞蹈等非文字的形式便成了他们表达自我、缓和痛苦的主要方式,它们还具有承载黑人历史的记忆功能和团结底层力量共同反抗白人种族压迫的政治功能。在《英国的国旗下没有黑人》一书中,吉尔罗伊把黑人音乐看作"一种必要的资源,一种生存的工具,一个呼喊自由和平等的空间"。②

爵士乐是作为"黑人表现性文化"的主要音乐形式之一,黑人在爵士乐的发展史上具有突出的贡献,与其最具渊源关系的是两种黑人音乐——布鲁斯(Blues)和拉格泰姆(Ragtime)。17 世纪初,第一批非洲黑人被贩卖到英国殖民地弗吉尼亚,从此开始悲惨而漫长的奴隶生活。在异国他乡的土地上,一无所有的他们只能凭借歌声发泄心中的苦闷,表达心灵深处的思乡情愫。在很长一段时间里,教堂是唯一可以让黑人们聚会的地方,他们当中不少人加入了教堂唱诗班,用非洲的音乐形式——如变调、切分表达、不断地击打拍子、降音等——演绎清教徒的赞美诗合唱,突兀奇快的旋律和通俗粗犷的歌词将其变得面目全非。这些黑人圣歌与世俗音乐相互借鉴,

---

① 张妍:《保罗·吉尔罗伊与他的"黑色"种族文化理论》,硕士学位论文,北京语言大学,2007 年,第 36 页。
② Paul Gilroy, *There Ain't No Black in the Union Jack: The Cultural Politics of Race and Nation*, London: Hutchinson, 1987, p. 92.

于是"诞生于教堂的歌曲,便也回响在茂密的森林和广阔的田野上了。那挥着斧头的人,那肩负重担步履沉重的人,借用圣经中的故事,稍加改编,唱出了自己的心事"①,渐渐地形成一种狂乱中夹杂着嘲笑与伤感的音乐模式——布鲁斯。在音乐研究学家吉尔伯特·沙斯(Gilbert Chase)眼中,忧伤与幽默结盟,现实与幻想携手,便是布鲁斯的全部力量。② 爵士乐的另一个起源是盛行于19世纪末的拉格泰姆。它也是从非洲民间音乐发展而成,由有"拉格泰姆之王"之称的黑人钢琴师司科特·乔普林(Scott Joplin, 1869—1917)创造,这类音乐的主要标志是切分和即兴演奏。其演奏风格常常是只注重节奏变化而不注重旋律、活泼欢快、轻松幽默。"ragtime"一词本身有"令人发笑的,滑稽的"含义,于是人们以此来称呼这种音乐,意为令人发笑的拍子。

主人公博尔登因其爵士乐风格受到代表西方启蒙现代性思想的"确定性"因素的干扰而遭遇主体危机,从深层面来说是两种文化的对抗结果。爵士乐在哪些方面与西方现代性格格不入呢?这从黑人文化赋予爵士乐的特点即可略知一二,若从音乐技术的层面来分析爵士乐的特点,非长篇累牍不可尽言,也非本文的主旨。在此处笔者概括法国著名社会学者、音乐专栏记者吕西安·马尔松在其著作《爵士乐简明史》中描述的爵士乐之四大特点③。

第一,即兴演出。虽然欧洲音乐也有着与爵士乐相同的即兴表演习惯,但文艺复兴以后,这种瞬间创作的习惯渐渐减少,尤其是启蒙运动后,科学技术敲开了机械复制艺术时代的大门,文学、绘画、音乐等艺术纷纷战胜时间和空间,逃离自身的"光晕",将"毫

---

① [法]吕西安·马尔松:《爵士乐简明史》,严璐、冯寿农译,中国人民大学出版社2005年版,第29页。
② 同上书,第30页。
③ 同上书,第5—21页。

无厚度的外皮"显露在外。与这些日渐枯索无味的复制艺术相反，爵士乐却依旧保持其清新、自然的即兴风采，给人们带来不假思索、信手拈来的乐趣。对厌倦了死板僵化、机械划一的单向度生活的人们来说，不啻是可贵的精神资源。

第二，全新的音响自由。与要求音符准确、乐音朴实的"正统"音乐背道而驰，爵士乐抛开这些沉重的负担，投入全新的音乐形式中：挥洒自如的音符、变幻无穷的颤音、随心所欲的"曲弧"、风格各异的变奏、高低起伏的共鸣、奇幻绝妙的音效……为"自由"做了充分的诠释。

第三，全新的节奏自由。一种不会出现在"古典"音乐家乐谱上的、被称为"摇摆"的节奏使爵士乐独具魅力。爵士乐中有一种"说不清道不明的暧昧"在二拍子、四拍子、三拍子或六拍子的韵律中流淌。吕西安·马尔松将这种节奏产生的效果比作性高潮或弗洛伊德所描述的紧张状态。总而言之，此节奏让爵士乐将"叛逆"进行到底。

第四，真实的表现空间。爵士乐以其不羁、狂放甚至是粗暴的方式表现出对现代生活中虚伪的理性、真理、规则、中心、逻各斯等一切繁文缛节的蔑视和反抗。如果有人认为爵士乐是荒谬怪癖的音乐，那我们可以说它是以荒谬对抗荒谬的绝好证明。欧洲"古典"音乐为我们展现的只是一个净化后的高尚的形象，有矫揉造作之嫌；而爵士乐如同现实主义小说一般，将日常生活凡俗的一面通过乐手们讽刺、嘲弄的乐声展现无遗，我们从中看见了赤裸裸的、偶然的、孤独的"人"。拨开表面的放肆和荒诞，我们还看见了发明爵士乐的这群在当今世界最受威胁的人内心深处的焦虑，音乐是他们发出呐喊的武器。

从上述描写中可以清楚地看见爵士乐中存在的与现代性相对抗

的因素,由此可见翁达杰在众多艺术形式中选择爵士乐并不是随意之为。实际上就连人物巴迪·博尔登也不是凭空虚构的人物,在吕西安·马尔松的这本简明史中我们可以看到这样一段话:

> 在1895到1917年的二十多年间,爵士乐会慢慢地从这些外表粗糙的声音里提炼精华。在新奥尔良,无论是婚礼还是葬礼,节日还是纪念日,抑或是草地上的野餐或者假面舞会,一切都是音乐存在的借口。在老街区的铸铁阳台下——这是法国和西班牙殖民时期留下的纪念,会有迈着正步的铜管乐团经过,还有那些在带轮子的临时平台上走动的混杂队伍。无数名乐手统治着廉价小酒店、小酒馆儿和下等酒家,他们是切分音的制造者,而其中最著名的一位,就是生于1877年的巴迪·伯尔登。①

从吕西安·马尔松和翁达杰的著作中刊登出来的巴迪·博尔登的照片、生卒年代以及生活历程的简单描述中,我们可以断定,历史上的爵士乐手巴迪·博尔登就是小说《经过斯洛特》中的主要人物巴迪·博尔登。真实的历史人物将小说与现实之间的距离拉近,其引发的思考也更具现实价值和指导意义。

博尔登受到的"确定性"困扰部分地来自听众。在音乐风格上,博尔登对秩序、规律、模式之类的"确定性"不感兴趣,而偏好随心所欲、收放自如的演奏,充分展现了其所具有的"黑人表现性文化"特色:

---

① [法]吕西安·马尔松:《爵士乐简明史》,严璐、冯寿农译,中国人民大学出版社2005年版,第35页。本研究其他部分使用侯萍、闻炜的中译版本《经过斯洛特》中的原译名"巴迪·博尔登",此处为引文,故保留相异之处用"巴迪·伯尔登"。

## 第四章 种族他者的主体追寻之路:《经过斯洛特》

那是一种你用不着多少音乐知识几乎就能明白他所表达的每一个音符的音乐,它似乎是沿途飘然而过,仿佛乘车旅行一般,甚至在他贴近它、真切地看到它之前,那仙音便振翅而飞了。对这种音乐,他除了具有控制调式的力量以外,便别无可控之处了……如果你从未听过灌在唱片上的他的演奏录音,那应该说是件幸事。你要是从未听过他在某个比方说气候会改变下一串音符的地方演奏——那你就等于从来没有听过他的演奏。

他摆脱了设计情节的约束……他在演奏时,整个身心仿佛已经沉浸其中,不停搜索着合意的神来之音。听他演奏宛如同科尔曼交谈一样。你不但可以改变每个乐句的方向,而且有时候可以在中途改变方向……他会用二十七种方法描绘某种情感。有痛苦,也有平和,每个节奏里都充满着人生百态。

音乐粗粝刺耳,直截了当,在持续的半个小时里,描述的是河里的尸体、刀子、性交疼痛、趾高气扬……演示着故事中的所有可能性。

博尔登参加最初两三次行进演奏时,他都是随兴从人群中走出,在街道上演奏一曲后又回到人群中间,十几分钟后重复一次便悄然离去。之后乐队和观众们便"等待着他的出现",这暗示了博尔登作为关注焦点的开始,他的行为已经进入人们的期待视野。然而就在紧跟着的下一页中,我们便读出了他内心对这种期待的恐惧:"他害怕每一个人。他不想在遇到任何熟人,一辈子都不想碰见他们。"于是他离开居住的地方在外流浪,暂居于他喜欢的一对音乐夫妇家,在浴缸里洗去流浪的污垢出来时,他"感到一身轻松,似乎一切都已随水流去"。在随后一段日子里,博尔登内心的焦躁逐渐被抚平,他开始敞开心扉将心中的苦闷抖落出来:"你演奏,人们不停地钦佩你，到最后——你没有办法不这样……每一次你停止演奏时，便成为一则谎言。"对于他这样一个热爱自由、性情散漫的人来说，观众的期待和过高的评价反而将他圈进了某种"规则"中去，"确定性"再次将他的真实自我遮蔽起来。博尔登自己也意识到"我一辈子就好像是公共汽车上运载的一件行李。我是有名的嫖客。我是有名的理发师。我是有名的短号演奏家。看看这些行李标签……"这些人为贴上的"确定"的标签湮没了主体的能动性，使其在被动的命名中物化。

其实最早让博尔登受到"确定性"影响的是他的警察朋友韦布，他是白人中心主义的代表，对"确定性"极力尊崇并借此同化、控制作为种族他者的博尔登。与博尔登的随意散漫性格不同，韦布喜欢"确定"的东西，是个精于算计、冷酷和理性的人。开篇不久作者就将这位警察严谨慎重的作风刻画出来："对待他的职业，对那些突然的行动和莽撞的行动比其他人要认真许多。他总觉得它们更加危险、更加坚决。"韦布从15岁起便认识了博尔登，后来他俩一起租房共住两年时间，那时韦布是名人，而博尔登是他的"影子"，是不离左右的密友。韦布的业余爱好是磁铁收藏，工作之余便在房间里玩耍磁铁，小说对此也有一段细致的描写：韦布"手里拿着一块大磁铁对着其他磁铁，于是，那些磁铁便发狂地摇摆起来……那些磁铁时而急拉……好像被人打得踉踉跄跄的样子，直到韦布在房间另一端控制的磁铁的力量有时拉断其中一根绳子为止……韦布便会把磁铁放在自己的脚旁，不动声色地把较小的一块磁铁吸过来……"作者为韦布设置"磁铁"这一癖好且此般详述并非仅为增强文采，其匠心更在于凸显韦布"同化""控制"他者的欲望。两年后博尔登去新奥尔良发展，"声誉鹊起，吞没了韦布所有的光彩"，韦布"带着博尔登的性格之根"进城悄悄地寻找博尔登并倾听他的演奏，觉得"士别三日当刮目相看,他对博尔登的发达感到惊奇"。博尔登的成名与韦布的内在要求有关,他如一块小磁铁自动地对韦布这块主控的大磁铁做出反应,正如后来博尔登自己也认识到:"我们的友谊并非偶然……甚至一开始你就打算把我调教得更有教养些。你确实做到了。你及时地使我成熟起来,节省了我很多精力。"因此博尔登即便吞没了他的光彩并没有使他感到不快,反倒是当博尔登出乎他意料地从耀眼的公众明星角色中隐退出来的行为使他不安,仿佛他的人生也因此失去了某种光环,失去了某种"确定"的东西。

种族他者尽管受到歧视和排斥,但他们的存在却是白人的中心自我得以成立的关键性因素。黑格尔在《精神现象学》中提出的主奴辩证法论证了自我的存在与他者的在场的密切关系:"自我意识是自在自为的,这由于并且也就因为它是为另一个自在自为的自我意识而存在的,这就是说,它所以存在只是由于被对方承认。"① 自我不是实体性自我,而是与他人的一种"关系",他人的在场是自我存在的先决条件,因而殖民者的存在也依赖于被殖民他者不可缺的存在,后者既对前者的中心地位构成潜在威胁,也是使之得以存在的根本要素。博尔登是韦布"确定"的主体性来源,博尔登的失踪让他内心的不安全感油然而生,于是他千方百计、不辞辛苦地找寻博尔登两年多时间。后来终于在布雷威特夫妇家找到他时,韦布苦口婆心地开导博尔登,诱惑他回到秩序井然的生活模式中,为的就是帮自己找回"确定"的、"稳定"的主体性感觉:"你想回去的,巴迪,你想回去……你为什么不回去呢?……你在浪费时间……"而文中最意味深长的一句话是当博尔登同意跟他回去后,韦布"正在放开他不得已追捕的兔子,因为现在兔笼已经打开,当他完成使命时笼子

---

① [德]黑格尔:《精神现象学》,贺麟、王玖兴译,商务印书馆1983年版,第122页。

里总留有毫无价值的兔子那毫无价值的味道"。韦布需要的不是博尔登这个人,而是博尔登为他带来的某种"确定性"。

韦布为了获得确定的主体性,他不择手段,不顾对其他主体(博尔登)造成的损害,不仅如此,还将邪恶用心裹上善意外套制成糖衣炮弹。韦布找到博尔登后便开始说教,诱劝他回到舞台继续明星的辉煌生活,全然不顾此时的博尔登"难以呼吸,心脏只想跳出胸膛⋯⋯眼睛目不转睛都看痛了"。后来博尔登暂时住在韦布的小屋里,在他的叙述中有这样一段话:"天气可真冷。找到一件旧猎装。我睡在猎装上,衣服布料上充满了猎人的汗味,子弹的火药味⋯⋯睡到半夜后醒来。我脑袋一侧的自杀痕迹。"猎装意味着韦布的"猎人"身份,而博尔登便是他的猎物,这与前面提到的"韦布正在放开他不得已追捕的兔子"相呼应。在博尔登看来,韦布与他已不再是人与人之间平等的关系了,他们是主奴关系,甚至可以说,他只是被韦布把玩于掌心的动物:

> 我快乐地飞向远方,独自住在一个远离你的城市里,现在你做了一根皮带,把皮带一圈一圈地绕在你的手腕上,径直向我走过来。你拉我回家。象斯托里维尔斗狗场上的那些斗牛梗狗饲养员一样,熟知那些畜牲的脾性,放出他们的狗去扑咬动物以证明那些狗有多么坚定不移,而当它们的上下颚夹紧合上时,他们会把狗的身体一剖两半,知道它们仍将不会松口。

博尔登认为韦布"所做的一切就是把我分成两半,叫我上这儿来。我不想得到这些答案的地方"。坚持主客二分的西方启蒙理性主体哲学将他者看作对象性的物的存在,成为自我建构所需的工具,其功能是充当自我的参照物而成就完整确定的自我。作为种族他者的博尔登只不过是韦布建构自我的一个工具,而不是具有主体性的人。和听众一样,韦布对博尔登的狂热并非因为喜欢博尔登的音乐,他们只是在博尔登的音乐中确定自己的主体性,但他们与博尔登不是对等互惠的主体间关系,博尔登在演奏这种迎合他人的音乐时反倒离真实自我越来越远,沦为他人建构主体的工具。

## 二 种族他者的"双重意识"

威廉·杜波依斯(William E. B. Du Bois)认为美国黑人一直生活在双重自我中,他1897年首次在《大西洋月刊》(Atlantic Monthly)上发表关于这种"双重意识"(double-consciousness)的文章,而后又在自传作品《黑人魂》(The Souls of Black Folk)里代表美国黑人表达了他们在以白人为中心的社会里的感受,其中有文字如下:

> 继埃及人和印度人、希腊人和罗马人、日耳曼人和蒙古人之后,黑人是所谓的第七个儿子,生来戴有面纱,在这个美国世界中被赋予了洞察力——这是一个没有给他以真正的自我意识而仅仅是通过另一世界的启示来看自己的世界。这是一种奇特的感觉,这是双重意识,一种总是通过别人的眼光来看自己、用另一世界的尺度来衡量自己灵魂的感觉,那个世界的人以蔑视、怜悯而又感到有趣的眼光观望着。人们总是感觉到这种二重性(twoness)——美国人,黑人:两个灵魂,两个思想,两种不调和的争斗:一个黑色身体中的两个敌对的理想,只有凭其顽强的力量才使它没被撕开。美国黑人的历史便是这种斗争的历史——渴望获得自觉的人格,渴望把自己的双重自我合并成一个更美好、更真实的自我。在这个合并过程中,他不希望

第二部分 翁达杰对西方"内部殖民"的批判

原来的任何一个自我丧失掉。它不会使美国非洲化，因为美国拥有太多对世界和非洲有教益的东西，他也不会在崇高美国的大潮中漂白自己的黑人灵魂，因为他明白，黑人的血液里含有能给世界的信息，他只是希望同时做一个黑人和一个美国人，而不至于受到同胞的诅咒与唾弃，不至于被机会拒之门外。[1]

美国黑人在双重意识的纠缠中苦苦寻求完整的自我认同，博尔登便是一个缩影式人物。博尔登住在新奥尔良有名的"红灯区"斯多里维尔区（Storyville），他是这样一个人："觉睡得太少，酒喝得太多……理发师、《蟋蟀》月刊出版人、短号演奏家、好丈夫、好父亲，同时也是小城里的声名狼藉之人。"[2] 从寥寥数语中我们就能看出他身上存在明显的分裂人格，这些矛盾因素出现在小说的多处细节中。比如博尔登当过《蟋蟀》月刊的出版人，他接受一切"含混不清"的事实，对"零零星星的事实、躁狂的理论、自圆其说的谎言"一概持尊重态度，将它们"投入通俗历史的大桶中"。这些都呈现出博尔登豪放不羁、随兴所至的自我，似乎他并没有受到"确定性"的影响。但匪夷所思的是，在与妻子诺拉·巴斯（Nora Bass）的相处中他却体现出对"确定性"的追究。诺拉嫁给博尔登之前当过三年妓女，于是博尔登怀着极大的好奇心竭力去了解妻子的身世，"久久询问她的过去直至深夜"。他连琐碎的细节也不放过，"她掉在浴缸里的每一根毛发""她用毛巾搓下的每一个死细胞""她疯狂地嗅闻咖啡杯冒出的热气的样子"都让他着迷，虽然他自己也不清楚到底要确切地了解她的什么，但就这样"被诺拉的魅力迷住了"，

---

[1] William Edward Burghardt Du Bois, *The Souls of Black Folk*, Greenwich, Connecticut: Fawcett Publications, 1961, p. 17.
[2] 本章所引用的小说中文译文大部分引自侯萍、闻炜译本《经过斯洛特》（译林出版社2000年版），因此下面的引文将不再单独注明出处（个别有改动的部分除外）。

## 第四章　种族他者的主体追寻之路:《经过斯洛特》

在他看来某种"必然性"已经深入了诺拉的骨髓。博尔登的乐队同人弗兰克·刘易斯的一句话也证明了他对"确定性"的暧昧态度:"然而有一条戒律,正是这一点我们不能理解。我们曾以为他是放荡不羁的人,但是,现在我认为他当时是受到制度以及制度之外某些因素的折磨。"这些折磨他的"制度"或因素就是"确定性",按照这种"规则"所塑造的自我便是杜波伊斯所说的"通过别人的眼光来看自己、用另一世界的尺度来衡量自己灵魂"的自我。

真实的自我与他者所设计的自我之间激烈的对抗撕扯着博尔登,主体性的危机从此开始。博尔登也敏感地觉察到了这种危机,从乐队成员布罗克·芒福德对他的描述中可以看出:"他满嘴都是牢骚……他口若悬河,滔滔不绝……我开始说起我……我原以为他会对此感兴趣,但是不到一分钟他便开始流露出非常厌烦的神情。你知道,他只是烦躁不安……他跳出了窗户说可能有人在监视他。"另一名长号手弗兰基·杜森也观察到了他的焦躁:"他不久便坐到一把椅子上对着镜子看……博尔登像条狗一样坐在椅子上躁动不安……他想先喝口酒,但是酒未入口却开始哭了起来。"光鲜表面下隐藏着痛苦的灵魂,但在博尔登的周围似乎没有人能够帮他分担苦楚,于是他逃往布雷威特夫妇家。

在布雷威特夫妇家的短暂快乐日子被他的警察朋友韦布的到来打断。两人见面时博尔登正在浴缸里洗澡,韦布苦口婆心地开导,他认为博尔登在浪费时间,劝他回到舞台上去。博尔登想对韦布说:"我始终憎恨我所做的事,希望做些别的事。在人满为患的屋子里,他们的神态、他们的叫喊使我狂暴不已……我害怕,韦布,我认为我找不到一个真正喜欢我的音乐的听众。"对博尔登来说,真实的音乐和自我一样不受外在的某种秩序和规则的束缚,他的音乐前辈们试图"用他们的身体越过带刺的铁丝网",但是都失败了,"在接触铁丝网之前就死去了"。博尔登看透了其中的原因："我们被引向了相反的方向……在极度恐惧中，我们偏向了与我们性格大相径庭的一边，放弃你自己的性格跌进了痛苦之渊，所以到最后他们死了。"博尔登正是被观众引入与自己性格相反的方向，前辈的教训加深了他对观众的恐惧。但是另一方面，他又"不想成为渣滓，不甘为人梯"。他在种种羁绊中徘徊着，消耗着，"我累了"，主体性就在这样的消磨与挣扎中渐渐萎缩。

被弗洛伊德视为主体本质的欲望在拉康的哲学视域中也成了虚假的主体性幌子，主体的欲望其实从来都只是他者的欲望，是一种无意识的"伪我要"，而主体却自以为是自我的真实需要。正如伊波利特所说，"人的自我意识首先是欲望，而欲望是无止境的。所以，自我意识，也就是自我欲望只有面对另外一个自我意识才能从普遍生命中脱颖而出"[①]。博尔登这种"影子"似的主体存在证实了这些精辟论说。他喜爱黑人文化所崇尚的随兴、自由的生活，却又无法摆脱被主流文化承认的欲望，韦布和观众的欲求不知不觉中被转换成了他的欲求。在拉康眼里，欲望不过是他者的欲望，是经想象和象征过滤后的"伪欲望"，但作为罪魁祸首的"欲望"有何种魔力让人们死心塌地地追随它？柯热夫的一段话给出了解答：

要欲望另一种欲望归根结底就是要实现这一欲望所欲望的价值……我想要他将我的价值或我所"代表"的价值"承认"为他的价值。我想要他承认我是一个独立的价值。换言之，所有人类的人性的欲望，即产生自我意识和人性现实的欲望，最

---

[①] ［法］伊波利特：《马克思与黑格尔研究》，载张世英编《新黑格尔主义论著选辑》（下卷），商务印书馆2003年版，第424页。

终都是为了获得"承认"的欲望的一个功能。①

人的根本目的是让他者"承认"自己，在他者的欲望里找到存在的意义。拉康也说过："他对他者的欲望的对象生发出欲望来。"②欲望所指向的实际上是他者的欲望对象。我们总在为他者的欲望而生活着。博尔登希望以自己的方式演奏音乐，从中释放真实的自我，但这一自我与现实社会文化为他设计的自我格格不入，为了得到他者——韦布、听众所代表的白人主流社会——的认同，他不得不压抑真实的自我和欲望，投他者之所需。作者将出名之前的博尔登比作韦布的"影子"，形象地反映了主体"他我不分"的真相。后来与日俱增的名声使他越来越远离真实的自我，本可以通过音乐表达出的真实的自我欲望却被观众的欲望淹没，被这些"标签"窒息，只得放弃自我之欲而转投他者之欲。韦布找到博尔登后便苦口婆心地劝他回去，虽然博尔登屏气没到水缸底处远离他不想听到的"噪声"，但最终因为"难以呼吸"不得不露出水面再次屈服于"噪声"，这个场景暗示了"生存"（呼吸空气）与真实自我（不想回到被他者操纵的生活模式）之间的两难选择。虽然博尔登选择了"生存"，但却时时面临着被主流文化窒息的主体危机，这是何等悲哀！

博尔登对剪不断、理还乱的"确定性"有一种说不清、道不明、既爱又恨、藕断丝连的暧昧态度。两股相反的影响力同时在博尔登身上发挥作用：一种是他不得不依赖的"确定性"，这种力量的主要来源是韦布早期对他的同化影响以及后来听众对他的苛求和期望；另一种则来自他喜好混乱、无序、随意的本性，这在他的生活方式和音乐模式中体现得淋漓尽致。这两种力量不断地拉扯着他，使他

---

① 张一兵：《不可能的存在之真——拉康哲学映像》，商务印书馆2006年版，第117页。
② [法]雅克·拉康：《拉康选集》，褚孝泉译，上海三联书店2001年版，第110页。

在"扬"与"弃"之间挣扎、徘徊。面临主体危机时，个体会本能地采取防御措施消除威胁，但道路有多条，主体应当何去何从呢？

## 第二节 主体的选择

在萨特看来，自由是人的宿命，人被抛入尘世是孤立无依的，他只能自己决定自己的命运，因而也就被赋予了绝对自由，但同时人必须对自己的所有选择承担全部责任，"从他被投进这个世界的那一刻起，就要对自己的一切行为负责"[1]。人的一生也就是一个在不断自由选择中创造自己的本质、造就自我的过程，正是在这个过程中，人实现了自己的主体性。美国黑人处在两种文化、两种意识的夹缝中，二者相互对抗却又同时参与对他们的主体建构，使他们产生身处美国却又不完全属于它的分裂感："他们既是美国公民，又不是。美国是他们的国家，又不完全是。"[2] 乔安妮·格兰特（Joanne Grant）在《美国黑人斗争史》中说："直到今天，黑人们谈起美国和美国政府还用第三人称的'他们'和'他们的'。"[3] 殖民主义历史造成黑与白的二元对立，尽管殖民时代结束后肤色的界限在一定程度上已被超越，但白人至上的种族主义与种族等级划分的现实依然存在。黑人群体处于边缘和从属地位，他们的主体价值往往由主流文化来衡量。只有找到建构真正的黑人主体性的正确道路，摆脱由主流文化代言的境况，才能彻底颠覆黑白种族间的内部殖民。

加勒比黑人学者斯图亚特·霍尔从自身的流散经历出发，提出

---

[1] ［法］让-保罗·萨特：《存在主义是一种人道主义》，周煦良、汤永宽译，上海译文出版社1988年版，第12页。

[2] ［美］乔安妮·格兰特：《美国黑人斗争史》，郭瀛、伍江、杨德、翟一我译，中国社会科学出版社1987年版，第3页。

[3] 同上书，第2页。

## 第四章 种族他者的主体追寻之路:《经过斯洛特》

要用"流散"的思维建构黑人主体。他的双重意识给了他双重视野,从全新的角度和层面反思美国黑人的主体建构,他说:"文化身份根本就不是固定的本质,即毫无改变的置身于历史和文化之外的东西。它不是我们内在的、历史未给它打上任何根本标记的某种普遍和超验精神。它不是一成不变的。它不是我们可以最终绝对回归的固定源头。……文化身份就是认同的时刻,是认同或缝合的不稳定点,而这种认同或缝合是在历史和文化的话语之内进行的。不是本质而是定位。"① 他认为黑人族群的流散经历使得他们无法回到原初的非洲身份,其主体也是在流动过程中不断重建的。保罗·吉尔罗伊也持相同观点,他提出黑人身份的"变动同一性"(a changing same),认为身份不是天生给定的,很大程度上受到后天的经历和时代、地域等外界环境的影响。黑人的流散经历造就了他们的"流散"主体性,这是双重甚至多重意识的融合与"杂糅",是通过自我与他者的辩证关系建构而成的。黑人群体应当主动采取"流散"的视野和思维来看待主体问题,甩开本质主义的主体观,看到主体的不稳定性与混杂性,在过程中建构起真正的自我。

《经过斯洛特》虽以韦布寻找失踪的博尔登为主要线索展开叙述,但隐藏在这条故事主线下面的却是博尔登寻找主体性的故事。小说没有直接探讨美国黑人群体遭受的内部殖民及他们如何解决文化身份问题,而对种族他者在遭遇主体危机及抗争过程中的精神和心理作了深度挖掘,从微观层面把握和再现种族他者的主体问题。博尔登受到"确定性"的侵扰实质上就是内部殖民的恶果,他积极努力找回日渐式微的主体性是对这种内部殖民的反抗。任何个体的主体构建行为都必然牵扯到主体之间错综复杂的关系,马丁·布伯

---

① [英]斯图亚特·霍尔:《文化身份与族裔散居》,罗钢、刘象愚编《文化研究读本》,中国社会科学出版社2000年版,第212页。

(Martin Buber)以"我—你"为本质来建构主体间性,他的"相遇"哲学把主体间的关系理解成一种存在关系,"凡真实的人生皆是相遇"①。博尔登、贝洛窓、韦布、听众、布雷威特夫妇以及其他人物在"相遇"中上演了一幕幕主体间的戏剧,彼此纠葛、影响、牵绊,或助一臂之力,或落井下石。博尔登与他们的交往不仅是为了获得基本的情感交流,更深层的目的是在主体间扑朔迷离的关系中摸索建构自我的道路,在一次次交流与碰撞中逐渐建立起真正的主体性。本节具体分析博尔登寻找主体性的艰苦历程。

## 一 应对主体危机的消极策略:诉诸暴力或占有性主体关系

人本主义心理学家亚伯拉罕·哈罗德·马斯洛(Abraham Harold Maslow)通过儿童行为研究破坏性与人的本能之间的关系,得出结论说:"当儿童感到不安全的时候,当他在安全需要、爱的需要、归属需要和自尊需要方面受到根本阻碍和威胁的时候,他就会更多地表现出自私、仇恨、进攻性和破坏性来……敌意都是反应性的、手段性的或防御性的。"② 马斯洛又借用人类学的证据说明这不仅适合于儿童,对成年人来说也是如此,即当我们的基本需要受到威胁时,破坏性的残酷行为是正常的继发性反应之一。

如上文所分析,博尔登在对"确定性"既爱又恨的暧昧态度中挣扎,当他的主体性因此受到威胁时,他的第一选择便是对与"确定性"有关的人施加暴力,他的妻子诺拉就是受害者之一。博尔登喜欢无拘无束的生活,而诺拉为他的混乱生活状态提供了一种"秩

---

① [德]马丁·布伯:《我与你》,陈维纲译,生活·读书·新知三联书店1986年版,第27页。

② [美]亚伯拉罕·哈罗德·马斯洛:《动机与人格》,许金生、程朝翔译,华夏出版社1987年版,第141页。

## 第四章 种族他者的主体追寻之路:《经过斯洛特》

序"和焦点,她通常"三下五除二地就摆平了他的争论,有时候还理顺了他制造的混乱",还"设法为自己保留着一些微妙的规矩和礼仪"。尽管博尔登不喜欢这些规则,但他还是被诺拉的这种"魅力"迷住了,只有和诺拉在一起时,他才会感受到这份稳定性。他对诺拉过去身世的"必然性"既好奇又讨厌,于是他"屡次三番地在诺拉身上找碴儿攻击它,憎恨它,手段残酷,那是或然性的必由之路",并对她的答复勃然大怒,"大打出手,把椅子、窗户和玻璃门砸个稀巴烂"。

博尔登还与诺拉过去的老相好——皮条客汤姆·皮克特发生了打斗。表面上看,博尔登动粗的原因是在与皮克特的对话中他"确证"了过去诺拉与皮克特的暧昧关系。而实际上是与迷失在"确定性"中的"伪自我"做斗争,因为帅气的皮克特映照出博尔登内心那个趾高气扬的"伪自我",从而充当了他内心敌人的替代品。这一点体现于博尔登和皮克特叙述声音毫无破绽的混合、变换,以及他们所使用的武器,即与"面子"相关的工具上:剃须刀、毛巾、镜子等。皮克特如同一面镜子反射出博尔登所厌恶的"伪自我","面面相觑""对峙而立"等词语也暗示了二者的"映照"关系。而最能说明博尔登并非有意伤害皮克特的证明是他在自己狂暴行为之后的真实感觉:"我筋疲力尽,觉得对不住他。对他的怒气现在全消了。我完了,我做了蠢事,但我不能告诉他。我到底怎么了。"这一点在小说后面一段叙述者插入的话中再次得到印证:"伤害我们本不想伤害的人"。

但即使在让他"名誉扫地、不得人心"的皮克特事件以后,博尔登仍然急流勇进,"处于巅峰时期"。这表明暴力的方式并不能让博尔登驱走心魔,他仍流连于他者所设下的甜蜜陷阱中。暴力也许只是脆弱无助的主体迫于无奈时的权宜之计,当意志主体以强力和狂暴的极端形式张扬自身的非理性时，它暴露了自身存在的脆弱、孤独、焦虑，同时也感到一种无所庇护的疲惫、无力和绝望，在暂时的解脱后主体难免再度陷入混沌之中。当这种"以暴制暴"的道路无法抵达理想的终点时，另一条路又出现了。

法侬在《黑皮肤，白面具》一书的第三章《黑色男人与白种女人》中谈到他在法国看到的情形：黑人渴望占有白人女性，因为"她的爱将我引上高贵之路，实现了我的愿望。我与白种人的文化、美人以及专属于他们的'白'结婚了。当我用不安的双手抚摸那白色乳房时，它们为我抓住了白色的文明和尊严"①。肤色歧视带来的自我挫折感和文化自卑感折磨着黑人的精神，对男性黑人来说，性别为他们带来了比女性黑人更多的立足之本，与白人女性的爱情或婚姻似乎象征着摆脱黑色枷锁的道路之一。在证明暴力无力拯救岌岌可危的主体后，博尔登也曾试图用与白人女性的爱情为自我疗伤。在一次演奏时，博尔登偶然认识了一对白人夫妇——钢琴家杰林·布雷威特和他的妻子罗宾。"打那以后，博尔登便丢了魂儿……博尔登初次见到罗宾时，竟差点儿晕了过去。"后来他离开让他声名大噪的斯托里维尔区，隐居在布雷威特夫妇的"白色"小屋里，希望用他与女主人罗宾的"纯真"爱情找回丧失的自我。博尔登和罗宾在"白色"屋子里享受性爱，他们之间只存在"房间里的空气"，空气中最初还"浓浓地弥漫着过去"，当博尔登将罗宾"逼到墙根"时，房间顿时是"一个真空，现在空白一片，没有其他往事"。此时的博尔登暂时摆脱了外界秩序的压制，也跨越了肤色的界限。不仅如此，他还希望着与另一位白人男性——罗宾的丈夫杰林——平等、无冲突地共享白人女性，因为这象征着进一步摆脱白对黑的压

---

① Frantz Fanon, *Black Skin, White Mask*, Trans. Charles Lam Markmann, London: Pluto Press, 1986, p. 63.

制。博尔登也短暂地实现了他的愿望，他后来对韦布描述这种和平的三角关系：

> 你不了解我比如说我和布雷威特夫妇在一起，没有诺拉时的情况。我们三个人整整一晚上都在打牌，然后杰林会留在楼下，我和罗宾上去睡觉，我和他的老婆去睡觉。他会在楼下独自沉默。最后他会坐下来弹钢琴。……然而我爱楼下的那个他，像她爱楼下的那个他一样的深情……每个人都爱意盎然。

博尔登认为他就此融入白色文化，与白人平等共处，远离了主体危机，但他和布雷威特夫妇之间貌似平和安宁的三角关系仅仅为他提供了不完全的、暂时的逃离，并不表明他将内心分裂的两种自我合成了一个整体。三人能维持如此和谐的关系的主要原因是杰林的善良和忍让，博尔登的占有欲恰恰显示出"伪自我"还在操纵着他，从他与罗宾的简短对话中便可看出：

> "瞧你，要么是杰林的老婆，要么是我的老婆。"
> "我是杰林的老婆，我又与你相爱，事情可真不简单。"
> "噢，本来就不该简单。"

第一句话透露出他占有欲的爱，第三句话则表明他仍旧需要所惧怕的"确定性"，这实质上是重复了他和诺拉在一起时所犯的老毛病。罗宾后来拒绝继续三人共处的生活，再次激起了他的自我受挫感，他在与白人女性的爱情中找回本真自我的计划遭到流产。人的主体性是在与客体的对象性关系中确立的。而主体又根据其与客体的对象性关系被分为两种：占有性的主体性与生产性的主体性。虽然"占有和获利是生活在工业社会中的人不可转让的、天经地义的权利"①，人为了生存和发展必须占有基本的物质资料，但如果忽视或弱化生产性的主体性而追捧或抬高占有性的主体性，将是一种危险的、狭隘的主体性。弗洛姆在其著作《占有还是生存》中说："爱是人的一种主动能力，一种突破把人和其同伴分离之围墙的能力，一种使人和他人相联合的能力；爱使他克服了孤独和分离的感觉，但也允许他成为他自己，允许他保持他的完整。"② 此段话说明爱作为一种主体的对象性活动，是人的主动性即主体性的表现。主动性意味着给予，因而爱不是以占有性为主导的主体性感情，而是偏向生产性取向的。弗洛姆在书中还说："正是在给予中，我体验到我的力量、我的财富、我的能力"③，因而也体验到主体性的存在。博尔登试图通过性与爱来完善主体性，但从根本上来说，他在与罗宾的爱情中一直以占有性的主体性取向为主导，因此他的主体性建构又一次以失败告终。

## 二 应对主体危机的积极策略：建构流动的主体性

美国黑人在两种或多种文化并存的环境中生活，他们的主体危机似乎来自这种生存环境所造成的"双重意识"。但实际上解决主体危机关键恰恰需要一种"双重意识"，并需要以积极、正面而非消极、敌视的态度来对待之。种族他者往往能利用"双重意识"赋予他们的双重视野和他们所拥有的双重文化身份成为美国社会中重要

---

① [美]艾瑞克·弗洛姆：《占有还是生存》，关山译，生活·读书·新知三联书店1989年版，第75页。
② [美]艾瑞克·弗洛姆：《为自己的人》，孙依依译，生活·读书·新知三联书店1988年版，第247页。
③ 同上书，第248页。

第四章　种族他者的主体追寻之路：《经过斯洛特》

的一员。霍尔在《文化身份与族裔散居》中谈到文化身份既"存在"（being）又"变化"（becoming）的特征。虽然每个人都与一群人共享着源自祖先文化的集体自我，但文化身份"决不是永远固定在某种本质化的过去，它们要屈从于历史、文化和权力的无休止'嬉戏'"①。因此霍尔将主体建构看作一种变动的过程："我们先不要把身份看作已经完成的，然后由新的文化实践加以再现的事实，而应该把身份视作一种'生产'，它永不完结，永远处于过程之中，而且总是在内而非在外部构成的再现。"②

吉尔罗伊在他的种族研究中反对各类本质主义，认为不可能存在任何单一的文化形式。有"文化大熔炉"之称的美国是族裔散居的地方，混杂着多种异质文化，因此吉尔罗伊建议种族他者以"流散"的思维来解决主体问题。美国黑人的独特的流散历史打破了地理、文化限制，也打破了本质主义身份观，他们的主体被引入一种流散性的构建中，没有僵化的种族身份还原，也没有中心—边缘的等级框架限制，关注的是"共同的源头形成的共同的历史记忆与流亡（或移民）过程中产生的新的联系之间的紧张状态"，主体在这种多重文化碰撞所引发的紧张状态中调整自身。它不是绝对的、封闭的存在，总是对其他异质因素保持开放的姿态，在文化杂糅中形成流动的主体。生活在美国的黑人在历史的洗刷中早已失去了纯粹的非洲文化身份。西方的文化、思想和价值观念与非洲黑人在杂糅过程中相互"渗入"，但这并不意味着作为种族他者的黑人全盘接受西方主流文化，他们可以根据主体的实际需求将其改写、变形后再加以吸收，保持其流动的主体性从而避免被主流文化定位、排斥

---

① ［英］斯图亚特·霍尔：《文化身份与族裔散居》，载罗钢、刘象愚编《文化研究读本》，中国社会科学出版社2000年版，第211页。
② 同上书，第208页。

的危险。

（一）爵士乐与流动的主体性

"黑人表现性文化"源于非洲黑人的流散经历，是非洲黑人文化与欧美文化杂糅而产生的一种新的文化形式。黑人音乐是其主要表现形式，"一方面继承自己原居住地文化遗产的基本因素，尽量保持原有的音乐体裁形式及其特征，在新居住地得以继续传承；另一方面适应新环境，在与欧洲文化和其他文化的交流过程中，不断创造以自己传统音乐文化为基础的新的音乐体裁形式"①。它们既保留了浓厚的非洲文化元素，又融入了欧美的文化元素，这种文化混杂性标志着民族、种族界限的跨越，正如吉尔罗伊所说："黑人音乐和历史能够在今天提供给我们一种类比来理解'联合'的边界，使得流散观念超出它的碎片式的表象来反抗强加在黑人身上的种族本质性从而具有了象征地位。"尽管"黑人表现性文化"在一定程度上受到主流文化的压制，但它独特的多元风格同样受到白人听众的喜爱，黑人音乐克服了民族限制渗入欧美国家文化，对白人主流文化产生不可忽略的影响。美国音乐家大卫·梅尔泽（David Meltzer）在《阅读爵士乐》（*Reading Jazz*）中问道："为什么美国流行音乐的潜台词总是黑人式的——我们的流行音乐的形态、声响与动作要么是直接抄袭、要么是借鉴黑人的音乐形式？无论你在听什么，你听到的音乐都是黑人音乐。"② 但是这并不表明黑人文化会取代西方文化而成为中心，因为这同样是狭隘的种族主义观念。异质文化只有在平等的基础上积极对话才能共同发展，而个体也同样只能在相互交流中建构一种流动的主体性。

博尔登在发展的巅峰时期，一度被代表主流文化的韦布和听众

---

① 王耀华、王州：《世界民族音乐》，人民教育出版社2004年版，第342页。
② David Meltzer, *Reading Jazz*, San Francisco: Mercury House, 1993, pp. 60 – 61.

所占有，名声"使屋子变得越来越窄……只能仰面朝天蠕行……只能呼吸你自己再循环的空气"。黑格尔总结了两种形态的自我意识："其一为一种独立的意识，它的本质是自为存在，另一为依赖的意识，它的本质是为对方而生活或为对方而存在。前者是主人，后者是奴隶。"① 主流文化诱使博尔登放弃自我走向相反的方向，沦为前者的奴隶。在主体危机的焦虑中，博尔登对与"确定性"相关的人物施加暴力，这种方式失败后他又从公众的视线中消失来逃避主流文化对自我的侵扰，但主体又渐渐朝着另一个极端发展——以象征性的方式占有主流文化，但仍以失败告终。费希特就给予和获取这两种主体能力的关系做了如此论述："一方面是别人自由地作用于我们，造成自我完善的过程，另一方面是我们把他们当作自由生物，反作用于他们，造成别人完善的过程。"② 主体之间应当保持良性的双向关系——既占有性地获取，又生产性地给予。

哈贝马斯的交往行为理论也强调主体际的相互认同、协调，强调交往者通过自己的交往实践"确信他们共同的生活联系，确信他们主体际地分享的生活世界"③。在挫败中博尔登认识到主体需要他者，但对他者的需要不能通过纯占有性的方式获得，自我与他者是平等的关系，这样才能既不孤立无助又不为他者所侵扰。他终于明白了如何重新建构理想自我："所有那些音乐。我不想那样生活了。现在我从苦练中探索出了这条路，可以沿着它走下去，虽然明知路上尽是石头。"尽管这条"石头路"并不是康庄大道，但他决定勇敢去面对，于是"又上路了……怀着对我这一行当的满腔热情四处奔

---

① ［德］黑格尔：《精神现象学》（上册），贺麟、王玖兴译，商务印书馆1979年版，第126页。
② ［德］费希特：《论学者的使命》，梁志学、沈真译，商务印书馆1980年版，第21页。
③ ［德］尤尔根·哈贝马斯：《交往行为理论》第1卷，曹卫东译，上海人民出版社2004年版，第12页。

波，现在浪子又回家了"。他也明白了自己所需要的理想音乐。约翰·罗比舒是他从前厌恶的一个爵士乐手，他"将情绪放入固定的音乐模式中"，这种艺术只提供"机械的快乐"，"支配着他的听众。他把自己的感情融入音乐形式中，听众只得跟随这种形式"。现在当博尔登在收音机里听到罗比舒的音乐时，他没有像从前那样产生鄙视情绪，而是"爱听那清晰的表现形式……第一次意识到了心灵先于乐器向前移动并满怀愉悦等着乐器赶上来的可能性。我以前不知道那种机械性的愉悦，以及那种信任"。同时他也想象了心目中的理想音乐：

> 当我进行演奏时，我们将走到运河段上，每个十字路口的人们只能听到我当时正在吹奏的乐段。当我在运河街上走远时，号声也随之渐渐弱了下去。他们在那儿听不到短乐句结尾，罗比舒的拱形结构。我希望他们能够随心所欲地加入或退出演奏队伍，在我当时吹奏到乐曲中无论哪一点，总会有人能听出前奏部分的精辟，以及所有可能的终曲部分。像你的收音机，无始也无终。正确的乐句结尾是一扇敞开的门，你看不见门外太远的地方。它也许与你的所思正好相反。

在他的理想音乐中，博尔登邀请他者积极加入，但音乐并不受他者的控制，他也"不再让自己控制"，而是让它"无始无终"。博尔登对爵士乐演奏风格的不断反省和调改过程实质上是他逐渐从消极的"双重意识"转变为积极的"双重意识"的过程，即克服"确定性"的困扰，使主体从自我与他者的二元对立走向对话交流的过程，因此爵士乐在主体建构中起到了举足轻重的作用。爵士乐也是文化杂合的产物，产生于欧洲传统与非洲传统的一场邂逅和随后几

## 第四章 种族他者的主体追寻之路:《经过斯洛特》

个世纪的创造性综合,它在百余年的历练演变中突破了种族和国界的限制,成为一种世界性的音乐,具有一种文化杂合之美。《爵士乐词典》编纂者之一让-路易斯·科默里(Jean-Louis Comolli)如是写道:"爵士乐一出现,就是魔力,是相聚,是交融。"①

博尔登在人生的最后一次演奏中甩掉了从前的包袱,通过最本色的爵士乐找到了完整的自我:最开始他还没有进入状态,如以前那样被"确定性"控制着:他"每隔十五秒吹一段,亨利·艾伦担心我出错,使眼色示意我",这样的状态一直持续到一对男女舞蹈演员出现在演奏队伍和人群之间。他们既是观众又是表演者,让人不禁想起博尔登第一次游行的情景,那时他也是自由往来于表演者和观众之间。女舞者在博尔登眼中渐渐变成了包括一切他者的化身:"她是罗宾,她是诺拉,她是克劳利那位姑娘的舌头。"一开始女舞者处于受动的状态,她的舞蹈"反映"和应和着博尔登的号声。随着调子"变得更加频繁"后,"甚至在一个调子吹出以前,她就已经用自己的身体动作击着每一个音符,这样通过她的舞蹈语汇我便知道我该吹什么音"。此时博尔登从主动变成了受动,由他者引领着他的音乐,"天哪,这正是我心仪已久的音乐"。自我与他者不分彼此,甚至可以互换角色,"我的身体在轻轻地拂着那些声音,仿佛我是舞蹈演员似的",博尔登渐入佳境:"这正是我想得到的结果,在演奏时总是泄露秘密,总是脱离舞台,脱离街头乐队的长方形矩阵,这个听众像一条愤怒的影子,她可以随心所欲地把我引向任何一个方向,调节我的速度。"虽然此刻女舞者占主导地位,但当博尔登开始放慢速度时,她"为了我的缘故而容忍那种慢节奏",而当博尔登再次"加快了节奏"时,她"也再次拖着疲惫的身体加快舞步",自

---

① [法]吕西安·马尔松:《爵士乐简明史》,严璐、冯寿农译,中国人民大学出版社2005年版,第17页。

我又回到主导位置，博尔登进入狂热状态，直到最后他"无法停止""无力抑制"，倒在地上，"血从号筒里溢了出来"。博尔登正是在这种极端的艺术表达方式中超越了自身，先前被理性和他者所掩埋的"真自我"被释放出来了。博尔登在"摧毁"自己的瞬间顿悟了主体存在的终极价值，他对自己的终极表演用几个字做了总结："这是我想得到的"。

（二）经过"斯洛特"：主体的死亡还是重生？

在博尔登得到了"他想得到的"两个月后，被送往精神病院，医生诊断为"妄想狂型早发性痴呆症"，他在那里待了二十几年，直到去世。去精神病院沿途要"经过桑夏因，瓦切里，斯洛特"。题名中的关键词"斯洛特"（Slaughter）在最后一两页纸上才姗姗来迟，可谓点睛之笔。小说的情节初看并不扣题：文中唯一较详细描述的贝洛窓的自杀只不过是个插曲，除此之外也仅只字片言地提到过几次无足轻重的枪杀事故，但小说从头至尾的确弥漫着一股"杀气"：

> 韦布从十五岁起就认识博尔登。他完全可以用鄙视的态度，轻而易举地再一次抹去他的过去。基调谋杀。

> 蛇鹅……受到惊扰便完完全全潜入水下藏匿……结果忘了换气呼吸乃至淹死。

> 如此妙音，柔曼如十二条街区的塞壬之歌①。

> 他自己身上那么多谋害痕迹。

---

① 塞壬：半人半鸟的海妖，常以美妙的歌声诱惑经过的海员，从而使航船触礁沉没。（原译文注）

## 第四章　种族他者的主体追寻之路：《经过斯洛特》

临死的狂喜。

马口铁片风扇……像大刀一样整天架在我头顶上转着。

猎人的汗味，子弹的火药味……我脑袋一侧的自杀痕迹。

音乐像子弹一样飞到我们床上。

我的祖先是用他们的身体越过带刺铁丝网的那些人……他们在接触到铁丝网之前就死去了。

你说所有的自杀所有的隐私行为都是罗曼蒂克。

他站在镜子前自虐自残……用剃刀刀刃划进脸颊，划进额头，剃掉头发，伤害我们本不想伤害的人。

撇开林林总总的"死"和"伤"，还有一种隐藏得最隐蔽、危及范围最广、伤害程度最深的"慢性谋杀"——对主体的谋杀。无论是清醒时还是在梦中，博尔登都被主体性危机困扰着，无处可逃。他感叹自己与流落街头、食不果腹、遭人追赶鞭打的"床垫妓女"（即没有固定营业场所便将床垫背在身上的街头妓女）有相同的悲惨命运，只不过痛苦从身体转向了大脑："她们的身子遭谋杀，我的脑子系自杀。"除此之外，博尔登的不安全感还体现在他与"死""伤"这类主题的纠葛中，小说中多次提及：首先，他对与"死亡"相关的事情着迷。他所负责的杂志《蟋蟀》月刊涉及过多的关于死亡的消息。他"着了迷似的搜索范例，就像在专心砌一堵墙。一个

235

患恐高症的男孩慢慢地爬上树。斗鸡被啄死的裁判员；咬掉农夫手的几头猪；九十岁高龄的班迪恩老小姐……送了命……无论何时只要发生著名的谋杀案，博尔登必然会到场，画纯属业余爱好的现场图"。其次，他还三番五次地梦到与死亡有关的情景："他做了好几个梦见他的孩子们夭折的梦"，梦里有哭声、尖叫声，有自残画面、有血迹斑斑的衬衫、有被车撞的噩耗……除此之外，小说里还多次出现与伤害双手有关的情景：在梦里，他"举起刀一下又一下地砍进他的左腕，然后又去砍那只业已麻木的张开的手"，还梦见过"火车轮子碾过他的手"。

  博尔登在得到他想要的音乐后便"疯"了，在精神病院度过了余生。这是否意味着博尔登完整的主体性仅是昙花一现？答案是否定的。博尔登被送往精神病院的路途沿着密西西比河，它"像一位朋友与他同行，像一名观众目送哈克·费恩乘着火车下地狱"。哈克是马克·吐温的《哈克贝利·费恩历险记》中的主人公，他宁肯冒着下地狱的危险，也要帮助黑奴朋友吉姆从密西西比河逃往北方的自由州。对哈克的提及暗示着博尔登的目的地并非如众人所想的"地狱"，而是自由的、神秘的"天堂"。博尔登在疯狂过后的沉默中，找到了正常时无法拥有的安宁。他在精神病院中的生活体现出从前少有的泰然与安宁：虽然强奸和暴力是病院里每日必然发生的事情，但是他对之的态度是平静的，认为"触摸我的每个女人一定很漂亮"；"他们使我爱他们。他们是照顾我的人"。他的生活很快乐，"我的病房里笑声不断"，并两次拒绝了精神病同伴洛德劝他逃跑的建议。他在病院里建立了和"阳光"的"友情"：

    太阳照在博尔登等候天明的脸上，他面带微笑生气勃勃地走了出去……把手放在他朋友那温暖的金光上，那朋友变魔术似的把它的光同时照射在博尔登的手上,让他感到暖洋洋的。那一天晚些时候,他如影随形地循着阳光开辟的道路行动。他在移动的光辐中洗脸,在热气中沐浴后再擦干嘴、鼻子、额头和脸颊。整整一天。收到他朋友造访的祝福。

太阳为他带来的安宁平和与早前韦布玩耍磁铁的狂乱场景形成对照。博尔登完全沉浸在纯净的幸福中,摆脱了一切紧张、怀疑、恐惧和压抑。他(自我)已经与阳光为代表的外部世界(他者)融为一体,享受着永恒、同一、本真的自我,窥见了主体的终极价值。在这种疯狂过后的宁静而崇高的状态中,博尔登达到了自我完善,进入了天堂般的另一个空间。英国诗人艾尔·艾佛瑞兹(Al Alvarez)认为疯狂或自杀不是"毁了自己,而是为了重新回到完整的自我……我重新看到了我的本真,重新按照自己的意愿来给予周围的事物以形状"[1]。对于身处"绝境"的博尔登来说,疯狂是唯一在脱离外界影响的情况下重塑自我的机会和方式。布勒东则认为疯子是"大智者",他们的精神错乱反而能够让心灵的整个"黑暗面"自由地出入,而这个"黑暗面"就是潜意识领域,即人性。[2] 如果说贝洛窓试图用自杀的方式来获得主体性的重生,那么博尔登的疯癫则同样是为了找回真正的主体性。与之相对,韦布囿于"确定性"的文化牢笼而无法自拔,他试图控制住博尔登和他的思想,但博尔登跳出中心与边缘、黑与白二元对立进入全新的自我空间,这一空间超过了韦布的能力所及,虽然博尔登对韦布说:"你也来,把你的手伸出这扇窗户",但他却无法跟随。韦布多年以后在一次晚会上听

---

[1] Al Alvarez, *The Savage God: A Study of Suicide*, New York: Random House, 1972, p. 153.

[2] 肖伟胜:《现代性困境中的极端体验》,中央编译出版社2004年版,第245页。

到博尔登在医院里的情况时,他的反应证明此时他依旧没有走出囚笼:"插不上话,只是绷紧身体,头靠在身后的墙上,仿佛正在设法躲避她那些话语中的气味,好像她谈话时冒出的气钻进了他嘴里……并把毒药喷进他嘴里……他对此束手无策 ……他那陌生的肉体支持不住,飞快地从楼梯上倒下去,踩在手上、玻璃上……他面带微笑大喊着劳驾,我要吐了……在过去几分钟的时间里,他的汗水透过皮肤、透过衬衫、透过爪哇夹克印到了墙上。"

我们也可以从德勒兹和加塔里的哲学视角来分析人物的命运:单个的欲望主体是由流变的分子(molecular)生成的"分子单元"(molecular units),而经济、政治、家庭等大型社会机器则是由整体性的、被编码的克分子(molar)组成的"克分子聚合体"(molar aggregates)。在现代社会中,理性驯服和压抑欲望的过程称为"辖域化"(territorialization),个体的人受到了克分子聚合体的改造,被各种二元对立的规范化认同建构,并被赋予形式、功能和目的;相反,将主体自我从社会机器中解放出来的过程被称为"解辖域化"(de-territorialization)。[①] 德勒兹和加塔里将解辖域化的躯体称为"无组织躯体"——"不做任何世俗的理性思考,任由身体的所有能力错乱,任由意识变成精神分裂状态,只听任直觉行事,将自我从"克分子聚合体"中释放出来。在德勒兹和加塔里的"块茎"分析中,主体由许多条线组成,有三种基本的类型:第一种是"僵硬的分割线"(rigid segmentary line),也称为"分层"(stratification)或克分子线(molar line),处于这条线上的主体是辖域化的产物;第二种是"柔韧的分割线",克分子聚合体开始受到干扰,主体表现出对辖域化的质疑和反抗,但力度不够而终究还是没有脱离分割线;第三种是

---

[①] [美] 道格拉斯·凯尔纳、斯蒂文·贝斯特:《后现代理论》,张志斌译,中央编译出版社 2001 年版,第 112—114 页。

"逃逸线",在这里主体解辖域化运动获得成功,逃脱了克分子聚合体的束缚,这是"创造与欲望的平面,同时也是死亡与毁灭的平面"①,有人彻底地死在这条线上,也有人在"毁灭"中获得新生。韦布是"僵硬的分割线"上忠实的行走者,不敢越雷池一步,因此对博尔登的"偏离"行为感到极度不安。博尔登则在第三条线上开展解辖域化行动,他最终"死"而后生。因此我们可以说韦布的主体已死,而博尔登则成功地"经过斯洛特"而获得重生。

## 第三节 翁达杰在人物身上的自我投射

翁达杰早期以诗歌创作为主,《经过斯洛特》是他的第一部小说,他从黑人音乐家的人生故事拓展开来,探讨了流散族裔在面对内部文化殖民所带来的主体危机时应当如何确立并坚守自我的主体性。翁达杰不仅将巴迪·博尔登活灵活现于字里行间,还入木三分地刻画其喜怒哀乐的内心世界。这除了他娴熟的语言技巧,还源自他与博尔登相似的境遇:两人都与流散有关联(前者是亲身体验,后者有来自祖辈的流散历史记忆),在西方世界中同属于种族他者,都曾有过被边缘化的经历。因此从博尔登身上可隐约窥见翁达杰所投射的自我,这为读者"打开了一扇窗户"去了解这位经历颇丰的流散作家,翁达杰甚至在文中某些地方直接"侵入":

当他发疯时,正是我现在的年龄:

  当我读到他站在镜子前自虐自残时,震醒了心底的回忆。因为我也曾干过那种事。

---

① [美]道格拉斯·凯尔纳、斯蒂文·贝斯特:《后现代理论》,张志斌译,中央编译出版社2001年版,第130页。

所能搞到的资料甚少。为什么我的感觉停在你那儿？有一句话写道："当巴迪·博尔登在行进演奏中变得狂暴时，他变成了一个传奇人物……"在我了解你的民族你的肤色你的年龄之前，那句话里寓蕴着什么东西使我向前伸出胳膊，把它泻到你的镜子面前，并抓住了我自己？

主体性是人在对客体的对象性活动中获得的，自然界、社会、人，甚至抽象的感觉、情绪、形象、概念、符号等，都可以成为某种特定活动的客体。因此马克思认为人的本质"并不是单个人所固有的抽象物。在其现实性上，它是一切社会关系的总和"[①]。翁达杰出生于锡兰（今斯里兰卡），11岁时随母亲到英国，19岁去加拿大，并在那里取得学士和硕士学位，后定居于多伦多。翁达杰在接受多种文化的浸染后，他的"社会关系总和"随着周围人、事、物的变易也经历着变幻和波动，比一般人更纷繁复杂。但无论怎样变化，他对主体性的认知都是在实践和认识活动中不断生成，在自我肯定—否定—再肯定的循环往复的过程中渐渐成熟的。写作作为人的思想认识活动，也应被看作一种实践活动，因而它既是主体的表达渠道，也是主体的自我建构方式。萨特的一生都在以文字为手段进行思想文化创造，为人的自由奋斗，他认为自己实现了人的主体性，"我唯一的事情就是赤手空拳、两袖清风地通过我的工作和真诚来拯救我自己"[②]。翁达杰也选择了在具体的文字中表达抽象复杂、变幻莫测的主体性。博尔登在追寻主体性的过程中不断反思和探索爵士乐演奏风格，有意义的是翁达杰也用文字玩起了"爵士

---

[①]《马克思恩格斯选集》第1卷，人民出版社1972年版，第18页。
[②][法]萨特：《词语》，潘培庆译，生活·读书·新知三联书店1989年版，第182—183页。

乐"。小说在主题和写作手法方面均体现出与博尔登的爵士乐风格可比之处,可概括为三点——"拼贴性"、"即兴自由性"和"主体间性"。

就拼贴性来说,主要体现在三个方面。第一,多种元素的混杂并置。博尔登能将上帝赞歌与魔鬼的布鲁斯结合在同一首音乐中,翁达杰则将各种不搭调的意象、图片放在一起,比如在小说开篇处他把一群音乐家的照片和三张海豚声波扫描图上下并置。此外,他还将语言和电影、音乐、摄影、舞蹈、身体节奏等艺术形式的相关技巧元素结合了起来。第二,事实与虚构的融合。翁达杰组织《经过斯洛特》的方法如同博尔登编辑的杂志《蟋蟀》:"接受一切含混不清的事实,把它们投进通俗历史的大桶中。"与提供确定性解释和结果的常规传记不同,翁达杰"将历史与虚构,档案资料与叙述融合,但并未提供对其的有权威的综合"①。一方面他在小说中放入搜集的事实材料,如博尔登的档案和照片、精神病院的年代记事表、访谈录、历史上确有的歌曲和乐队的名称等,另一方面却又在小说的《致谢》部分中加入了这段话:"我在小说里用了真实的姓名、真实的人物性格和历史背景,我的小说素材更多地来源于个人,如我的朋友、我的父亲。只不过将具体的时间改变了,将多个人的性格融合在一个人身上,加工或扩展了某些事实,以符合'虚构的真实'。"②他将源自个人的事实素材与虚构巧妙地融合起来,在这一完美融合的边界处他创造了一个世纪之交生活在新奥尔良的爵士音乐家。第三,碎片—整体式结构的运用。尽管博尔登的音乐"摆脱了情节的约束",能演示"各种可能性",但他仍然需要控制"调

---

① Manina Jones, "'So Many Varieties of Murder': Detection and Biography in *Coming through Slaughter*", *Essays on Canadian Writing*, Iss. 53, (Summer) 1994, pp. 14–15.

② 此处是作者的译文,中文版《经过斯洛特》省去了《致谢》部分。

式"(即主音)。翁达杰的小说也是如此,尽管被不同的信息表达方式——超声波扫描图、照片、文字和不同的文体——小说、诗歌、新闻、档案、采访录、引言、广告等分割成零散的碎片,情节也被打乱顺序并分解成长短不一的片段,但所有这些以不完整或破碎形式出现在读者面前的单元渐渐地在一幅马赛克拼图里找到了它们的位置。翁达杰将博尔登生平故事的"主旋律"与各种插曲故事的"即兴演奏"融合起来,构成一首和谐的"爵士乐曲"。

翁达杰与博尔登在艺术上共有的第二种相似风格是"即兴自由性"。博尔登的艺术——以及作为他艺术映像的人生——不能被看作是有秩序的。他的音乐是即兴的、暴力的、不稳定的,负载着音乐本身很难控制的情绪,他的"每个音调都是全新的、生疏的、意想不到的。从不重复";他对音乐"除了具有控制调式的力量以外,别无可控之处";在演奏时他根据"气候改变下一串音符";他"可以在中途改变方向";他能随心所欲地进出演奏队伍,在观众和演奏者之间不停地互换角色,甚至能在枪杀出事现场"改奏加快音调,以转移听众的注意力……把场面控制住"。翁达杰也是这样一个自由的人,他的文风向来大胆出新。《经过斯洛特》展现了他一如既往的奔放洒脱、不拘一格的写作风格。最为明显的是他在处理情节顺序"摆脱了情节的约束",打破线性时间顺序,让事件穿插交替,大都以插曲的形式出现。在故事高潮以及明显的终场后又另起篇章,一页页地继续下去,体现的正是反对封闭式叙述的即兴性。这使得读者不会循着起因—发展—高潮—结束的心理期待欣赏故事,从而感受到文本散发出的爵士乐般的即兴性魅力。

两人在艺术风格上都体现了爵士乐精神——主体间性。作为爵士乐前身的黑人圣歌融入了多种非洲音乐特色,其中之一是歌者与听众之间的对话:听者常常跟着歌者演唱,他们甚至在歌者还没有

第四章 种族他者的主体追寻之路:《经过斯洛特》

唱完一句之前就接下去了。① 这一特色也保留下来流传至爵士乐中：演奏者与听众之间的界限消除，在互动中享受即兴音乐的美妙，充分体现了主体间性，这正是博尔登最后一次完美演奏的精彩之处。翁达杰自身在多种文化中漂流，如何融入异质文化与其他主体和谐相处是他一直以来不得不面对和克服的问题，主体间性自然成为他作品中不可避免的主题。他还将文本"敞开"，邀请读者也走进来，使文本成为作者与读者交流的平台，小说的开放式结局和明显的拼贴、剪切痕迹证实了这一点。翁达杰说："我对博尔登了解得很少。我真的喜欢未完成的故事。因为这样的故事里有许多空间等着你去填充。"② 这里的"你"正是指读者。《经过斯洛特》是一部多种声音叙述而成的故事，有的是人物自己的声音，有的是全知全能的叙述者的声音，还有的是"沉默的声音"（文本故意设计的空白处）。多声部的形式暗示着主体间的呼应与交流，那些沉默的声音同时也召唤读者的声音，期待与它们共鸣。

博尔登在象征着文化杂合与主体交流的爵士乐中建构了流动的主体性，翁达杰在"爵士乐文字"中传达出主体性也不再是简约化、单一化、固定化的，爵士乐式的艺术风格最能贴切地表达博尔登、翁达杰这一类人群的主体性。人生如艺术，艺术亦如人生，翁达杰在小说艺术中展现了他的人生观，其主体性也在作品中张扬开来。

---

① [法] 吕西安·马尔松：《爵士乐简明史》，严璐、冯寿农译，中国人民大学出版社2005年版，第24页。
② Mark Written, "Billy, Buddy, and Michael: The Collected Writings of Michael Ondaatje are a Composite Portrait of the Artist as a Private 'I'", *Books in Canada*, June – July, 1977, p. 10.

# 第五章 《身着狮皮》:互文对"属下"问题的观照

西方内部殖民不仅局限于种族层面的霸权主义,白人之间同样存在中心对边缘、主流群体对少数族群的殖民统治。比如米歇尔·海克特(Michael Hechter)的《内部殖民主义》就探讨了英国内部盎格鲁—撒克逊人对少数族群凯尔特人的殖民统治。少数话语理论(Minority Discourse)是在后殖民语境下论述内部文化殖民问题的理论,其代表性著作是简·穆罕默德(Abdul R. Jan Mohamed)和大卫·劳埃德(David Lloyd)主编的《少数话语的性质和语境》一书,专门针对西方主流文化对其内部其他少数文化的贬低、压迫问题。主流族群将自身的文化、历史标榜成标准,少数族群的历史则被替代或抹去,其文化也相对被贬损为落后、低级、野蛮等负面形象,这种文化殖民行为是东方主义在西方国家内部的翻版。在主流文化的霸权统治下,少数文化面临被同化和灭绝的威胁,少数族群的社会地位和文化身份因而更加边缘化,沦为主流群体的"他者"。《少数话语的性质和语境》强调了少数族群反文化殖民斗争的可行性,认为尽管少数族群彼此存在着文化差异,但被主流文化排挤至边缘地位的共同命运使它们能够联合起来,建立一种少数话语理论抵制主流文化的殖民统治。

## 第五章 《身着狮皮》:互文对"属下"问题的观照

20世纪初,葛兰西在《狱中札记》中论述阶级斗争时用"属下"这个词来代替马克思的"无产阶级"这个概念,用来指那些被动的、处于从属地位的无权人群和阶级。① 相对于"无产阶级"在经济关系上的较为明确的定位和政治上主动自觉的反抗精神,"属下"则是被动、顺从、没有自发的反抗意识的群体,主要指代意大利南部的农民。葛兰西的"属下"概念被"印度属下研究小组"(Subaltern Studies collective)的历史学家们沿用,但所指发生了变化,主要指代南亚社会中在阶级、种姓、性别、年龄、职业等方面受到压制的群体。美国后殖民批评家斯皮瓦克进一步补充"属下"的含义,她在《属下能说话吗?》(Can Subaltern Speak?)这篇文章中强调了"属下"不能言说自我、失去主体性的特征,关注后殖民背景下的"属下"阶层及其特殊处境,尤其是注重"属下"阶层内部的性别差异。她看到了女性在社会集团中的沉默,认为"只有说明了属下女性的主体意识问题,属下主体意识才能有所依托"②。《身着狮皮》也可以被看作一部关于"属下"的故事,具体是指20世纪早期加拿大多伦多遭受内部殖民的移民劳工阶层,这里的"移民"除了其他国家的外来者,也包括从国内边远不发达地区来到多伦多的加拿大本土人。小说的主要人物帕特里克·刘易斯(Patrick Lewis)从偏远的林区来到多伦多,靠搜索一位失踪的百万富翁和挖掘安大略湖底隧道谋生,其间遇到改变他命运的两个女人——修女艾丽丝(Alice)和百万富翁的情人克拉拉(Clara)——及其他同样处于社会边缘的人物(修桥工人、小偷等),他们以不同的方式同社会中心权势群体抗争,试图改变社会地位和身份,使自己在历史中

---

① 参见[意]安东尼奥·葛兰西《狱中札记》,曹雷雨、姜丽、张跣译,中国社会科学出版社2000年版。
② 李应志:《解构的文化政治实践:斯皮瓦克后殖民文化批评研究》,上海三联书店2008年版,第169页。

不再处于沉默的边缘。

《身着狮皮》是一部互文性较强的小说，所涉及的作家、作品较多。丰富的互文和翁达杰一起书写沉默的边缘人群历史，在主题、叙述等方面将非中心力量体现得淋漓尽致，是极具伦理观照的历史书写。本章选取其中与历史书写及主体建构相关的三种互文展开讨论。古巴比伦史诗《吉尔伽美什》与《身着狮皮》在人物和情节设置上存在明显的互文现象。借用史诗中的"狮皮"隐喻，小说反映了话语与权力的辩证关系，强调历史的"叙述"实质，倡导边缘群体通过话语而非暴力的方式与中心力量抗衡。从叙述风格来看，翁达杰在书写此部"属下"的"小写历史"时也对史诗有所借鉴，呈现出与口头叙述的诸多相似性，如故事的"讲述"本质、观众的参与、开放式结构、故事间的多层网状关联、叙述的中断和插曲等。此外《身着狮皮》也在多个方面显现出与立体主义绘画艺术的互文迹象。小说家约翰·伯杰（John Berger）将立体主义画派的艺术手法融入写作中，《身着狮皮》与伯杰的艺术批评理论和实践相呼应，在其写作技巧上我们不难发现"立体主义"的痕迹：打破叙述的统一体以零碎的形式取而代之，拒绝故事的平铺直叙，多处叙述断裂等，体现了对完整、连续的官方历史的反抗。在主题上翁达杰又借用了立体主义绘画艺术的空间观，将之与社会空间"中心—边缘"秩序的解构与建构隐喻性地联系起来，为"属下"的解放开辟了一条新的道路。另一种互文来自文艺复兴时期画家米开朗基罗·梅里西·达·卡拉瓦乔（Michelangelo Merisi da Caravaggio）的"暗色调主义"（tenebrism），主要体现在两方面。一是暗色调主义与当时不断上升的个人主义相关，因此画作中常常显现出一种"降级"，比如将普通人的特征赋予神圣的宗教形象。翁达杰也将关注视线"降级"移至边缘下层人群，让这些沉默的群体也在历史中留下烙印，以此对抗歌颂上层精英人物的"大写历史"。二是暗色调主义画派利用明暗对照凸显主题,《身着狮皮》中也蕴含丰富的"黑暗"与"光亮"的意象,分别与"属下"的几种主体建构方式——沉默、暴力、言说——相呼应。

## 第一节 古巴比伦史诗《吉尔伽美什》的启示

互文的表现方式有多种,吉拉尔·热奈特(Gerard Genette)在《隐迹稿本:第二度的文学》一书中巧妙地将克里斯蒂娃的"互文性"融入他独创的"跨文本性"(tanstextuality)概念中,并归纳五种"跨越"方式——从标题、版权页、封面、插图、磁带护封等"副文本"(paratext)到改编本、翻译本等"超文本"(hypertext),从引语、典故、抄袭文本等狭义的互文(intertext)到通过评论另一文本而与之发生关联的"元文本"(metatext),甚至是叙述模式、文学体裁、言语类型等"广义文本"(architext),都被纳入"跨文本性"的互文范畴。①《身着狮皮》可视为古巴比伦史诗《吉尔伽美什》的超文本,在情节、人物、主题、风格等方面都体现了对原文的一种模仿或"变形",此外,在引言、标题等"副文本"中也体现了二者的互文性。本节从内容、主题、叙述风格三个方面展开讨论,探讨《吉尔伽美什》对"属下"发声问题的启示。

### 一 内容的互文性

《吉尔伽美什》发生在古代巴比伦城市乌克鲁,由自私专制的吉

---

① 王瑾:《互文性》,广西师范大学出版社2005年版,第115—118页。

尔伽美什统治着。因城民们的怨声载道,女神阿鲁鲁给吉尔伽美什派去一个野蛮的对手——恩启都。两人在战斗中成了好朋友,共同策划并打败森林神兽芬巴巴,解救了被软禁的女神伊什妲尔。伊什妲尔获救后向吉尔伽美什求婚被拒绝,羞怒之下她请求父亲阿努将神兽"天牛"派下人间惩罚二人,但天牛被吉尔伽美什与恩启都联手制服。不肯罢休的伊什妲尔再次请求众神让两人中的一人死去,恩启都成了被惩罚对象,他患重病而死。吉尔伽美什悲伤之极,穿上狮皮去寻找生命的意义。他一路跋山涉水,与野兽搏斗,最后找到了享受着不死生活的乌特那庇什提牟,他是大洪水的唯一幸存者。乌特那庇什提牟的教训是不存在永恒,人都必须接受死亡的命运。临别时他送给吉尔伽美什的一棵长生不老草后来也被蛇偷吃掉,吉尔伽美什只得接受生命的非永恒性这一不可抗拒的命运,故事以他与恩启都幽灵的对话结束。①

《身着狮皮》的主人公是一个名叫帕特里克·刘易斯的普通人,他的童年在加拿大一个偏僻的林区度过,成年后他来到多伦多工作。最初他是当一名"搜寻者"——寻找失踪的百万富翁斯莫尔,这期间他认识并爱上了富翁的情人克拉拉。这段恋情结束后他又靠挖掘安大略湖底隧道谋生,在那里又恋上曾是修女的革命女青年艾丽丝。当艾丽丝死于意外爆炸之后,他化悲痛为力量,决心继续她的革命事业,并计划炸毁象征资产阶级权势和利益的水厂,但这一暴力行动最终以一场戏剧性的对话告终。故事的结尾是帕特里克带着艾丽丝的女儿汉娜开车去接孤身在异地的克拉拉。

两部作品的互文性非常明显,小说开头的第一段引言就直接来

---

① 佚名:《吉尔伽美什》,赵乐甡译,译林出版社1999年版。

## 第五章 《身着狮皮》:互文对"属下"问题的观照

自《吉尔伽美什》:"快乐的人将为你而悲伤,当你归返尘土,我将为你留起长发,我将身着狮皮,在荒野游荡"①,小说的书名也来源于此。两个故事都包含"局外人"试图改变原有的"中心秩序"这类情节。吉尔伽美什依仗自己的权势过着骄奢淫逸的生活,强迫人民为他修建城垣和庙宇,害得民不聊生。恩启都被神妓带到乌克鲁城的目的是为民众改变现状。市政工程局长罗兰·哈里斯(Rowland Harris)也是妄自尊大的人,他大兴土木并以此作为人生梦想,但真正将他的梦想转变为现实的劳动人民却被排除在其关注视野之外,更确切地说是被排除在历史之外,帕特里克便担负起改变边缘人群在历史中的沉默状态的任务。小说的高潮部分与《吉尔伽美什》也有相似的情节模式:吉尔伽美什因朋友恩启都之死而决心冒险寻求生命的意义。他在沙索利人的帮助下进入冥界,后又被乌鲁舍那庇用渡船送去见乌特那庇什提牟,后者告诉他大洪水的故事,吉尔伽美什从故事中悟出生命的真谛后,在乌特那庇什提牟面前睡着了。在小说中,帕特里克受到艾丽丝及她的政治激进主义精神的鼓舞,在她死后继续她未竟的革命事业。朋友卡拉瓦乔用船将他载到水厂进水管附近,帕特里克携带炸药游过进水管抵达水厂的中心,最后在水厂办公室与哈里斯碰面。当他给哈里斯讲了艾丽丝的故事后也在哈里斯面前睡着了,小说此处也引入一段来自《吉尔伽美什》的话:"他躺下去睡觉,直到从梦中醒来。他看见他周围的狮子因为生命而自豪;然后他手拿斧头,从皮带下面拔出剑来,像离弦的箭一般扑向它们。"②

---

① 本章引用的中文译文大部分来自姚媛的翻译本《身着狮皮》(译林出版社 2003 年版)。为避免重复累赘,以下的引文将不再单独注明出处(个别有改动的部分除外)。
② 赵乐甡翻译的《吉尔伽美什》里译文是:"[夜间(?)]他躺下,从梦境醒来,生命里充满了欢快。他手执板斧,从腰带把[剑]拔了出来。像箭一样下到它们[中间]。"(第 63 页)

此外还有许多相似的细节：吉尔伽美什在找寻途中来到众神的乐园，将他的悲伤和愿望告诉一个"女主人"。帕特里克也在计划为艾丽丝复仇的过程中掩藏在佩奇岛上，他在岛上花园中遇到的一个盲人老太，思量着告诉她他的爱情与悲伤："艾丽丝·格尔，他可以说，她曾经举起手去推倾斜的天花板，谈论伟大的事业，她像一个活木偶一样跳进他的怀里，她后来死在浸染了鲜血的人行道上，在他怀里香消玉殒。"吉尔伽美什潜至水中去取乌特那庇什提牟临别时送他的礼物——长生不老草时被草扎伤了手，帕特里克在水中摸索前进的途中手也受了伤。

## 二 主题的互文性："狮皮"——话语与权力

正如卡罗·伯兰（Carol Beran）所说："古代史诗是一种艺术，能够为翁达杰想象的一系列'杂乱的事件'找到一种秩序"[1]，除了在内容和风格上与《吉尔伽美什》形成鲜明的互文关系外，《身着狮皮》所反映的主题也受到史诗的影响。小说重述了未被官方历史记录的边缘人群的生活状况及他们在变动的社会结构中争取应有权利的斗争史，映现出话语与权力的辩证关系。

在史诗中，吉尔伽美什因恩启都的死亡而悲痛，他披上狮皮，决心冒险寻找生命的意义；在小说中，帕特里克也是因为爱人艾丽丝的死而决定继续她的革命事业，冒险开展破坏活动，他其实也同样披上了一层"狮皮"，只不过是隐喻意义的"皮"——象征着话语能力的"皮"。小说实质上在某种意义上来说主要讲述帕特里克的话语能力的发展过程——从最初的"沉默"转变为"身披狮皮"。

---

[1] Carol L. Beran, "Ex-centricity: Michael Ondaatje's *In the Skin of a Lion* and Hugh MacLennan's *Barometer Rising*", in *Studies in Canadian Literature*, Vol. 18, No. 1, 1993, p. 78.

## 第五章 《身着狮皮》：互文对"属下"问题的观照

话语能力在帕特里克人生的几次转折中也成为至关重要的因素，话语之所以被翁达杰重墨书写，是因为它在权利斗争中有着举足轻重的作用。处于内部殖民语境的"属下"群体在主流强势话语模式的威压下丧失了话语权，其历史也被肆意篡改、扭曲甚至被灭迹，消弭于主流文化的宏大历史话语中。他们被建构为与中心相对的他者，无法自由地表述自我，因此要摆脱边缘地位，就必须努力发出自己的声音，与中心平等对话。在这里我们不得不谈到福柯关于权力与话语的精彩见解。

后殖民批判特别倚重福柯关于话语和权力关系的学说，这也是后殖民理论的核心话题。他的"话语—权力"说揭露了殖民话语的宏大叙事存在的矛盾和裂隙，抹去了笼罩其上的本真性和权威性光环，其挑战性和颠覆性是不言而喻的。福柯在《话语秩序》中讨论了话语的"控制、选择和组织"过程，将其分成三大类型：外在控制、内在控制和应用条件的控制。其中与社会控制最相关的是外在控制，又分为三种方式：对不符合说话人场合、身份等"非规范"言论的禁止，对疯子等"非正常"人群的区别与歧视，区分"真理"与"谬误"并对后者加以排斥。最后一种控制方式不采取压制、监禁等显在的强力形式，是最为隐形但最具有威力的策略，并且有社会体制这一坚强后盾为其撑腰。因此人们极容易将真理误认为是一种具有普遍性的力量，从而"看不清实际上控制着人的'真理意志'或'知识意志'"①。有危害的真理意志很容易造成纯粹真理的幻觉，而在这"纯粹真理"后面，权力实际上是在悄悄起作用。

真理实际上是一种话语构成，受到"真理意志"的控制，而"真理意志"又同社会体制、权力运作密切相关，说到底真理就是权

---

① 徐贲：《走向后现代与后殖民》，中国社会科学出版社1996年版，第151页。

力的产物,因此作为"真理"的话语不是绝对的,是可以在历史中被质疑、被修正、被推翻的。由此可见,对话语的控制实质上是维护统治权力的策略,福柯将这种对话语的控制、禁律和阻碍称为"一种巨大的语言恐惧症,它们为话语的暴力、危险、混乱、好战性而深感恐惧,为话语的事件性而感到恐惧"①。福柯揭示了话语控制策略隐现出的统治阶级的危机感和其"软肋",为颠覆中心话语指明了一条捷径。小说旨在表现沉默的边缘人群如何通过话语获得在历史中"发声"的权利,翁达杰赋予人物们不同的话语能力及运用话语能力的不同目的及结果,下面以帕特里克为主线分析小说中体现的话语与权力的关系。

童年的帕特里克对外面世界的认知还很少,他只能利用仅有的资源来填充他的想象和思考:他研究厨房光线吸引来的飞蛾和昆虫,为它们取想象的名字。他打开地图册,"不出声地念着富有异国情调的词——里海,尼泊尔,杜兰哥。"帕特里克这种为昆虫和世界命名的行为表达了他掌握话语的愿望,哪怕只是"不出声地念"并掺和着想象。父亲黑曾·刘易斯是小说中在他童年时唯一与他说过话的人,但父亲是一个"害羞的人,他离群索居,对自己活动范围以外的文明不感兴趣"。小说中父子之间的对话竟然不超过13个字,黑曾的沉默使帕特里克无法将自己的经历表述出来,也无法对自己的语言能力有正确认识,他只能"用奥卡里那笛给自己一个声音"。小说描述了他在11岁那年冬天的一个夜晚观看一群伐木工人拿着点燃的香蒲在结冰的河上滑冰的情景:"他渴望握住他们的手,和他们一起……那不仅仅是滑冰的快乐……但是在这天夜晚,他对自己和这些说另一种语言的陌生人都不够信任,不能跨上前去,加入他们。"这

---

① 汪民安:《福柯的界线》,南京大学出版社2008年版,第131页。

表明他内心对表达和交流的渴望，但早年隔离、沉默的环境将他的表述局限在一种躲闪的、独白的语言方式中。

成年后他来到多伦多，当了一名"搜寻者"——寻找试图将自己从世界上"抹去"的百万富翁安布罗斯·斯莫尔。在找寻过程中，帕特里克找到了那个帮他打破沉默的人——斯莫尔的情人克拉拉。除了感官吸引外，帕特里克对她的迷恋来自她善于表达的能力以及她所讲述的个人历史："他喜欢她充满色情的历史，对她坐在教室里哪个地方的了解，她九岁时最喜欢的铅笔的牌子。细节潮水般地涌进他心里。他发现自己变得只对她感兴趣，她的童年，她在广播电台的工作，她成长的这个地方的风景。"克拉拉是帕特里克话语能力发展的必经环节，她使帕特里克渐渐从私密的、隔离的空间走出来，与他人交流。通过倾听克拉拉的个人历史，帕特里克认识到自己的过去也是有意义的，并认识到有一种外界力量在构建他的人生。虽然克拉拉是帮助他连接个人与社会的"桥梁"，但他仍然没有达到正常的讲述能力："他在谈论自己的过去的时候，不像她那样平静。他迅速回顾以前的关系，说的时候往往情绪不佳。只有在别人提出一个具体问题，对他进行仔细咨询的时候，他才说出过去的真相。大多数时候，他用含糊其词的习惯进行自卫"，"他心中有一堵墙，谁都无法走近。甚至克拉拉也不行，尽管她认为这堵墙使他变得畸形。那是多年以前他吞下的一粒小石子，这颗小石子和他一起长大，他到哪儿都带着它，因为他无法摆脱它……"

当克拉拉离开帕特里克后，他又过了两年的沉默生活，直到一次偶然的机会使他融入了他居住的马其顿社区。他发现了马其顿语里表示"鬣蜥"的单词"gooshter"，这个词在他为宠物鬣蜥买食物时能帮助摊主理解，也将他与马其顿人的距离拉近并渐渐被这一群体接纳："女人们与他握手，男人们拥抱并亲吻他"。帕特里克也被他们的热情感动:"他感到脸上的泪水滴落在他严肃的马其顿式样的八字胡上",语言交流再次将他向前推了一步。

社区的马其顿人邀请他去未完工的水厂中观看革命剧演出,他由此认识并爱上了演员艾丽丝。与克拉拉一样,艾丽丝对帕特里克也产生了影响,但影响的方式和程度不同。艾丽丝将政治元素带进他的生活,在谈话中为他灌输政治思想:"我要告诉你有钱人的事。有钱人总是在放声大笑……但是她们让你待在隧道里和牲畜饲养场里。他们不辛勤劳动也不纺纱织布。记住这一点……明白他们会永远拒绝放手的东西是什么。在有钱人和你之间有一百道篱笆和一百块草坪。"艾丽丝引导帕特里克从一个"观察者"转变为"参与者",她为他描述过一出戏:

> 在这出戏里,几个女演员共同扮演女主人公的角色。半小时后,拥有权力的女家长脱下她那件悬挂着动物皮毛的大衣,把它和她的力量一起交给一个小角色。这样,甚至一个沉默的女儿也能披上斗篷,从而能够冲破她的茧,开口说话。每个人都有自己的重要一刻,当他们披上兽皮的时候,当他们为故事承担起责任的时候。(着重号由笔者加)

帕特里克渐渐认识到处于边缘的移民劳工们没有在官方历史中得到充分的关注和记录,有关他们的叙述从历史中被抹去,这使帕特里克开始意识到语言也是一种政治武器,只有"披上兽皮"才能有"自己的重要一刻"。当艾丽丝被炸死后,他选择了纵火、爆炸等暴力方式继续她的革命事业。虽然与马其顿社区群体和艾丽丝的交流使他在语言表达上向前迈了很大一步,但他仍然无法冲破他的"茧",没有找到属于自己的那张"皮",这从他内心的感受可以看出:"克拉拉和安

第五章 《身着狮皮》：互文对"属下"问题的观照

布罗斯和艾丽丝和特梅尔科夫和卡托——这群人构成了一出戏，而他并不在戏里。他自己只是折射了他们的生活的一根棱柱而已。他心里有一道他无法越过的可怕地平线。一个空空荡荡的词……他能听见心里那个说明他和集体之间存在的空间的响声。一道爱的鸿沟。"他的暴力破坏行为很大程度上来源于他的语言表述能力的欠缺——无法叙述艾丽丝的故事，因此沉默和暴力变成了缓解和释放伤痛的途径。

帕特里克在实施最后的破坏性活动——炸毁水厂的过程中与市政工程局局长哈里斯相遇。正是在哈里斯的帮助下，帕特里克才完全冲破了自己心中的那堵"墙"，获得了表达叙述能力。哈里斯先给帕特里克讲述自己的故事：他"白手起家"，"竭尽全力地奋斗"，但他的理想一直被拒绝而只能在梦中出现。他认为这种现状存在的原因是因为许多人都像帕特里克一样"不了解权力"，"不喜欢权力"，"不尊重它"，"待在树林里，拒绝权力"，因而才使得那些"漠不关心的傻瓜……成为时代的发言人"。造成部分历史沉默的不仅仅是富人和有钱人，每个人都有责任。因此他告诉帕特里克："我们需要一些过度的东西，一些我们努力与之相配的东西。"

哈里斯的分析使我们想起福柯的类似观点，即对思想的控制并不总是某一个人或统治阶级的武断意志的体现，而是一种以知识为内因的权力形式。这种知识为控制者和被控制者所共有，从这一意义上说，思想被控制者实际上参与了对他自己的控制。[①] 哈里斯明白了为什么帕特里克选择他作为攻击对象："他知道他是极少数拥有权力而又有些切实的东西的人之一。"但事实上"那些真正有权的人没有什么可给人看的。他们有的是纸。[②] 他们身上不带一分钱。哈里斯

---

[①] 徐贲：《走向后现代与后殖民》，中国社会科学出版社1996年版，第158页。
[②] 中译本是"文件"，笔者认为翻译成"纸"更恰当，因为此处强调与资产等有形权力相对的无形权力——语言，且更能原文本式地暗示作者的权力。

是他们之中的业余者。每次他都得出卖自己"。这里的"纸"实质指代的是真理、知识等隐形话语控制方式,这才是最高级别的权力。如果处于边缘的群体看不清以知识、真理为表现形式的权力控制,就不但无法改变被控制的命运,反而在权力的陷阱中越陷越深。权力是一个模糊的力量,既非完全积极,也非完全消极:它既可以建构,也可以毁灭;既可以用来攻击非正义的东西,也可以引起自满。① 因此非中心的阶层不能盲目憎恨、蔑视、拒绝权力,而应积极行动起来,摆脱统治阶级的话语控制,掌握能体现自我权力的话语方式。

帕特里克在讲述艾丽丝故事途中一度想放弃:"我不想再谈这个",与其说这是拒绝,不如说是对表述缺乏信心。哈里斯看出了这一点,鼓励他继续讲下去:"帕特里克,对我说话。"哈里斯的策略不仅为自己赢得了时间,也意外地为帕特里克打开了另一扇"门"。罗伯特·克罗齐(Robert Kroetsch)曾说:"当别人在讲述我们的故事时,我们才获得自己的身份,故事让我们变得真实。"② 帕特里克以不同于官方历史的话语方式讲述艾丽丝的故事,从而为她获得了在历史中应有的身份,发出了自己的声音。讲故事还具有奇妙的治疗作用,帮助帕特里克卸下了内心的包袱,他将完整的故事说完以后就在哈里斯面前睡着了。

历史的物质标——如桥梁、水厂——都容易随着时间的流失消逝,但是叙述可以在时间的长河中将历史世代相传。《身着狮皮》是一部关于非中心人群通过话语获得力量和权力的小说,突出了叙述生产和保留历史的功能。卡托写给艾丽丝的信件保存了被官方话语

---

① Linda Hutcheon, "Ex-Centric: *In the Skin of a Lion*", *Canadian Literature*, No. 117, 1988, pp. 134 – 135.

② Schumacher Rod, "Patrick's Quest: Narration and Subjectivity in Michael Ondaatje's *In the Skin of a Lion*", *Studies in Canadian Literature*, Vol. 21, Iss. 2, 1996, p. 11.

## 第五章 《身着狮皮》:互文对"属下"问题的观照

所排斥的历史,信中讲述的事实"自从汉娜出生之后就围绕着她,成了她的一部分"。小说结束时再次显示整个故事是帕特里克在开车去接克拉拉的路上讲给同行的汉娜听的。帕特里克再也不保持沉默,且再也不是折射他人生活的"一根棱柱",通过叙述,他和移民劳工的故事在将来会一直被流传下去。

除了帕特里克外,特梅尔科夫也体会到了叙述与主体建构的紧密关系。特梅尔科夫也是多伦多的移民,他通过自己的努力从一名修建高架桥的工人变成了面包店老板。他"从不回忆过去。他会带着妻子和孩子驾着面包房的运货车从高架桥上开过,却只随意地提到自己在那儿的工作。现在,他是这儿的市民,经营自己的面包房很成功"。和其他移民一样,他渴望融入主流社会,因此压制了自己过去的历史和身份。帕特里克在调查高架桥历史资料时发现了登有特梅尔科夫的新闻照片。当特梅尔科夫看到照片时,他说出了他与高架桥及修女的故事,"心里充满了快乐和惊奇"。叙述使尼古拉斯重新发现了一个连贯的自我——"帕特里克的礼物,那支射进去的箭,让他看见了自己心中的财富,看见他是如何被缝进历史的。现在他要开始讲故事了"。

话语包括的范围很广,口头表达与文字书写是典型的话语形式,其他非典型的话语形式还包括建筑、图画、照片、影像等。小说开始部分就体现了地图这一特殊的话语形式与权力体制之间的复杂关系:帕特里克"出生在一个直到 1910 年才在地图上出现的地区。尽管他一家已经在那个地区工作了二十年,而且那儿的土地从 1816 年开始就被划为公地了"。在学校的地图册上,"这个地方是淡绿色的,没有名字,河流从一个未经命名的湖泊悄悄地流出"。正如格莱翰·胡根(Graham Huggan)所说,地图建构的"现实"不仅"符合某种关于世界的描述",而且这种"精心设计的描述能赋予制图者权力……制地图是殖民话语实践的典型方式之一,体现在生产地图的一系列重要的修辞策略中"①。对特梅尔科夫这个"在桥上颇有名气"的人,"即使在档案照片上也很难找到他"。照片造成了某种历史"真实感",但实际上却是选择的结果,比如城市摄影师阿瑟·戈斯(Arhtur Goss)拍下的照片没能反映出隧道工地恶劣的现实状况:"安大略湖底的隧道上,两个男人在泥土坡上握手……在那一瞬间,在胶片接受影像的时候,一切都是静止的,其他挖隧道工人都沉默不语。"历史的生产和传播受到当权者的控制,只要不符合他们利益的历史都被抹去。

拥有"纸"和笔的小说家实际上也是"有权"的人,他有能力按自己的话语模式叙述故事,用文字的力量恢复"屈从知识"和被压制的历史。翁达杰以独特的方式叙述移民劳工们的历史,这也是"身着狮皮"的行为。与官方历史的连贯性、总体性、完整性相异,小说呈现出断裂性、零散性、开放性。题目"身着狮皮"也彰显了小说的主题,呼吁生活在历史边缘的沉默人群披上"狮皮",肩负起颠覆中心话语的责任。

## 三 《吉尔伽美什》对"属下"历史叙述的启示

吉尔伽美什历尽千辛万苦寻找人生的意义,最后终于见到乌特那庇什提牟,但后者却用一系列问句告诉他人生是非永恒的,每个人都必须接受生老病死的自然规律:

---

① Heble Ajay, "Putting Together Another Family: *In the Skin of a Lion*, Affiliation, and the Writing of Canadian (Hi) Stories", *Essays on Canadian Writing*, Iss. 56, (Fall) 1995, pp. 238 - 239.

## 第五章 《身着狮皮》:互文对"属下"问题的观照

> 难道我们能营造永恒的住房?
> 难道我们能打上永恒的图章?
> 难道兄弟之间会永远分离?
> 难道人间的仇恨永不消弭?
> 难道河流会泛滥不止?
> 难道蜻蜓会在香蒲上飞翔一世?
> 太阳的光辉岂能永照他的脸?
> 亘古以来便无永恒的东西?
> 酣睡着与死人一般无二,
> 他们都是一副死相有何差异,
> 神规定下人的生和死,
> 不过却不让人预知死亡的日期。[①]

　　帕特里克也在曲折的人生经历中学到了另一种非永恒性——历史的非永恒性。正是意识到了这一点,他才看到了改变不合理的官方历史的希望,才产生了努力叙述被抹去的历史的动力。根据索绪尔的理论,语言是一个相对封闭的系统,表征能指与所指之间的关系,并不直接等同于事实,因此历史叙述并不具有客观性。此外,性别、民族、种族、阶级、文化、教育等因素造成了每一个体的历史性,历史的书写者也同样不能脱离这些历史性对过去进行客观的打量,因此历史就不止一种,有多少种阐释就有多少种历史。而我们在了解历史时也"只选择自己认同的被阐释过的'历史'。这种选择往往不是认识论的,而是审美或道德的"[②]。历史书写和理解的多元性注定了历史的非永恒性。

---

[①] 佚名:《吉尔伽美什》,赵乐甡译,译林出版社1999年版,第73页。
[②] 王岳川:《后殖民主义与新历史主义文论》,山东教育出版社1999年版,第204页。

## 第二部分 翁达杰对西方"内部殖民"的批判

利奥塔否定以普遍性、客观性历史自居的宏大叙事,以承认自身主观性的小叙事取而代之。历史被比作任人打扮的小姑娘,海登·怀特赞同这一观点,他认为历史不是发现而是构造出来的,因此历史自身不是一种在场,而是由文本性所创造的一种在场效果。乔治·屈威廉(George M. Trevelyan)提出,历史本质上是"一个故事";威廉·加利(William B. Gallie)也将历史看作"故事类中的一种";阿瑟·丹图(Arthur C. Danto)把叙事作为一切历史的"先决条件";利科也曾说:"如果历史与我们理解故事的基本能力没有任何关联的话……历史将不成其为历史了";格伦·莫罗斯则直接宣称"历史就是叙事"①。巴尔特在《历史的话语》中对"历史的"和"虚构的"话语之间的区分提出挑战。传统的历史编纂学认为叙事可以客观地再现历史,巴尔特将其称作"指涉性谬误",他说:"从希腊时代开始,在我们的文化中,对过去事件的叙述都必须经过历史'科学'的批准认可才能生效,都受到'真实'这一根本标准的约束,都要有'理性'解释原则来证明其正当性——在某种特殊的品质上,在某种十分明确的特色上,以上这种叙述难道真的不同于我们在史诗、小说和戏剧中所发现的那种虚构的叙述吗?"②

在《事物的秩序》中,福柯反对将历史表现为连续性的叙述这一带有政治压迫性的行为,他还针对强调起源、连续性和总体性的思想史,建立起一套考古学研究方法,强调历史话语之间的断裂和差异,关注零散的、分散的历史。在福柯看来,词与物之间不存在必然的对应关系,他通过对历史学和医学的考古式研究发现某个时代的政治权力和社会文化规范制约着这一时期的话语实践,他用

---

① 韩震、董立河:《历史学研究的语言学转向——西方后现代历史哲学研究》,北京师范大学出版社2008年版,第172—173页。
② 同上书,第194页。

"知识型"的断裂来划分历史:文艺复兴时期的知识型是"相似"(resemblance),古典时期是"代表"(representation),现代时期则是"人"。在他看来,"连续性的这些优先形式,所有这些人们并不质疑并且任其自然的综合都应该被束之高阁。当然,这样做……为了指出它们不是自然而就,而始终是某种建构的结果"①。

福柯还分析了话语的基本单位——陈述——的三大特点:稀少性、外在性、并合性。这三大原则集中体现了福柯的历史观。稀少性原则是"说出的东西永远不是全部",陈述"总是欠缺的"。外在性原则打破传统历史学追求决定性的历史内核的定向思维,强调陈述的断裂、省略等外在物质性。陈述的并合性要求将研究重心从追溯陈述的起源转向"在不断地改变、危及、打乱乃至有时摧毁的并合的深度中探讨陈述"。简而言之,就是"用稀少性的分析替代总体性的研究,用外在性的关系替代先验基础的主题,用并合性的分析替代起源的探寻"②。历史的真实性、永恒性、连续性、稳定性、确定性被虚构性、暂时性、断裂性、流变性、片面性代替。

《身着狮皮》与以权势为关注焦点的官方历史相异,对其给予很少叙述空间,将目光转向处于边缘的城市修建工人并书写他们不为人知的历史。与此相对应,翁达杰拒绝"规范"的再现叙述模式,使故事呈现为口头叙述风格。小说开头就体现出"讲述"的性质,将这一故事的讲述时间(清晨)、地点(车里)、讲述者(开车的人)、听众(车上的一位年轻姑娘)都交代清楚了。结尾时又回到了讲故事的地点:"他爬进车里……'开灯',他说。"此外小说的零碎性、无序性、不确定性、开放式结构、广阔的读者参与空间等都

---

① [法]米歇尔·福柯:《知识考古学》,谢强、马月译,生活·读书·新知三联书店1998年版,第26页。
② 同上书,第131、139页。

标示了口头叙述特征,体现了历史的非永恒性。

《吉尔伽美什》是世界文学中最古老的史诗,故事被刻在十二块泥板上,1872年被从尼尼微的宫殿废墟中挖掘出来。而泥板上的故事本身又来自远古神话,最早可追溯至四千多年前流传于两河流域的神话和传说,在漫长的岁月中才逐渐发展成文字固定下来,因此具有浓厚的口头文学特色。《吉尔伽美什》的作者为数众多,他们的初衷都仅仅是讲述一个历史英雄的故事。但故事在流传过程中必然会经历情节的重新组合、新故事的插入、叙述重心的转换等"变形",如同反复书写在羊皮纸上的故事。随着时间的流逝,历史事实与虚构故事就渐渐融合,"吉尔伽美什是一个历史人物,但有关他的故事与众多传奇、神话互相重叠,我们只能猜测其历史属实度"[1]。口头文学所经历的翻译、改述、搜集、整理为《身着狮皮》这部后现代风格的小说提供了一个理想的潜文本。故事一开头就交代"这是一位年轻姑娘清晨在车里听来的故事",而讲故事的人"不断地想起故事中许多已被淡忘的枝枝节节,将它们拼凑起来,试图把整个故事捧在怀里。他累了,有时会省略一些情节",而翁达杰再将这些"听来的故事"搜集起来并整理成一部小说,在这个过程中插入诸如流行歌曲、档案资料、新闻报道、信件等不同文体的文本片段。

记载《吉尔伽美什》的泥板有众多破损之处,残缺的边缘增加了翻译工作的难度,文本因而呈现出零碎性。除此之外,书写故事的楔形文字自身的复杂性也为翻译者提出了挑战。楔形文字在三千多年的历史中不断演变,文字由不同的楔形符号组合而成,其中一个符号可能"代表六十个不同的词,因此有大量不同的意思"[2],其"准确含

---

[1] Joan Dolphin, "The Use and Abuse of Myth in Michael Ondaatje's *In the Skin of a Lion*", Jean-Michel Lacroix, ed., *Re-Constructing the Fragments of Michael Ondaatje's Works*, Paris: Presses de la Sorbonne Nouvelle, 1999, p. 124.

[2] Ibid., p. 123.

## 第五章 《身着狮皮》:互文对"属下"问题的观照

义"只能根据上下内容来确定,文本的意义因而具有不稳定性。

残缺的泥板使得我们可以重组多个故事,翁达杰在《身着狮皮》中也刻意破坏完整叙述,让小说呈现出不稳定性和开放性。首先,叙述中有多处空白与省略,如艾丽丝如何变成革命人士、帕特里克破坏行动失败后如何走出水厂等细节都只能靠读者猜测。帕特里克"感到自己对克拉拉的大部分生活都一无所知。他不停地寻找她的几个部分,又失去几个部分,就好像打开一只抽屉却又发现另一幅面具"。其次,翁达杰将不同线索的故事并置,用多层网状性的结构代替了简单的因果线性结构,充满了"使读者和作者跋涉在语言的荒野中的零碎片段"。① 比如《小种子》一节讲述帕特里克的童年生活,读者自然会期望叙述者进一步讲述他的青年、成年。但下一节《桥》却完全不提帕特里克,而是以"一辆卡车运载着燃烧的火穿过多伦多中区"开始,转而进入工人们修建布洛尔大街高架桥的叙述,由此引出另一位主要人物尼古拉斯的传奇故事。直到第三节《搜寻者》才将视线回到成年帕特里克身上。这些叙述既瓦解了人物的完整性,又破坏了故事的线性进程,并阻止了任何意义上的终结。

史诗的结尾是非封闭式的,以吉尔伽美什与恩启都的幽灵对话结束。恩启都给吉尔伽美什描述他在冥界的悲惨状况,从内容来看并不具有终结性意义,"'你看到他的灵魂无人护理?'/我看到了:'他在吃那瓶中的酒滓,面包的碎屑,街上的臭肉烂鱼'"②。与史诗相似,《身着狮皮》最后一段故事情节发展的高潮处,帕特里克与代表资产阶级的哈里斯相比处于优势地位,随时可以颠覆权威,为这

---

① Michael Greenstein, "Ondaatje's Metamorphoses: *In the Skin of a Lion*", *Canadian Literature*, No. 126, 1990, p. 117.

② 佚名:《吉尔伽美什》,赵乐甡译,译林出版社1999年版,第94页。

一反抗中心的故事画上圆满的句号,但他却在这时放弃了最初的计划:"好像他已经走了那么远的路,为了走进城堡,以便为伟大的事业而学习它的智慧,现在他却转身走开了。"翁达杰和帕特里克一样,在关键时刻"转身走开了",放弃了作者的权威,将未完的故事留给读者去处理。小说中还有多处类似的开放式结局,它们都使得故事远离了任何意义上的终结,并激发起读者的好奇心,邀请他们采用不同的读法。历史倾向于个人的阐释,正如罗伯特·哈罗(Robert Harlow)所说:"历史仅仅是不断扩展的个人意识,因此没有任何事物和历史相仿。"① 在这个过程中,历史是敞开自身接纳质疑和调查的,因而历史经历着不断的被修改。在不断增强的好奇心的驱使下,读者对遗漏的情节进行补充、阐释,使故事在一次次的再叙述中增添新的元素。

## 第二节 立体主义空间观与"中心—边缘"秩序的解构

20世纪人类社会科学技术、价值观念、社会结构、宗教信仰等诸多方面发生了翻天覆地的变化,促生了西方文化艺术领域的一场场变革,挑战文艺复兴以来的艺术传统并改变其发展轨迹。在异彩纷呈的艺术运动中,立体主义(Cubism)对西方现代、后现代艺术的发展影响深远。作为艺术形式之一的文学创作也受到绘画潮流的影响,《身着狮皮》与立体主义有不解之缘:其叙述技巧与认知方式受惠于立体主义的空间视觉艺术;小说以立体主义动态空间观为参照,揭露并解构被传统静态空间观合法化的"中心—边缘"秩序,

---

① Robert Harlow, *Scann*, Toronto: McClelland & Stewart, 1977, p. 87.

强调空间的开放性与流动性。正是从立体主义艺术的空间观出发，翁达杰小说《身着狮皮》的主题和作者真实的写作意图才得到了更为充分而全面的解读，为读者提供了另一种"观看之道"。

## 一 立体主义绘画艺术与《身着狮皮》的创作

人类感知与把握世界的两个重要维度是时间和空间。在传统的历史决定论的影响下，时间在西方文化哲学中长期居于主导地位。意义和行为都被还原为社会存在的时间建构，空间则在20世纪之前都受到忽视与压制，"被看作是死亡的、固定的、非辩证的、不动的。相反，时间代表了富足、丰饶、生命和辩证"[①]。直到20世纪，"人类的力量和知识史无前例地在时间和空间上扩展，极大地改变了我们对世界的了解"[②]。当代西方空间理论的两位思想先驱是亨利·列斐伏尔（Henri Lefebvre）和米歇尔·福柯。

列斐伏尔的《空间的生产》拉开了当代西方理论"空间转向"的序幕，这是第一部系统论述当代空间问题的专著，在其中他提出了一种关于空间的社会生产的理论。列斐伏尔认为主宰现代人生活的是社会空间，而这种空间在根本上又是由人类的行为生产出来的，由"空间实践"、"空间再现"和"再现空间"辩证组合而成。在他看来，空间生产是理解资本主义形成和历史变迁的主要线索，无论是殖民时期还是后殖民时期，资本主义的生存都是建立在空间殖民化基础上的。

"空间转向"的另一个重要领军人物是福柯，他认为过去人们关注的是时代的发展、进步、停滞等时间性问题，时间性的"历史想

---

[①] ［法］福柯：《权力的眼睛——福柯访谈录》，严锋译，上海人民出版社1997年版，第206页。

[②] John Berger, *The Moment of Cubism and other Essays*, London: Weidenfeld & Nicolson, 1969, p. 6.

象"始终凌驾于空间性的"地理想象"之上，但实质上空间比时间更具有重要价值，因为当代社会斗争的焦点不是时间的争夺，而是空间的争夺："我相信，在任何情况下，我们时代的焦虑基本上都与空间有关，毫无疑问，这种关系远甚于同时间的关系。也许在我们看来，时间只是使要素在空间上展开的各种配置活动之一。"① 福柯借用一系列地理学空间概念来探索人类社会，旨在改变空间在传统理论中受冷落的尴尬局面，他的空间化理论与也对当代西方文化理论产生了深远影响，他在《异质空间》（*Of Other Spaces*）中说到空间的重要性：

> 诚如我们所知，19 世纪最迷恋的是历史：主题是发展和停滞、危机和循环……当今时代是一个空间的时代——一个共时性的时代，并置的时代，远近相当的时代，共存的时代，分散的时代。我认为我们存在于这样的时刻：世界在我们眼里是由点线连结编织而成的网，而非随着时间而发展的古老线条。也许我们可以说，引发今天争论的某些意识形态冲突，使时间的忠实后裔和空间的坚定居住者势不两立。②

福柯将空间哲学与空间政治结合起来，致力于研究空间、知识、权力三者的复杂关系，提出"异托邦"（heterotopia）等新概念。除此之外，吉登斯、布迪厄等社会学家也就空间在社会学研究中的重要性发表诸多理论构想。总的来说，在当代空间关系已经取代了时间关系成为把握人类现实的核心范畴。

---

① 转引自汪行福《空间哲学与空间政治——福柯异托邦理论的阐释与批判》，《天津社会科学》2009 年第 3 期。

② Susan Spearey, "Mapping and Masking: The Migrant Experience in Michael Ondaatje's *In the Skin of a Lion*", *The Journal of Commonwealth Literature*, Vol. 29, No. 2, 1994, p. 50.

## 第五章 《身着狮皮》：互文对"属下"问题的观照

20世纪前半期盛行于西方现代绘画艺术界的立体主义反映了西方人文、社会科学中的"空间转向"，打破了"重时间轻空间"的传统理念。立体主义是视觉艺术中一场最彻底的革命，它的贡献在于改变了对空间的传统认知。在古希腊哲学中，空间被看作非实体性的"虚空"，其功能类似于容器，被容纳的各类物质或事件就是它的"内容"。这种将物质与空间分离的观点统治了西方文明近两千年，一直到爱因斯坦提出相对论才带来了时空观的变革。爱因斯坦认为空间和时间不是绝对不变的，时空的特性与其所包含的事物处于相互作用中，并与参考系、与观察者的运动状态有关。立体主义与相对论的空间观在某种程度上可以说是殊途同归，以毕加索为代表的立体主义绘画艺术创造了一种异质空间的并置，完全突破了定点静观的约束，把四维度的现实置于二维画布上，让观众同时看见对象的不同面，从而将运动性、时间性赋予画面上看似静止的空间。空间也如同物质对象一样具有了肌理感与实体感，它已不再是被动的、消极的虚空，而是积极的、充实的实在。立体主义第一次震撼绘画艺术界的作品是毕加索1907年创作的《阿维农少女》，其前卫性主要体现为作家对画面的空间处理："包括人物在内的整张画面仿佛被压路机重重碾压过一般，都丧失了原有的厚度和深度，如同纸板模型似的被安置在几乎同一个平面层次中……绘画中前、中、远景之间的距离感——无论是古典艺术中的三维空间视幻觉，还是印象派艺术中的前后物体色调处理在此都荡然无存。"[①]

立体主义画家们将不同材料或从不同视角看到的空间影像统统堆放到一起，呈现出多维空间的共时显现效果。由于不存在单一的视觉参照点，画面没有绝对的中心部分，使得观看方式由固定点透

---

[①] 刘七一：《立体主义绘画简史》，华东师范大学出版社2004年版，第10页。

视变为无中心的散点观赏。立体主义以零散、非实在的空间结构取代了完整、实在的空间结构,要求观看者抛弃固定静止的时空观念和传统的划分焦点与参照物的观看模式,而采取一种相对的、变化的多维观看、思考方式。正如英国学者阿瑟·I. 米勒(Arthur I. Miller)评论《阿维农少女》:"在这幅画中,不存在一个真正的透视点,更确切地说,很多面部表情和身体形状都是从多个视点同时表现的。你观察它们的方式,就是它们的存在方式。"① 立体主义空间观的产生不仅改变了人们的认知方式和行为习惯,也带来了人们思维模式和创作理念的更新,翁达杰的《身着狮皮》也正是在此观念影响下创作出来的佳作。

将《身着狮皮》与立体主义联系在一起的人是兼艺术批评家、作家、画家于一身的约翰·伯格,他曾高度肯定立体主义的价值,"立体派的重要性怎么强调也不过分。它是视觉艺术的革命,与早期文艺复兴发生的一样伟大"。② 他实验性地将立体主义手法用于小说"G"③ 的创作,而《身着狮皮》开头的引言之一也来自伯格在作品"G"中颇具立体主义风格的话语:"我们再也不会以这样的方式讲述一个故事,令人感到那是惟一的故事。"伯格写过一部关于立体主义的著作——《立体主义的瞬间及其他》(*The Moment of Cubism and Other Essays*)④,论述了立体主义画派如何推翻五个世纪以来传统的艺术观念,打破传统的基于线性、单视角的错觉绘画法和构建三维画面空间法,从多角度来呈现对象,将从未置放在一起的材料拼贴

---

① [英]阿瑟·I. 米勒:《爱因斯坦·毕加索——空间、时间和动人心魄之美》,方在庆、伍梅红译,上海科技教育出版社2006年版,译者序第7页。
② 李晖、赵鹏:《转动的画布立体派》,天津科学技术出版社2011年版,第40页。
③ John Berger, *G*, London: Weidenfeld and Nicolson, 1972.
④ John Berger, *The Moment of Cubism and Other Essays*, London: Weidenfeld and Nicolson, 1969.

第五章 《身着狮皮》：互文对"属下"问题的观照

在一起，组成一个"立体的瞬间"。翁达杰在描述特梅尔科夫修建高架桥时引用该著作标题的一部分："他在新月形的钢筋桥拱的三个铰合处漂浮。这些铰链把整座桥梁连接起来。立体主义的瞬间（The moment of cubism）。"翁达杰也数次提到约翰·伯格或立体主义绘画艺术对他的影响，如1984年的采访中他表示要"收集并阅读约翰·伯格的所有作品"①，在1994的采访中他说："我被一种可以抓住事情的方方面面的立体的或壁画式的表达形式所吸引。"②

在《事物的外观》（*The Look of Things*）这本书中，伯格写道："我们听到了很多关于现代小说危机的说法，最主要的是叙述模式的转变：再也不可能按时间顺序线性地展开一个故事了。我们不将某一情节看作一条直线上的一小部分，而是将其看作多条线中的某一部分。"③伯格认为这种状况同样可用来描述绘画，因为一个人的形象不可能仅通过从单一视角出发捕捉到的画面来确立。伯格就这样将立体主义与现代派零碎的写作风格联系起来：前者打破了统一标准的绘画视角，后者打破了源于亚里士多德整体叙述传统的19世纪经典现实主义再现模式。

《身着狮皮》的叙述模式也体现了翁达杰对遵循时间顺序展开的线性故事模式的拒绝。事件秩序的明显缺失、情节的断裂打破了小说的连贯性，如果想要获得小说情节的秩序，我们就需要"迂回"而非直线前进。立体画派将从未置放在一起过的异质材料拼贴在一起，组成一个"立体的瞬间"，与此类似，翁达杰也用了这种手法，

---

① Sam Solecki, "An Interview with Michael Ondaatje (1984)", Sam Solecki, ed., *Spider Blues: Essays on Michael Ondaatje*, Montreal, Canada: Véhicule Press, 1985, p. 328.
② Catherine Bush, "Michael Ondaatje: An Interview", *Essays on Canadian Writing*, Iss. 53, (Summer) 1994, p. 248.
③ Susan Spearey, "Mapping and Masking: The Migrant Experience in Michael Ondaatje's *In the Skin of a Lion*", *The Journal of Commonwealth Literature*, Vol. 29, No. 2, 1994, p. 50.

## 第二部分 翁达杰对西方"内部殖民"的批判

小说开头就说到这是一个"听来的故事",讲故事者"不断地想起故事中许多已被淡忘的枝枝节节,将它们拼凑起来","有时会省略一些情节"。玛莎·巴特菲尔德(Martha Butterfield)将小说的结构比作一根"项链",一根由许多"垂饰"组成的统一体,每个垂饰都有独特的样式与含义,但所有垂饰又都从属于整体并为之增色。道格拉斯·马尔科姆(Douglas Malcolm)将《身着狮皮》比作爵士乐,其间既有遵照乐谱弹奏的"主旋律",又有即兴发挥的"独奏",各人物的"独奏"既独立成形又相互牵连,使"主旋律"更加丰富,同时也凸显叙述的断裂性和虚实结合的特点。[①] 叙述者告诉我们:"只有最好的艺术才能整理杂乱无章的事件。只有最好的艺术才能重新调整混乱,不仅表明混乱,而且表明它们即将成为的秩序……混乱的纷杂的事件。每一部小说的第一句话都应该是'相信我,这要花些时间,但这里有秩序,非常微弱,非常有人性。'"翁达杰的这部作品称得上"最好的艺术",在人物塑造和叙述结构方面都体现出这种灵活性:他反对整体化的叙述模式,通过零散的事件来叙述历史,但同时又为一系列"杂乱的事件"找到一种"微弱的"秩序,"时代的碎片和混乱被重新调整"。

除了在写作技巧上与立体主义相呼应之外,翁达杰借用立体主义崇尚的碎裂、解析再重组的空间观,将之与社会空间的解构与建构隐喻性地联系起来,强调异质空间之间的开放性与流动性。消除绘画作品中的三维空间幻觉是立体主义始终如一的使命,立体主义画家们强调多角度合并,将从不同视点观察到的事物和作者的主观理解有机地融合在同一个平面上,表现为多维空间的并置与交叠。《身着狮皮》存在多个但绝非相互排斥故事空间的联合,这些场域都

---

① Douglas Malcolm, "Solos and Chorus: Michael Ondaatje's Jazz/Poetics", *Mosaic: A Journal For the Interdisciplinary Study of Literature*, Vol. 32, No. 3, (Sept.) 1999, pp. 133 – 149.

摆脱了传统透视的限定和封闭，相互呈现开放的流动形式，彼此渗透与叠加，展现了一种富有空间张力的美学，解构了传统的中心—边缘空间等级关系，为边缘群体的解放开辟了一条新的道路。

## 二 静态空间观与"中心—边缘"秩序的"合法化"

列斐伏尔将空间分为三类：物质空间、精神空间与社会空间，爱德华·索亚（Edward Soja）在他的"第三空间"理论中，将之分别称为第一空间、第二空间、第三空间。物质空间是一种物理空间，根据其外部形态可以直接观察、测量、描述，与现实社会的工作场所、城市规划等相关，这是传统空间学科关注的焦点。精神空间则是全然概念化的，是在物质空间的基础上构想或想象的空间，并将这些概念投射到经验世界中去。社会空间既异于前两类空间又包含前两类空间，它既是生活空间又是想象空间，在超越前两者的同时又将其重新组合到更为开放的视野中，这是列斐伏尔在《空间的生产》中提出的"三元空间辩证法"，认为这三类空间相互交织，缺一不可。《身着狮皮》是一部极具空间感的小说，上述三类空间都现身其中，在这里主要讨论社会空间。翁达杰没有将故事简化为线性叙述，也没有把人物性格还原为某种本质特征。他赋予各个人物不同的空间观，将人物、事件、空间紧密地缠绕在一起。形形色色的空间理念反映出的焦点问题是西方社会的内部殖民现实，涉及主流群体与少数群体的压制与反抗、中心—边缘秩序的建构与解构等问题。小说讲述了生活在社会底层空间的劳工群体在上层空间的压制下如何解放自我建构主体的故事，各异的空间理念也为这群人物带来了不同的人生经历，有的遭遇挫折、失败甚至为此付出了生命，有的通过努力奋斗而获得了成功。下面以几个主要人物为例简要分析。

人物帕特里克是小说最先映入读者眼帘的人，一出场就处于与外界隔一层的空间里——站在卧室里透过窗户观察一群伐木工人。童年的帕特里克的空间观是封闭的，从多处场景中可以看出：他喜欢夏天的夜晚里除了厨房的灯之外其他房间的灯都熄灭的时候，因为这是沉默寡言的他与伙伴们——各种冲着这间唯一亮着灯光的房间飞来的昆虫——交流的时刻："我在这儿。来看我吧。"尽管他细致入微地观察着这伐木工人，甚至"梦见这个队伍的行进"，但他"从来没有走进那由人身上散发出的气味形成的温暖之中"。即使有一次他将河边滑冰的工人们照明的火光误认为萤火虫而来到这群人附近，并"渴望握住他们的手"，他也因"对自己和这些说了另一种语言的陌生人都不够信任"而退步。所以"在他一生的这个阶段，他的大脑跑到了身体的前面"，头脑中的封闭空间观阻挡了沟通行为。

成年后他从边远的林区来到繁华的都市，这是一个全新的空间，他感到自己"仿佛在海上航行多年之后踏上了陆地"，在这个新空间里，"甚至对他自己而言他也是一个崭新的人，过去被深深藏起"。即使在与最亲密的情人克拉拉交谈时他都无法完全敞开自己内心的空间，"大多数时候，他用含糊其词的习惯进行自卫"。童年的帕特里克用封闭的物质空间保护自己，现阶段的他则为自己建筑了一种封闭的精神空间，"他心中有一堵墙，谁都无法走进。甚至克拉拉也不行。尽管他认为这堵墙使他变得畸形。那是多年以前他吞下的一粒小石子，这粒小石子和他一起长大，他到哪里都带着它，因为他无法摆脱它"。由于封闭的空间阻挡了异质事物的入侵，帕特里克对其具有较强的掌握和控制能力。

当他独自一人的时候，帕特里克会蒙上自己的眼睛，在房间里走动，先是慢慢地走，接着走得快一些，直到他的移动变得精确而神奇……甚至跑过房间，在黑暗中跳过小桌子。

封闭的精神空间也使得帕特里克持有一种静态空间观，仅把流动性赋予时间：

>　　帕特里克一生都生活在小说和它们明晰的故事旁边。伴随着自己的主人公的作者把动机表达得清清楚楚……这些书会以所有的愿望都得到了修正、所有的罗曼史都圆满结束而收场。甚至被抛弃的情人也接受冲突已经结束的事实。

帕特里克将空间看作一种封闭的、不变的容器，处于空间里的人与事会按因果线性关系发展，所有的故事都会有一个自然而圆满的结局。封闭、同质的空间观使他看不到空间中存在的异质因素，更看不到空间中各种异质因素之间冲突或交流的可能性。当克拉拉决定离开帕特里克，回到他"看不见的敌人"斯莫尔身边时，受到冲击的不仅是他的感情，还有他惯常的时空思维模式，现实没有如他所期望那样线性地发展下去，而空间也似乎不再是任他掌控的封闭容器，这在他再次玩空间游戏时遭到的失败中得到印证：

>　　他把克拉拉放在床上，告诉她不要动。然后他开始走进房间……沿直线、沿曲线飞快地跑过房间……她拒绝所有这一切，从床上下来……突然，她被重重打了一下……她被撞倒了，她跪起来，头晕目眩，往四周看了看。帕特里克正把一条床单往脸上扯。他在抽鼻子，血开始从鼻子里流出来……

帕特里克认为空间是永恒不变的，但事实证明静止的空间观只会给他人和自己都带来伤害,它将帕特里克与他人隔离开来——"他和集体之间存在的空间""一道他无法跃过去的可怕的地平线""一道爱的鸿沟"。从某种程度上来说,静态空间观使帕特里克主动地将自我边缘化了。

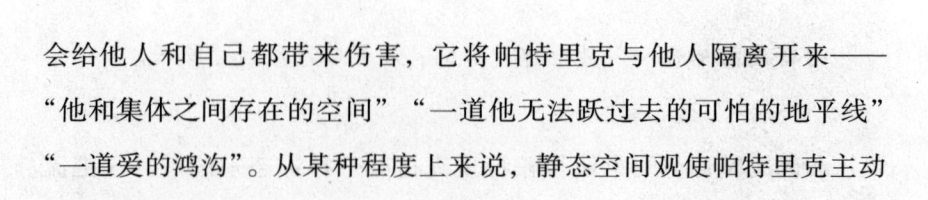

另一个持静态空间观的人物是哈里斯,这首先表现在他对多伦多这个城市的空间观上。他是两座大型建筑——水厂与高架桥——的主要负责人,醉心于自己的修建规划,对空间有强烈的控制欲,将高架桥看作"他作为市政工程局头头所诞生的第一个孩子"。通过不辞辛苦的监管,哈里斯试图将他对多伦多所憧憬的图景强加于这座城市,从而控制这一空间。在他的观点里,多伦多的空间是封闭、固定且有等级的。哈里斯在头脑中为多伦多绘制的地图以统治阶层的利益为出发点,并默认这一地图的现实性与稳定性。他的地图上没有边缘人群默默劳作的空间,比如阴暗的地下隧道,那些都是被埋没的历史标志。他从来没有去过那里,在微弱光线下辛劳的工人们也只存在于他"前脑的皮层里",在他"在内维尔公园大道家里的床上所做的梦里的小小世界里"。尽管哈里斯允许城市空间在外观上的变化,比如当公众抗议他的疯狂修建时,他引用波德莱尔的话提醒批评他的人"城市的外观比凡人的心还要变得快",但他不允许出现在他计划之外的变化,只希望出现稳定、"自然"、可控制范围内的变化。和帕特里克一样,哈里斯不愿看到自己理想的静态空间失去稳定性,不愿将异质的人与事放置到自己的空间中来。

社会空间是社会的产物,同时也生产着社会。对于列斐伏尔来说,空间不是自然形成的客观物体,"一直受到历史和自然诸因素的影响和塑造,这始终是一种政治过程。空间具有政治性和意识形态性,它实际上是充溢着各种意识形态的产物"。同时空间本身也是再生产者,是社会行为的发源地和社会生产关系的本体论基础。资本主义将其所生产出的社会空间合理化，将不平等的剥削和统治关系隐藏起来，他们的空间（城市）规划行为不是纯粹的科学技术，必然混杂着主流阶层的意识形态。城市空间本身被纳入了整个社会的资本循环和商品生产之中，是资本主义开拓市场、控制劳动力的必然产物。"资本主义通过占有空间以及将空间整合进资本主义的逻辑而得以维持存续。空间长久以来仅仅作为一种消极被动的地理环境或一种空洞的几何学背景。"[①] 福柯将空间看作权力运作的基础，在可见的空间中挖掘不可见的权力，揭示权力的运作策略。哈里斯将空间看作固定不变的物体，把边缘他者排除在外，其目的是通过控制空间而掌控权力，从而维护自己的中心地位。因此哈里斯所属的资产阶级群体通过各种实践活动创建出的政治、文化、经济等场域内部的阶层秩序，即他们自身居于中心地带的中心—边缘的二元秩序，以此维持与强化其阶层统治。而如帕特里克这样的被统治阶层成员的静态空间观造成了自我的边缘化，他们无意识的"同谋"也使得现存的社会秩序"合法化"。

翁达杰通过小说人物的行为和思维呈现了在静态空间观指导下，西方社会内部"中心—边缘"秩序的"合法化"。而事实上，空间从来都不是静止不变的，它处于运动和变化之中，"中心—边缘"的社会秩序也不会一成不变，通过正确的空间观昭示出合理的社会秩序也正是翁达杰创作《身着狮皮》的旨趣所在。

## 三 立体主义艺术空间观与二元社会秩序的解构

定点透视是自意大利文艺复兴以来绘画的黄金法则，艺术家们

---

[①] 侯斌英：《空间问题与文化批评——当代西方马克思主义空间理论与文化批评》，博士学位论文，四川大学，2007 年，第 42 页。

根据欧几里得数学定律经过精细的计算，创作出具有三维逼真视觉效果的绘画作品。画作产生的三维空间纵深感完美地再现自然世界，使人产生身临其境的幻觉。立体主义打破了以单点透视为造型原则和以再现物质世界为审美标准的绘画传统，是一种从静态的视觉和思维模式中解放出来的艺术，展示了表现艺术"过程"的可能性。在毕加索的《阿维农少女》中，"中间两个呈正面的人物脸上，安放了从侧面视点才能看到的鼻子样式；而在画面右下角的女人体上，更是将两个完全不同视角的产物——由正面观察到的脸——尽管犹如面具，安放到了对象的背部，从而产生出一种极为荒谬的图形。毕加索无所顾忌地使用了多点透视，这彻底违反了一般观众的审美经验而令人难以接受"。[1] 立体主义关注的不是事物的孤立静止状态，而是事物内部结构之间、事物与其他空间的交互作用。立体主义艺术家们将对象分解成多重空间后重新组合、叠置，呈现出更加完整的动态形象，充分展示了空间的流动性。《身着狮皮》中人物们迥异的空间观提供了不同的感知和理解空间维度领域的方式，除了哈里斯和早期的帕特里克外，Ondaatje笔下的人物多持有动态的空间观念，暗示着空间界限的开放性和空间构成的流变性，这使《身着狮皮》最终成功解构"中心—边缘"成为可能。

立体主义是一种从静态的视觉和思维模式中解放出来的艺术，展示了表现艺术"过程"的可能性。福柯的空间哲学与立体主义的动态空间观不谋而合，在他看来，中世纪的空间观具有等级结构，人或事物都有自己固定的位所（location），从而形成了稳定封闭的社会文化秩序。这种空间观被伽利略的开放空间观打破，他以物的延展（extension）作为空间的核心概念，将空间与物体的运动

---

[1] 刘七一：《立体主义绘画简史》，华东师范大学出版社2004年版，第10页。

## 第五章 《身着狮皮》：互文对"属下"问题的观照

相联系，认为所谓的静止空间只不过是空间运动中的某一个位置。伽利略的现代空间观使设想统一的历史意识成为可能，也使空间关系的合理化和工具化成为可能。到后现代，空间概念再次被刷新，被定义为人的具体活动及其关系构成的具体场所，核心概念由"延展"变成了"场地"（site）。福柯说："我们生活在一组关系中，这种关系界定了既不能相互还原也绝对不能相互支配的场所。"[①] "不能相互还原"意味着无限的、抽象的、同质的和空间被有限的、具体的、异质的空间所代替，"不可相互支配"则意味着空间关系不受决定论逻辑的支配，具有流动性、多变性，排除了总体化的可能性。

《身着狮皮》中除了哈里斯和早期的帕特里克外，其他人物的言行中都或多或少体现出动态的空间观。比如卡拉瓦乔对空间的认识比帕特里克更加理性与现实，他对可能入侵自我空间的异质因素保持警觉，并随时做出反应，比如当他从监狱逃出来以后，叙述者这样描述：

> 对于卡拉瓦乔来说，风景永远都不平静。一棵树困难地弯着身子，一朵花被风吹打，一片云往回飘去，一只球果掉落下来——一切都以不同的速度痛苦地运动着。当他奔跑的时候，他看见了一切，眼睛分散成十五个哨兵，看着每一条来路。[②]

卡拉瓦乔精通空间的知识，也认识到其中可能存在各种力量，能灵活地适应它们的突然出现以及给他带来的影响。卡拉瓦乔的空

---

[①] 转引自汪行福《空间哲学与空间政治——福柯异托邦理论的阐释与批判》，《天津社会科学》2009年第3期。

[②] 英文原文是 "The eye splintering into fifteen sentries, watching every approach"，姚媛版的中译文是："眼睛裂成碎片，散进十五个世纪，观察着每一个行为"，笔者认为译者可能误将"sentries"看作"centuries"，故改译。

277

间观是只有接受某些潜在力量，积极应对其可能带来的影响，才能在空间内充分发挥自己的能力。为了从监狱里逃走，卡拉瓦乔在为监狱屋顶刷漆时将之"漆成蓝色，蓝得仿佛和天空融为一体……不能确定屋顶和天空之间明确的界线了……分界，那个叫卡拉瓦乔的囚犯说。我们只需要记着这个"。后来他全身都被漆成了蓝色，"就这样，他消失了——在那些仰着头向上看却什么也没看见的警卫眼里"。相仿的场景出现在后来帕特里克准备炸毁水厂之前，"帕特里克身上凡是没有被衣服盖住的地方，脸，手，光着的脚，都涂上了油，除非碰到他，否则是看不见他的。界限"。虽然两个场景中都提到"界限"，但恰恰标示着"去界限"的空间观，即空间不是封闭、固定的，而是拥有开放的边界和流动的内部结构。

　　立体主义的鼎盛时期，毕加索、勃拉克创造了一种全新的艺术手法——拼贴法，即将彩色的纸片、印刷品及各种不同的材料，粘贴到画面上，再加以艺术加工，使得绘画与这些材料有机地合为一体，"我们试图摆脱透视法，并且找到迷魂术。报纸的碎片从不用来表示报纸，我们用它来刻画一只瓶子、一把琴或者一张面孔……物品被移位，进入了一个陌生的世界"①。立体派打破了传统绘画媒材的边界，将异质材料带入绘画领域。边界的不稳定意味着异质空间在相互融入与作用中发生变形，因而个体的发展也在彼此影响中发生着变化。小说中的主要建筑之一——布洛尔大街高架桥——本身就是一个"连接"的意象，它不仅从物理空间上起到连接功能——"把东区与市中心连接起来"，还象征性地将小说中的人物们连接起来。比如高架桥工作现场这一空间里，卡拉瓦乔为通往高架桥的路铺沥青，特梅尔科夫在桥下的桥墩附近工作，哈里斯站在桥

---

　　① 李晖、赵鹏：《转动的画布立体派》，天津科学技术出版社2011年版，第17页。

## 第五章 《身着狮皮》:互文对"属下"问题的观照

上观看工程进度,艾丽丝在桥上行走,看似处于互不相干的空间位置上的人物实际处于同一个整体中并相互关联着。特梅尔科夫是《桥》这一节的主要人物,他在工作中能娴熟地掌握空间:"他并不真的需要看见,他已经把那块空间绘制成图,他知道桥墩的基脚,根据移动了几秒钟知道人行横道的宽度——二百八十一英寸是中间桥拱的跨度⋯⋯他知道自己离河面的精确高度,知道绳子有多长,自由坠落到滑轮处需要几秒钟。无论是白天黑夜都没有关系,他可以蒙上眼睛。黑暗的空间就是时间。"更重要的是他将空间的互动具体化了:"他是个纺纱工。他把每个人联结在一起"。而闯入他的空间并影响彼此人生发展的人是一个坠桥的修女。某天夜里她在高架桥上行走被风裹着擦"过"水泥栏杆,从桥上掉了下来,这一"跨界"动作也促成了她人生的"跨界"。修女被桥下工作的特梅尔科夫救下之后被带到一个饭店里的马其顿酒吧,这时周围的事物在她眼里开始变化:"现在凉亭般的墙纸对她来说有了意义。现在鹦鹉有了语言","镀锌台面是另一个国家的边缘"。天亮时她"从奥里达湖饭店跨出第一步⋯⋯就在那一刻,在她走出去之前,在她走进六点钟的清晨之前,她变成了她将要成为的人",当她再次出现在小说中时,已经是一个名叫艾丽丝的革命积极分子。修女的出现也改变了特梅尔科夫,第二天他"走出奥里达湖饭店,走进清新的空气之中,看到四周的景色发生了改变,不再那么熟悉,令他视而不见。现在,尼古拉斯·特梅尔科夫走在大街上,以一个女人的视角来看帕乐门街⋯⋯当他那天早晨走出奥里达湖饭店的时候,他觉察到的是她的天气"。

艾丽丝人生轨迹的变化转而又将促成另一个人物——帕特里克人生的转变。帕特里克通过克拉拉认识了艾丽丝,后来当他通过查阅资料证实了艾丽丝是那个曾经坠桥的修女时,感受到了历史的

279

"立体的瞬间"。因为这一发现使他认识到自己的人生与其他人是紧密联系在一起的:"他看见自己凝视着如此多的故事……他看见人与人之间的相互作用,看见每一个人是如何被自身以外的某种东西的力量所推动"。街头的音乐折射出帕特里克内心的感受:"在独奏使每一个乐手更加强有力、被刻画得更加清楚之后,是一个充满了各种乐器的合奏的结尾"。帕特里克终于明白自我的空间其实与艾丽丝、特梅尔科夫、克拉拉等人的生活空间是相互交织的:

> 他的人生从此不再是单独的一个故事了,而是壁画的一部分,那是同谋犯的共同堕落……帕特里克看见一张奇妙的夜之网——所有这些人类秩序的碎片,不受他出生的家庭或一天的新闻标题所支配的东西。桥上的一个修女,一个不喝酒就无法入睡的胆大的人,一个夜里在床上看着一堆火的男孩,一个和百万富翁私奔的女演员——这个时代的碎片和混乱被重新调整。

边界的不稳定使得空间的"秩序"也经历着不断地调整与变化,空间秩序由并置共存的诸个体与群体的复杂状况所决定,这是个体或群体之间的辩证的权力游戏。《身着狮皮》中的社会空间秩序主要涉及主流阶层与边缘阶层的关系。皮埃尔·布迪厄(Pierre Bourdieu)将社会空间划分成不同的"场域",他认为:"社会世界是由具有相对自主性的社会小世界构成的,这些社会小世界就是具有自身逻辑和必然性的客观关系的空间,而这些小世界自身特有的逻辑和必然性也不可化约成支配其他场域运作的那些逻辑和必然性。"[①] 这些"社会小世界"就是各种不同的"场域",在每个场域

---

① [法]皮埃尔·布迪厄、[美]华康德:《实践与反思——反思社会学导论》,李康、李猛译,中央编译出版社1998年版,第134页。

第五章 《身着狮皮》：互文对"属下"问题的观照

中有着相似位置、被置于相似条件并受到相似约束的一群人构成一个阶层。

场域内所形成的阶层区隔并不意味着个体的阶层定位即场域内的阶层空间秩序是永恒不变的，布迪厄针对此又提出"阶级轨迹"的概念。他认为社会阶层不是封闭、僵化的体系，无论是个体成员还是整个阶层，其所拥有的资本量和构成比例都可能随着时间的变化而改变，因此某一阶层在整个场域中的地位或个体的阶层定位都处于流动中。个体可能跨越阶层，整个场域的空间秩序也可能随着阶层力量对比的改变而变化。布迪厄认为每一种场域中都有统治者与被统治者，充满不同力量关系的对抗。福柯也认为空间不能与人的活动相分离，因为空间不是一个容器，也不是抽象的存在，而是由具体的人在空间中的实践建构而成。阶层之间的斗争实质上就是对空间的争夺，但空间内没有哪种力量永远处于主导地位。在斗争过程中空间总是被不断重新划分和建构，因此我们应当关系主义地看待某一个体或群体在场域中所处位置。比如人物特梅尔科夫刚来到这个国家时没有护照，一个英语单词都不会说，后来他意识到"如果他不学那种语言，就会束手无策"，于是疯狂地学习英语，做梦都是有关翻译的，"在梦里，树木不仅改变了名字，而且改变了外形和特征……"，这些潜意识都反映出他渴望变化并融入新文化的强烈愿望。"一年后，他会用积攒的钱开一家面包店"，多年后，"他是这儿的市民，经营自己的面包房很成功"。翁达杰也没有在小说中设置绝对中心的人物，即便是貌似"中心"人物的帕特里克也只是观察者、搜寻者、生活的记录员。他与小说中的不同人物打交道：克拉拉、安布罗斯、艾丽丝、卡拉瓦乔、哈里斯、汉娜等，这些人物既有自己的故事，又与其他人又关联，相互组成一个统一的整体。

立体主义画家将不同肌理的材质艺术性地融入同一构图，创造出并置于平面画布上的多重空间，正是在异质空间相互排斥而又融合的过程中产生了特有的美感。由于我们生活在一组关系之中，因此空间是一种过程而非结果，其间充满了矛盾和斗争。在《身着狮皮》中，读者可以感受到围绕着空间秩序的斗争以及背后所隐藏的各种力量间的紧张关系。人物的经历及相互关系都或明或暗地体现为对空间秩序的解构和建构。边缘阶层的主体意识逐渐复苏，他们对空间的驾驭、掌控能力越来越强。正如列斐伏尔所说："在空间中生产关系的再生产，不可避免会表现出两种趋向：一是旧有的生产关系的消解，另一方面是新的关系的产生。"[1] 帕特里克在多人的影响下逐渐打破静态空间观，从一个被动的空间秩序守卫者变成了积极的社会空间实践者。哈里斯对暗中存在的劳工阶级及他们在未完工的水厂里举行的政治聚会一无所知，因此看不到可能存在的变化，城市中的这些反对的力量努力颠覆他强加与之的空间秩序。最后帕特里克的闯入使他看到了自己所处空间位置的不稳定性，也看到了边缘群体社会地位的重新定位及"稳定"的二元秩序被打破的可能性。

但翁达杰没有让边缘代替中心，而是遵循布迪厄阶层理论的方法论取向，始终将社会空间体系看作一种动态实践中的关系体系。小说没有以帕特里克摧毁象征资产阶级压迫的建筑为结尾，而是让两个阶层的代表人物帕特里克和哈里斯在对话中化解了矛盾。故事本身也没有给一个清楚的结尾，因为只要有人和社会空间存在，对空间的争夺就还会继续下去，空间秩序也永远不会形成固定的模式。言语交流能缓和异质空间之间的矛盾，增进彼此的了解，促进双方

---

[1] Henri Lefebvre, *The Production of Space*, Trans. Donald Nicholson-Smith, Oxford: Blackwell Ltd., 1991, p. 46.

第五章 《身着狮皮》：互文对"属下"问题的观照

的融合与和谐并置。类似的场景在小说的其他地方也出现过，比如卡拉瓦乔越狱后闯入一个有钱人家的别墅中被女主人撞见后，通畅平和的对话代替了激烈的冲突与斗争。这种消除内部殖民者与被殖民者之间的二元对立，倡导二者的真实对话与共存互补的态度是后殖民批判的要旨。

## 第三节　暗色调主义——为"属下"驱逐黑暗

翁达杰在小说中多处表现出视觉艺术对他的影响，比如喜好使用丰富的颜色词汇，无论是五颜六色的飞蛾还是染坊工人的彩色身体。小说还巧妙地提及某些视觉艺术著作，如约翰·伯格的作品《立体主义瞬间及其他》。而与小说关联最为密切的视觉艺术来自17世纪倡导巴洛克现实主义风格的画家米开朗基罗·梅里西·达·卡拉瓦乔，小说以三种方式与之发生互文关系：一是故事中出现同名人物卡拉瓦乔；二是间接提到卡拉瓦乔的画作，比如帕特里克回忆他与克拉拉和艾丽丝一起的情景："犹滴和荷罗孚尼。圣哲罗姆和狮子。帕特里克和两个女人"，这很容易令人想到卡拉瓦乔的名画之一《砍下荷罗孚尼头颅的犹滴》；三是翁达杰在许多场景中创造性地运用了卡拉瓦乔创造的暗色调手法。

卡拉瓦乔对光和影的巨大反差有着长期的研究，他的革新成果之一就是与文艺复兴前辈实践不同的对光线的运用，独特之处在于他画中的光线一般来自某个单一的光源，且常常是位于画框之外无法确认。光投射在画布上形成亮块，与周围的阴影形成鲜明的明暗对照，这种模式被称为"黑暗模式"或"暗色调模式"[1]，在17世

---

[1] Helen Gardner, *Gardner's Art through the Ages*, Ed. Host de la Croix and Richard G. Tansey. 7th ed. New York: Harcourt, 1980, p. 646.

纪有广泛的影响。意大利、西班牙、法国、荷兰的许多画家作品中都呈现出暗色调技法，即给予某场景单一的光源，使画布上呈现出戏剧性的明暗交互作用。"光的表现几乎构成了揭示世界物象的唯一手段，因为它是在事物极具意义和表现力的瞬间被摄取下来"①，这也可以说是小说中很多场景的写照，例如：

他转过脸去，向前倾过身子，让墙上的灯光照在他头部的侧面。"看见了吗？……"

安布罗斯·斯莫尔把一根火柴举过头顶，火光落在他的睡衣的双肩上。他提起灯，开始走回其他人身边。他不慌不忙，隧道里除了这盏灯之外没有其他的灯光。在他走动的时候，他的影子像个巨人一样在他旁边移动着。

当夜色降临时，他点亮煤油灯，灯光将这静物的影子投在墙上，因此影子摇曳着，既幽暗又充满生气。

她走进半明半暗的厨房，灯光照在她裸露的手臂上。他看到了她耳环的闪光。

从小说的整体结构安排来看，也显现处一种暗色调模式。小说被分成三部分，分别代表帕特里克话语能力发展的几个阶段，形成三大"亮块"。但在这条主线索之外还有其他"暗线索"，它们引发的故事相对地形成了叙述的"暗块"。读者在导言部分就被告知男人

---

① [意]安格鲁·达·菲奥雷等：《卡拉瓦乔》，王天清译，文物出版社1998年版，第22页。

## 第五章 《身着狮皮》：互文对"属下"问题的观照

讲述故事时"省略一些情节"，这使某些情节间的联系处于"黑暗"当中。第一部分主要讲帕特里克封闭的童年生活以及成年后与第一个女主角克拉拉的故事。一个修女作为次要人物在第二节中出场，在第三节中作者又引入另一个女主角艾丽丝，初看修女与艾丽丝之间似乎没有什么关联，但读到第二部分时读者就会明白修女和艾丽丝其实是同一个人。

《身着狮皮》是一部意象丰富的作品，其中有一种特别的明、暗结合的意象模式。这类模式从序言部分就开始出现（"汽车穿过黑暗，向前行驶……在六颗星星和一轮月亮下面开四小时的车到马尔马拉去"），也是主宰结尾的模式（"开灯，他说"），并且充满了中间的整个叙述过程（比如在第一节开头的场景中就多次出现"明"与"暗"这两大类单词："黑""黑暗""夜晚"，"白""提灯""雪""太阳"）。乔治·帕克（George Packer）认为这些重复的意象或主导主题——尤其是光线这个意象——有助于将零散的情节组织起来。[①] 玛莎·巴特菲尔德将光线和阴影两种意象交织的方法看作构建并统一小说中各种力量的主要有效方法："没有这些统一的技法，《身着狮皮》这样开放的、分散的、无秩序的形式安排很难保证情节的发展。"[②] 翁达杰自己也认为："意象的重复和构建是任何一部小说结构的基本要素，它们将小说统一起来。"[③]

小说的形式和主题意义很难分开，"光亮"与"黑暗"意象的交织不是纯粹的形式因素，它们也是在小说的主题框架内帮助传达意义的隐喻和象征。《身着狮皮》关注话语权的分配，关注语言和叙

---

[①] George Packer, "Refractions", in *The Nation*, Oct. 17, 1987, p. 422.
[②] Martha Butterfield, "The One Lighted Room: *In the Skin of a Lion*", in *Canadian Literature*, No. 119, 1988, pp. 166, 163.
[③] 引自 Sam Solecki, "An Interview with Michael Ondaatje (1984)", Sam Solecki, ed., *Spider Blues: Essays on Michael Ondaatje*, Montreal, Canada: Véhicule Press, 1985, p. 322.

述在边缘群体的主体建构中扮演的角色等问题,翁达杰对光亮和黑暗的使用也与这些因素有关。本节试图分析《身着狮皮》对暗色调主义深厚的社会文化内质的隐喻性借用。

## 一 关注视线的"降级"

无论是在意大利国内还是国外,卡拉瓦乔倡导的暗色调艺术风格都与当时不断上升的个人主义相关。虽然画家们在具体运用暗色调手法时风格迥异,但他们都遵循这一哲学基础。暗色调主义者们同文艺复兴的对抗不仅体现在作画技法本身,还在作品的主体和主题方面体现出"降级",如荷兰画家们就脱离圣经的主题,转向对仆人和波希米亚人的描绘。这种降级的渊源也来自卡拉瓦乔,虽然他的艺术作品涉及宗教,但他反对圣像崇拜,将人的心理和个性赋予传统上神圣的宗教形象。卡拉瓦乔用世俗化的场景表现宗教题材,笔下的圣人和使徒被抹去偶像的光环。画作《圣母之死》中那被劳动弄得红肿的手和沾满灰尘的脚使圣母与普通妇女形象相差无几,他对圣母的"丑化"行为被视为对宗教的不敬而遭到指责,然而这种被批判的"降级"从另一角度来讲可以被看作一种"人性化"的行为。

卡拉瓦乔的具有揭示性效果的光"会突然照亮我们……这是极有魅力的瞬间,在这个瞬间,整个人类的命运会得到预示和得以展开"[1]。翁达杰也意在以《身着狮皮》这部反官方历史的小说"照亮"被黑暗掩盖的历史,让这些沉默的历史"得到预示和得以展开"。有钱人(如斯莫尔)、有权人(哈里斯)被记入历史,但那些

---

[1] [意]安格鲁·达·菲奥雷等:《卡拉瓦乔》,王天清译,文物出版社1998年版,第32页。

处在边缘的人群（如妇女和劳工们）却成了历史的局外人。这些非中心的人群为了帮助有权有钱人实现梦想而劳碌，每天同工作中的危险作斗争。由于缺乏语言的力量，他们甚至不能给自己取名字，因而也失去了自己应有的主体性。他们没有被谁记住，历史忽略了他们的存在。翁达杰说："我做了大量的阅读工作——比如关于布洛尔大街高架桥。我甚至让朋友们帮我查阅资料。我以前从来没有这样做过。我可以非常确切地告诉你修桥用了多少桶沙，因为这是多伦多历史中记载的，但是那些修建桥的工人们却从未被提到。他们是'非历史'的！"① 虽然主人公帕特里克从种族和语言的角度来说应属于历史的中心范围，但他是从偏远的乡村来的工人阶级，因此也处于边缘地位。帕特里克与翁达杰一样在调查中发现历史书写中不公平的现象：

> 他在河谷图书馆找到的文章和图表描述了所有关于土壤、木料、水泥的重量的细节，唯独没有关于真正建造了高架桥的工人的资料……官方历史和新闻故事总是像冠冕堂皇的辞令一样悦耳，就像一个政客在一座大桥修好后发表的演讲，而那个人甚至没有修剪过自己家的草坪。海因的照片背叛了历史，组成了另一个家庭……官方历史和新闻故事每天包围着我们，但是艺术事件让我们知道得太迟了，它们就像漂流瓶里的信一样懒洋洋地前进。

小说里帕特里克与哈里斯的对话也体现出对下层人的关注与漠视这两种截然相反的态度：

---

① Barbara Turner, "In the Skin of Michael Ondaatje: Giving Voice to a Social Conscience", *Quill & Quire*, (May) 1987, pp. 21 – 22.

第二部分　翁达杰对西方"内部殖民"的批判

——（帕特里克）你在卫生间贴的那些该死的人字形瓷砖比我们一半人的工资加在一起还要贵。

——（哈里斯）是的，的确如此。

——难道你不感到羞愧吗？

——你看着吧，五十年后，他们会到这儿来，对人字形瓷砖和铜屋顶感到目瞪口呆……为了那些人字形瓷砖，我竭尽全力地奋斗。

——你奋斗。你奋斗。想想那些建造了进水隧道的人。你知道我们有多少人死在里面吗？

——没有记录。

约翰·考伯·波伊斯（John Cowper Powys）说："我们必须将迄今为止理所当然的事情当作仅仅是降临于我们的偶然感受……我们必须关注我们最简单的感官印象中波动的、起伏的边缘事物，这些边缘事物提供多种途径和视野，并且直到现在一直漂浮在我们周围，被我们忽视、丢弃、遗忘——它们……编织着……我们的……身份。"[1] 卡拉瓦乔通过光与影的对比，即打破人物形象沉浸其中的黑暗，以具有奇特戏剧性力量的光的强力笔触来揭示那种现实和细部。[2]《身着狮皮》也关注边缘人群及他们被抹去的历史，从与官方历史相异的角度去重新打量被忽视、丢弃、遗忘的历史。比如讲到高架桥的庆祝仪式时，翁达杰将视角跳过前来检阅的官员，转向不知名的公众："在政府组织的庆祝仪式上，一个人骑着自行车逃过了

---

[1] Peter Easingwood, "Sensuality in the Writing of Michael Ondaatje", Jean-Michel Lacroix, ed., *Re-Constructing the Fragments of Michael Ondaatje's Works*, Paris: Presses de la Sorbonne Nouvelle, 1999, pp. 89–90.

[2] ［意］安格鲁·达·菲奥雷等：《卡拉瓦乔》，王天清译，文物出版社1998年版，第16页。

## 第五章 《身着狮皮》：互文对"属下"问题的观照

警察的屏障。公众的第一名成员。不是预料之中载着官员的检阅车，而使这个无名之辈……他想要成为第一个上桥的人……桥尽头雷鸣般的掌声为他欢呼。"但他并不是第一个上桥的人，"前一天午夜，工人们已经来到桥上……"

玛莎·巴特菲尔德发现小说"主要的构建、联合力量是在心理上和画家一样对光线与阴影的运用"[①]。翁达杰也用暗色调模式记录被官方历史抹去的死者，反映出被淹没在"人字形瓷砖和铜屋顶"下那些永远不会从黑暗中浮现的逝去的生命，将在场和不在场的事物都清楚地显现出来。安大略湖底隧道标示着被历史遗忘的黑暗部分，翁达杰通过再现其中的历史事件来反抗和颠覆官方历史的宏大叙述。隧道修建现场的"黑暗"与地面的水厂修建的"光亮"形成鲜明对比：修建水厂是哈里斯一直以来的梦想，他精心设计，从全省各地运来产品和工人，力图将它建成一座"水的宫殿"。湖底隧道是这个工程的一个重要部分，也是最为艰辛的一部分。地面的建设"正在精心安排中进行，像一棵树在绽放出花朵"。相比之下，湖底隧道的黑暗就是压迫性的，工人们的工作是与世隔绝、卑下、非人性的，"在挖棕色的滑滑的黑乎乎的东西的时候铁锹挖进黏土是帕特里克惟一看见的东西"。他们完全是在地狱般的环境中工作："水总是浸没他们的脚后跟。整个早晨，他们在潮湿的黏土里打滑，没法稳稳地站着，他们就在干活的地方小便，在别人大便过的地方吃饭"。在这个帕特里克"感到自己被放逐的可怕的地方"，工人们和骡子或马没什么区别，"它们被放到四十英尺深的地面下，一直待在那儿，直到死去，或者直到隧道挖到湖底选定的目标。那会是什么时候呢？骡子的大脑所知道的，和一个挖自己面前的黏土壁的人的

---

[①] Martha Butterfield, "The One Lighted Room: *In the Skin of a Lion*", *Canadian Literature*, 1988, No. 119, p. 163.

身体所知道的相比，不多也不少"。与描述尼古拉斯在地面桥上体面、优美的技术工作相比，成天与黑暗、死亡打交道的隧道工作显得越发凄惨，隧道里的工人们被黑暗吞没，他们进入历史的权利也由此被剥夺了。他们该如何打破沉默，走出黑暗，重新进入历史的光亮中呢？

## 二 黑暗与光明——沉默、暴力与言说

对画家卡拉瓦乔来说，"光成为表现物品和人物理念意义的最可靠的一种媒介与手段，他以明暗构成他们，或从物与人的存在或动作的阴影中揭示出他们的存在"①。对翁达杰来说，揭示被黑暗湮没的历史与人的存在的可靠手段就是语言，但帕特里克对这一手段的认识和掌握经历了一个漫长的过程，翁达杰正是以此过程为线索来塑造这个人物的。

"沉默"是与"黑暗"意象一同出现的主题之一，强化了人物们的隔离与疏远：帕特里克的沉默在童年孤独隔离的生活环境中形成，文中描述了他对黑暗的喜爱："他渴望夏天的夜晚，渴望他熄灭电灯，甚至熄灭门厅里靠近父亲睡觉的房间的奶油色漏斗状灯的那一刻。"成年后在多伦多的生活也处处映现了他的沉默。在黑暗的湖底隧道工作时帕特里克"像意大利人和希腊人面对那个英国工头一样默不作声"。缺乏共同语言将帕特里克与社群隔离开来："他现在居住的城市东南部主要由移民组成，他走到哪里都听不见自己熟悉的语言，不为人知的情形令人兴奋。"帕特里克"对周围的这些人几乎一无所知，只知道他们如何走动如何大笑——在语言的这一边。

---

① ［意］安格鲁·达·菲奥雷等：《卡拉瓦乔》，王天清译，文物出版社1998年版，第18页。

## 第五章 《身着狮皮》：互文对"属下"问题的观照

他对皮革工厂的老板隐瞒了真实姓名和声音，从来不对他们说话，也不回答他们的问话"。在监狱中时，帕特里克"用沉默保护自己——仿佛任何一个句子就会是不安全的疆域，仿佛甚至说出一个单词就会开始把艾丽丝从他体内释放出来。秘密使他强壮有力。通过拒绝与别人交流，他可以把她藏在心中，拥在怀中"。

在小说中，暴力、蛮行也总是与"黑暗"意象形影相随。在艾丽丝的革命意识形态的影响下，帕特里克觉得自己应当"披上兽皮"，承担起革命的事业的重任，方式是采取暴力革命行动。但暴力的革命行动与小说的人性化主旨格格不入，革命行为被看作与人性化相对立的事物，被视为野蛮的非人性的行动。比如在帕特里克袭击马斯科卡旅店的情节中，黑暗的意象多次出现：这是一个"没有月亮的晚上"，帕特里克被涂上"黑色"的油，然后他和卡拉瓦乔爬进划艇里"一片黑暗包围了他们"，帕特里克进入水管里后就在"黑暗中游着"。

语言是连接个人与世界、现在与过去的桥梁。《身着狮皮》的整个故事的搜集和叙述都是在黑暗中进行的，因此语言是阐"明"的源泉。语言将亮光赋予帕特里克，让他清楚地看到自己与社会、历史的关系。在发现卡托的最后一封信之前，帕特里克"是一个凝视着自己国家的黑暗的搜寻者，一个为女主人公穿衣打扮的瞎子"，"是惟一出生在这片地区却对这个地方一无所知的人"。这封信驱走笼罩在自己国家上的黑暗，他才了解到国家的历史，"了解到北方发生的工会的战斗"。

在帕特里克轰炸水厂的故事中，黑暗和沉默最终让位于光明和言说。帕特里克进入水厂后，沉默被他与哈里斯的相遇打破，最开始他命令哈里斯关灯，因为"他一直淹没在哈里斯的眼神和令人昏昏欲睡的手势里，感到被他那平静的声音和台灯只照着一处的灯光施了催眠术。没有了灯光，他感到更清醒"。光亮和黑暗、沉默与话语在这个场景中有丰富的比喻功能。黑暗象征着语言的缺失，光亮则象征交流。哈里斯要求帕特里克在引爆炸弹之前把灯打开，帕特里克尝试着打开后又关掉了，因为他只能在黑暗中、在忘记语言的因素时才能采取行动。而哈里斯拒绝黑暗，也拒绝他的沉默，于是用语言的"光亮"来对抗黑暗。面对帕特里克的威胁，哈里斯并没有慌张，而是讲起了他的人生故事，从自己的梦想被拒绝讲到他对权力的看法。分享私密的个人故事拉近了两人的距离，敌我关系渐渐转换为平等的对话者关系。哈里斯抛开惯常的权威角色，成为听众与鼓励者，他坚持要求帕特里克不要保持沉默。在他的鼓励下，帕特里克将艾丽丝的故事讲述出来，黑暗被语言的光亮驱走。帕特里克拒绝了艾丽丝倡导的暴力形式，以获得话语权的方式继续艾丽丝的革命事业。分享各自的个人历史为帕特里克和哈里斯提供了互相理解的机会，化解了仇恨与愤怒，故事没有以血腥的场面结束，而是在帕特里克安静的睡眠中落下帷幕。帕特里克的让步也赢得了哈里斯的慷慨与人道，他没有将帕特里克送往警察局，而是对前来的军官说："让他睡吧。别说话。把爆破箱拿走就行了。叫一个护士来，带上医疗器械和药品，他把自己弄伤了。"

小说中有段插曲：在卡托的葬礼过程中发生了一次长达十七分钟的日全食，乐队在这个过程中一直演奏肖邦的《葬礼进行曲》，"音乐就是从光亮的一个瞬间到另一个瞬间的生命线"。小说中还提到另一种能"穿越黑暗"的艺术——摄影。1905 年美国社会学家刘易斯·海因（Lewis Hines）拍下了一些照片，记录和暴露了美国移民劳工恶劣的工作环境。海因的照片为美国工业中增加了一张"人"的面孔，反映了官方历史常常忽略的"人"的体验：有"帝国大厦上在雾一般的石头灰尘中拿着风钻的工人"，还有在采铁矿洞里"看上去像可怕的鬼魂"一样的"干活的少年的白色的脸"。写作这门艺术与音乐、摄影一样能驱除黑暗,只不过运用的工具有所不同,分别是语言、音符与光线。翁达杰以他深刻犀利的语言反抗官方历史,将被埋没的边缘历史显现出来。

除了提到的上述三种互文外,《身着狮皮》还有其他各类互文,在主题、情节、人物等方面都能找到例子。比如苏珊·斯皮尔瑞将厄普顿·辛克莱(Upton Sinclai)的小说《丛林》①(The Jungle)视为与《身着狮皮》的互文之一,这部小说同样讲述了移民劳工在西方社会中的艰辛生活,恶劣的工作条件、贫穷、疾病和劳工们绝望的情绪与《身着狮皮》相互映照。她还认为《桥》(The Bridge)这一节与吉卜林的短篇小说《修桥者》(The Bridge Builders)也有明显的互文特征,只是翁达杰将地点从恒河(Ganges)移至多伦多的唐谷(Don Valley)。② 人物安妮(Anne)则指向加拿大女诗人安妮·威尔金森(Anne Wilkonson),小说引用的诗文、专用地名、情节都与现实生活中的威尔金森的相关方面吻合。③ 联合车站里的一个指示牌"地平线"(Horizon)是一个虚构的小城镇的地名,却成了辛克莱·罗斯(Sinclair Ross)的小说《我和我的房子》(As for Me and My House)里的故事地点。④ 这再次印证了小说开头的引言:"我们再也不会以这样的方式讲述一个故事,令人感到那是惟一的故事。"每个作家都可以"身披狮皮",以自己的方式讲述故事。

---

① 另译中文名为《屠场》。
② Susan Spearey, "Mapping and Masking: The Migrant Experience in Michael Ondaatje's *In the Skin of a Lion*", *The Journal of Commonwealth Literature*, Vol. 29, No. 2, 1994, p. 46.
③ Katherine Acheson, "Anne Wilkinson in Michael Ondaatje's *In the Skin of a Lion*——Writing and Reading Class", *Canadian Literature*, Vol. 145, 1995, pp. 110–111.
④ Dennis Duffy, "A Wrench in Time: A Sub-Sub-Librarian Looks beneath the Skin of a Lion", *Essays on Canadian Writing*, Iss. 53, (Summer) 1994, p. 121.

# 结　语

　　与其他流散作家一样，翁达杰将自我的流散体验融入作品中，在创作中抒发丰富的内心情感：闯荡的豁然、漂泊的困惑、思乡的愁闷……在小说所塑造的人物身上——不论是黑人音乐家，还是加拿大的劳工移民，或是印度的锡克教士兵，以及国际人权组织的调查人员——我们都不难看到翁达杰本人的影子。虽然人物的肤色、阶层、性别各异，但他们都有一种隐在的相似点：都曾面临两种选择，在思想上经历了徘徊、挣扎的过程，最后在两种选择之间的空间里找到了恰当的位置，将之前的对立与冲突完美融合到一起。这种流散群体所共有的"跨越性"思维在小说的叙述模式上也表现得淋漓尽致，无不呈现出"跨越边界"的写作风格，凸显翁达杰跨文化流散体验。五部小说跨越了多种边界：《英国病人》跨越了文本、自我、民族、时空的边界；《身着狮皮》跨越了社会空间边界；《经过斯洛特》跨越了文学与音乐的边界；《世代相传》跨越了真实与虚构、两种文化身份之间的边界；《菩萨凝视的岛屿》跨越了东西方话语和文化的边界。

　　后殖民研究观照全球化时代不同文化间的冲突与对话问题，涉及话语权力关系、文化身份书写、全球化与本土化冲突、内部殖民

## 结 语

等多种层面，对强势民族的反思、弱势民族的觉醒都具有重要参考价值。流散经历造就的双重视角使翁达杰清楚地看到西方对东方、西方内部主流社会对边缘群体在文化、历史上的同化、改写、抹杀等文化霸权行为，他在小说中大胆揭露西方的后殖民主义，赋予"局外人"或"边缘人"——从历史上的小人物到当下斯里兰卡内战中的普通百姓，从西方外部或内部的边缘群体到两种文化之间的流散者——更多的表现空间，为他们书写历史并以此挑战西方"大写历史"的权威，促成"宏大叙述的崩溃"。[①] 同时还关注东方与西方、西方内部主流群体与边缘群体在全球化时代的关系走向。本课题围绕翁达杰小说中的两大主题"后殖民批判"和"主体建构"展开，简要概括如下。

《世代相传》记载了翁达杰重回阔别二十几年的故土时的所见所闻。少小离家使家族历史在他记忆中留下一段空白，于是他试图在小说里重现这段流失的岁月。他在家乡四处打听、探寻祖父辈的历史，然而搜集得到的无非一些闲闻、逸事。在将它们转变为文字的过程中，他没有如历史学家那样通过增删补添把碎片编织成完整连贯的情节，而是尽量保持原样，将所见所闻分成多篇短小散记，小说的内容和结构由此显得松散零碎，仅有的线索是行程的先后顺序。这种"不正规"的历史描述方式很快招来评论家们的非议，批判他为迎合西方人口味而将斯里兰卡异国情调化，并对自己的流散创伤和文化他者身份避而不谈，从而将其定位为东方主义的同谋、殖民主义的美化者、没有政治立场、没有流散创伤的移民作家。通过这些批判，翁达杰的独特匠心越发清晰可见。他书写这部家族史的目的不仅仅在于谋求个人愿望的满足，更深远的目的是反抗上述批判

---

① Jean-Francois Lyotard, *The Postmodern Condition*: *A Report on Knowledge*, Trans. Geoff Bennington and Brian Massumi, Minneapolis: University of Minnesota Press, 1984, p. 15.

# 结 语

所参照的"标准"以及按照这一标准书写出的"大写历史"。翁达杰了解历史与虚构之间的微妙关系,看透了"大写历史"的虚伪性和欺霸性,以更为客观和公平的方式书写、诠释历史,也给那些忽略了斯里兰卡和翁达杰家族复杂的历史背景以及翁达杰本人独特经历而妄加批判的人以嘲讽。翁达杰还在引文、人物形象、文体等多种微观层面展现出反殖民主义的政治立场。此外,小说内容、结构安排上体现出的双重性也反映了流散作家的现实体验。把翁达杰在双重性之间采取的"平衡"写作策略放大来看,实际上是他在多种异质文化间来回"奔跑"的现实写照,从中我们不仅能体会到流散作家生存在"中间地带"的艰辛与不易,也能由此感受他们"广角"视野所具有的独特之处。

流散经历,不论是自愿的还是被迫的,个体的还是群体的,都包含着文化冲突的一面,其中最为普遍、最为激烈的是东西方文化的冲突。《阿尼尔的灵魂》就是以两种文化的认识论和价值体系冲突为出发点,记录流散者在遭遇这一冲突时的痛苦、彷徨以及最终的选择。小说选择斯里兰卡内战为背景,主要人物是几个斯里兰卡本土人物和一位与翁达杰一样出生在斯里兰卡、少小离家漂泊海外的法医人类学家——阿尼尔。多年后重回家乡时,阿尼尔与翁达杰在《世代相传》中记录的自我感受是一致的——感觉自己是来到异国的外国人。他们与斯里兰卡本土文化的格格不入实际也是东、西方思想体系的排异反应。作为人权机构代表的阿尼尔信仰的是西方科学理性思想,而她所遇见的几个本土人物身上体现出的却是斯里兰卡本土传统的佛教伦理思想。他们不追求永恒的真理,因为万物皆"空",无常才是生命的本质。他们抱着"即世即涅槃"的思想,从现实生活中"人"的实际需要出发考虑问题——为受苦受难的人救死扶伤、为被官方历史抹掉的人群书写历史、为他人的利益牺牲自

## 结 语

己生命。阿尼尔也经历了对本土文化的失望、不理解到逐渐领悟、理解的过程,暗示了两种文化价值观的包容与交流。《阿尼尔的灵魂》也充分显现出翁达杰扮演的东西方文化的"协调者"角色,他通过文字忠实地传递东方佛教文化,书写基于斯里兰卡本土文化的历史,也呈现出东西方文化平等对话的希望。

《英国病人》体现了翁达杰作为流散者所特有的宽广视野,关注全球化背景下的民族身份与历史书写问题。在人物选择方面,翁达杰继续表现出对不知名小人物的偏爱,以四个来自不同国家的普通人为主角。没有宏大叙事,没有伦理说教,只有四个来自不同国家的人在一座破旧别墅中共同生活的描写。小说主题是反对殖民主义在全球化时代的同质化思想及策略,具体到身份和历史这两方面而言,表现为落后群体身份选择权与历史叙述权的缺失。翁达杰让来自落后民族国家的人物逐渐认识到争取民族身份的必要性,同时让在"大写历史"中被压制的"幽灵"们干扰代表西方思想的人物的历史叙述,翁达杰自己也在写作中主动放弃作者的权威。但翁达杰并非只破不立,从几个普通人战时生活的微观层面中,他让读者既看到了殖民与被殖民文化间的同化与反同化斗争,也在人物间跨越民族、国家界限的友情或爱情中感受到异质文化和谐共处的希望。几个人物在相互交流中最终找到了真实的自我,表明翁达杰在反同质化的同时提倡异质文化间的对话,这其实也是每一流散个体在协调多种文化对自我身份产生的正负面影响时最理想的应对策略。小说为读者展现出一幅全球化语境下理想的国际关系图景:民族国家间以平等的对话关系取代边缘—中心的二元对立,同时保持和尊重彼此的差异,承认多元的民族文化和民族价值观,在求同存异中共谋发展。

翁达杰在多种文化中漂流,如何融入异质文化与其他主体和谐相处是他一直以来不得不面对和克服的问题,主体间性自然成为他

## 结 语

作品中不可避免的主题。而爵士乐充分体现了主体间的良好互动与交融，这是翁达杰在小说《经过斯洛特》中选择一位黑人爵士乐手作为主人公的原因之一。主人公的原型来自历史现实中的同名人物，翁达杰以微观的个体故事引导读者去思索后殖民时代种族他者主体危机形成的根源及相应的解决策略。小说反映出翁达杰对主体、身份这类问题的努力探索，主人公身上也闪现出翁达杰本人的影子。主人公在追寻主体性的过程中不断反思和探索爵士乐演奏风格，翁达杰也用文字玩起了"爵士乐"，小说在主题和写作手法方面均体现出与博尔登的爵士乐风格可比之处，可概括为三点——"拼贴性"、"即兴自由性"和"主体间性"。主人公在象征着文化杂合与主体交流的爵士乐中建构了流动的主体性，翁达杰在"爵士乐文字"中传达出主体性也不再是简约化、单一化、固定化的，他通过文学艺术获得了理想的自我。

流散人群在异质文化间游走，与多种文化亲密接触却不能完全融入任何一种，处于多重边缘地位。在斯里兰卡人眼中，翁达杰已是半个"外国人"，而在加拿大文化中，移民身份又在他与当地文化间设置了一道隐形的障碍。如果说《世代相传》是翁达杰填补过往空白记忆的尝试，《身着狮皮》则是源于翁达杰在加拿大的当下生活中冲破文化隔膜的渴望。尽管讲述的是发生在 20 世纪早期加拿大劳工阶层中的故事，但翁达杰与他们的移民身份、边缘处境以及改变现状的愿望是一致的。小说呈现出与其他文学或非文学文本间明显的互文性，翁达杰将古巴比伦史诗《吉尔伽美什》、立体主义以及文艺复兴时期绘画界兴起的暗色调主义巧妙地融合起来，共同探讨话语与权利、空间观与"中心—边缘"秩序的建构与解构等话题，得出以下结论：没有永恒、唯一的历史存在，官方历史也仅是片面之词。话语与权力密切关联，"沉默"的他者们应当勇敢地"披上狮

## 结 语

皮",发掘出被官方历史忽略和埋没的、真正属于自己的历史,改变边缘地位和命运。而获得话语权的方式不是革命暴力,其目的也并非边缘取代中心,而是以对话的方式让边缘与中心逐步取得平等地位。翁达杰本人也正是通过掌握写作这种话语权利为自己争取应有的身份和历史地位。

本研究最大的缺憾是出于种种原因笔者没有将翁达杰的另外两部小说《遥望》(*Divisadero*)和《猫桌》(*The Cat's Table*)纳入本课题研究中。翁达杰在《遥望》这部小说里继续发扬其独特的叙述手法,依然关注追寻自我身份、挖掘过往历史等主题。非线性的故事情节、丰富的叙述视角、混杂的时空转换使小说呈现出立体主义的叙述特色。翁达杰采用他偏好的"爵士乐"写作风格,将战争、暴力、爱情、亲情等诸多元素统统融进故事,但在杂糅之中又可见清晰的主题线路——人物们在现在与过去身份的纠结与错位中努力寻找真实的自我,在"遥望"过往和审视当下的过程中书写自己的历史,而开放式的故事结局同样将思考和想象留给了读者。在小说《猫桌》中,翁达杰一如既往地打破真实与虚构、自传与小说的界限,讲述同名主人公迈克尔离开家乡科伦坡去英国会见母亲的航海经历,并借由这位少年的目光打量船上形形色色的人物,由此引发对人生、对世界的思考。翁达杰善于以小见大,让读者透过个体的故事窥见社会、文化、历史,这个充满游戏、童真的成长故事也无不折射出种族歧视、文化身份认同等严肃话题。

接受美学派理论家沃尔夫冈·伊瑟尔(Wolfgang Iser)说过:"文学文本具有两极,即艺术极与审美极。艺术极是作者的文本,审美极是由读者来完成的一种实现。"[1] 作品中的不确定性和"空白

---

[1] [德]沃尔夫冈·伊瑟尔:《阅读活动——审美反应理论》,金元浦、周宁译,中国社会科学出版社1991年版,第29页。

## 结 语

点"所形成的"召唤结构"给了读者审美和理解的自由与空间,对一部作品的阐释不一而足。在收集、整理资料以及研究、写作过程中,笔者除了对翁达杰小说中的后殖民批判、主体建构两大阐发点之外也另有感悟。比如从主题方面来看,几部小说中都有父亲或类似父亲形象的人物出现,他们在故事情节发展中都占有重要地位:《经过斯洛特》中的韦布类似于一个说教式的父亲;《世代相传》中翁达杰执意寻找关于父亲的历史;《身着狮皮》主人公帕特里克沉默寡言的性格直接来源于童年时父亲的影响;《英国病人》中加拿大护士把受伤的病人看作她死去的父亲的替身,印度士兵对英国排雷专家瑟福克爵士尊若父亲;《阿尼尔的灵魂》中历史学家帕里帕拿也被赋予了父亲的形象。如此多的父亲形象的在场不得不引发我们的关注与思考,笔者认为这与翁达杰本人的经历有关。十几岁时父母离异后,翁达杰跟随母亲离开斯里兰卡去英国求学,直到父亲去世也未再与他谋面,因此父亲在他的人生经历中成了一个不在场的符号。文学创作是传达并弥补现实生活中缺失的工具之一,翁达杰在小说中多次建构父亲形象的行为从侧面反映出他希望接近父亲、了解父亲、与父亲交流的愿望,借用拉康等人的精神分析理论来阐释这一现象不啻是对小说的一种全新解读。

翁达杰自觉将后殖民批判融入文学作品中,以自身丰富的流散体验、独特的观察视角和敏锐的批判意识分析全球化时代涌现出诸多社会、文化问题,探寻被西方后殖民主义遮蔽的真相。但他并没有将真相赤裸裸地铺于纸面,而是以其不拘一格的叙述手法、诗意优美的语言、独特奇幻的意象引导读者积极思考。正如他在小说《身着狮皮》的引言中所说:"我们再也不会以这样的方式讲述一个故事,令人感到那是唯一的故事。"对翁达杰小说的阐释存在多种可能,在整理研究翁达杰的资料中,笔者时常发现对同一文本的相互

## 结　语

对立的解读。翁达杰自己也常常有意识地将文本敞开，邀请读者走进来，使文本成为作者与读者交流的平台。他曾说："我喜欢未完成的故事。因为这样的故事里有许多空间等着你去填充。"① 他的文字留下广阔的阐释空间，促发读者去思考。翁达杰的小说创作仍在继续，尚有提升空间，本书仅从后殖民批判与主体建构两个角度展开研究。由于资料不甚完整，知识积累欠博，在封笔之际也仍留有许多困惑，日后当进一步完善，也希望各位专家学者为拙文批评指正。

---

① Mark Written, "Billy, Buddy, and Michael: The Collected Writings of Michael Ondaatje are a Composite Portrait of the Artist as a Private 'I'", *Books in Canada*, June – July, 1977, p. 10.

# 参考文献

## 一 原著版本与参考译文

Ondaatje, Michael, *Anil's Ghost*, Toronto: McClelland & Stewart, 2000.

Ondaatje, Michael, *Coming through Slaughter*, Toronto: House of Anansi Press, 1976.

Ondaatje, Michael, *In the Skin of a Lion*, Toronto: McClelland & Stewart, 1987.

Ondaatje, Michael, *Running in the Family*, Toronto: McClelland & Stewart, 1982.

Ondaatje, Michael, *The English Patient*, Toronto: McClelland & Stewart, 1992.

［加］迈克尔·翁达杰：《经过斯洛特/世代相传》，侯萍、闻炜、姚媛译，译林出版社2000年版。

［加］迈克尔·翁达杰：《菩萨凝视的岛屿》，陈建铭译，湖南文艺出版社2004年版。

［加］迈克尔·翁达杰：《身着狮皮》，姚媛译，译林出版社2003

年版。

[加] 迈克尔·翁达杰:《一轮月亮与六颗星星》,张琰译,译林出版社 2000 年版。

[加] 迈克尔·翁达杰:《英国病人》,章欣、庆欣译,作家出版社 1997 年版。

## 二 综合评论文献

Banerjee, Mita, *The Chutneyfication of History—Salman Rushdie, Michael Ondaatje, Bharati Mukherjee and Postcolonial Debate*, Heidelberg: Universitätsverlag C., (Winter) 1995.

Barbour, Douglas, "Journey among Discourses", *Canadian Literature*, No. 134, (Autumn) 1992.

Barbour, Douglas, *Michael Ondaatje*, New York: Twain, 1993.

Bök, Christian, "Destructive Creation: The Politicization of Violence in the Works of Michael Ondaatje", *Canadian Literature*, No. 132, 1992.

Bowering, Gorege, "Once upon a Time in the South: Ondaatje and Genre", Jean-Michel Lacroix, ed., *Re-Constructing the Fragments of Michael Ondaatje's Works*, Paris: Presses de la Sorbonne Nouvelle, 1999.

Bush, Catherine, "Michael Ondaatje: An Interview", *Essays on Canadian Writing*, Iss. 53, (Summer) 1994.

Campbell, Catherine, "Hearing the Silence: A Legacy of Post-modernism", Diss., Universite de Sherbrooke (Canada), 2003.

Cheetham, Mark and Elizabeth D. Harvey, "Obscure Imaginings: Visual Culture and the Anatomy of Caves", *Journal of Visual Culture*,

Vol. 1, No. 1, 2000.

Clarke, George Elliott, "Michael Ondaatje and the Production of Myth", *Studies in Canadian Literature*, Vol. 16, No. 1, 1991.

Easingwood, Peter, "Sensuality in the Writing of Michael Ondaatje", Jean-Michel Lacroix, ed., *Re-Constructing the Fragments of Michael Ondaatje's Works*, Paris: Presses de la Sorbonne Nouvelle, 1999.

Finkel, Derek, "A Vow of Silence", *Saturday Night*, Vol. 111, Iss. 9, 1996.

Goonetilleke, D. C. R. A., "Sri Lanka", *The Journal of Commonwealth Literature*, Vol. 28, No. 3, 1993.

Heighton, Steven, "Approaching 'That Perfect Edge': Kinetic Techniques in the Poetry and Fiction of Michael Ondaatje", *Studies in Canadian Literature*, Vol. 13, No. 2, 1988.

Hillger, Annick, *Not Needing All the Words——Michael Ondaatje's Literature of Silence*, Montreal & Kingston: McGill-Queen's University Press, 2006.

Ismail, Qadri, "Speaking to Sri Lanka", *Interventions*, Vol. 3, No. 2, 2000.

Jaggi, Maya, "Conversation with Michael Ondaatje", *Wasafiri: Journal of Caribbean, African, Asian and Associated Literatures and Film*, No. 32, (Autumn) 2000.

Jewinski, ed., *Michael Ondaatje Express Yourself Beautifully*, Ontario: ECW Press, 1994.

Johnson, Brian D., "Michael Ondaatje", *Maclean's*, Vol. 113, Iss. 51, Dec. 18, 2000.

Kliman, Todd, "Michael Ondaatje: Cat Burglar in the House of Fiction",

*Hollins Critic*, Vol. 31, No. 5, (Dèc.) 1994.

Lacroix, Jean-Michel, ed., *Re-Constructing the Fragments of Michael Ondaatje's Works*, Paris: Presses de la Sorbonne Nouvelle, 1999.

Le Clair, Tom, "The Sri Landan Patients", *The Nation*, (June) 2000.

McClure, John A., "Post-Secular Culture: The Return of Religion in Contemporary Theory and Literature", *Cross Currents*, Vol. 47, Iss. 3, (Fall) 1997.

Michael Ondaatje, "Garcia Marquez and the Bus to Aracataca", Diane Bessai and David Jackel, ed., *Figures in a Ground: Canadian Essays on Modern Literature Collected in Honor of Sheila Watson*, Saskatoon: Western Producer Prairie, 1978.

Morrison, Bronwen, "Running in the Family——Novels, Films and Nations——With Michael Ondaatje and Thomas Keneally", *Australian Canadian Studies*, Vol. 19, No. 2, 2001.

Mukherjee, Arun, "The Poetry of Michael Ondaatje and Cyril Dabydeen: Two Responses to Otherness", *The Journal of Commonwealth Literature*, Vol. 20, No. 1, 1985.

Mundwiler, Leslie, *Michael Ondaatje: Word, Image, Imagination*, Toronto: The Coach House Press, 1984.

New, W. H., "Papayas and Red River Cereal", in *Canadian Literature*, No. 132, (Spring) 1992.

Scher, Len, *An Interview with Michael Ondaatje* (disc), American Audio Prose Lib, 1993.

Sen, Sudeep, "All is Burning", *World Literature Today*, Vol. 70, No. 2, (Spring) 1996.

Sherrin, Bob, "Review: *The Conversations: Walter Murch and the Art of*

Editing Film, by Michael Ondaatje", *The Capilano Review*, Vol. 2, No. 42, (Spring) 2004.

Solecki, Sam, "An Interview with Michael Ondaatje (1975)", Sam Solecki, ed., *Spider Blues: Essays on Michael Ondaatje*, Montreal, Canada: Véhicule Press, 1985.

Solecki, Sam, "An Interview with Michael Ondaatje (1984)", Sam Solecki, ed., *Spider Blues: Essays on Michael Ondaatje*, Montreal, Canada: Véhicule Press, 1985.

Solecki, Sam, ed., *Spider Blues: Essays on Michael Ondaatje*, Montreal: Véhicule Press, 1985.

Solecki, Sam, "Michael Ondaatje: A Paper Promiscuous and Out of Forme with Several Inlargements and Untutored Narrative", Sam Solecki, ed., *Spider Blues: Essays on Michael Ondaatje*, Montreal, Canada: Véhicule Press, 1985.

Sugunasiri, Suwanda H. J., " 'Sri Lankan' Canadian Poets: The Bourgeoisie that Fled the Revolution", *Canadian Literature*, No. 132, 1992.

Turcotte, Gerry, " 'The Germ of Document': An interview with Michael Ondaatje", *Australian Canadian Studies*, Vol. 12, No. 2, 1994.

Verhoeven, W. M., "How Hyphenated can You Get?: A Critique of Pure Ethnicity, (Idols of Otherness: The Rhetoric and Reality of Multiculturalism)", *Mosaic (Winnipeg)*, Vol. 29, No. 3, (Sept.) 1996.

Wachtel, Eleanor, "An Interview with Michael Ondaatje", *Essays on Canadian Writing*, Iss. 53, (Summer) 1994.

York, Lorraine M., "Whirling Blindfolded in the House of Woman: Gender Politics in the Poetry and Fiction of Michael Ondaatje", *Essays* on Canadian Writing, Iss. 53, (Summer) 1994.

李庶:《后殖民语境下的流散写作》,《泰山学院学报》2007 年第 2 期。

生安锋:《后殖民主义的"流亡诗学"》,《外语教学》2004 年第 5 期。

石海军:《破碎的镜子:"流散"的拉什迪》,《当代外国文学》2006 年第 4 期。

汪凯:《论后殖民主义因素在迈克尔·翁达杰小说中的体现》,硕士学位论文,南京师范大学,2002 年。

王宁:《流散写作与中华文化的全球性特征》,《中国比较文学》2004 年第 4 期。

王宁:《流散文学与文化身份认同》,《社会科学》2006 年第 11 期。

佚名:《吉尔伽美什:巴比伦史诗与神话》,赵乐珄译,译林出版社 1999 年版。

张永义:《弦动我心——聆听翁达杰和塞思》,人民网(http://www.people.com.cn)"书评书话"栏目 2004 年 7 月 5 日上传资料。

张陟:《后殖民语境下的寻根之旅——评迈克尔·翁达杰的小说创作》,加拿大文学网(http://www.canadianliterature.com.cn,宁波大学加拿大文学研究所创办)2004 年 12 月 15 日上传资料。

## 三 关于《世代相传》的研究文献

Balliett, Whiteney, *The New Yorker*, December 27, 1982.

Coleman, Daniel, "Masculinity's Severed Self: Gender and Orientalism in *Out of Egypt* and *Running in the Family*", *Studies in Canadian Literature*, Vol. 18, No. 2, 1993.

Cumming, Peter, "'Here's to Holy Fathers': From the Law of the Father to the Love of a Father in Michael Ondaatje's Writing", Jean-Michel

## 参考文献

Lacroix, ed., *Re-Constructing the Fragments of Michael Ondaatje's Works*, Paris: Presses de la Sorbonne Nouvelle, 1999.

Davis, Rocío G., "Imaginary Homelands Revisited in Michael Ondaatje's *Running in the Family*", *English Studies*, Vol. 77, No. 3, 1996.

Heble, Ajay, " 'Rumours of Topography': The Cultural Politics of Michael Ondaatje's *Running in the Family*", *Essays on Canadian Writing*, Iss. 53, (Summer) 1994.

Hinz, Evelyn J., "Mimesis: The Dramatic Lineage of Auto/Biography", Marlene Kadar, ed., *Autobiography: Essays Theoretical and Critical Practice*, Toronto: University of Toronto Press, 1992.

Huggan, Graham, "Exoticism and Ethnicity in Michael Ondaatje's *Running in the Family*", *Essays on Canadian Writing*, No. 57, (Winter) 1995.

Hutcheon, Linda, "Running in the Family: The Postmodernist Challenge", Sam Solecki, ed., *Spider Blues: Essays on Michael Ondaatje*, Montreal: Vehicule, 1985.

Kanaganayakam, Chelva, "A Trick with a Glass: Michael Ondaatje's South Asian Connection", *Canadian Literature*, No. 132, 1992.

MacIntyre Ernest, "Outside of Time: *Running in the Family*", Sam Solecki, ed., *Spider Blues: Essays on Michael Ondaatje*, Montreal, Canada: Véhicule Press, 1985.

Mathews, S. Leigh, " 'The Bright Bone of a Dream': Drama, Performativity, Ritual, and Community in Michael Ondaatje's *Running in the Family*", *Biography*, Vol. 23, No. 2, (Spring) 2000.

Press, Karen I., "Lying in the Family: The True Historical Life of Michael Ondaatje", Jean-Michel Lacroix, ed., *Re-Constructing the*

*Fragments of Michael Ondaatje's Works*, Paris: Presses de la Sorbonne Nouvelle, 1999.

Radhakrishnan, R., "Toward an Effective Intellectual: Foucault or Gramsci?", Bruce Robbins, ed., *Intellectuals: Aesthetics Politics Academics*, Minneapolis: University of Minnesota Press, 1990.

Russell, John, "Travel Memoir as Nonfiction Novel: Michael Ondaatje's *Running in the Family*", *A Review of International English Literature*, Vol. 22, No. 2, (April) 1991.

Saul, Joanne, "Displacement and Self-Representation: Theorizing Contemporary Canadian Biotexts", *Biography*, Vol. 24, No. 1, (Winter) 2001.

Slemon, Stephen, "Magic Realism as Post-Colonial Discourse", *Canadian Literature*, No. 116, 1988.

Slopen, Beverly, "Michael Ondaatje: Transplanted form Ceylon to Canada, He Writes about 'People Born in One Place who Live in Another Place'", *Publishers Weekly*, Vol. 239, No. 44, Oct. 5, 1992.

Snelling, Sonia, "'A Human Pyramid': An (Un) Balancing Act of Ancestry and History in Joy Kogawa's *Obasan* and Michael Ondaatje's *Running in the Family*", *The Journal of Commonwealth Literature*, Vol. 32, No. 1, 1997.

姚媛：《一部家庭罗曼史——论翁达杰〈世代相传〉中父亲形象的塑造》，《当代外国文学》2002年第3期。

张永芳：《〈世代相传〉里的真实和虚构混合写法》，《新余高专学报》2005年第4期。

## 四 关于《阿尼尔的灵魂》的研究文献

Barbour, Douglas, "*Anil's Ghost* (Book Review)", *Canadian Literature*, No. 172, (Spring) 2002.

Bolland, John, "Michael Ondaatje's *Anil's Ghost*: Civil Wars, Mystics, and Rationalists", *Studies in Canadian Literature*, Vol. 29, No. 2, (Summer) 2004.

Burton, Antoinette, "Archives of Bones: *Anil's Ghost* and the Ends of History", *Journal of Commonwealth Literature*, Vol. 38, No. 1, 2003.

Chelva, Kanaganayakam, "In Defense of *Anil's Ghost*", *A Review of International English Literature*, Vol. 37, No. 1, (Jan.) 2006.

Gray, Paul, "Nailed Palms and The Eyes of Gods", *Time*, Vol. 155, Iss. 18, 2000.

Ondaatje, Michael and Tod Hoffman, "*Anil's Ghost* (Book Review)", *Queen's Quarterly*, Vol. 107, Iss. 3, (Fall) 2000.

Ratti, Manav, "Michael Ondaatje's *Anil's Ghost* and the Aestheticization of Human Rights (Law, Literature, Postcoloniality)", *A Review of International English Literature*, Vol. 35, No. 1, (Jan.-April) 2004.

Reich, Tova, "*Anil's Ghost* (Book Review)", *The New Leader*, Vol. 83, No. 2, (May) 2000.

Scanlan, Margaret, "*Anil's Ghost* and Terrorism's Time", *Studies in the Novel*, Vol. 36, No. 3, (Fall) 2004.

Vetter, Lisa Pace, "Liberal Political Inquiries in the Novels of Michael

Ondaatje", *Perspectives on Political Science*, Vol. 34, No. 1, (Winter) 2005.

邹海仑:《翁达杰出版新作〈阿尼尔的幽灵〉》,《外国文学动态》2000 年第 5 期。

## 五 关于《英国病人》的研究文献

Brittan, Alice, "War and the Book: The Diarist, the Cryptographer, and *The English Patient*", *Journal of the Modern Language Association of America*, Vol. 121, No. 1, 2006.

Coe, Jonathan, "From Hull to Hollywood: Anthony Minghella Talks about His Film *The English Patient* and Denies That He is Turning to David Lean", *New Statesman*, Vol. 126, No. 443, 1997.

Comellini, Carla, "Michael Ondaatje's *The English Patient*: Why a Patient and a Nurse?", Jean-Michel Lacroix, ed., *Re-Constructing the Fragments of Michael Ondaatje's Works*, Paris: Presses de la Sorbonne Nouvelle, 1999.

Cook, Rufus, "Being and Representation in Michael Ondaatje's *The English Patient*", *A Review of International English Literature*, Vol. 30, No. 4, (October) 1999.

Cook, Rufus, "'Imploding Time and Geography': Narrative Compressions in Michael Ondaatje's *The English Patient*", *The Journal of Commonwealth Literature*, Vol. 33, No. 2, 1998.

Dawson, Carrie, "Calling People Names Reading Imposture, Confession, and Testimony in and after Michael Ondaatje's *The English Patient*", *Studies in Canadian Literature*, Vol. 25, No. 2, 2000.

## 参考文献

Ellis, Susan, "Trade and Power, Money and War: Rethinking Masculinity in Michael Ondaatje's *The English Patient*", *Studies in Canadian Literature*, Vol. 22, Iss. 2, 1996.

Fetherling, Douglas, "Swann (Mystery) and *The English Patient*: The Literary Adaption Has Made a Welcome Return to Canadian Screens", *Take One*, Vol. 5, No. 14, 1996.

Fledderus, Bill, "'The English Patient Reposed in His Bed like a [Fisher?] King': Elements of Grail Romance in Ondaatje's *The English Patient*", *Studies in Canadian Literature*, Vol. 22, Iss. 1, 1997.

Goldman, Marlene, "'Powerful Joy': Michael Ondaatje's *The English Patient* and Walter Benjamin's *Allegorical Way of Seeing*", *University of Toronto Quarterly*, Vol. 70, No. 4, 2001.

Goldman, Marlene, "War and the Game of Representation in Michael Ondaatje's *The English Patient*", Jean-Michel Lacroix, ed., *Re-Constructing the Fragments of Michael Ondaatje's Works*, Paris: Presses de la Sorbonne Nouvelle, 1999.

Haswell, Janis and Elaine Edwards, "The English Patient and His Narrator: 'Opener of the Ways'", *Studies in Canadian Litrature*, Vol. 29, No. 2, (Summer) 2004.

Higgins, Lesley and Marie-Christine Leps, "'Passport, Please': Legal, Literary, and Critical Fictions of Identity", *College Literature*, Vol. 25, No. 1, (Winter) 1998.

Hillger, Annick, "'And this is the World of Nomads in any Case': The Odyssey as Intertext in Michael Ondaatje's *The English Patient*", *The Journal of Commonwealth Literature*, Vol. 33, No. 1, 1998.

Hjartarson, Paul, "In Near Ruins", *Canadian Literature*, No. 142 – 143,

(Autumn/Winter) 1994.

Hurka, Thomas, "Philosophy, Morality, and *The English Patient*", *Queen's Quarterly*, Vol. 104, No. 1, (Spring) 1997.

Irvine, Lorna, "Displacing the White Man's Burden in Michael Ondaatje's *The English Patient*", *British Journal of Canadian Studies*, Vol. 10, No. 1, 1995.

Johansson, Birgitta, "Iconographic Metafiction: A Converging Aspect of Michael Ondaatje's *The English Patient* and John Berger's *To the Wedding*", *Textual Studies in Canada*, No. 13 – 14, (Summer) 2001.

Kyser, K., "Seeing Everything in a Different Light: Vision and Revelation in Michael Ondaatje's *The English Patient*", *University of Toronto Quarterly*, Vol. 70, No. 4, 2001.

Leclaire, Jacques, "Challenge in *The English Patient*", Jean-Michel Lacroix, ed., *Re-Constructing the Fragments of Michael Ondaatje's Works*, Paris: Presses de la Sorbonne Nouvelle, 1999.

Lowry, Glen, "Between *The English Patients*: 'Race' and the Cultural Politics of Adapting CanLit", *Essays on Canadian Writing*, No. 76, 2002.

Novak, Amy, "Textual Hauntings: Narrating History, Memory, and Silence in *The English Patient*", *Studies in the Novel*, Vol. 36, No. 2, (Summer) 2004.

Penner, Tom, "Four Characters in Search of an Author-Function: Foucault, Ondaatje, and the 'Eternally Dying' Author in *The English Patient*", *Canadian Literature*, No. 165, (Summer) 2000.

Pesch, Josef, "Dropping the Bomb? On Critical and Cinematic Reactions to Michael Ondaatje's *The English Patient*", Jean-Michel Lacroix, ed. , *Re-Constructing the Fragments of Michael Ondaatje's Works*, Paris: Presses de la Sorbonne Nouvelle, 1999.

Pesch, Josef, "Post-Apocalyptic War Histories: Michael Ondaatje's '*The English Patient*'", *A Review of International English Literature*, Vol. 28, No. 2, (April) 1997.

Pollmann, O. W. , "Canadian Patient: Visit with an Ailing Text", *Antigonish Review*, No. 113, 1998.

Provencal, Vernon, "Sleeping with Herodotus in *The English Patient*", *Studies in Canadian Literature-Etudes Litterature Canadienne*, Vol. 27, No. 2, 2002.

Roberts, Gillian, " 'Sins of Omission': *The English Patient*, THE ENGLISH PATIENT, and the Critics", *Essays on Canadian Writing*, No. 76, 2002.

Roxborough, David, "Gospel of Almasy: Christian Mythology in Michael Ondaatje's *The English Patient*", *Essays on Canadian Writing*, No. 67, (Spring) 1999.

Scobie, Stephen, "The Reading Lesson: Michael Ondaatje and the Patients of Desire", *Essays on Canadian Writing*, Iss. 53, (Summer) 1994.

Simpson, D. Mark, "Minefield Readings: The Postcolonial English Patient", *Essays on Canadian Writing*, Iss. 53, (Summer) 1994.

Smyrl, Shannon, "The Nation as 'International Bastard': Ethnicity and Language in Michael Ondaatje's *The English Patient*", *Studies in Canadian Literature*, Vol. 28, No. 2, (Summer) 2003.

Sool, Reet, "K For Katharine: The Notion of Nationality in Ondaatje's *The English Patient*", Jean-Michel Lacroix, ed. , *Re-Constructing the Fragments of Michael Ondaatje's Works*, Paris: Presses de la Sorbonne Nouvelle, 1999.

Thomson, David, "How they Saved the Patient", *Esquire*, Vol. 127, Iss. 1, (Jan.) 1997.

Turcotte, Gerry, "Emotional Minefield Honed to Perfection: Michael Ondaatje's *The English Patient*", *The Australian*, 9 – 10 January, 1993.

Turcotte, Gerry, "Response: Venturing into Undiscoverable Countries: Reading Ondaatje, Malouf, Atwood & Jia in an Asia-Pacific Context", *Australian Canadian Studies*, Vol. 15, No. 2, 1997.

Ty, Eleanor, "The Other Questioned: Exoticism and Displacement in Michael Ondaatje's *The English Patient*", *International Fiction Review*, Vol. 27, No. 1 – 2, 2000.

Vetter, Lis Pace, "Liberal Political Inquiries in the Novels of Michael Ondaatje", *Perspectives on Political Science*, Vol. 34, No. 1, (Winter) 2005.

Whetter, Darryl, "《Dismantling》Ondaatje's《Terrible Letters》: Metaphor, Metonymy and Exploding Narrative in *The English Patient*", Jean-Michel Lacroix, ed., *Re-Constructing the Fragments of Michael Ondaatje's Works*, Paris: Presses de la Sorbonne Nouvelle, 1999.

Whetter, Darryl, "Michael Ondaatje's 'International Bastard' and Their 'Best Selves': An Analysis of *The English Patient* as Travel Literature", *English Studies in Canada*, Vol. 23, No. 4, (Dec.) 1997.

Williams, David, "The Politics of Cyborg Communications: Harold Innis, Marshall McLuhan, and *The English Patient*", *Canadian Literature*, No. 156, 1998.

## 参考文献

Younis, Raymond Aaron, "Nationhood and Decolonization in *The English Patient*", *Literature/Film Quarterly*, Vol. 26, No. 1, 1998.

Younis, Raymond Aaron, "Race, Representation and Nationhood", *Australian-Canadian Studies*, Vol. 15, No. 2, 1997–1998.

代琰丹：《论〈英国病人〉中作者的不在场》，硕士学位论文，辽宁大学，2007年。

邓宏艺：《从性别视角透析〈英国病人〉中的权力运作机制》，《宁夏大学学报》（人文社会科学版）2007年第6期。

何剑岭：《英国病人》，《视听技术》1998年第10期。

何宇靖：《从功能对等角度对〈英国病人〉中译本的风格分析》，硕士学位论文，广东外语外贸大学，2006年。

黄杰：《爱情、战争与背叛——北非沙漠里凄婉的爱情故事〈英国病人〉》，《大众电影》1997年第6期。

黄鹏：《一部叙述历史与人的寓言——解读影片〈英国病人〉》，《广东农工商职业技术学院学报》2005年第2期。

孔文峣：《战火中的爱情悲歌——看电影〈英国病人〉》，《广东艺术》2004年第6期。

乐乐、琳琳：《战火中绚烂的爱情之花——〈英国病人〉》，《电影评介》2004年第9期。

［澳］雷蒙·阿伦·尤尼斯：《谈〈英国病人〉中的民族主义与殖民解体》，刘月译，《世界电影》2000年第1期。

李一鸣：《战争、历史和个人的故事——读〈英国病人〉》，《当代电影》1997年第6期。

刘凡群：《〈英国病人〉的超越》，载《张家口师专学报》1999年第2期。

木千容：《战火中的绝唱——浅析影片〈英国病人〉》，载《世界文化》2007 年第 10 期。

齐秋生、苏桂宁：《把想象定格为影像：论电影〈英国病人〉的改编》，载《电影新作》2004 年第 1 期。

山水：《战争中的人性洗礼，沙漠中的圣洁绿洲——气势恢宏的高格调影片〈英国病人〉及其光碟版》，载《家庭影院技术》1998 年第 9 期。

童煜华：《战争年代的爱情史诗——读解〈英国病人〉》，载《电影评介》2002 年第 9 期。

汪振城、钟丽茜：《"大伦理"与"小道德"——从艺术与道德的关系看〈英国病人〉》，载《杭州师范学院学报》（社会科学版）2007 年第 3 期。

徐静：《〈英国病人〉：爱情·文化·沟壑》，载《电影文学》2006 年第 1 期。

徐彦萍：《论影片〈英国病人〉剧作的得失》，载《电影文学》1998 年第 5 期。

闫冰梅：《〈英国病人〉中的压抑性情感结构》，硕士学位论文，内蒙古大学，2006 年。

杨改桃：《〈英国病人〉的叙述方式》，载《太原师范专科学校学报》1999 年第 2 期。

郑迎春：《〈英国病人〉中历史与身份的改写》，硕士学位论文，新疆大学，2006 年。

钟琛：《爱情与死亡的对比书写——影片〈英国病人〉观后》，载《名作欣赏》2003 年第 4 期。

## 六 关于《经过斯洛特》的研究文献

Greene, Michael D., "Gravy Bones: Ego and Audience in *Coming through*

Slaughter", Jean-Michel Lacroix, ed., *Re-Constructing the Fragments of Michael Ondaatje's Works*, Paris: Presses de la Sorbonne Nouvelle, 1999.

Jarrett, Michael, "Writing Mystory: *Coming through Slaughter*", *Essays on Canadian Writing*, Iss. 53, (Summer) 1994.

Jones Manina, "'So Many Varieties of Murder': Detection and Biography in *Coming through Slaughter*", *Essays on Canadian Writing*, Iss. 53, (Summer) 1994.

Kertzer, Jon, "The Blurred Photo: A Review of *Coming through Slaughter*", Sam Solecki, ed., *Spider Blues: Essays on Michael Ondaatje*, Montreal, Canada: Véhicule Press, 1985.

Maxwell, Barry, "Surrealistic Aspects of Michael Ondaatje's *Coming through Slaughter*", *Mosaic: A Journal for the Interdisciplinary Study of Literature*, Vol. 18, No. 3, (Summer) 1985.

Mundwiler, Leslie, *Michael Ondaatje: Word, Image, Imagination*, Toronto: The Coach House Press, 1984.

Porter, Deborah, "Adapting Fiction for the Stage: Necessary Angel's *Coming through Slaughter*", *Canadian Theatre Review*, No. 115, 2003.

Rooke, Constance, "Dog in a Grey room: The Happy Ending of *Coming through Slaughter*", Sam Solecki, ed., *Spider Blues: Essays on Michael Ondaatje*, Montreal, Canada: Véhicule Press, 1985.

Solecki, Sam, "Making and Destroying: *Coming throng Slaughter* and Extremist Art", Sam Solecki, ed., *Spider Blues: Essays on Michael Ondaatje*, Montreal, Canada: Véhicule Press, 1985.

Written, Mark, "Billy, Buddy, and Michael: The Collected Writings of Michael Ondaatje Are a Composite Portrait of the Artist as a Private

'I'", *Books in Canada*, June – July, 1977.

York, Lorraine M., *The Other Side of Dailiness: Photography in the Works of Alice Munro, Timothy Findley, Michael Ondaatje, and Margaret Laurence*, ECW Press, 1988.

姚媛:《"一片事实的荒漠":〈经过斯洛特〉所表现的历史》,载《当代外国文学》2004年第4期。

## 七 关于《身着狮皮》的研究文献

Acheson, Katherine, "Anne Wilkinson in Michael Ondaatje's '*In the Skin of a Lion*' ——Writing and Reading Class", *Canadian literature*, Vol. 145, 1995.

Beddoes, Julie, "Which Side Is It on? Form, Class, and Politics in *In the Skin of a Lion*", *Essays on Canadian Writing*, Iss. 53, (Summer) 1994.

Beran, Carol L., "Ex-centricity: Michael Ondaatje's *In the Skin of a Lion* and Hugh MacLennan's *Barometer Rising*", *Studies in Canadian Literature*, Vol. 18, No. 1, 1993.

Bök, Christian, "The Secular Opiate: Marxism as an Ersatz Religion in Three Canadian Texts", *Canadian Literature*, No. 147, 1995.

Butterfield, Martha, "The One Lighted Room: *In the Skin of a Lion*", *Canadian Literature*, No. 119, 1988.

Criglington, Meredith, "The City as a Site of Counter-Memory in Anne Michaels's Fugitive Pieces and Michael Ondaatje's *In the Skin of a Lion*", *Essays on Canadian Writing*, No. 81, (Winter) 2004.

Dolphin, Joan, "The Use and Abuse of Myth in Michael Ondaatje's *In the*

*Skin of a Lion*", Jean-Michel Lacroix, ed., *Re-Constructing the Fragments of Michael Ondaatje's Works*, Paris: Presses de la Sorbonne Nouvelle, 1999.

Duffy, Dennis, "A Wrench in Time: A Sub-Sub-Librarian Looks beneath the Skin of a Lion", *Essays on Canadian Writing*, Iss. 53, (Summer) 1994.

Gamlin, Gordon, "Michael Ondaatje's *In the Skin of a Lion* and the Oral Narrative", *Canadian Literature*, No. 135, 1992.

Greenstein, Michael, "Ondaatje's Metamorphoses: *In the Skin of a Lion*", *Canadian Literature*, No. 126, 1990.

Heble, Ajay, "Putting Together Another Family: *In the Skin of a Lion*, Affiliation, and the Writing of Canadian (Hi) Stories", *Essays on Canadian Writing*, Toronto: Iss. 56, (Fall) 1995.

Hutcheon, Linda, "Ex-Centric: *In the Skin of a Lion*", *Canadian Literature*, No. 117, 1988.

Lundgren, Jodi, " 'Colour Disrobed Itself from the Body': The Racialized Aesthetics of Liberation in Michael Ondaatje's *In the Skin of a Lion*", *Canadian Literature*, No. 190, (Autumn) 2006.

Malcolm, Douglas, "Solos and Chorus: Michael Ondaatje's Jazz/Poetics", *Mosaic: A Journal For the Interdisciplinary Study of Literature*, Vol. 32, No. 3, (Sept.) 1999.

Murray, Jennifer, "Gendering and Disordering: The (Dis) solution of the Oedipus Complex in Ondaatje's *In the Skin of a Lion*", Jean-Michel Lacroix, ed., *Re-Constructing the Fragments of Michael Ondaatje's Works*, Paris: Presses de la Sorbonne Nouvelle, 1999.

Overbye, Karen, "Re-Membering the Body: Constructing the Self as Hero in *In the Skin of a Lion*", *Studies in Canadian Literature*, Vol. 17, No. 2, 1992.

Packer, George, "Refractions", *The Nation*, 17 Oct. 1987.

Rod, Schumacher, "Patrick's Quest: Narration and Subjectivity in Michael Ondaatje's *In the Skin of a Lion*", *Studies in Canadian Literature*, Vol. 21, Iss. 2, 1996.

Sarris, Fotios, "*In the Skin of a Lion*: Michael Ondaatje's Tenebristic Narrative", *Essays on Canadian Writing*, No. 44, 1991.

Simmons, Rochelle, "*In the Skin of a Lion* as a Cubist Novel", *University of Toronto Quarterly*, Vol. 67, Iss. 3, (Summer) 1998.

Spearey, Susan, "Mapping and Masking: The Migrant Experience in Michael Ondaatje's *In the Skin of a Lion*", *The Journal of Commonwealth Literature*, Vol. 29, No. 2, 1994.

Turner, Barbara, "In the Skin of Michael Ondaatje: Giving Voice to a Social Conscience", *Quill & Quire*, (May) 1987.

Wilkinson, Anne, *The Collected Poems of Anne Wilkinson and a Prose Memoir*, Toronto: Mamillan, 1968.

Wilkinson, Anne, *The Tightrope Walker: The Autobiographical Writings of Anne Wilkinson*, Joan Coldwell, ed., Toronto: University of Toronto Press, 1992.

姚媛:《描绘一幅暗色调画卷,重写一部加拿大历史——迈克尔·翁达杰的小说〈身着狮皮〉》,载《外国文学》2002年第4期。

## 八 理论文献

Abbott, H. Porter, *The Cambridge Introduction to Narrative*, Peking University Press, 2007.

Alvarez, Al, *The Savage God: A Study of Suicide*, New York: Random House, 1972.

Bal, Mieke, ed., *Narrative Theory: Critical Concepts in Literary and Cultural Studies*, London/New York: Routledge, 2004.

Barthes, Roland, "The Death of the Author", in David Lodge, ed., *Modern Criticism and Theory*, London and New York: Longman, 1988.

Baudrillard, Jean, *America*, Trans. C. Turner, London: Verso, 1988.

Baudrillard, Jean, *Simulations*, Trans. Foss et al., New York: Semiotext (e), 1983.

Bayer, Andrea, ed., *Painters of Reality: The Legacy of Leonardo and Caravaggio in Lombardy*, New Haven: Yale University Press, 2004.

Benjamin, Walter, ed., *Illuminations*, Trans. Harry Zohn, New York: Schocken Books, 1968.

Berger, John, *Pig Earth*, New York: Pantheon books, 1979.

Berger, John, *The Moment of Cubism and Other Essays*, London: Weidenfeld and Nicolson, 1969.

Berger, John, *Way of Seeing*, London: Penguin Books, 1972.

Bhabha, Homi K., "Life at the Border: Hybrid Identities of the Present", *New Perspective Quarterly*, Vol. 14, No. 1, (winter) 1997.

Bhabha, Homi K., *Nation and Narration*, London: Routledge, 1990.

Braudel, Fernand, *The Mediterranean and the Mediterranean World in the Age of Philip* II, *Volume* I, London: Collins, 1971.

Caruth, Cathy, ed., *Trauma: Explorations in Memory*, Baltimore: Johns Hopkons University Press, 1995.

Clifford, James, *The Predicament of Culture: Twentieth-Century Ethnography, *Literature and Art*, Cambridge: Harvard University Press, 1988.

Deleuze, Gilles and Guattari, Félix, *Anti-Oedipus*, Minneapolis: University of Minnesota Press, 1983.

Deleuze, Gilles and Guattari, Félix, *A Thousand Plateaus*, Minneapolis: University of Minnesota Press, 1983.

Derrida, Jacques, *Specters of Marx*, Trans. Peggy Kamuf, New York: Routledge, 1994.

Du Bois, William Edward Burghardt, *The Souls of Black Folk*, Greenwich, Connecticut: Fawcett Publications, 1961.

Eco, Umberto, *The Role of the Reader: Explorations in the Semiotics of Texts*, Bloomington and London: Indiana University Press, 1979.

Fanon, Frantz, *Black Skin, White Mask*, Trans. Charles Lam Markmann, London: Pluto Press, 1986.

Foucault, Michel, *Power/Knowledge: Selected Interviews and Other Writings, 1972—1977*, Trans. Colin Gordon et al., New York: Pantheon, 1980.

Foucault, Michel, *The Archaeology of Knowledge*, New York: Routledge, 1972.

Foucault, Michel, "What is an Author?", David Lodge, ed., *Modern Criticism and Theory*, London and New York: Longman, 1988.

Fowler, Roger, *Linguistics and Novel*, London: Methuen, 1977.

Fry, Edward F., ed., *Cubism*, New York and Toronto: Oxford University Press, 1978.

Gardner, Helen, *Gardner's Art through the Ages*, Ed. Host de la Croix and Richard G. Tansey, 7th New York: Harcourt, 1980.

Genette, Gerard, *Narrative Discourse: An Essay in Method*, Trans. Jane E. Lewin, Ithaca: Cornell University Press, 1980.

Gilroy, Paul, *There Ain't No Black in the Union Jack: The Cultural Politics of Race and Nation*, London: Hutchinson, 1987.

Greenblatt, Stephen, *Shakespearean Negotiations*, University of California Press, 1988.

Guha, Ranajit, ed., *Subaltern Studies: Writings on South Asian History and Society*, Delhi: Oxford University Press, 1982.

Hall, Stuart, "Living with Difference: Stuart Hall in Conversation with Bill Schwarz", *Soundings*, No. 37, (Winter) 2007.

Hall, Stuart, "Old and New Identities, Old and New Ethnicities", Anthony Kiong, ed. *Culture, Globalization and the World System*, London: Machillan, 1991a.

Hall, Stuart, "The Local and the Global: Globalization and Ethnicity", Anthony Kiong, ed., *Culture, Globalization and the World System*, London: Machillan, 1991b.

Harvey, Peter, *An Introduction to Buddhism: Teachings, History and Practices*, Cambridge: Cambridge University Press, 1990.

Hassan, Ihab, *The Postmodern Turn*, Athens: The Ohio University Press, 1987.

Hegel, Georg W. F., *The Philosophy of History*, Trans. J. Sibree, New York: Routledge, 1994.

Hutcheon, Linda, *A Poetics of Postmodernism: History, Theory, Fiction*, New York: Routledge, 1988.

Hutcheon, Linda, *Narcissistic Narrative: The Metafictional Paradox*, London: Methuen, 1980.

Hutcheon, Linda, *The Politics of Postmodernism*, London/New York: Routledge, 2002.

Lefebvre, Henri, *The Production of Space*, Trans. Donald Nicholson-Smith, Oxford: Blackwell Ltd. , 1991.

Leonard, Philip, *Nationality between Poststructuralism and Postcolonial Theory: A New Cosmopolitanism*, New York: Palgrave Macmillan, 2005.

Lyotard, Jean-Francois, *The Postmodern Condition: A Report on Knowledge*, Trans. Geoff Bennington and Brian Massumi, Minneapolis: University of Minnesota Press, 1984.

McHale, Brain, *Constructing Postmodernism*, London: Routledge, 1992.

McHale, Brain, *Postmodernist Fiction*, New York and London: Methuen, 1987.

Mellard, James M. , *Using Lacan, Reading Fiction*, The United States: University of Illinois Press, 1991.

Meltzer, David, *Reading Jazz*, San Francisco: Mercury House, 1993.

Mukherjee, Arun, *Towards an Aesthetic of Opposition: Essays on Literature Criticism and Cultural Imperialism*, Stratford, Ontario: Williams-Wallace, 1988.

Rushdie, Salman, *Imaginary Homeland: Essays and Criticism 1981—1991*, London: Granta Bookds, 1991.

Slack, Jennifer Daryl, ed. , *Animations of Deleuze and Guattari*, New York: P. Lang, 2003.

Spivak, Gayatri Chakravorty, *In Other World: Essays in Cultural Politics*, New York: Routledge, 1988.

Waugh, Patricia, *Metafiction: The Theory and Practice of Self-Conscious*

Fiction, London and New York: Methuen, 1984.

White, Hayden, "Introduction to Metahistory", Walder Dennis, ed., *Literature in the Modern World*, New York: Oxford University Press, 1980.

Young, Robert, *White Mythologies: Writing History and the West*, London, Routledge, 1990.

［英］阿瑟·I. 米勒：《爱因斯坦·毕加索——空间、时间和动人心魄之美》，方在庆、伍梅红译，上海科技教育出版社 2006 年版。

［英］艾勒克·博埃默：《殖民与后殖民文学》，盛宁、韩中敏译，辽宁教育出版社 1998 年版。

［美］艾瑞克·弗洛姆：《占有还是生存》，关山译，生活·读书·新知三联书店 1989 年版。

［美］爱德华·W. 萨义德：《东方学》，王宇根译，生活·读书·新知三联书店 2007 年版。

［美］爱德华·W. 萨义德：《格格不入：萨义德回忆录》，彭淮栋译，生活·读书·新知三联书店 2004 年版。

［美］爱德华·W. 萨义德：《文化与帝国主义》，李琨译，生活·读书·新知三联书店 2003 年版。

［美］爱德华·W. 萨义德：《知识分子论》，单德兴译，生活·读书·新知三联书店 2002 年版。

［英］爱德华·摩根·福斯特：《小说面面观》，朱乃长译，中国对外翻译出版公司 2002 年版。

［意］安伯托·艾柯等：《诠释与过度诠释》，王宇根译，生活·读书·新知三联书店 1997 年版。

［英］安东尼·史密斯：《民族主义：理论，意识形态，历史》，叶江译，上海人民出版社 2006 年版。

[意] 安东尼奥·葛兰西：《葛兰西文选（1916—1935）》，人民出版社 1992 年版。

[意] 安东尼奥·葛兰西：《狱中札记》，曹雷雨等译，中国社会科学出版社 2000 年版。

[意] 安格鲁·达·菲奥雷等：《卡拉瓦乔》，王天清译，文物出版社 1998 年版。

[英] 安纳·杰弗森、戴维·罗比等：《西方现代文学理论概述与比较》，陈昭全、樊锦鑫、包华富译，湖南文艺出版社 1986 年版。

[意] 奥雷里奥·佩西：《人类的素质》，薛荣久译，中国展望出版社 1988 年版。

[泰] 巴如多法师：《佛教：作为科学根基的价值》，陈彦玲译，内部刊印，2005 年。

[英] 巴特·穆尔－吉尔伯特：《后殖民理论——语境 实践 政治》，陈仲丹译，南京大学出版社 2001 年版。

包承云：《试论佛教的"出世观"、"入世观"及佛教与社会主义社会相适应问题》，载《内蒙古统战理论研究》1996 年第 1 期。

[美] 保罗·德曼：《解构之图》，李自修等译，中国社会科学出版社 1998 年版。

[法] 保罗·利科：《虚构叙事中时间的塑形》，王文融译，上海三联书店 2003 年版。

[日] 北岗诚司：《巴赫金：对话与狂欢》，魏炫译，河北教育出版社 2002 年版。

[美] 本尼迪克特·安德森：《想象的共同体 民族主义的起源与散布》，吴叡人译，上海人民出版社 2005 年版。

曹顺庆：《比较文学教程》，高等教育出版社 2006 年版。

曹卫东：《曹卫东讲哈贝马斯》，北京大学出版社 2005 年版。

陈敦、刘象愚：《比较文学概论》（修订本），北京师范大学出版社2000年版。

陈世丹：《美国后现代小说艺术论》，辽宁师范大学出版社2002年版。

陈新：《当代西方历史哲学读本（1967—2002）》，复旦大学出版社2004年版。

陈新：《西方历史叙述学》，社会科学文献出版社2005年版。

陈永国：《游牧思想：吉尔·德勒兹 费利克斯·瓜塔里读本》，吉林人民出版社2010年版。

［美］大卫·雷·格里芬编：《后现代精神》，王成兵译，中央编译出版社1998年版。

［英］戴维·洛奇：《小说的艺术》，王峻岩译，作家出版社1998年版。

［美］戴卫·赫尔曼：《新叙事学》，马海良译，北京大学出版社2002年版。

［美］道格拉斯·凯尔纳、斯蒂文·贝斯特：《后现代理论》，张志斌译，中央编译出版社2001年版。

董小英：《叙事艺术逻辑引论》，社会科学文献出版社1997年版。

董小英：《叙述学》，社会科学文献出版社2001年版。

方凡：《威廉·加斯的元小说理论与实践》，浙江大学出版社2006年版。

［瑞士］费尔迪南·德·索绪尔：《普通语言学教程》，高名凯译，商务图书馆1985年版。

［德］费希特：《论学者的使命》，梁志学、沈真译，商务印书馆1980年版。

［荷］佛马克·伯顿编：《走向后现代主义》，王宁译，北京大学出版社1991年版。

[美] 弗雷德里克·詹姆逊（讲演）：《后现代主义与文化理论》，唐小兵译，陕西师范大学出版社 1986 年版。

[美] 弗雷德里克·詹姆逊：《政治无意识：作为社会象征行为的叙事》，王逢振、陈永国译，中国社会科学出版社 1999 年版。

[美] 弗洛姆：《为自己的人》，孙依依译，生活·读书·新知三联书店 1988 年版。

高文惠：《当代流散写作的文化身份特征》，载《电影文学》2008 年第 4 期。

格非：《小说叙事研究》，清华大学出版社 2002 年版。

耿占春：《叙事美学：探索一种百科全书式的小说》，郑州大学出版社 2002 年版。

郭国良、吴蓓：《在艺术与生命交汇处——试论翁达杰的最新力作〈分界〉》，载《当代外国文学》2007 年第 4 期。

郭湛：《主体性哲学——人的存在及其意义》，云南人民出版社 2002 年版。

[德] 哈拉尔德·韦尔策：《社会记忆：历史、回忆、传承》，季斌、王立君、白锡堃译，北京大学出版社 2007 年版。

[美] 海登·怀特：《后现代历史叙事学》，陈永国、张万娟译，中国社会科学出版社 2003 年版。

[美] 海登·怀特：《形式的内容：叙事话语与历史再现》，董立河译，文津出版社 2005 年版。

[美] 海登·怀特：《元史学：十九世纪的历史想象》，陈新译，译林出版社 2004 年版。

韩震、董立河：《历史学研究的语言学转向——西方后现代历史哲学研究》，北京师范大学出版社 2008 年版。

[德] 黑格尔：《精神现象学》（上册），商务印书馆 1979 年版。

## 参考文献

侯斌英：《空间问题与文化批评——当代西方马克思主义空间理论与文化批评》，博士学位论文，四川大学，2007年。

胡经之：《西方文艺理论名著教程》，北京大学出版社2003年版。

胡亚敏：《叙事学》，华中师范大学出版社1998年版。

[美] 华莱士·马丁：《当代叙事学》，伍晓明译，北京大学出版社1990年版。

[法] 吉尔·德勒兹：《哲学与权力的谈判：德勒兹访谈录》，刘汉全译，商务印书馆2000年版。

贾英健：《全球化背景下的民族国家研究》，中国社会科学出版社2005年版。

姜静楠：《人类的别一种智慧：后现代主义与当代小说》，中国社会科学出版社1996年版。

[澳] 杰欧弗·丹纳赫、托尼·斯奇拉托、詹·韦伯：《理解福柯》，刘瑾译，百花文艺出版社2002年版。

[英] 拉曼·赛尔登：《文学批评理论——从柏拉图到现在》，刘象愚、陈永国等译，北京大学出版社2000年版。

蓝爱国：《游牧与栖居：当代文学批评的文化身份》，中国社会科学出版社2005年版。

[美] 勒内·韦勒克、奥斯汀·沃伦：《文学原理》，刘象愚、邢培明、陈圣生、李哲明译，生活·读书·新知三联书店1984年版。

李纪祥：《时间 历史 叙事》，兰州大学出版社2004年版。

李建军：《小说修辞研究》，中国人民大学出版社2003年版。

李龙波：《论康德"理性"哲学中科学与宗教之间的联系》，载《保定学院学报》2008年第1期。

李庶：《后殖民语境下的流散写作》，载《泰山学院学报》2007年第3期。

李先勇：《作为理性的科学与作为信仰的宗教》，载《社会科学》2006年第10期。

李银河：《妇女：最漫长的革命》，生活·读书·新知三联书店1997年版。

李应志：《解构的文化政治实践：斯皮瓦克后殖民文化批评研究》，上海三联书店2008年版。

林树明：《性别意识与族群政治的复杂纠葛：后殖民女性主义文学批评》，载《外国文学研究》2002年第3期。

刘北成：《福柯思想肖像》，上海人民出版社2001年版。

刘杰：《人权与国家主权》，上海人民出版社2004年版。

刘世剑：《小说叙事艺术》，吉林大学出版社1999年版。

刘象愚、杨恒达、曾艳兵：《从现代主义到后现代主义》，高等教育出版社2002年版。

柳九鸣：《从现代主义到后现代主义》，中国社会科学出版社1994年版。

陆扬：《德里达的幽灵》，武汉大学出版社2008年版。

［法］吕西安·马尔松：《爵士乐简明史》，严璐、冯寿农译，中国人民大学出版社2005年版。

罗纲：《叙事学导论》，云南人民出版社1994年版。

罗钢、刘象愚编：《后殖民主义文化理论》，中国社会科学出版社1999年版。

［法］罗兰·巴特：《文本理论》，张寅德译，载《上海文论》1987年第5期。

罗艳华：《国际关系中的主权与人权：对两者关系的多维透视》，北京大学出版社2005年版。

［德］马丁·布伯：《我与你》，陈维纲译，生活·读书·新知三联书

店1986年版。

［英］马克·柯里：《后现代叙事理论》，宁一中译，北京大学出版社2003年版。

［德］马克思、恩格斯：《马克思恩格斯选集》第1卷，人民出版社1995年版。

［英］迈克尔·波兰尼：《科学、信仰与社会》，王靖华译，南京大学出版社2004年版。

［荷］米克·巴尔：《叙述学：叙事理论导论》，谭君强译，中国社会科学出版社1995年版。

［法］米兰·昆德拉：《小说的艺术》，董强译，上海译文出版社2004年版。

［法］米歇尔·福柯：《词与物：人文科学考古学》，莫伟民译，上海三联书店2001年版。

［法］米歇尔·福柯：《疯癫与文明：理性时代的疯癫史》，刘北成、杨远婴译，生活·读书·新知三联书店1999年版。

［法］米歇尔·福柯：《福柯集》，杜小真编选，上海远东出版社1998年版。

［法］米歇尔·福柯：《古典时代疯狂史》，林志明译，生活·读书·新知三联书店2005年版。

［法］米歇尔·福柯：《规训与惩罚》，刘北成、杨远婴译，生活·读书·新知三联书店1999年版。

［法］米歇尔·福柯：《权力的眼睛——福柯访谈录》，严锋译，上海人民出版社1997年版。

［法］米歇尔·福柯：《知识考古学》，谢强、马月译，生活·读书·新知三联书店1998年版。

［法］米歇尔·福柯：《主体解释学》，余碧平译，上海人民出版社2005

年版。

［法］皮埃尔·布迪厄、［美］华康德：《实践与反思——反思社会学导论》，李康、李猛译，中央编译出版社1998年版。

朴玉：《于流散中书写身份认同》，博士学位论文，吉林大学，2008年。

钱超英：《流散文学与身份研究——兼论海外华人华文文学阐释空间的拓展》，载《中国比较文学》2006年第2期。

［美］乔安妮·格兰特：《美国黑人斗争史》，郭瀛、伍江、杨德、翟一我译，中国社会科学出版社1987年版。

［美］乔纳森·卡勒：《结构主义之后的理论与批评》，陆扬译，中国社会科学出版社1998年版。

［英］乔治·拉雷恩：《意识形态与文化身份：现代性和第三世界在场》，戴从容译，上海教育出版社2005年版。

邱晓林：《从立场到方法：二十世纪国外马克思主义意识形态文艺理论研究》，巴蜀书社2006年版。

曲春景、耿占春：《叙事与价值》，学林出版社2005年版。

［法］让-保罗·萨特：《存在主义是一种人道主义》，周煦良、汤永宽译，上海译文出版社1988年版。

［法］热拉尔·热奈特：《叙事话语 新叙事话语》，王文融译，中国社会科学出版社1990年版。

任一鸣、瞿世镜：《英语后殖民文学研究》，译文出版社2003年版。

［法］萨特：《词语》，潘培庆译，生活·读书·新知三联书店1989年版。

申丹：《叙事学与小说文体学研究》，北京大学出版社2004年版。

申丹、韩加明、王丽亚：《英美小说叙事学研究》，北京大学出版社2005年版。

盛宁：《新历史主义》，（台北）杨智文化有限公司1995年版。

［以］施洛米丝·雷蒙-凯南：《叙事虚构作品：当代诗学》，赖干坚译，厦门大学出版社1995年版。

［英］斯图亚特·霍尔：《文化身份与族裔散居》，载罗钢、刘象愚编《文化研究读本》，中国社会科学出版社2000年版。

［英］斯图亚特·西姆：《德里达与历史的终结》，王昆译，北京大学出版社2005年版。

谭君强：《叙事理论与审美文化》，中国社会科学出版社2002年版。

［英］特里·伊格尔顿：《文学理论导读》，吴新发译，（台北）书林出版社1993年版。

田汝康、金重远：《现代西方史学流派文选》，上海人民出版社1982年版。

万俊人：《萨特伦理思想研究》，北京大学出版社1988年版。

汪民安：《福柯的界线》，南京大学出版社2008年版。

汪民安、陈永国、马海良：《后现代性的哲学话语：从福柯到赛义德》，浙江人民出版社2000年版。

汪行福：《空间哲学与空间政治——福柯异托邦理论的阐释与批判》，载《天津社会科学》2009年第3期。

王逢振主编：《批评理论和叙事阐释》，中国人民大学出版社2004年版。

王瑾：《互文性》，广西师范大学出版社2005年版。

王宁、薛晓源主编：《全球化与后殖民批评》，中央编译出版社1998年版。

王钦峰：《后现代主义小说论略》，中国社会科学出版社2001年版。

王阳：《小说艺术形式分析：叙事学研究》，华夏出版社2002年版。

王一川：《批评理论与实践教程》，高等教育出版社2005年版。

王岳川：《后殖民主义与新历史主义文论》，山东教育出版社1999

年版。

［美］韦恩·布斯：《小说修辞学》，华明、胡晓苏、周宪译，北京大学出版社1987年版。

［德］沃尔夫冈·伊瑟尔：《阅读活动——审美反应理论》，金元浦、周宁译，中国社会科学出版社1991年版。

［德］沃夫尔冈·伊瑟尔：《虚构与想象：文学人类学疆界》，陈定家、汪正龙等译，吉林人民出版社2003年版。

吴猛、和新风：《文化权力的终结：与福柯对话》，四川人民出版社2003年版。

伍蠡甫主编：《西方文论选》（下卷），上海译文出版社1979年版。

肖伟胜：《现代性困境中的极端体验》，中央编译出版社2004年版。

徐贲：《走向后现代与后殖民》，中国社会科学出版社1996年版。

徐岱：《小说叙事学》，中国社会科学出版社1992年版。

［法］雅克·德里达：《马克思的幽灵》，何一译，中国人民大学出版社1999年版。

［法］雅克·拉康：《拉康选集》，褚孝泉译，上海三联书店2001年版。

［美］亚伯拉罕·哈罗德·马斯洛：《动机与人格》，许金生、程朝翔译，华夏出版社1987年版。

杨年群：《感觉·图像·叙事》（《新史学》第一卷），中华书局2007年版。

姚卫群：《佛学概论》，宗教文化出版社2002年版。

［以］耶尔·塔米尔：《自由主义的民族主义》，陶东风译，上海人民出版社2005年版。

［法］伊波利特：《马克思与黑格尔研究》，载张世英编《新黑格尔主义论著选辑》（下卷），商务印书馆2003年版。

335

［美］伊哈布·哈桑：《后现代的转向：后现代理论与文化论文集》，刘象愚译，（台北）时报文化出版企业股份有限公司1993年版。

［德］尤尔根·哈贝马斯：《包容他者》，曹卫东译，上海人民出版社2002年版。

［德］尤尔根·哈贝马斯：《后民族结构》，曹卫东译，上海人民出版社2002年版。

［德］尤尔根·哈贝马斯：《交往行为理论》，曹卫东译，上海人民出版社2004年版。

［英］约翰·伯杰：《视觉艺术鉴赏》，戴行钺译，商务印书馆1994年版。

［美］约瑟夫·希利斯·米勒：《解读叙事》，申丹译，北京大学出版社2002年版。

［美］詹姆斯·费伦：《作为修辞的叙事——技巧、读者、伦理、意识形态》，陈永国译，北京大学出版社2002年版。

［美］詹姆斯·费伦、彼得·J. 拉比诺维茨：《当代叙事学理论指南》，申丹等译，北京大学出版社2007年版。

张大铸、周之南：《试析后殖民主义身份、空间和时间》，载《哈尔滨工业大学学报》2004年第3期。

张和龙：《后现代语境中的自我：约翰·福尔斯小说研究》，上海外语教育出版社2007年版。

张进：《新历史主义与历史诗学》，中国社会科学出版社2004年版。

张京媛主编：《新历史主义与文学批评》，北京大学出版社1993年版。

张妍：《保罗·吉尔罗伊与他的"黑色"种族文化理论》，硕士学位论文，北京语言大学，2007年。

张陟：《翁达杰新作〈迪维萨德罗〉评介》，载《外国文学动态》2009年第4期。

赵乐甡译：《吉尔伽美什》，译林出版社1999年版。

赵稀方：《后殖民理论》，北京大学出版社2009年版。

赵毅衡：《当说者被说的时候——比较叙述学导论》，中国人民大学出版社1998年版。

赵毅衡：《后现代派小说的判别标准》，载《外国文学评论》1993年第4期。

赵毅衡：《苦恼的叙述者》，十月文艺出版社1994年版。

郑乐平：《经济·社会·宗教——马克思·韦伯文选》，上海社会科学院出版社1997年版。

周鲠生：《国际法》，商务印书馆1976年版。

朱立元：《当代西方文艺理论》，华东师范大学出版社1997年版。

朱琳：《时间的二重奏——评迈克尔·翁达杰的小说〈远眺〉》，载《外国文学动态》2007年第4期。

# 后　记

　　如果用符号学的双轴思维来看待人生，那么横组合轴记录的是人的发展轨迹，而纵聚合轴上无限多的选项使人生充满诸多偶然。对于一个英语应用语言学硕士来说，攻读比较文学专业博士并不是一个必然选择。从 2007 年秋天开始，我开始在这条陌生的道路上摸索前行。虽然满怀新手的好奇感与求知欲，但苦于功底薄弱，只能耐心地从基础知识学起并时刻提醒自己不能急功近利。本书是读书生涯中写得最久却不敢言好的一本书，但搁笔时依然在内心深处为自己的坚持感到欣慰。我也深知这本书中无不聚集着老师、家人和朋友的力量，没有他们一路上的热情帮助和鼎力支持，我无法想象自己能按期完成繁重的学业任务和本书的撰写。

　　我的导师赵毅衡是最应当感谢的人。2007 年暑假，单位给了我去加拿大约克大学学习的机会。考虑到我博士毕业后要回外语学院工作，赵老师为我指引的方向是研究以英语写作的流散作家作品，他建议我利用这次机会搜集斯里兰卡裔加拿大作家迈克尔·翁达杰的相关资料。在加拿大的三个月虽然短暂却收获颇丰，明确的研究方向和丰富的一手资料为我减少了选题和搜集资料的诸多困难，也节省出更多时间补基础课。从开题到撰写、修改、定稿的整个过程

## 后 记

中，赵老师孜孜不倦地授业解惑于我，大至本研究主题、结构，小至标点、错别字都耐心指正。身为一位国际知名学者，他却没任何架子，总是和蔼可亲地对待每一位学生，他向来都毫不吝啬地鼓励我，使我从未有过"差生"的感觉。赵老师深厚的学术造诣、严谨的治学态度、崇高的职业道德无不是我学习的榜样。除了他开设的"符号学研究"与"叙述学"两门专业课，我在读博期间还修了王晓路、曹顺庆两位老师的"中外比较诗学""西方文化批评""西方文论研究"等课程。他们精彩的课堂教学拓宽了我的学术视野，提升了我的学术自觉意识，使我对比较文学专业知识有了更系统、更全面的认识。

家人永远是我前行的动力。我的丈夫熊辉在承担繁重的教学科研工作之余包揽了家里的大小事务，父亲和公婆时常送来滋润心田的关怀和语重心长的鼓励，让我能放下包袱专心学习。在天堂的母亲也给了我足够的信心和勇气，读博是她生前就寄予我的厚望，她的坚韧、乐观也时时提醒我要微笑着面对生活中的难题。是家人的温暖为我抵挡了一路的风雨，只有奋勇前进才是对他们最好的回报。

同窗学友们的帮助同样不可或缺。同住七楼的几位姐妹是我最亲密的"战友"，每天最快乐的事就是大家一起用餐后在校园里散步聊天，将一天的压抑和痛苦释放出来，也正是这种集体的力量和苦中作乐的精神让我们互相鼓励走过了最困难的阶段。还有诸多虽没有朝夕相处却总能在我遇到困难时给予帮助的朋友，他们如影随形为我加油鼓劲。我还有幸遇到一个好室友，她性情随和、勤奋好学，最大的优点是生活作息极有规律，为我提供了优质的学习生活环境。真诚地感谢这些可爱的朋友们！

写作过程中曾无数次地想象自己在后记中会写下怎样的文字，当这个期待已久的时刻真正来临的时候，却没有当初所设想的满心

# 后 记

欢喜或如释重负的感觉。写作的过程是对能力和毅力的考验，更是人生中一段难得的体验，使我少了些轻狂，多了份淡定，保持一种平和的心境。感谢恩师为我照亮前方的路，感谢家人为我挡风遮雨，感谢朋友们的一路相扶！有了你们关注的目光，我会勇敢地在文学这条路上继续走下去。

浮生无闲，我们总是忙于现世的各种指标考核，却无暇顾及内心的真实需求；转眼毕业已近十载，而论文的修改和出版却迟迟未遂。巧遇翁达杰 2018 年获得"金布克"奖，让我有了出版此书的动力和愿望。感谢教育部人文社科基金项目（10YJC752024）的支持，感谢西南大学外语学院文旭、刘承宇诸教授，他们的支持和关心是本书得以顺利出版的保障。

刘 丹

2019 年 6 月于重庆